FASCINATION

STEPHENIE MEYER

FASCINATION

Traduit de l'anglais (États-Unis) par Luc Rigoureau

Pour ma sœur aînée, Émily, sans l'enthousiasme de laquelle cette histoire n'aurait jamais été terminée.

Mais de l'arbre de la connaissance du bien et du mal
tu ne mangeras pas,
Car le jour où tu en mangeras, tu en mourras.

Genèse, 2,17.

Prologue

◆

Je n'ai jamais beaucoup réfléchi à la manière dont je mourrais – même si, ces derniers mois, j'aurais eu toutes les raisons de le faire – mais je n'aurais pas imaginé que ça se passerait ainsi.

Haletante, je fixai les yeux noirs du prédateur, à l'autre bout de la longue pièce. Il me rendit mon regard avec affabilité.

C'était sûrement une bonne façon d'en terminer. À la place d'un autre, d'un que j'aimais. Noble, pourrait-on dire. Ça devrait compter en ma faveur.

Si je n'étais pas partie pour Forks, je ne me serais pas retrouvée dans cette situation, j'en avais conscience. Pourtant, aussi terrifiée que je fusse, je n'arrivais pas à regretter ma décision. Quand la vie vous a fait don d'un rêve qui a dépassé toutes vos espérances, il serait déraisonnable de pleurer sur sa fin.

Ce fut avec un sourire aimable et tranquille que le chasseur s'approcha pour me tuer.

1

PREMIÈRE RENCONTRE

Ma mère me conduisit à l'aéroport toutes fenêtres ouvertes. La température, à Phoenix, frôlait les vingt et un degrés, le ciel était d'un bleu éclatant. En guise d'adieux, je portais ma chemise préférée, la blanche sans manches, aux boutonnières rehaussées de dentelle. J'avais mon coupe-vent pour seul bagage à main.

Il existe, dans la péninsule d'Olympic, au nord-ouest de l'État de Washington, une bourgade insignifiante appelée Forks où la couverture nuageuse est quasi constante. Il y pleut plus que partout ailleurs aux États-Unis. C'est cette ville et son climat éternellement lugubre que ma mère avait fuis en emportant le nourrisson que j'étais alors. C'est là que j'avais dû me rendre, un mois tous les étés, jusqu'à mes quatorze ans, âge auquel j'avais enfin osé protester. Ces trois dernières années, mon père, Charlie, avait accepté de substituer à mes séjours obligatoires chez lui quinze jours de vacances avec moi en Californie.

Et c'était vers Forks que je m'exilais à présent – un acte qui m'horrifiait. Je détestais Forks.

J'adorais Phoenix. J'adorais le soleil et la chaleur suffocante. J'adorais le dynamisme de la ville immense.

— Rien ne t'y oblige, Bella, me répéta ma mère pour la énième fois avant que je grimpe dans l'avion.

Ma mère me ressemble, si ce n'est qu'elle a les cheveux courts et le visage ridé à force de rire. Je scrutai ses grands yeux enfantins, et une bouffée de panique me submergea. Comment ma mère aimante, imprévisible et écervelée allait-elle se débrouiller sans moi ? Certes, elle avait Phil, désormais. Les factures seraient sans doute payées, le réfrigérateur et le réservoir de la voiture remplis, et elle aurait quelqu'un à qui téléphoner quand elle se perdrait. Pourtant...

— J'en ai envie, répondis-je.

J'ai beau n'avoir jamais su mentir, j'avais répété ce boniment avec une telle régularité depuis quelques semaines qu'il eut l'air presque convaincant.

— Salue Charlie de ma part.

— Je n'y manquerai pas.

— On se voit bientôt, insista-t-elle. La maison te reste ouverte. Je reviendrai dès que tu auras besoin de moi.

Son regard trahissait cependant le sacrifice que cette promesse représentait.

— Ne t'inquiète pas. Ça va être génial. Je t'aime, maman.

Elle me serra fort pendant une bonne minute, je montai dans l'avion, elle s'en alla.

14

Entre Phoenix et Seattle, le vol dure quatre heures, auxquelles s'en ajoute une dans un petit coucou jusqu'à Port Angeles, puis une jusqu'à Forks, en auto. Autant l'avion ne me gêne pas, autant j'appréhendais la route en compagnie de Charlie.

Charlie s'était montré à la hauteur. Il avait paru réellement heureux de ma décision – une première – de venir vivre avec lui à plus ou moins long terme. Il m'avait déjà inscrite au lycée, s'était engagé à me donner un coup de main pour me trouver une voiture[1]. Mais ça n'allait pas être facile. Aucun de nous n'est très prolixe, comme on dit, et je ne suis pas du genre à meubler la conversation. Je devinais qu'il était plus que perturbé par mon choix – comme ma mère avant moi, je n'avais pas caché la répulsion que m'inspirait Forks.

Quand j'atterris à Port Angeles, il pleuvait. Je ne pris pas ça pour un mauvais présage, juste la fatalité. J'avais d'ores et déjà fait mon deuil du soleil. Sans surprise, Charlie m'attendait avec le véhicule de patrouille. Charlie Swan est le Chef de la police, pour les bonnes gens de Forks. Mon désir d'acheter une voiture en dépit de mes maigres ressources était avant tout motivé par mon refus de me trimballer en ville dans une bagnole équipée de gyrophares bleus et rouges. Rien de tel qu'un flic pour ralentir la circulation.

Charlie m'étreignit maladroitement, d'un seul bras, lorsque, m'approchant de lui, je trébuchai.

— Content de te voir, Bella, dit-il en souriant et en me rattrapant avec l'aisance que donne l'habitude. Tu n'as pas beaucoup changé. Comment va Renée ?

---

1. Aux États-Unis, les jeunes peuvent conduire dès l'âge de seize ans.
(*Toutes les notes sont du traducteur.*)

— Maman va bien. Moi aussi, je suis heureuse de te voir, papa.

Devant lui, j'étais priée de ne pas l'appeler Charlie.

Je n'avais que quelques sacs. La plupart des vêtements que je portais en Arizona n'étaient pas assez imperméables pour l'État de Washington. Ma mère et moi nous étions cotisées pour élargir ma garde-robe d'hiver, mais ça n'avait pas été très loin. Le tout entra aisément dans le coffre.

— Je t'ai dégoté une bonne voiture, m'annonça Charlie une fois nos ceintures bouclées. Elle t'ira comme un gant. Pas chère du tout.

— Quel genre ?

Son besoin de préciser qu'elle m'irait comme un gant au lieu de s'en tenir à « une bonne voiture » m'avait rendue soupçonneuse.

— En fait, c'est une camionnette à plateau. Une Chevrolet.

— Où l'as-tu trouvée ?

— Tu te rappelles Billy Black de La Push ?

La Push est la minuscule réserve indienne située sur la côte.

— Non.

— Il s'en servait pour aller pêcher, l'été.

Ce qui expliquait pourquoi je ne m'en souvenais pas. Je suis plutôt douée pour gommer de ma mémoire les détails aussi inutiles que douloureux.

— Il est cloué sur un fauteuil roulant, maintenant, continua Charlie, il ne peut donc plus conduire. Il m'en a demandé un prix très raisonnable.

— De quelle année date-t-elle ?

Rien qu'à son expression, je compris qu'il avait escompté couper à cette question.

— Euh, Billy a sacrément bricolé le moteur... Elle n'est pas si vieille que ça, tu sais.

Il ne pensait quand même pas que j'allais renoncer si facilement ? Je ne suis pas cruche à ce point-là.

— Il l'a achetée en 1984, me semble-t-il, enchaîna-t-il.

— Neuve ?

— Euh, non. Je crois que c'est un modèle du début des années soixante, avoua-t-il, piteux. Ou de la fin des années cinquante. Mais pas plus.

— Char... Papa, je n'y connais rien en mécanique. Je serai incapable de la réparer s'il arrive quoi que ce soit, et je n'ai pas les moyens de payer un garagiste...

— T'inquiète, Bella, cet engin est comme neuf. On n'en fabrique plus des comme ça, aujourd'hui.

« Cet engin... » Ça promettait !

— C'est quoi, pas chère ?

Après tout, c'était la seule chose sur laquelle je ne pouvais me permettre de me montrer difficile.

— Euh, laisse-moi te l'offrir, chérie. Une sorte de cadeau de bienvenue.

Charlie me jeta un coup d'œil plein d'espoir.

Une voiture gratuite. Rien que ça !

— Tu n'es pas obligé, papa. J'avais prévu d'en acheter une.

— Fais-moi plaisir. Je veux que tu sois heureuse, ici.

Il se concentrait de nouveau sur la route. Charlie a du mal à exprimer ses émotions. Difficulté dont j'ai hérité. C'est donc en fixant moi aussi le pare-brise que je répondis :

— C'est vraiment très gentil, papa. Merci. C'est un cadeau formidable.

Inutile de lui préciser qu'être heureuse à Forks relevait de l'impossible. Il n'avait pas besoin de souffrir avec moi. À cheval donné, on ne regarde pas la bouche. Pas plus qu'on ne regarde le moteur d'une camionnette qu'on n'a pas payée.

— Euh, de rien, marmonna-t-il, gêné.

Nous échangeâmes encore quelques commentaires sur le temps – humide –, et la discussion s'en tint là. Ensuite, nous contemplâmes le paysage.

Magnifique, il me fallait en convenir. Tout était vert : les arbres, leurs troncs couverts de lichen, leurs frondaisons dégoulinantes de mousse, le sol encombré de fougères. Même l'air qui filtrait à travers les feuilles avait des reflets verdâtres. Une overdose de verdure – j'étais chez les Martiens.

Nous finîmes par arriver chez Charlie. Il vivait toujours dans la maisonnette de trois pièces achetée avec ma mère aux premiers (et seuls) jours de leur mariage. Devant ce logis immuable était garée ma nouvelle – pour moi – voiture. D'un rouge délavé, elle était dotée d'ailes énormes et bombées ainsi que d'une cabine rebondie. À ma plus grande surprise, j'en tombai amoureuse. J'ignorais si elle roulerait, mais je m'y voyais déjà. De plus, c'était une de ces bêtes en acier solide qui résistent à tout, de celles qui, en cas de collision, n'ont pas une égratignure alors que le véhicule qu'elles ont détruit gît en pièces détachées sur le sol.

— Elle est géniale, papa ! Je l'adore ! Merci !

La journée abominable qui m'attendait le lendemain en serait d'autant moins atroce. Pour aller au lycée, je n'aurais pas à choisir entre une marche de deux kilomètres sous la pluie ou une virée dans la voiture de patrouille du Chef Swan.

— Ravi qu'elle te plaise, bougonna Charlie, embarrassé par mon expansivité.

Je ne mis pas longtemps à transporter mes affaires à l'étage. J'avais la grande chambre à l'ouest, celle qui donnait sur la façade. Elle m'était familière, ayant été mienne depuis ma naissance. Le plancher, les murs bleu clair, le plafond incliné, les rideaux de dentelle jaunie à la fenêtre – tout cela appartenait à mon enfance. Les seuls changements opérés par Charlie au fur et à mesure que j'avais grandi avaient consisté à remplacer le berceau par un lit puis à ajouter un bureau. Sur ce dernier trônait désormais un ordinateur d'occasion, la ligne du modem agrafée le long de la plinthe jusqu'à la prise de téléphone la plus proche. Une exigence de ma mère, histoire de garder plus facilement le contact. Le rocking-chair qui avait bercé ma prime jeunesse était toujours dans le même coin.

Il n'y avait, sur le palier, qu'une petite salle de bains que je devrais partager avec Charlie, une perspective à laquelle je m'efforçai de ne pas trop penser.

Charlie a une grande qualité : il n'embête pas les gens. Il me laissa donc m'installer tranquillement, un exploit dont ma mère aurait été incapable. Je fus contente de cet instant de solitude pendant lequel je n'avais ni à sourire ni à afficher un air béat. Je pus contempler à loisir la pluie battante ; découragée, je m'autorisai même quelques larmes. Je n'étais cependant pas d'humeur à pleurer pour de bon. Je gardais ça pour l'heure du coucher, lorsque je devrais songer au matin suivant.

Le lycée de Forks n'accueillait que trois cent cinquante-sept élèves – cinquante-huit à présent : terrifiant ! À Phoenix, les classes de première comptaient à elles seules plus de sept cents individus. Ici, tous les mômes avaient grandi ensemble au même endroit, comme leurs grands-parents avaient fait leurs premiers pas à la même époque et au même endroit. Je serais la nouvelle, venue de la grande ville, un objet de curiosité, un monstre.

Si j'avais eu l'allure d'une fille de Phoenix, j'aurais sans doute pu en tirer avantage. Mais, physiquement, je ne m'étais jamais adaptée. Au lieu d'être bronzée, sportive, blonde, joueuse de volley, et pourquoi pas pompom girl, bref, la panoplie de toute fille vivant dans la Vallée du Soleil, j'avais, en dépit de l'éternel été d'Arizona, une peau d'ivoire, sans même l'excuse d'avoir les yeux bleus ou les cheveux roux. J'ai toujours été mince, dans le genre mou cependant – rien d'une athlète. Je n'étais pas assez coordonnée dans mes mouvements pour pratiquer un sport sans m'humilier –, et je ne parle pas des blessures que je m'infligeais, ainsi qu'à ceux qui se tenaient trop près de moi.

Mes vêtements rangés dans la vieille commode en pin surmontée d'un miroir, j'emportai ma trousse de toilette dans la salle de bains commune afin de me débarrasser de la crasse du voyage. Tout en démêlant mes cheveux mouillés, je m'examinai dans la glace. Peut-être était-ce la lumière, mais je me trouvai mauvaise mine, le teint terne. Ma peau pouvait être jolie – elle était très pâle, presque translucide – à condition d'avoir quelques couleurs. Je n'avais pas de couleurs, ici.

Devant mon reflet blafard, je fus contrainte d'admettre que je me mentais. Ce n'était pas qu'une question de physique. Je ne m'intégrerais pas. Si je n'avais pas réussi à me fondre au milieu des trois mille élèves de mon précédent lycée, qu'allait-il en être dans ce bled ? J'avais du mal à m'entendre avec les gens de mon âge. Plus exactement, j'avais du mal à m'entendre avec les gens, un point c'est tout. Même ma mère, la personne au monde dont j'étais la plus proche, n'était jamais en harmonie avec moi, jamais sur la même longueur d'onde. Parfois, je me demandais si mes yeux voyaient comme ceux des autres. Mon cerveau souffrait peut-être d'une défaillance.

Mais la cause importait peu, seul comptait l'effet. Dire que demain ne serait qu'un début !

Je dormis mal, cette nuit-là, bien que j'eusse pleuré. Les claquements permanents des gouttes et du vent sur le toit refusaient de s'estomper en simple bruit de fond. Je ramenai le vieux couvre-lit délavé sur ma tête, y ajoutai plus tard l'oreiller. Rien n'y fit : je ne m'assoupis pas avant minuit, lorsque la pluie finit par se transformer en un crachin étouffé.

Au matin, ma fenêtre m'offrait pour seul spectacle un épais brouillard, et une sensation de claustrophobie grimpa sournoisement en moi. On ne voyait jamais le ciel, ici ; c'était comme d'être en cage.

Le petit-déjeuner en compagnie de Charlie se déroula en silence. Il me souhaita bonne chance pour le lycée. Je le remerciai, consciente de la vanité de ses bonnes paroles. La chance avait tendance à me fuir. Charlie se sauva le premier vers le commissariat – son épouse, sa famille. Une fois seule, je restai assise sur l'une des trois chaises dépareillées qui entouraient l'ancienne table carrée en chêne et examinai la minuscule cuisine aux murs palissés de bois sombre, aux placards jaune vif et au sol couvert de lino blanc. Rien n'avait changé. C'était ma mère qui avait peint les menuiseries, dix-huit ans plus tôt, tentative dérisoire d'amener un peu de soleil dans la maison. Sur le manteau de la petite cheminée du salon adjacent, pas plus grand qu'un mouchoir de poche, se trouvait une rangée de photos. Une du mariage de Charlie et Renée à Las Vegas, puis une de nous trois à la maternité après ma naissance, prise par une infirmière serviable, suivie de la ribambelle de mes portraits d'école, y compris celui de l'année précédente. Ces derniers m'embarrassèrent – il faudrait que j'en touche un mot à Charlie pour qu'il les mette ailleurs, au moins tant que je vivrais chez lui.

Il m'était impossible, dans cette maison, d'oublier que mon père ne s'était pas remis du départ de maman. J'en éprouvai un certain malaise.

Je ne tenais pas à arriver trop tôt au lycée, mais je ne supportais pas de rester ici une minute de plus. J'enfilai mon coupe-vent – qui me fit l'effet d'avoir été tissé dans un composant dangereux pour l'homme – et sortis. Il bruinait encore, pas de quoi me tremper néanmoins pendant les quelques minutes où j'attrapai la clé toujours cachée sous l'avant-toit de la porte et verrouillai celle-ci. Mes nouvelles bottes imperméabilisées chuintaient d'une façon agaçante. Les craquements habituels du gravier sous mes pas me manquaient. Je n'eus pas l'occasion d'admirer ma camionnette tout mon content ; j'avais trop hâte d'échapper à la brume humide qui virevoltait autour de ma tête et s'accrochait à mes cheveux, en dépit de ma capuche.

L'habitacle était agréablement sec. Billy ou Charlie avaient apparemment fait un brin de ménage, même si les sièges capitonnés marron clair sentaient encore un peu le tabac, l'essence et la menthe poivrée. À mon grand soulagement, le moteur réagit au quart de tour, mais bruyamment, rugissant à l'allumage avant de tomber dans un ralenti assourdissant. Bah ! Un véhicule aussi antique ne pouvait être parfait. La radio antédiluvienne fonctionnait, une heureuse surprise.

Bien que je n'y eusse jamais mis les pieds, trouver le lycée fut un jeu d'enfant. Comme la plupart des autres édifices officiels locaux, il était situé le long de la quatre voies. À première vue, il n'avait rien d'un établissement scolaire. Seul le panneau annonçant sa fonction m'incita à m'arrêter. On aurait dit une série de maisons identiques construites en briques bordeaux. Il était noyé au milieu de tant d'arbres et d'arbustes que j'eus d'abord du mal à en mesurer l'étendue. Où était passée la solennité de l'institution ? me demandai-je avec nostalgie. Où avaient disparu les clôtures grillagées et les détecteurs de métaux[1] ?

Je me garai devant le premier bâtiment, qui arborait, au-dessus de sa porte, un écriteau marqué ACCUEIL. Il n'y avait aucune autre voiture, d'où je conclus que le stationnement était interdit. Mieux valait cependant demander un plan à l'intérieur plutôt que de tourner en rond sous la pluie comme une idiote. Quittant à regret la cabine surchauffée, je remontai un étroit chemin pavé

---

1. Allusion aux équipements dont se dotent de plus en plus d'établissements scolaires américains face à la prolifération des armes et aux divers drames survenus dans des lycées ces dernières années.

bordé de haies sombres. Je pris une profonde inspiration avant d'entrer.

L'intérieur était brillamment éclairé et plus chaleureux que ce que j'avais prévu. Le bureau n'était pas vaste : une salle d'attente exiguë avec des chaises pliantes capitonnées, une moquette mouchetée, orange et de mauvaise qualité, des murs surchargés d'avis et de trophées, une grosse pendule bruyante. Des plantes poussaient à profusion dans de grands pots en plastique, à croire qu'il n'y avait pas assez de verdure dehors. La pièce était coupée en deux par un long comptoir qu'encombraient des dépliants aux couleurs vives et des corbeilles métalliques débordant de paperasse. Derrière, trois bureaux, dont l'un réservé à une matrone à lunettes et cheveux rouges. Elle portait un T-shirt violet qui me donna aussitôt le sentiment d'être sur mon trente et un.

La femme à la crinière flamboyante leva la tête.

— Je peux t'aider ?

— Je m'appelle Isabella Swan, l'informai-je.

Immédiatement, un éclat alluma son œil. Elle était au courant, j'étais attendue, un sujet de ragots à n'en pas douter. La fille, enfin rentrée au bercail, de l'ex-épouse volage du Chef.

— Ah oui, acquiesça-t-elle.

Elle fouilla dans une pile dangereusement instable de papiers jusqu'à dénicher ceux qu'elle cherchait.

— Voici ton emploi du temps. Et un plan du lycée.

Elle m'apporta plusieurs feuilles et m'indiqua l'emplacement de mes classes, surlignant les chemins les plus rapides. Elle me donna aussi une fiche à faire signer par chaque prof et m'avertit que j'étais priée de la lui rapporter en fin de journée. Avec un sourire, elle émit, comme Charlie, le vœu que je me plusse à Forks. Je lui répondis par le rictus le plus convaincant à ma disposition.

Lorsque je regagnai la Chevrolet, d'autres élèves avaient commencé à arriver. Suivant la file des véhicules, je contournai le lycée. Je constatai avec plaisir que la plupart des voitures étaient plus vieilles que la mienne, rien de tape-à-l'œil. À Phoenix, j'avais vécu dans un des rares quartiers modestes ponctuant le district de Paradise Valley. Il n'était pas rare de voir une Mercedes ou une Porsche flambant neuves sur le parking. Ici, la plus belle voiture était une Volvo rutilante, et elle détonnait. Malgré tout, je coupai le contact dès que j'eus trouvé une place, histoire de ne pas trop attirer l'attention par mes pétarades.

Avant de descendre, j'essayai de mémoriser mon plan afin de ne pas devoir le sortir à tout bout de champ, au vu de tous. J'enfouis ensuite les papiers dans mon sac, mis ce dernier sur mon épaule et respirai un grand coup. « Tu peux le faire, me mentis-je sans beaucoup de conviction. Personne ne va te mordre. » Sur ce, je soufflai et m'extirpai de l'habitacle.

Prenant soin de dissimuler mon visage sous ma capuche, j'empruntai le trottoir bondé d'adolescents. Ma veste noire unie se fondait dans la masse, ce qui me soulagea.

Une fois que j'eus dépassé la cantine, je dénichai le bâtiment 3 sans difficulté – un gros chiffre noir était peint sur fond blanc à l'un des angles de l'édifice. Au fur et à mesure que je m'en rapprochais, je sentais mon pouls s'accélérer de façon désordonnée. Je franchis la porte derrière deux imperméables unisexes en tâchant de contrôler ma respiration.

La salle de classe était modeste. Les élèves qui me précédaient s'arrêtèrent sur le seuil pour suspendre leurs manteaux à une longue rangée de patères. Je les imitai. C'étaient deux filles, une blonde à peau de porcelaine, l'autre également pâle, avec des cheveux châtain clair. Au moins, je ne serais pas la seule ici à être blanche comme un lavabo.

J'allai porter ma fiche de présence au prof, un grand homme au front dégarni dont le bureau portait une plaque l'identifiant comme M. Mason. En voyant mon nom, il me dévisagea bêtement – une réaction pas très encourageante – et, bien sûr, je rougis comme une pivoine. Sans prendre la peine de me présenter aux autres, il finit par m'envoyer à un pupitre vide au fond de la classe. À cette place, il était plus difficile à mes nouveaux camarades de me reluquer, ce qui ne les dissuada pas pour autant. Je gardai les yeux baissés sur la bibliographie que le prof m'avait remise. Guère originale : Brontë, Shakespeare, Chaucer, Faulkner. J'avais déjà tout lu. Ce qui était à la fois réconfortant et... ennuyeux. Je me demandai si ma mère accepterait de m'expédier mon classeur de vieilles dissertations ou si elle considérerait que c'était de la triche. Pendant que M. Mason ronronnait, je passai en revue différents scénarios de dispute avec elle.

Quand la sonnerie – espèce de bourdonnement nasal – se fit entendre, un boutonneux dégingandé aux cheveux aussi noirs qu'une nappe de pétrole se pencha depuis la rangée de tables voisine pour me parler.

— Tu es Isabella Swan, hein ?

Le prototype du joueur d'échecs excessivement serviable.

— Bella, le corrigeai-je.

Tous ceux qui étaient assis dans un rayon de trois chaises se retournèrent pour me lorgner.

— Quel est ton prochain cours ? demanda-t-il.

Je dus vérifier dans mon sac.

— Euh... civilisation. Avec Jefferson. Bâtiment 6.

J'étais cernée de tous côtés par des regards avides.

— Je vais au 4, je peux te montrer le chemin. (Décidément trop obligeant.) Je m'appelle Éric.

— Merci, répondis-je avec un sourire timide.

Enfilant nos vestes, nous sortîmes sous la pluie qui avait repris de plus belle. J'aurais juré que plusieurs personnes marchaient suffisamment près de nous pour entendre ce que nous disions. Je devenais paranoïaque, il fallait que je me surveille.

— Alors, c'est drôlement différent de Phoenix, hein ? s'enquit Éric.

— En effet.

— Il ne pleut pas beaucoup là-bas, non ?

— Trois ou quatre fois l'an.

— La vache, ça doit être bizarre.

— Juste ensoleillé.

— Tu n'es pas très bronzée.

— Ma mère est albinos.

Il me dévisagea avec une telle stupeur mâtinée de frayeur que je soupirai. Apparemment, nuages et sens de l'humour étaient incompatibles. Encore quelques mois de ce régime-là, et j'oublierais comment manier le sarcasme.

Contournant la cafétéria, nous nous dirigeâmes vers

les bâtiments sud, près du gymnase. Éric se donna la peine de m'accompagner jusqu'à la porte, alors que celle-ci était visible à des kilomètres.

— Eh bien, bonne chance ! me lança-t-il au moment où j'attrapais la poignée. Nous aurons peut-être d'autres cours ensemble, ajouta-t-il, plein d'espoir.

Je lui adressai un hochement de tête vaguement aimable et entrai.

Le reste de la matinée se déroula grosso modo de la même façon. Mon prof de maths, M. Varner, que j'aurais de toute manière détesté rien qu'à cause de la matière qu'il enseignait, fut le seul qui m'obligea à me planter devant la classe pour me présenter. Je balbutiai, piquai un fard et trébuchai sur mes propres chaussures en allant m'asseoir.

Au bout de deux heures de cours, j'étais capable de reconnaître quelques visages ; chaque classe avait toujours son courageux pour entamer la conversation et me demander mes impressions sur Forks. Je m'essayai à la diplomatie mais, pour l'essentiel, je mentis. Avantage : je n'eus pas une seule fois besoin de mon plan.

Une fille s'assit à côté de moi en maths et en espagnol, et c'est ensemble que nous gagnâmes la cantine à midi. Elle était frêle, largement plus petite que mon mètre soixante-trois, mais sa masse de boucles brunes compensait notre différence de taille. Son prénom refusant de s'inscrire dans mon cerveau, je me contentai d'acquiescer à son verbiage sur les profs et les cours, un air béat sur le visage. Je ne tentai même pas de suivre la conversation.

Nous nous installâmes au bout d'une table bondée, et elle m'introduisit auprès de quelques-unes de ses amies, dont j'oubliai les noms au fur et à mesure qu'elle les énonçait. Elles paraissaient impressionnées par l'audace dont elle faisait preuve en m'adressant la parole. De l'autre côté de la salle, le garçon de mon cours d'anglais, Éric, m'adressa de grands signes du bras.

C'est là, en pleine cantine, alors que je m'efforçais de discuter avec des inconnues indiscrètes, que je les vis pour la première fois.

Ils étaient assis dans un coin, aussi loin que possible du milieu de la longue pièce où je me trouvais. Ils étaient cinq. Ils ne parlaient pas, ne mangeaient pas, bien qu'ils eussent tous un plateau – intact – devant eux. Contrairement à la plupart des élèves, ils ne me guignaient pas, et il me fut aisé de les observer sans risquer de rencontrer une paire d'yeux exagérément curieux. Ce ne fut cependant rien de tout cela qui attira – et retint – mon attention.

Ils n'avaient aucun trait commun. L'un des trois garçons, cheveux sombres et ondulés, était massif – musclé comme un type qui soulève de la fonte avec acharnement. Le deuxième, blond, était plus grand, plus élancé, mais bien bâti. Le dernier, moins trapu, était long et mince, avec une tignasse désordonnée couleur cuivre. Il avait l'air plus gamin que les deux autres, lesquels évoquaient moins des lycéens que des étudiants de fac, voire des enseignants.

Les filles étaient à l'opposé l'une de l'autre. La grande était hiératique. Elle avait une silhouette magnifique, comme celles qui font la couverture du numéro spécial maillots de bain de *Sports Illustrated*, du genre qui amène chaque femme se retrouvant à côté d'elle à douter de sa propre beauté. Sa chevelure dorée descendait en vagues douces jusqu'au milieu de son dos. La petite, mince à l'extrême, fine, rappelait un lutin. Ses cheveux noir corbeau coupés très court pointaient dans tous les sens.

Et pourtant, ces cinq-là se ressemblaient de façon frappante. Ils étaient d'une pâleur de craie, plus diaphanes que n'importe quel ado habitant cette ville privée de soleil, plus clairs que moi, l'albinos. Tous avaient les yeux très sombres, en dépit des nuances variées de leurs cheveux. Ils présentaient également de larges cernes sombres, violets, pareils à des hématomes, comme s'ils souffraient d'insomnie ou relevaient à peine d'une fracture du nez. Bien que celui-ci, à l'instar de tous leurs traits, fût droit, parfait, aquilin.

Mais ce n'était pas ça non plus qui me fascina en eux.

Ce furent leurs visages, si différents et si semblables, d'une splendeur inhumaine et dévastatrice. De ces visages qu'on ne s'attend jamais à rencontrer sauf, éventuellement, dans les pages coiffure d'un magazine de mode. Ou sous le pinceau d'un maître ancien ayant tenté de représenter un ange. Il était difficile de déterminer lequel était le plus sublime. La blonde sans défaut, ou le garçon aux cheveux cuivrés, peut-être.

Tous les cinq avaient le regard éteint. Ils ne se regardaient pas, ne regardaient pas leurs condisciples, ne regardaient rien de particulier pour autant que je pusse en juger. Soudain, la plus petite des filles se leva et s'éloigna de ces grandes enjambées rapides et élégantes qui n'appartiennent qu'aux mannequins. Je la suivis des yeux, ébahie par sa démarche gracile de danseuse, jusqu'à ce qu'elle se fût débarrassée de son plateau – canette non ouverte, pomme non entamée – et glissée par la porte de derrière, incroyablement vite. Je revins aux autres. Ils n'avaient pas bronché.

— Qui sont ces gens ? demandai-je à ma voisine, dont le nom m'échappait toujours.

Au moment où elle se redressait pour voir de qui je parlais, bien qu'elle l'eût sûrement deviné rien qu'à mon ton, *il* leva brusquement la tête – le plus mince, le gamin, le benjamin sans doute. Il s'attarda moins d'une seconde sur ma collègue d'espagnol, avant de m'aviser.

Il détourna les yeux rapidement, plus vif que moi, alors que, soudain très gênée, j'avais aussitôt baissé les miens. L'espace de ce bref instant, j'avais cependant eu le temps de noter que ses traits n'exprimaient aucun intérêt : c'était comme si mon interlocutrice l'avait hélé et qu'il avait réagi instinctivement, sachant pourtant qu'il n'avait aucune intention de lui répondre. Confuse, ma voisine rigola et, comme moi, se concentra tout à coup sur ses ongles.

— Edward et Emmett Cullen, Rosalie et Jasper Hale, récita-t-elle. Celle qui est partie, c'est Alice Cullen. Ils vivent avec le docteur Cullen et sa femme.

Tout cela dans un souffle.

Je jetai un coup d'œil à la dérobée en direction de l'Apollon qui, maintenant, s'intéressait à son plateau, réduisant en charpie un beignet avec ses longs doigts pâles. À peine entrouverte, sa bouche admirable remuait à toute vitesse. Ses trois commensaux l'ignoraient, mais il ne me fut pas difficile de deviner qu'il leur parlait à voix basse.

Des prénoms étranges et rares, songeai-je. Datant de la génération de nos grands-parents. À moins qu'ils ne fussent en vogue dans ces contrées. Je finis par me souvenir que ma voisine s'appelait Jessica, un prénom des plus communs. À Phoenix, j'en avais eu deux en cours d'histoire.

— Ils sont... pas mal du tout.

Cette litote des plus flagrantes eut du mal à franchir mes lèvres.

— Tu m'étonnes ! s'esclaffa Jessica. Oublie, ils sont *en couple*. Du moins Emmett et Rosalie, Jasper et Alice. Et ils vivent *ensemble*.

Sa voix dénotait à la fois l'étonnement et la condamnation typiques d'une petite ville, pensai-je avec dédain. Pour être honnête, je devais cependant admettre que, même à Phoenix, la situation aurait provoqué des commérages.

— Lesquels sont les Cullen ? Ils n'ont pas l'air d'être de la même famille...

— Ils ne le sont pas. Le docteur a la petite trentaine, il les a adoptés. Les Hale, les blonds, eux, sont frère et sœur, jumeaux. Placés en famille d'accueil.

— Ils ne sont pas un peu vieux, pour ça ?

— Sais pas. Ils ont dix-huit ans, mais ils habitent avec Mme Cullen depuis qu'ils en ont huit. Elle est leur tante, genre.

— C'est vraiment sympa de la part des Cullen. S'encombrer aussi jeunes d'autant de gamins.

— Ouais, j'imagine, admit Jessica avec réticence.

J'eus l'impression que, pour une raison quelconque, elle n'aimait pas beaucoup le couple. Vu les regards qu'elle lançait à leurs rejetons, j'en conclus que c'était par jalousie.

— Je crois bien que Mme Cullen ne peut pas avoir

d'enfants, précisa-t-elle, comme si cela contrebalançait leur générosité.

Tout en conversant, je ne cessais d'épier furtivement mes surprenants condisciples. Eux continuaient à contempler les murs sans manger.

— Ils ont toujours vécu à Forks ? demandai-je.

Auquel cas, j'aurais dû les remarquer pendant l'un de mes séjours estivaux.

— Non, répondit Jessica d'une voix sous-entendant que ç'aurait dû être évident, même pour une fille fraîchement débarquée comme moi. Ils ont déménagé il y a deux ans d'Alaska.

J'éprouvai un élan de compassion, puis de soulagement. De compassion, parce que, aussi beaux fussent-ils, ils restaient des étrangers rejetés par leurs pairs ; de soulagement, parce que je n'étais finalement pas la seule nouvelle et, surtout, pas la plus captivante.

Tout à coup, le plus jeune d'entre eux, un des Cullen, plongea les yeux dans les miens. Son expression était, cette fois, celle d'une franche curiosité. Je me dérobai vivement, mais pas avant d'avoir décelé en lui une sorte d'espérance à laquelle je n'avais pas de réponse.

— Qui c'est, ce garçon aux cheveux blond-roux ? m'enquis-je.

Mine de rien, je constatai qu'il poursuivait son examen de moi. Contrairement aux autres élèves, il ne se montrait pas indiscret au point d'être impoli. En revanche, ses traits étaient empreints d'une sorte de frustration que je ne compris pas. Je baissai la tête.

— Edward. Il est superbe, mais inutile de perdre ton temps. Apparemment, aucune des filles d'ici n'est assez bien pour lui.

Jessica renifla avec une telle rancœur que je me demandai quand il avait refusé ses avances. Je me mordis les lèvres pour cacher mon sourire avant de m'intéresser de nouveau à eux. Edward avait beau s'être détourné, il me sembla bien que sa joue tressaillait, comme si lui aussi avait étouffé un rire.

Quelques minutes plus tard, tous les quatre se levèrent d'un même mouvement. Ils étaient d'une grâce remarquable, y compris le costaud. C'en était déroutant. Edward ne me prêtait plus aucune attention.

Je restai en compagnie de Jessica et de ses amies plus longtemps que je ne l'aurais voulu, alors que je ne tenais pas à arriver en retard à l'un de mes cours, en ce premier jour. Une de mes nouvelles connaissances qui, prévenante, me rappela son prénom – Angela –, avait classe de biologie avancée[1] avec moi dans l'heure qui suivait. Nous nous y rendîmes ensemble, en silence. Elle aussi était réservée.

Quand nous entrâmes dans le labo, Angela fila s'installer derrière une paillasse exactement identique à celles dont j'avais eu l'habitude en Arizona. Elle avait déjà une voisine attitrée. D'ailleurs, toutes les tables étaient occupées, sauf une, dans l'allée centrale. Je reconnus Edward Cullen à ses cheveux extraordinaires, assis à côté de l'unique tabouret libre.

Pendant que j'allais me présenter au prof et faire signer ma fiche, je l'observai en catimini. Au moment où je passai devant lui, il se raidit sur son siège et me toisa. Son visage trahissait cette fois des émotions surprenantes – hostilité et colère. Choquée, je m'esquivai rapi-

---

1. Aux États-Unis, les élèves les plus doués dans une matière peuvent suivre des cours d'un niveau plus fort que ce qu'exige le cursus normal.

dement en m'empourprant. Je trébuchai sur un livre qui traînait et dus me rattraper à une table. La fille qui y était assise pouffa.

Les yeux d'Edward étaient d'un noir d'encre.

M. Banner parapha ma feuille de présence et me tendit un manuel sans s'embarrasser de politesses inutiles. Je pressentis que lui et moi allions nous entendre. Naturellement, il n'eut d'autre choix que de m'envoyer à la seule place vacante. Je m'y rendis, regard rivé sur le plancher, encore stupéfaite par l'hostilité de mon futur voisin.

J'eus beau garder profil bas quand je posai mes affaires sur la paillasse et m'assis, je vis du coin de l'œil Edward changer de posture et s'éloigner, se pressant à l'extrême bord de son tabouret, la figure de biais, comme s'il tâchait de fuir une mauvaise odeur. En douce, je reniflai mes cheveux. Ils sentaient la fraise, le parfum de mon shampooing préféré. Un arôme plutôt innocent. Je m'abritai derrière la tenture de mes cheveux et m'efforçai de suivre la leçon. Malheureusement, elle portait sur l'anatomie cellulaire, un sujet que j'avais déjà étudié. Je pris néanmoins des notes avec application, le nez collé à mon cahier.

Malgré moi, je revenais sans cesse à mon étrange partenaire de labo. Pas un instant il ne se détendit ni ne se rapprocha. La main posée sur sa jambe gauche, serrée, formait un poing où se dessinaient les tendons sous la peau blême. Elle non plus ne se relâcha pas. Les manches longues de sa chemise blanche relevées jusqu'aux coudes dévoilaient des avant-bras étonnamment fermes et musclés. Il ne paraissait plus aussi fluet, loin de son robuste frère.

Le cours sembla s'éterniser. Était-ce parce que la journée touchait à sa fin ou parce que j'attendais que ce poing se relaxe ? En tout cas, cela ne se produisit pas. Edward ne broncha pas. On aurait dit qu'il ne respirait pas. Qu'avait-il ? Ce comportement était-il habituel ? Je revis mon jugement quant à l'amertume de Jessica. Elle n'était peut-être pas aussi aigrie que je l'avais supposé.

Cela n'avait rien à voir avec moi, sûrement. Il ne me connaissait ni d'Ève ni d'Adam.

Je me permis un nouveau coup d'œil, ce que je regrettai aussitôt. Il me contemplait de ses prunelles noires qui exprimaient une réelle répulsion. Je tressaillis et revins à mon livre en me tassant sur mon tabouret. La phrase « si les regards pouvaient tuer » me traversa l'esprit.

À cet instant, la cloche sonna, et je sursautai. Edward Cullen réagit comme un ressort. Me tournant le dos, il se leva avec souplesse – il était bien plus grand que je ne l'avais estimé – et quitta le labo avant que quiconque eût bougé.

Je restai pétrifiée sur place, le suivant des yeux sans le voir. Son attitude avait été odieuse. Injuste. Je rassemblai lentement mes affaires tout en m'évertuant à maîtriser la colère qui montait en moi, par crainte d'éclater en sanglots. Bizarrement, mes humeurs sont reliées à mon canal lacrymal. Je pleure lorsque je suis furieuse, un travers des plus humiliants.

— C'est toi, Isabella Swan ? demanda soudain une voix masculine.

Levant la tête, je découvris un garçon au charmant visage poupin et aux cheveux blonds soigneusement gominés en pointes ordonnées. Il me souriait chaleureusement. De toute évidence, lui ne trouvait pas que je puais.

— Bella, rectifiai-je d'une voix aimable.

— Je m'appelle Mike.

— Salut, Mike.

— Tu as besoin d'aide pour trouver ton cours d'après ?

— Je crois que je me débrouillerai. J'ai gym.

— Moi aussi, s'exclama-t-il, visiblement ravi, alors que ce n'était sans doute pas une telle coïncidence dans un établissement aussi petit.

Nous y allâmes de conserve. C'était un bavard. Il alimenta l'essentiel de la conversation, ce qui m'arrangea. Il avait vécu en Californie jusqu'à l'âge de dix ans, et il comprenait mes réticences envers le climat local. Il se révéla qu'il partageait également mon cours d'anglais. Ce fut la personne la plus agréable que je rencontrai ce jour-là. Enfin, jusqu'au moment où nous pénétrâmes dans le gymnase, car il me lança :

— Alors, tu as planté ton crayon dans la main d'Edward Cullen, ou quoi ? Je ne l'ai jamais vu dans un tel état.

Je chancelai. Je n'étais donc pas la seule à l'avoir remarqué. Apparemment, la réaction d'Edward Cullen avait été *anormale*. Je décidai de jouer les gourdes.

— Tu veux dire le garçon à côté duquel j'étais assise en biologie ? répliquai-je ingénument.

— Oui. J'ai cru qu'il avait une rage de dents !

— Je ne sais pas. Je ne lui ai pas adressé la parole.

— Il est zarbi, poursuivit Mike en s'attardant auprès de moi au lieu de gagner les vestiaires. Moi, si j'avais eu la chance de partager une paillasse avec toi, je t'aurais parlé.

Le prof de gym, Clapp, me dénicha une tenue mais m'autorisa à ne pas participer à ce premier cours. À Phoenix, l'éducation physique n'était obligatoire que durant deux ans. Ici, on n'y coupait pas de toute sa scolarité. Forks était décidément mon Enfer personnel sur terre. J'assistai à quatre matchs de volley en simultané. Me souvenant du nombre de blessures que j'avais subies – et infligées – en pratiquant ce sport, la bile me monta aux lèvres.

La sonnerie finit par retentir. Je retournai lentement à l'accueil pour y rendre ma fiche. La pluie avait cessé, remplacée par un vent violent. Et froid. J'enroulai mes bras autour de moi.

Lorsque j'entrai, je faillis tourner les talons et m'enfuir.

Edward Cullen se tenait devant le comptoir. Je le reconnus à sa tignasse cuivrée et désordonnée. Il n'eut pas l'air de remarquer mon arrivée. Je me pressai contre le mur du fond, attendant que la secrétaire fût libre. Il discutait avec animation, d'une voix basse et séduisante. Je ne tardai pas à saisir l'objet de leur dispute : il essayait de déplacer son cours de sciences nat. N'importe quel autre horaire ferait l'affaire. Je ne parvins pas à croire que c'était uniquement à cause de moi. Il devait y avoir eu autre chose, un événement antérieur à ma présence. Sa fureur relevait forcément d'une exaspération qui ne me concernait pas. Il était impossible que cet inconnu éprouvât un dégoût aussi soudain et intense à mon égard.

La porte se rouvrit, et un courant d'air polaire envahit

la pièce, agitant des papiers et ébouriffant mes cheveux. La nouvelle venue se contenta de glisser vers le bureau pour y déposer une note avant de ressortir, mais Edward Cullen se raidit. Il se tourna lentement et me toisa – sa beauté frôlait l'absurde – de ses yeux perçants et emplis de haine. Un instant, une bouffée de terreur pure hérissa le duvet de mes bras. Ce regard ne dura qu'une seconde, il réussit néanmoins à me transir plus que la bise glaciale. L'Apollon s'adressa de nouveau à la secrétaire.

— Tant pis, décréta-t-il de sa voix de velours. C'est impossible, et je comprends. Merci quand même.

Là-dessus, il pivota sur ses talons et, m'ignorant royalement, disparut.

Je m'approchai du comptoir et tendis ma fiche signée. Je devinais que, pour une fois, je n'avais pas rougi mais, au contraire, blêmi.

— Comment s'est passée cette première journée, petite ? me demanda la secrétaire d'un ton maternel.

— Très bien, mentis-je.

Mal. Car elle n'eut pas l'air très convaincue.

Sur le parking, la camionnette était quasiment le dernier véhicule encore présent. Elle me fit l'effet d'un refuge, du lieu qui, déjà, évoquait pour moi le plus un foyer, dans ce trou perdu vert et humide. J'y restai assise un moment, contemplant le pare-brise avec des yeux vides. Je ne tardai pas néanmoins à avoir assez froid pour devoir brancher le chauffage, et je mis le contact. Le moteur rugit. Je rentrai chez Charlie, luttant tout le chemin contre les larmes.

2

À LIVRE OUVERT

Le jour suivant fut mieux... et pire.

Mieux parce qu'il ne pleuvait pas encore, bien que les nuages fussent denses et opaques. Plus décontracté parce que je savais à quoi m'attendre. Mike s'assit à côté de moi en anglais, sous le regard peu amène d'Éric le joueur d'échecs ; c'était assez flatteur. Les gens ne me reluquèrent pas avec autant d'insistance que la veille. Je déjeunai avec tout un groupe, parmi lequel Mike, Éric, Jessica et plusieurs personnes dont les visages et les noms ne m'étaient plus aussi étrangers. J'eus le sentiment que je commençais à flotter au lieu de couler à pic.

Pire, parce que j'étais fatiguée. Je n'arrivais toujours pas à dormir, avec le vent qui mugissait autour de la maison. Pire, parce que M. Varner m'interrogea en maths – alors que je n'avais même pas levé le doigt –, et que je me trompai. Nul, parce que je dus jouer au volley et que, la seule fois où je n'évitai pas le ballon, je le lançai sur la tête d'un de mes équipiers. Pire, parce qu'Edward Cullen était absent.

Toute la matinée, je redoutai l'heure de la cantine et la perspective de son attitude déstabilisante. Une partie de moi souhaitait se confronter à lui et exiger des explications. Pendant ma nuit d'insomnie, j'avais même répété mon discours. Je me connaissais néanmoins suffisamment bien pour savoir que je n'aurais pas ce courage. À côté de moi, Cendrillon a des allures de Terminator.

Lorsque j'arrivai à la cafétéria avec Jessica – en m'efforçant, en vain, de ne pas le chercher des yeux –, je découvris que, si ses étranges frères et sœurs étaient déjà installés, *lui* n'était pas là. Mike nous intercepta pour nous entraîner à sa table. Jessica parut ravie de cette attention, et ses amies ne tardèrent pas à se joindre à nous. Tout en essayant d'écouter leur insouciant bavardage, je cédai à un malaise tenace et guettai nerveusement le moment où *il* apparaîtrait. Je priai pour qu'il se contentât de m'ignorer, afin de me prouver que mes soupçons étaient infondés.

Il ne vint pas, le temps passa, et ma tension augmenta.

Lorsque, à la fin du repas, son absence se confirma, c'est avec plus d'assurance que je me rendis en cours de biologie. Mike, qui montrait toutes les qualités d'un saint-bernard, m'accompagna fidèlement aux portes du labo. Sur le seuil, je retins mon souffle, mais Edward n'était pas là non plus. En soupirant, je gagnai ma place. Mike m'emboîta le pas, sans cesser de pérorer sur une sortie prévue à la mer. Il s'attarda près de mon bureau jusqu'à la sonnerie puis, avec un sourire de regret, il alla s'asseoir à côté d'une malheureuse qui arborait un appareil dentaire et des cheveux gras. Visiblement, j'allais devoir m'occuper de lui, ce qui promettait de ne pas être facile. Dans une ville comme Forks, où les gens vivent les uns sur les autres, un peu de diplomatie est indispensable. Le tact n'a jamais été mon fort, et je manquais de pratique pour ce qui était d'éconduire les garçons un peu trop cordiaux.

Je fus soulagée d'avoir la paillasse pour moi seule. Du moins, c'est ce que je me répétai. En vérité, j'étais obsédée par l'idée d'être à l'origine de la défection d'Edward. Penser que j'étais capable d'affecter quelqu'un à un tel degré était ridicule et égocentrique. Impossible. Malgré tout, je m'inquiétai.

Lorsque les cours s'achevèrent enfin et que le feu de mes joues (provoqué par un nouvel incident en gym) se fut atténué, je remis rapidement mon jean et mon sweater bleu marine et quittai en trombe les vestiaires, heureuse de constater que j'avais réussi à semer mon protecteur canin. Je fonçai sur le parking, à cette heure encombré d'élèves, grimpai dans ma camionnette et fouillai mon sac pour vérifier que je n'avais rien oublié.

La veille au soir, je m'étais aperçue que les talents culinaires de Charlie ne dépassaient guère le stade des œufs au bacon. J'avais donc exprimé le désir d'être chargée des repas pendant la durée de mon séjour. Mon père avait été plus que ravi de me donner les clés de la salle de banquet. J'avais découvert par la même occasion qu'il n'y avait rien à manger dans la maison. Ainsi, j'avais emporté au lycée ma liste de commissions et du liquide pris dans un bocal étiqueté ARGENT DES COURSES. Je partais en expédition au supermarché du coin.

Je démarrai mon engin pétaradant sans tenir compte des têtes qui se tournaient dans ma direction et reculai prudemment avant de me glisser dans le flot de voitures qui attendaient de pouvoir sortir du parking. Tandis que je patientais, laissant entendre que les grondements assourdissants de ma Chevrolet venaient d'un autre véhicule que le mien, je vis les Cullen et les Hale monter dans leur voiture. C'était la Volvo neuve et rutilante. Comme par hasard. Jusque-là, je n'avais pas pris garde à leurs vêtements, trop fascinée par leurs visages. En les observant de plus près, je m'aperçus clairement qu'ils étaient habillés avec une élégance hors du commun ; des affaires toutes simples, mais qui revendiquaient avec subtilité des origines griffées. Ils se seraient baladés en haillons que ça n'aurait cependant rien changé à leur beauté et à leur allure remarquables. Tant de classe et de richesse à la fois pouvaient agacer, même si la vie, la plupart du temps, fonctionnait ainsi, hélas. En tout cas, leur apparence ne les aidait pas à s'intégrer dans l'univers du lycée.

Mais non ! Je ne croyais pas vraiment à un ostracisme. Leur isolement était sans doute un choix. Il était impensable que les portes ne s'ouvrissent pas devant tant de vénusté.

Comme tout le monde, ils examinèrent ma bruyante guimbarde lorsque je les dépassai, et je fus bien contente de m'éloigner.

Le supermarché était tout proche de là, juste à la sortie suivante sur la quatre voies. Faire les courses fut agréable, normal. À Phoenix, c'était mon boulot, et je retombai dans cette routine familière avec plaisir. Le magasin était suffisamment grand pour que je n'entendisse plus le clapotis de la pluie sur le toit qui se chargeait de me rappeler où j'étais.

De retour à la maison, je rangeai les provisions, les entassant là où je trouvais de la place en espérant que Charlie ne protesterait pas. J'enveloppai des pommes de terre dans du papier alu et les glissai au four, plongeai deux steaks dans une marinade et les fourrai au réfrigérateur, en équilibre sur une boîte d'œufs.

Puis je montai mon sac à l'étage. Avant de commencer mes devoirs, j'enfilai un survêtement, ramassai mes cheveux humides en une queue-de-cheval et vérifiai mon mail pour la première fois. J'avais trois messages.

Bella, m'écrivait ma mère, *envoie-moi un mot dès que tu seras arrivée. Dis-moi comment s'est passé ton vol. Pleut-il ? Tu me manques déjà. J'ai presque terminé nos bagages pour la Floride, mais je ne retrouve pas mon corsage rose. Sais-tu où je l'ai mis ? Coucou de Phil. Maman.*

Avec un soupir, je consultai le suivant. Elle l'avait envoyé huit heures après le premier.

Bella, fulminait-elle, *pourquoi ne m'as-tu pas encore répondu ? Tu attends quoi ? Maman.*

Le dernier datait du matin même.

Isabella, si je n'ai pas signe de toi d'ici 17 h 30 aujourd'hui, j'appelle Charlie.

Je regardai mon réveil. J'avais encore une heure, mais ma mère n'était pas réputée pour sa patience.

Maman, écrivis-je, *calme-toi. Inutile de grimper au plafond. Bella.*

Je l'expédiai, puis en rédigeai un nouveau.

Maman,

Tout va bien. Évidemment qu'il pleut. J'attendais d'avoir quelque chose à t'écrire. Le lycée, ça roule. Juste un peu répétitif. J'ai fait la connaissance de gens sympas avec qui je mange.

Ton corsage est chez le teinturier. Tu étais censée aller le chercher vendredi.

Charlie m'a acheté une camionnette à plateau, tu y crois ? Je l'adore. Elle est vieille, mais super solide, ce qui est bien, tu sais, pour une fille comme moi.

Tu me manques aussi. Je te réécrirai bientôt, mais je n'ai pas l'intention de consulter mes mails toutes les cinq minutes. Détends-toi, respire, je t'aime. Bella.

J'avais décidé de relire *Les Hauts de Hurlevent* – le roman que nous étudiions en anglais –, juste pour le plaisir, et c'est ce à quoi j'étais occupée quand Charlie rentra du travail. J'avais oublié l'heure et me précipitai en bas pour sortir les patates et mettre la viande sous le gril.

— Bella ? lança mon père en m'entendant dévaler l'escalier.

Qui d'autre ?

— Salut, papa ! Bienvenue !

— Merci.

Il accrocha son pistolet au portemanteau et se débarrassa de ses bottes tandis que je m'affairais dans la cuisine. À ma connaissance, il n'avait jamais utilisé son arme en service. Mais il l'avait sur lui. Lorsque j'étais petite, il avait pris l'habitude de retirer les balles dès qu'il franchissait le seuil. Il faut croire qu'il me considérait comme assez mûre à présent pour ne pas me tuer par accident et pas suffisamment dépressive pour me suicider.

— Qu'y a-t-il à dîner ? s'inquiéta-t-il.

Ma mère est une cuisinière pleine d'imagination dont les expériences ne sont pas toujours comestibles. Je fus surprise, et peinée, qu'il s'en souvînt encore.

— Steaks et pommes au four.

Réponse qui parut le soulager.

Il avait l'air embarrassé, debout dans la cuisine, les bras ballants. Aussi, il gagna le salon d'un pas lourd pour y regarder la télé pendant que je m'activais. C'était plus simple pour nous deux. Je préparai une salade tandis que la viande cuisait, puis mis le couvert. Lorsque tout fut prêt, je l'appelai, et il me rejoignit en reniflant avec gourmandise.

— Ça sent bon, Bella.

— Merci.

Nous mangeâmes sans mot dire durant quelques minutes. Sans inconfort non plus. Le silence ne nous gênait ni l'un ni l'autre. D'une certaine manière, nous étions faits pour vivre ensemble.

— Alors, comment ça marche, au lycée ? demanda-t-il en se resservant. Tu as déjà sympathisé ?

— J'ai plusieurs cours en commun avec une fille, Jessica. Je déjeune avec ses copines. Il y a aussi ce garçon, Mike, très gentil. Tout le monde est plutôt accueillant.

À une exception, mais de taille.

— Ça doit être Mike Newton. Chouette môme, chouettes parents. Son père tient le magasin de sport qui se trouve à la sortie de la ville. Avec tous les randonneurs qui fréquentent le coin, les affaires marchent.

— Tu connais les Cullen ? risquai-je.

— La famille du médecin ? Bien sûr. Le docteur est un chic type.

— Ils... leurs enfants... sont un peu spéciaux. Ils n'ont pas l'air de s'être vraiment intégrés, au lycée.

La colère de Charlie me prit au dépourvu.

— Ah, les gens d'ici ! grommela-t-il. Le docteur Cullen est un brillant chirurgien qui pourrait travailler dans n'importe quel hôpital et gagner dix fois plus. (Son ton monta.) Nous avons de la chance de l'avoir et que sa femme accepte de vivre dans une petite ville. C'est un grand atout pour notre communauté, et leurs gamins sont bien élevés et polis. À leur arrivée, j'avais des doutes. Des adolescents adoptés... Mais ils se sont révélés très mûrs, ils ne m'ont pas donné l'ombre d'un souci. Je ne peux pas en dire autant d'autres gosses qui vivent dans la région depuis des générations. En plus, ils sont très unis, un exemple pour nous tous. Ils partent camper un week-end sur deux... Mais parce que ce sont des étrangers, les habitants du cru se sentent obligés de cancaner.

C'était le discours le plus long que je l'avais jamais entendu prononcer. Aucun doute, il supportait mal les racontars – quels qu'ils fussent – à propos des Cullen. Je fis machine arrière.

— Oh, ils ne m'ont pas semblé antipathiques. C'est juste qu'ils ne se mélangent pas. Ils sont drôlement beaux, ajoutai-je, désireuse de me montrer positive.

— Tu verrais le docteur, plaisanta Charlie, apaisé. Heureusement qu'il est heureux en ménage. Les infirmières ont du mal à se concentrer sur leur boulot quand il est dans les parages.

Le dîner s'acheva dans le calme. Charlie débarrassa la table pendant que je m'attaquais à la vaisselle. Puis il retourna au salon et, ma corvée terminée – à la main, pas de machine –, je regagnai ma chambre en traînant des pieds à l'idée des exercices de maths qui m'y attendaient. Je voyais déjà se profiler une routine quotidienne.

Cette nuit-là fut enfin sereine. Je m'endormis rapidement, épuisée.

Le reste de la semaine se passa sans anicroche. Je m'habituais au train-train de mes cours. Le vendredi, j'étais à même de reconnaître, sinon d'identifier, presque tous les élèves du lycée. En gym, tandis que nos adversaires tentaient de profiter de ma faiblesse, mes partenaires apprirent à ne pas me passer le ballon. Pour ma part, je fus trop heureuse de m'écarter de leur chemin.

Edward Cullen ne revint pas en classe.

Chaque jour, je guettais avec anxiété le moment où le reste de la tribu entrait dans la cantine, sans lui. Alors seulement, je me détendais et me joignais à la conversation régnant à ma table. Elle tournait pour l'essentiel autour de l'excursion à l'Ocean Park de La Push que Mike projetait pour dans quinze jours. J'étais invitée, et j'avais accepté, plus par politesse que par envie. À mes yeux, les plages se devaient d'allier chaleur et temps sec.

Le vendredi, c'est avec une décontraction parfaitement naturelle que je franchis la porte de ma classe de sciences nat, sans plus m'inquiéter de l'éventuelle présence d'Edward. Pour moi, il avait abandonné l'école. Je m'évertuais à ne pas penser à lui, même si je n'arrivais pas totalement à me chasser du crâne que j'étais responsable de sa disparition, aussi ridicule que cela semblât.

Mon premier week-end se déroula sans incident notoire. Charlie, peu habitué à rester dans une maison d'ordinaire déserte, travailla presque tout le temps. Moi, je fis le ménage, m'avançai dans mes devoirs et écrivis à ma mère des mails faussement enjoués. Le samedi, je me rendis à la bibliothèque, mais le fonds était si maigre que je ne pris pas la peine de m'inscrire ; il allait falloir que je pousse très bientôt jusqu'à Olympia ou Seattle pour y trouver une bonne librairie. Je m'interrogeai vaguement sur la consommation de la camionnette... et fus prise de frissons.

La pluie tomba doucement et sans bruit, je n'eus pas d'insomnies.

Le lundi, des gens me saluèrent sur le parking. Des prénoms m'échappaient encore, mais j'agitai la main et souris à tout un chacun. Il faisait plus froid, ce matin-là, mais, ô joie, il ne pleuvait pas. En anglais, Mike prit sa place réservée à côté de moi. Nous eûmes droit à une interro surprise sur *Les Hauts de Hurlevent*. Facile, très facile.

L'un dans l'autre, je me sentais bien plus à l'aise que

je n'aurais cru l'être au bout d'une seule semaine. Plus à l'aise que je n'avais jamais espéré l'être ici, en fait.

À la sortie du cours, l'air était saturé de traînées blanches qui tournoyaient. Les élèves s'interpellaient avec excitation. La bise me mordait les joues, le nez.

— Super ! s'écria Mike.

Je contemplai les lambeaux de coton duveteux qui s'accumulaient le long du trottoir et voletaient de façon erratique devant mes yeux. Adieu ma belle journée.

— Beurk !

— Tu n'aimes pas la neige ? s'exclama Mike, surpris.

— Non. Ça signifie qu'il fait trop froid pour pleuvoir. (Tu parles d'une évidence.) En plus, je croyais qu'elle se présentait sous la forme de beaux gros flocons bien propres. Là, on dirait les extrémités de cotons-tiges.

— Tu n'as jamais vu la neige tomber ? me demanda-t-il, incrédule.

— Bien sûr que si. (Pause.) À la télé.

Il éclata de rire. C'est alors qu'une grosse boule molle et détrempée s'écrasa sur sa nuque. Nous nous retournâmes pour voir d'où elle venait. Je soupçonnai vite Éric, qui s'éloignait sans nous regarder en direction – la mauvaise – de son prochain cours. Mike était parvenu aux mêmes conclusions, car il ramassa un tas de bouillie blanche.

— Je te retrouve à la cafète, d'accord ? annonçai-je en m'en allant. Les gens qui se bombardent de trucs humides, très peu pour moi.

Les yeux rivés sur la silhouette d'Éric, il hocha le menton.

Toute la matinée, ce ne furent que discussions animées sur la neige. Apparemment, c'était la première chute de la saison. Je ne m'en mêlai pas. Certes, elle était moins humide que la pluie – jusqu'à ce qu'elle fonde dans vos chaussettes.

Lorsque je me rendis à la cantine avec Jessica, après notre cours d'espagnol, j'étais sur mes gardes. De la bouillasse volait de tous côtés. J'avais une chemise cartonnée à la main, et j'étais prête à m'en servir comme d'un bouclier en cas de besoin. Jessica me trouva tordante, mais mon expression la retint de s'en prendre elle-même à moi.

Mike nous rattrapa à la porte, hilare. La glace prise dans ses cheveux dérangeait les pointes de sa coiffure. Lui et Jessica, énervés comme des gosses, évoquèrent la bataille de boules de neige tandis que nous prenions notre place dans la queue. Par habitude, j'inspectai la table du coin. Je me figeai sur place. Cinq personnes y étaient assises.

— Oh hé, Bella ? (Jessica me tira par le bras.) Tu veux manger quoi ?

Je baissai les yeux ; mes oreilles étaient brûlantes. Je n'avais aucune raison d'être gênée, me rappelai-je. Je n'avais rien fait de mal.

— Qu'est-ce qui lui arrive, à Bella ? demanda Mike à ma nouvelle amie.

— Rien, répondis-je. Je ne prendrai qu'une limonade, aujourd'hui.

Je rattrapai la file d'attente.

— Tu n'as pas faim ? s'inquiéta Jessica.

— Je suis un peu patraque, expliquai-je sans oser la regarder en face.

Je patientai pendant qu'ils se servaient puis leur emboîtai le pas en direction d'une table, concentrée sur mes pieds. Une fois installée, je bus lentement ma boisson, l'estomac en déroute. Deux fois, Mike s'enquit de ma santé avec une sollicitude démesurée. Je lui garantis que ce n'était rien, même si j'envisageai de jouer les malades et de me réfugier à l'infirmerie durant l'heure suivante.

N'importe quoi ! Je n'aurais pas dû me sentir obligée de fuir.

Je décidai de m'autoriser un coup d'œil à la famille Cullen. S'*il* me toisait avec hostilité, je sécherais la biologie, en vraie trouillarde que j'étais. Je les épiai en catimini. Aucun d'eux ne nous observait. Je me redressai un peu. Ils riaient. Edward, Jasper et Emmett avaient le crâne couvert de glace fondue. Alice et Rosalie s'étaient écartées d'Emmett qui s'ébrouait dans leur direction. Ils se réjouissaient de ce premier vrai jour d'hiver, comme tout le monde. Sauf qu'ils me donnèrent l'impression d'une scène de film. Et puis il y avait autre chose derrière ces rires et cette espièglerie. Une espèce de différence sur laquelle je n'arrivais pas à mettre le doigt. J'étudiai Edward plus minutieusement que ses frères et sœurs. Sa peau était moins pâle, trouvai-je, peut-être rosie par l'excitation, et ses cernes s'étaient beaucoup estompés. Mais ce n'était pas ça non plus. Je me perdis dans des supputations, m'escrimant à identifier ce qui avait changé.

— Bella, qui est-ce que tu fixes comme ça ? intervint soudain Jessica en suivant mon regard.

À cet instant précis, les yeux d'Edward rencontrèrent les miens. Aussitôt, je baissai la tête et m'abritai derrière mes cheveux. J'eus cependant la conviction que, au moment où nos prunelles s'étaient croisées, il n'avait pas semblé inamical ni dur, contrairement à notre dernière rencontre. Une fois encore, il m'était apparu curieux et bizarrement insatisfait.

— Edward Cullen te mate, me chuchota Jessica en riant.

— Il n'a pas l'air furieux, hein ? ne pus-je m'empêcher de demander.

— Non, répondit-elle, déroutée par ma question. Il devrait ?

— Je crois qu'il ne m'apprécie guère, avouai-je.

Toujours aussi barbouillée, je posai ma tête sur mon bras.

— Les Cullen n'aiment personne... Enfin, disons qu'ils ne s'intéressent pas assez aux autres pour les aimer. En tout cas, il continue à t'admirer.

— Arrête de le regarder, sifflai-je.

Elle gloussa. Je soulevai le menton pour voir si elle obéissait, envisageant de recourir à la violence dans le cas contraire, mais elle s'exécuta.

Puis Mike se mêla à notre conversation. Il projetait une bataille de boules de neige épique sur le parking après les cours et nous invitait à nous joindre à lui. Jessica accepta avec enthousiasme. Sa façon de contempler Mike était transparente – elle était prête à faire tout ce qu'il voudrait. Je gardai le silence, envisageant déjà de me cacher au gymnase en attendant que le parking se vide.

Jusqu'à la fin du repas, je pris grand soin d'éviter de me tourner vers *sa* table. Après mûre réflexion, je décidai de relever le défi que je m'étais lancé : comme il avait semblé dénué de colère, j'irais en sciences nat. La perspective de m'asseoir une nouvelle fois à côté de lui déclencha des petits soubresauts apeurés dans mon ventre.

Je ne tenais pas trop à me rendre en cours avec Mike – visiblement, il constituait une cible appréciée des chahuteurs. Mais, arrivés à la porte, tous ceux qui m'entouraient grognèrent : il pleuvait, et la pluie emportait les ultimes traces de neige en ruisseaux glacés qui s'écoulaient dans les caniveaux. Je mis ma capuche, secrètement enchantée. Je pourrais rentrer directement à la maison après l'éducation physique. Mike, lui, ne cessa de se plaindre sur le chemin du bâtiment 4.

En classe, je constatai avec joie que la place à côté de la mienne était encore vide. M. Banner déambulait dans la pièce, déposant un microscope et une boîte de lamelles sur chaque paillasse. Le cours ne commençant que dans quelques minutes, les bavardages allaient bon train. J'évitai de guetter la porte tout en gribouillant sur la couverture de mon cahier.

J'eus beau entendre très nettement qu'on tirait le tabouret voisin, je restai concentrée sur mes dessins.

— Bonjour, murmura une voix harmonieuse.

Je redressai la tête, stupéfaite qu'il m'eût adressé la parole. Il se tenait aussi loin que possible de moi, mais son siège était orienté dans ma direction. Ses cheveux mouillés dégouttaient, ébouriffés ; pourtant, il donnait l'impression de sortir d'une pub pour un gel coiffant. Son visage éblouissant était ouvert et cordial, un léger sourire étirait ses lèvres sans défaut. Seuls ses yeux restaient prudents.

— Je m'appelle Edward Cullen, poursuivit-il. Je n'ai pas eu l'occasion de me présenter, la semaine dernière. Tu dois être Bella Swan.

Soudain, j'étais perdue. Avais-je rêvé ? Car il était d'une politesse exquise, maintenant. Il attendait que je réagisse. Malheureusement, je ne trouvai rien de conventionnel à dire.

— D'où... d'où connais-tu mon nom ? bredouillai-je.

Il éclata d'un rire séduisant.

— Oh, ce n'est un secret pour personne. Tu étais attendue comme le messie, tu sais.

Je grimaçai, guère étonnée.

— Ce n'est pas ça, m'enferrai-je bêtement. Pourquoi Bella ?

— Tu préfères Isabella ?

— Non, mais je pense que Charlie... mon père... ne m'appelle pas autrement derrière mon dos. Du moins, c'est ainsi que tout le monde ici paraît me connaître, essayai-je d'expliquer, tout en ayant l'impression d'être une vraie crétine.

— Ah bon.

Il laissa tomber, et je détournai les yeux, penaude. Par bonheur, M. Banner débuta son cours à cet instant, et je m'appliquai à suivre. Il nous expliqua que les lamelles des boîtes étaient mal rangées. Nous devions identifier les différentes étapes de la mitose à laquelle étaient soumises les racines d'oignons qu'elles renfermaient et rétablir l'ordre de la division cellulaire. Nous étions censés travailler à deux, reporter nos résultats sur le polycopié fourni, le tout en vingt minutes et sans utiliser nos livres.

— Allez-y, conclut M. Banner.

— Les dames d'abord ? me proposa Edward.

Son sourire était si beau que je le dévisageai comme une idiote.

— À moins que tu préfères que je commence.

Le sourire se fana. Visiblement, il s'interrogeait sur mes capacités mentales.

— Non, protestai-je en piquant un fard, aucun problème.

C'était de la frime. Un peu. J'avais déjà mené cette expérience, et je savais quoi chercher. Ça devrait être facile. Prenant la première lamelle, je l'insérai sous le microscope et ajustai rapidement l'oculaire. Un coup d'œil me suffit.

— Prophase, décrétai-je avec assurance.

— Ça t'embête si je regarde ? intervint Edward au moment où j'allais retirer la lamelle.

Sa main s'empara de la mienne pour arrêter mon geste. Ses doigts étaient glacés, à croire qu'il les avait plongés dans une congère juste avant le cours. Mais ce ne fut pas pour cela que je me libérai de son emprise à toute vitesse – son contact m'avait brûlée comme une décharge électrique.

— Désolé, marmonna-t-il en me lâchant aussitôt.

Il ne renonça pas pour autant à se saisir du microscope. Chancelante, je l'observai mener un examen encore plus rapide que le mien.

— Prophase, acquiesça-t-il en inscrivant soigneusement ce résultat dans la première case de l'imprimé.

Il positionna habilement la deuxième lamelle, à laquelle il n'accorda guère plus qu'une étude superficielle.

— Anaphase, annonça-t-il en écrivant.

— Je peux ? demandai-je d'une voix neutre.

Avec une moue narquoise, il fit glisser l'appareil vers moi. Je m'empressai de vérifier. Bon sang, il avait raison ! Je fus déçue.

— Troisième lamelle, exigeai-je en tendant la main sans le regarder.

Il me la passa en s'arrangeant pour ne pas toucher ma peau, cette fois. Je fus aussi brève que possible.

— Interphase, pronostiquai-je.

Je lui cédai le microscope avant qu'il ait eu le temps de le réclamer. Il contrôla mon verdict pour la forme puis le reporta sur le polycopié, ce que j'aurais pu faire pendant son observation, sauf que son écriture nette et élégante m'impressionnait. Je ne tenais pas à déparer la page avec mes pattes de mouche.

Nous eûmes fini bien avant les autres. Je vis Mike et sa partenaire comparer deux lamelles plusieurs fois de suite, et un des groupes de travail avait ouvert en douce son livre sous la table.

J'eus donc tout le loisir de m'obliger à ne pas dévisager mon voisin, sans succès. J'étais en train de le guigner quand je m'aperçus qu'il me contemplait avec cet air de frustration inexplicable qui m'avait déjà intriguée. Tout à coup, je crus deviner ce qui avait changé en lui.

— Tu portes des lentilles, non ? m'exclamai-je tout à trac.

Cette réflexion inattendue parut le désarçonner.

— Non.

— Ah bon, marmottai-je. Tes yeux sont différents, pourtant.

Haussant les épaules, il détourna la tête. Malgré tout, j'étais convaincue qu'il y avait quelque chose de nouveau en lui. Je gardais un souvenir très net de la noirceur terne de ses pupilles lorsqu'il m'avait toisée – une couleur qui tranchait sur sa pâleur et ses cheveux blond vénitien. Aujourd'hui, ses yeux avaient une teinte complètement autre : un ocre étrange, plus soutenu que du caramel mais panaché d'une nuance dorée identique. Je ne me l'expliquais pas, à moins qu'il m'eût menti à propos des lentilles. Pourquoi l'aurait-il fait, cependant ? Ou alors, Forks me rendait folle, au sens littéral du mot. Baissant les yeux, je remarquai qu'il serrait les poings.

Intrigué par notre inactivité, M. Banner s'approcha de notre paillasse. Par-dessus nos épaules, il découvrit notre imprimé dûment complété et examina de plus près nos réponses.

— Laisse-moi deviner, Edward, insinua-t-il, tu as estimé qu'Isabella ne méritait pas de toucher au microscope ?

— Bella, le corrigea automatiquement mon voisin. Et détrompez-vous, elle en a identifié trois sur cinq.

M. Banner s'adressa à moi, quelque peu sceptique.

— Tu as déjà travaillé là-dessus ?

— Pas avec des racines d'oignons, admis-je, embarrassée.

— De la blastula de féra ?

— Oui.

— Tu suivais un programme pour élèves avancés, à Phoenix ? devina-t-il en hochant le menton.

— Oui.

Il médita quelques instants.

— Eh bien, finit-il par déclarer, il n'est sans doute pas mauvais que vous deux soyez partenaires de labo.

Il s'éloigna en grommelant dans sa barbe. Je repris mes gribouillis.

— Dommage, pour la neige, hein ? me lança Edward.

J'eus l'impression qu'il se forçait à faire la conversation. Une fois de plus, je cédai à la paranoïa – c'était comme s'il avait entendu l'échange que Jessica et moi avions eu à la cafétéria et qu'il essayait de prouver qu'il s'intéressait aux autres.

— Pas vraiment, répondis-je, choisissant la franchise.

Préoccupée par mes soupçons ridicules, j'avais du mal à être attentive.

— Tu n'aimes pas le froid.

C'était une affirmation.

— Ni l'humidité, renchéris-je.

— Tu dois difficilement supporter Forks, s'aventura-t-il.

— Tu n'imagines même pas à quel point.

Ces mots parurent le fasciner, ce qui me laissa pantoise. Quant à son visage, il m'obsédait tellement que je devais m'interdire de le contempler plus que ne l'autorisait la courtoisie.

— Pourquoi es-tu venue t'installer ici, alors ?

Personne ne m'avait posé la question – en tout cas, pas de façon aussi directe.

— C'est... compliqué.

— Je devrais réussir à comprendre, persifla-t-il.

Je ne dis rien pendant un long moment, puis commis l'erreur de croiser son regard. Ses prunelles d'un or sombre me déstabilisèrent, et c'est sans réfléchir que j'acceptai de m'expliquer.

— Ma mère s'est remariée.

— Ça ne me paraît pas très compliqué, souligna-t-il. Quand est-ce arrivé ?

— En septembre.

Même moi, je perçus la tristesse de ma voix.

— Et tu ne l'apprécies pas, conjectura Edward sans se départir de sa gentillesse.

— Si, Phil est chouette. Trop jeune, peut-être, mais sympa.

— Pourquoi n'es-tu pas restée avec eux, s'il est aussi agréable ?

Son intérêt me dépassait. Il me scrutait pourtant comme si ma pauvre vie était d'une importance fondamentale.

— Phil voyage beaucoup. Il est joueur de base-ball professionnel, précisai-je avec un demi-sourire.

— Célèbre ? s'enquit-il en souriant à son tour.

— Non. Il n'est pas très bon. Juste des championnats de second ordre. Il se déplace pas mal.

— Et ta mère t'a expédiée ici afin de l'accompagner librement.

De nouveau, c'était une affirmation.

— Non, protestai-je, elle n'y est pour rien. C'est moi qui l'ai voulu.

— Je ne saisis pas, avoua-t-il en fronçant les sourcils.

Sa frustration me sembla démesurée. J'étouffai un soupir. Pourquoi prenais-je la peine de raconter ma vie ? Sûrement parce que l'intensité de sa curiosité ne faiblissait pas.

— Au début, repris-je, elle est restée avec moi. Mais il lui manquait. Elle était malheureuse... Bref, j'ai décidé qu'il était temps que je connaisse un peu mieux Charlie.

Je prononçai ces dernières paroles avec des intonations sinistres.

— Et maintenant, c'est toi qui n'es pas heureuse, en déduisit-il.

— La belle affaire !

— Ça n'est pas très juste.

— On ne te l'a donc jamais dit ? ripostai-je avec un ricanement amer. La vie est injuste.

— J'ai en effet l'impression d'avoir déjà entendu ça quelque part, admit-il sèchement.

— Inutile de se lamenter, par conséquent, conclus-je en me demandant pourquoi il me fixait ainsi.

— Tu donnes bien le change, murmura-t-il, appréciateur, mais je parie que tu souffres plus que tu ne le laisses voir.

Je le gratifiai d'une grimace, résistant difficilement à l'envie de lui tirer la langue comme une gamine de cinq ans, puis je détournai la tête.

— Je me trompe ?

Je l'ignorai. Difficilement.

— J'en étais sûr ! plastronna-t-il.

— Et en quoi ça *te* concerne, hein ? répliquai-je, acide.

Je refusais toujours de le regarder et me focalisai sur les rondes du prof dans la salle.

— Bonne question, chuchota-t-il, si doucement qu'il parut se parler à lui-même.

Le silence s'installa, et je devinai qu'il n'en dirait pas plus à ce sujet. Irritée, je fixai le tableau en fronçant les sourcils.

— Je t'agace ? demanda-t-il, l'air soudain amusé.

Sans réfléchir, je lui jetai un coup d'œil... et lui avouai la vérité, une fois de plus.

— Pas vraiment, maugréai-je. Je m'agace moi-même, plutôt. Je suis tellement transparente. Ma mère m'appelle son livre ouvert.

— Je ne suis pas d'accord. Je te trouve au contraire difficile à déchiffrer.

Malgré tout ce que je lui avais confessé et tout ce qu'il avait deviné seul, il était apparemment sincère.

— C'est que tu es bon lecteur.

— En général, oui.

Il m'adressa un large sourire qui dévoila une rangée de dents extrablanches et régulières. À cet instant, M. Banner rappela la classe à l'ordre, et je me tournai vers lui, soulagée. J'étais ébahie d'avoir révélé ma misérable existence à ce garçon étrange et superbe qui pouvait me mépriser ou pas au gré de ses humeurs. Il m'avait donné l'impression d'être subjugué par notre conversation, mais une brève vérification m'apprit qu'il s'était de nouveau éloigné de moi, et que ses mains agrippaient la table avec une évidente tension.

Je m'astreignis à écouter M. Banner qui illustrait, transparents et rétroprojecteur à l'appui, ce que j'avais élucidé sans difficulté à l'aide du microscope. Hélas, j'avais l'esprit bien embrouillé.

Lorsque la cloche retentit enfin, Edward se sauva, aussi vif et gracieux que le lundi. Et, comme ce jour-là, je le regardai s'éloigner avec stupeur. Mike se précipita vers moi pour porter mes livres à ma place. L'image d'un saint-bernard remuant la queue s'imposa à moi.

— C'était nul, grogna-t-il. Toutes ces lamelles se ressemblaient. Tu as de la chance d'avoir Cullen pour partenaire.

— L'exercice ne m'a posé aucun problème, rétorquai-je, piquée par ses insinuations. Et puis, j'avais déjà mené une expérience de ce type, ajoutai-je aussitôt, regrettant ma rebuffade et craignant de l'avoir blessé.

— Cullen a eu l'air plutôt sympa, aujourd'hui, commenta-t-il au moment où nous enfilions nos manteaux.

Et lui n'avait pas l'air très content.

— Je ne sais pas ce qui lui a pris la semaine dernière, éludai-je en jouant l'indifférence.

Sur le trajet du gymnase, je fus incapable de prêter l'oreille aux bavardages de Mike. L'heure d'éducation physique n'arrangea rien non plus. Ce jour-là, Mike était dans mon équipe. Chevaleresque, il défendit ma position et la sienne, et mes rêvasseries ne furent interrompues que lorsque c'était mon tour de servir – chaque fois, mes coéquipiers se baissèrent prudemment.

La pluie n'était plus qu'un brouillard quand j'émergeai sur le parking, mais je fus heureuse de gagner l'abri de ma Chevrolet. Je mis en marche le chauffage, pour une fois insoucieuse du rugissement abêtissant du moteur, déboutonnai mon coupe-vent, rabattis le capuchon et ébouriffai mes cheveux.

J'inspectais les alentours afin de m'assurer que la voie était libre lorsque je remarquai une silhouette blanche et immobile. Edward Cullen s'appuyait contre la porte avant de la Volvo, à trois voitures de là, et me fixait. Aussitôt, je fis marche arrière, manquant, dans ma hâte, d'emboutir une Toyota Corolla rouillée. Heureusement pour elle, j'enfonçai la pédale de frein à temps. C'était exactement le genre de véhicule que ma camionnette aurait réduit en bouillie. Je pris une profonde inspiration et, veillant avec application à ne pas *le* regarder, je repris ma manœuvre, avec plus de succès ce coup-ci. Raide comme un piquet, je dépassai la Volvo – j'aurais juré qu'Edward riait.

3

PHÉNOMÈNE

Lorsque j'ouvris les yeux le lendemain matin, quelque chose avait changé.

La lumière. Le vert-de-gris ambiant du genre jour nuageux en forêt était illuminé d'une nuance plus claire. M'apercevant que le brouillard n'opacifiait pas ma fenêtre, je sautai du lit pour aller voir... et poussai un gémissement horrifié. Une fine couche de neige recouvrait la cour, saupoudrait le toit de ma camionnette, blanchissait la rue. La pluie de la veille avait gelé, solidifiant les aiguilles des arbres en sculptures fantastiques et somptueuses et transformant l'allée en patinoire. J'avais déjà assez de mal à ne pas me casser la figure quand le sol était sec – il était sûrement plus sûr que je retourne me coucher tout de suite.

Charlie était parti lorsque je descendis. Par bien des

aspects, vivre avec lui ressemblait à vivre en célibataire, et je me surprenais à savourer mon indépendance plutôt qu'à souffrir de solitude. J'engloutis un bol de céréales et quelques gorgées de jus d'orange – directement au goulot. J'avais hâte de filer au lycée, ce qui m'effrayait. J'avais conscience que ce n'était ni vers une studieuse émulation ni vers le plaisir de retrouver mes nouveaux amis que je courais. J'étais pressée de me rendre à l'école à cause d'Edward Cullen. Et c'était très, très bête.

J'aurais dû l'éviter complètement, après mes sots et embarrassants bavardages de la veille. Et puis je me méfiais ; pourquoi avait-il menti à propos de ses yeux ? L'hostilité qui émanait parfois de lui continuait à me terrifier, et la seule idée de son admirable visage à me paralyser. Je savais aussi que nous n'étions pas du même monde. En aucun cas, donc, je n'aurais dû être fébrile à la perspective de le revoir.

Il me fallut faire appel à toutes mes capacités de concentration pour réchapper de l'allée verglacée. Je faillis bien perdre l'équilibre en atteignant ma voiture mais réussis à m'accrocher au rétroviseur juste à temps. La journée allait être cauchemardesque, aucun doute là-dessus.

Sur le trajet du lycée, j'oubliai mes soucis en repensant à Mike et Éric et à la façon manifestement différente dont les garçons, ici, se comportaient à mon égard. J'étais pourtant certaine d'avoir la même tête qu'à Phoenix. Peut-être était-ce que mes camarades masculins, là-bas, m'avaient vue traverser lentement toutes les phases difficiles de l'adolescence et ne s'étaient pas donné la peine de dépasser ce stade. Peut-être était-ce que je représentais une nouveauté dans une ville où celles-ci étaient rares. À moins que ma maladresse qui confinait à l'infirmité ne fût considérée avec sympathie plutôt qu'avec mépris, me donnant des allures de princesse en détresse. Quoi qu'il en fût, l'attitude de chiot de Mike et l'apparente jalousie d'Éric étaient déconcertantes. Je n'étais pas sûre de ne pas leur préférer ma transparence coutumière.

Je conduisis avec une lenteur d'escargot, peu désireuse de semer le désordre et la destruction sur ma route. La Chevrolet semblait cependant ne pas avoir de difficultés avec la glace noire qui couvrait l'asphalte. Lorsque j'en descendis, sur le parking du lycée, je découvris pourquoi. Un éclat argenté ayant attiré mon attention, je me rendis à l'arrière du véhicule – en m'agrippant prudemment au plateau – afin d'y examiner les pneus. Ils étaient ceints de fines lignes métalliques entrecroisées en losanges. Charlie s'était levé à point d'heure pour chaîner ma camionnette. J'eus la gorge serrée, soudain. Je n'avais pas l'habitude qu'on s'occupât de moi, et les attentions discrètes de mon père me prenaient au dépourvu.

Je me tenais derrière ma voiture en essayant de maîtriser la brusque vague d'émotion qui s'était emparée de moi quand j'entendis un drôle de bruit.

Plusieurs choses arrivèrent en même temps. Et pas au ralenti, comme dans les films. Au contraire, l'adrénaline parut dégourdir mon cerveau, et je réussis à saisir en bloc une série d'événements simultanés.

À quatre voitures de moi, Edward Cullen avait les traits tordus par une grimace horrifiée. Son visage se détachait sur une mer d'autres visages, tous figés dans un masque d'angoisse identique. De plus immédiate importance cependant m'apparut le fourgon bleu nuit qui glissait, roues bloquées et freins hurlant, en tournoyant follement à travers le parking verglacé. Il fonçait droit sur ma Chevrolet, et j'étais en plein sur sa trajectoire. Je n'eus même pas le temps de fermer les yeux.

Juste avant que ne me parvienne le crissement de tôles froissées du véhicule fou s'enroulant autour du plateau de ma camionnette, quelque chose me frappa. Fort. Sauf que le coup ne surgit pas de là où je l'attendais. Ma tête heurta le bitume gelé, une masse solide et froide me cloua au sol. Je me rendis compte que je gisais sur le sol, derrière la voiture marron près de laquelle je m'étais garée. Je n'eus pas le loisir d'engranger d'autres détails, car le fourgon se rapprochait : après avoir rebondi bruyamment sur l'arrière de la Chevrolet, il continuait sa course désordonnée et s'apprêtait à me rentrer dedans une deuxième fois.

Un juron étouffé m'apprit que je n'étais pas seule. Impossible de ne pas reconnaître *cette* voix. Deux longues mains blanches jaillirent devant moi pour me protéger, et le fourgon s'arrêta en hoquetant à quelques centimètres de ma figure, les grandes paumes s'enfonçant par un heureux hasard dans une indentation profonde qui marquait le flanc du véhicule.

Puis les mains bougèrent, si vite qu'elles en devinrent floues. L'une d'elles attrapait soudain le dessous du fourgon, et quelque chose me tirait en arrière, écartant mes jambes comme celles d'une poupée de son jusqu'à ce qu'elles viennent frapper les pneus de la voiture marron. Dans un grondement métallique qui me déchira les tympans et une averse de verre brisé, le fourgon retomba à l'endroit exact où, un instant plus tôt, s'étaient trouvées mes jambes.

Un silence absolu régna pendant une seconde interminable, puis les hurlements commencèrent. Dans le charivari, j'entendis plusieurs personnes crier mon nom. Mais plus clairement que ces braillements, je perçus, toute proche, la voix basse et affolée d'Edward Cullen.

— Bella ? Ça va ?

— Très bien.

Mes intonations sonnèrent étranges à mes propres oreilles. Je voulus m'asseoir, m'aperçus qu'il me serrait contre lui dans une étreinte de fer.

— Attention, m'avertit-il quand je me débattis. Je crois que tu t'es cogné la tête assez fort.

Je pris conscience d'une douleur lancinante au-dessus de mon oreille gauche.

— Ouille ! murmurai-je, déconcertée.

— C'est bien ce que je me disais.

Il semblait sujet à une étrange gaieté.

— Comment diable...

Je m'interrompis pour tâcher d'éclaircir mes idées et de recouvrer mes esprits.

— Comment as-tu réussi à t'approcher aussi vite ?

— J'étais juste à côté de toi, Bella, affirma-t-il en retrouvant son sérieux.

Je me détournai pour me redresser et, cette fois, il me lâcha, délaçant ses bras et s'éloignant de moi autant que l'espace restreint le lui permettait. Il arborait une moue inquiète et innocente, et je fus de nouveau désorientée par l'intensité de ses pupilles dorées qui paraissaient me reprocher l'absurdité de ma question.

Tout à coup, on nous découvrit, une meute de gens aux joues striées de larmes, se hélant, nous interpellant.

— Ne bougez pas ! nous ordonna quelqu'un.

— Sortez Tyler du fourgon, cria quelqu'un d'autre.

Une activité fébrile s'organisa. Je tentai de me lever, mais la main glacée d'Edward m'en empêcha.

— Attends encore un peu.

— J'ai froid ! protestai-je.

Il étouffa un rire. Qu'est-ce que ça signifiait ?

— Tu étais là-bas, me rappelai-je soudain. Près de ta voiture.

— Non, répliqua-t-il en se fermant brusquement.

— Je t'ai vu !

Alentour, c'était le chaos. Des voix graves retentirent, signe que des adultes arrivaient sur place. De mon côté, je n'avais pas l'intention de céder. J'avais raison, et Edward Cullen allait devoir en convenir.

— Bella, j'étais tout près de toi et je t'ai tirée de là, c'est tout.

Il me balaya du pouvoir dévastateur de ses yeux, comme pour me communiquer une information cruciale.

— Non, m'entêtai-je, mâchoires serrées.

L'or de ses iris flamboya.

— S'il te plaît, Bella.

— Pourquoi ?

— Fais-moi confiance.

La douceur envoûtante de ses accents fut interrompue par les ululements de sirènes lointaines.

— Jure que tu m'expliqueras plus tard.

— D'accord ! aboya-t-il, soudain exaspéré.

— Tu as intérêt à tenir parole, insistai-je, furieuse.

Il fallut six secouristes et deux profs – Varner et Clapp – pour déplacer le fourgon suffisamment loin afin de laisser passer les brancards. Edward refusa vigoureusement de s'allonger sur le sien, et je m'efforçai de l'imiter, mais le traître leur révéla que je m'étais cogné la tête et que je souffrais sûrement d'une commotion. Je faillis mourir d'humiliation lorsqu'ils me mirent une minerve. On aurait dit que tout le lycée était là qui observait gravement mon chargement en ambulance. Edward grimpa à l'avant. C'était horripilant.

Histoire de ne rien arranger, le Chef Swan débarqua avant qu'ils aient eu le temps de m'évacuer.

— Bella ! brailla-t-il, paniqué, lorsqu'il me reconnut sur la civière.

— Tout va aussi bien que possible, Char... papa, soupirai-je. Je suis indemne.

Il n'en demanda pas moins confirmation à l'ambulancier le plus proche. Je pris le parti de l'ignorer et m'appliquai à dérouler l'inexplicable méli-mélo d'images folles qui se bousculaient dans mon crâne. Lorsque les brancardiers m'avaient emportée, j'avais remarqué sans l'ombre d'un doute que le pare-chocs de la voiture marron était profondément enfoncé – une forme qui n'était pas sans évoquer le contour des épaules d'Edward. Comme s'il s'était arc-bouté contre l'auto avec assez de force pour en tordre le métal... Et puis il y avait les siens, qui avaient contemplé la scène de loin, avec un mélange d'émotions qui allaient de la désapprobation à la fureur mais sans une once d'inquiétude pour la santé de leur frère. Il fallait que je trouve une explication logique à ce à quoi je venais d'assister – une explication évitant de conclure que j'étais cinglée.

Naturellement, l'ambulance fut escortée par la police jusqu'à l'hôpital du comté. C'était d'un ridicule consommé. Le pire fut qu'Edward franchit tranquillement les portes des urgences sur ses pieds. La rage me fit crisser des dents.

Ils m'installèrent dans une grande salle d'examen avec une rangée de lits séparés par des rideaux aux dessins pastel. Une infirmière me colla un tensiomètre autour du bras et un thermomètre sous la langue. Personne ne se soucia de tirer la tenture pour me donner un peu d'intimité. Estimant que je n'étais pas obligée de garder cette imbécile de minerve, j'en ôtai rapidement les bandes Velcro et la balançai sous un meuble, une fois l'infirmière partie.

Peu après, le personnel médical s'agita dans tous les sens, et un deuxième blessé fut amené sur le lit voisin. Sous les pansements tachés de sang qui enserraient étroitement sa tête, je reconnus Tyler Crowley – il partageait mes cours de civilisation. Il avait beau être dans un état mille fois pire que le mien, il me dévisagea avec anxiété.

— Bella, je suis désolé !

— Je n'ai rien, Tyler. Toi, tu as mauvaise mine. Ça va ?

Les infirmières avaient commencé à dérouler les bandages souillés, dévoilant une myriade de coupures peu profondes sur son front et sa joue gauche. Il ignora ma question.

— J'ai cru que j'allais te tuer ! Je roulais trop vite, j'ai été surpris par le verglas...

Il grimaça, car on tamponnait ses blessures.

— Ne t'inquiète pas : tu m'as loupée.

— Comment as-tu réussi à fiche le camp aussi vite ?
Tu étais là et, soudain, plus personne...

— Euh... Edward m'a tirée de là.

Tyler parut surpris.

— Qui ça ?

— Edward Cullen. Il était près de moi.

Même moi je ne fus pas convaincue par ce piètre mensonge.

— Cullen ? Je ne l'ai pas vu... Enfin, tout s'est passé
si vite. Il va bien ?

— Il me semble. Il traîne dans les parages. Ils ne l'ont
pas couché sur un brancard, lui.

Je savais que je n'étais pas folle. Qu'était-il arrivé ? Ce
dont j'avais été témoin restait inexplicable.

Ils m'emmenèrent passer une radio du crâne. Je leur
garantis que je n'avais rien du tout, et l'examen me
donna raison. J'exigeai de partir, mais on me répliqua
qu'il fallait d'abord que je voie un médecin. Bref, j'en
fus réduite à patienter, harcelée par les constantes
excuses de Tyler et ses promesses de s'amender. J'eus
beau lui répéter x fois que j'étais en pleine forme, il ne
cessa de se torturer. Finalement, je fermai les yeux et
l'ignorai tandis qu'il poursuivait son monologue contrit.

— Elle dort ? s'enquit une voix harmonieuse un peu
plus tard.

J'ouvris les paupières. Edward se tenait au pied de
mon lit, une moue narquoise aux lèvres. Je le fusillai du
regard. Ce ne fut pas simple – il m'était tellement plus
naturel de le couver des yeux.

— Hé, Edward, je suis désolé... commença Tyler.

Mon sauveur l'arrêta d'une main.

— Il n'y a pas mort d'homme, le rassura-t-il en lui décochant son sourire étincelant.

Il alla s'asseoir sur le lit de Tyler, face à moi. De nouveau, son expression était sardonique.

— Alors, quel est le verdict ? me demanda-t-il.

— Je n'ai rien, mais ils refusent de me relâcher, me plaignis-je. Explique-moi un peu pourquoi tu n'es pas ficelé à une civière comme nous ?

— Simple question de relations. Ne t'inquiète pas, je me charge de ton évasion.

À cet instant, un médecin apparut au détour du couloir, et j'en restai coite. Il était jeune, blond... et plus beau que toutes les stars de cinéma que je connaissais. Il avait néanmoins le teint pâle, les traits tirés et des cernes sous les yeux. Si j'en croyais la description de Charlie, il s'agissait du père d'Edward.

— Alors, mademoiselle Swan, m'apostropha-t-il d'une voix remarquablement sexy, comment vous sentez-vous ?

— Très bien, affirmai-je (pour la dernière fois, j'espérai).

S'approchant du négatoscope, il l'alluma.

— Vos radios sont bonnes, m'annonça-t-il. Vous avez mal à la tête ? D'après Edward, vous avez subi un sacré choc.

— Tout est en ordre, soupirai-je en lançant un coup d'œil peu amène audit Edward.

Des doigts frais auscultèrent mon crâne avec légèreté.

— C'est douloureux ? s'inquiéta le docteur Cullen en remarquant que je tressaillais.

— Pas vraiment.

J'avais connu pire. Un rire étouffé attira mon attention – Edward me contemplait, une moue protectrice sur les lèvres. Mes yeux lancèrent des éclairs.

— Bon, votre père vous attend à côté. Vous pouvez rentrer. Mais n'hésitez pas à revenir si vous avez des étourdissements ou des troubles de la vision.

— Je ne peux pas retourner au lycée ?

Je voyais déjà Charlie s'essayant au rôle de mère poule.

— Vous feriez mieux de vous reposer, aujourd'hui.

— Et lui, il y retourne ? insistai-je en désignant Edward.

— Il faut bien que quelqu'un annonce la bonne nouvelle de notre survie, se justifia ce dernier avec condescendance.

— En fait, précisa le docteur Cullen, la plupart des élèves semblent avoir envahi les urgences.

— Oh, bon sang ! gémis-je en me cachant le visage dans les mains.

— Vous préférez rester ici ? s'enquit le médecin.

— Non, non ! me récriai-je en sautant du lit rapidement. Trop rapidement, car je titubai, et le père d'Edward me rattrapa, l'air soucieux.

— Ça va, assurai-je.

Inutile de lui préciser que mes problèmes d'équilibre ne devaient rien à l'accident.

— Prenez un peu d'aspirine si vous avez mal, suggéra-t-il en me remettant sur mes pieds.

— Ça n'est pas aussi affreux que ça.

— Il semble que vous ayez eu beaucoup de chance, conclut-il dans un sourire tout en signant d'un grand geste ma feuille de sortie.

— À mettre sur le compte d'Edward La Chance, précisai-je en toisant le sujet incriminé.

— Ah oui... c'est vrai, éluda le médecin qui s'absorba soudain dans les papiers qu'il tenait avant de s'intéresser à Tyler.

Mes soupçons se réveillèrent : le docteur Cullen était de mèche avec son fils.

— J'ai bien peur que *vous* ne deviez rester avec nous un peu plus longtemps, lança-t-il à Tyler en auscultant ses coupures.

Dès qu'il eut tourné le dos, je m'approchai d'Edward.

— Je peux te parler une minute ? sifflai-je.

Il recula d'un pas, lèvres crispées.

— Ton père t'attend, répliqua-t-il sur le même ton.

— J'aimerais avoir une petite discussion en privé, si tu veux bien, persistai-je après avoir jeté un coup d'œil au lit voisin.

Furibond, Edward tourna les talons et sortit de la pièce à grands pas, m'obligeant presque à courir pour le rattraper. Le coin du couloir à peine dépassé, il me fit face.

— Alors ? demanda-t-il, agacé, le regard froid.

Son hostilité m'intimida, et ce fut avec moins de sévérité que je l'eusse souhaité que je m'exprimai.

— Tu me dois une explication.

— Je t'ai sauvé la vie, je ne te dois rien du tout.

— Tu as juré, contrai-je, bien qu'ébranlée par l'animosité qui suintait de lui.

— Bella, tu as pris un coup sur la tête, tu délires.

— Ma tête va très bien ! ripostai-je, exaspérée.

— Que veux-tu de moi, Bella ?

— La vérité. Comprendre pourquoi tu me forces à mentir.

— Mais qu'est-ce que tu vas *imaginer* ?

— Je suis sûre que tu n'étais absolument pas à côté de moi. Tyler ne t'a pas vu, alors arrête de me raconter des bobards. Ce fourgon allait nous écraser tous les deux, et ça ne s'est pas produit. Tes mains ont laissé des marques dedans, et tu as aussi enfoncé l'autre voiture. Tu n'as pas une égratignure, le fourgon aurait dû m'écrabouiller les jambes mais tu l'as soulevé...

Me rendant soudain compte de la dinguerie de mes paroles, je me tus. J'étais si furieuse que je sentis les larmes affleurer : les ravalant, je serrai les dents. Lui me dévisageait avec incrédulité. Mais il était tendu, sur la défensive.

— Tu penses vraiment que j'ai réussi à soulever une voiture ?

Son ton laissait entendre que j'étais folle à lier, ce qui me rendit d'autant plus soupçonneuse. Car on aurait dit une réplique lancée à la perfection par un acteur de talent. J'acquiesçai avec raideur.

— Personne ne te croira, tu sais, affirma-t-il, vaguement moqueur.

— Je n'ai pas l'intention de le crier sur les toits, répliquai-je en détachant chaque mot pour contenir ma rage.

Un étonnement fugace traversa son visage.

— Dans ce cas, quelle importance ?

— Pour moi, ça en a. Je n'aime pas mentir, alors tu as intérêt à me donner une bonne raison de le faire.

— Pourquoi ne pas te contenter de me remercier et oublier tout ça ?

— Merci.

J'attendis, furieuse, obstinée.

— Tu n'as pas l'intention de renoncer, hein ?

— Non.

— Alors... tu risques d'être déçue.

Nous nous toisâmes quelques instants. J'eus du mal à ne pas me laisser distraire par sa beauté livide. C'était un combat contre un ange destructeur, et je fus la première à rompre le silence.

— Pourquoi t'es-tu donné la peine de me sauver, alors ? demandai-je, glaciale.

L'espace d'une seconde, ses traits magnifiques prirent une expression étonnamment vulnérable.

— Je ne sais pas, chuchota-t-il.

Sur ce, il fit demi-tour et s'éloigna.

J'étais tellement remontée qu'il me fallut plusieurs minutes pour digérer cette dérobade. Ensuite, je me dirigeai lentement vers la sortie. Affronter la salle d'attente fut encore pire que prévu. À croire que tous les visages que je connaissais à Forks s'étaient donné rendez-vous pour me lorgner. Charlie se précipita vers moi, et je levai les mains.

— Je n'ai rien, le rassurai-je d'une voix boudeuse, car je n'étais pas d'humeur à papoter.

— Qu'a dit le médecin ?

— Que j'allais bien et que je pouvais rentrer à la maison.

Mike, Jessica, Éric étaient là et convergeaient vers nous.

— Allons-y, décrétai-je.

Mettant un bras derrière mon dos sans vraiment me toucher, Charlie me conduisit vers les portes vitrées qui ouvraient sur le parking. J'agitai piteusement la main en direction de mes amis, espérant ainsi les convaincre qu'ils n'avaient plus besoin de s'inquiéter. Monter dans la voiture de patrouille fut un véritable soulagement – comme quoi, tout peut arriver.

Le trajet se déroula en silence. Plongée dans mes pensées, j'avais à peine conscience de la présence de Charlie. Pour moi, l'attitude défensive d'Edward était la preuve de la bizarrerie de ce que j'avais vu, même si j'avais encore du mal à accepter l'inacceptable.

Une fois chez nous, Charlie ouvrit enfin la bouche.

— Euh... il faut que tu appelles Renée, marmonna-t-il en baissant la tête d'un air coupable.

— Tu as prévenu maman ! m'écriai-je, stupéfaite.

— Je suis désolé.

Je claquai la portière de la voiture un peu plus fort que nécessaire et entrai.

Ma mère était hystérique, naturellement. Je dus lui répéter au moins trente fois que je me sentais bien avant qu'elle ne se calme. Elle me supplia de rentrer à Phoenix – oubliant que la maison était vide – mais il me fut plus facile de résister à ses prières que je ne m'y étais attendue. Le mystère que représentait Edward me rongeait. Et Edward lui-même m'obsédait encore plus. Idiote, idiote, idiote ! Je n'avais aucune intention de fuir Forks ; contre toute logique ; ce que n'importe qui de censé et normal aurait fait.

Je préférai me coucher tôt. Charlie n'arrêtait pas de me regarder avec inquiétude, et ça me tapait sur le système. Je m'octroyai trois aspirines avant d'aller dormir. Une bonne idée, car la douleur s'estompa, et je ne tardai pas à m'assoupir.

Cette nuit-là, pour la première fois, je rêvai d'Edward Cullen.

4

INVITATIONS

Dans mon rêve, il faisait très sombre, et la lumière chiche semblait sourdre de la peau d'Edward. Je ne voyais pas son visage, seulement son dos, au fur et à mesure qu'il s'éloignait de moi, m'abandonnant dans l'obscurité. J'avais beau courir, je ne le rattrapais pas ; j'avais beau l'appeler, il ne se retournait pas. Troublée, je m'éveillai et ne retrouvai pas le sommeil avant ce qui me parut être un très long moment. Par la suite, il hanta mes songes presque chaque nuit, mais en restant toujours à la périphérie, hors d'atteinte.

Le mois qui suivit l'accident fut difficile, source de tensions, et, pour commencer, de gêne.

Consternée, je me retrouvai au centre de l'attention pour le reste de la semaine. Tyler Crowley était insupportable, me suivant partout, obsédé par le besoin de se racheter. Je m'évertuai à le persuader que mon désir le plus cher était qu'il oubliât toute l'affaire, d'autant que j'étais indemne, mais il n'en démordait pas. Il me poursuivait aux interclasses, déjeunait à notre table désormais surpeuplée. Mike et Éric étaient encore plus hostiles à son égard qu'ils ne l'étaient l'un envers l'autre, ce qui m'inquiétait – je n'avais nul besoin d'un nouvel admirateur.

Edward n'attisa l'intérêt de personne, en dépit de mes assurances répétées que c'était lui le héros, qu'il avait risqué sa vie en venant à ma rescousse. Malgré mes efforts pour être convaincante, Jessica, Mike, Éric, tout le monde affirmait ne pas l'avoir vu avant qu'on ait retiré le fourgon, ce qui m'amena à m'interroger. Pourquoi étais-je la seule à avoir remarqué qu'il se tenait aussi loin de moi avant de voler, brusquement, invraisemblablement, à mon secours ? Dépitée, je compris que c'était sans doute parce qu'aucun élève ne prêtait attention à lui comme moi. J'étais la seule à être fascinée. Pitoyable !

Il ne fut jamais entouré d'une foule de spectateurs curieux, avides d'entendre sa version de l'incident. Comme d'habitude, on l'évita. Les Cullen et les Hale continuèrent à s'asseoir à la même table, à ne pas manger, à ne parler qu'entre eux. Aucun d'eux, surtout pas lui, ne regarda plus dans ma direction.

Lorsqu'il était à côté de moi en classe, aussi loin que la paillasse le lui permettait, il paraissait totalement oublieux de mon existence. Ce n'était que quand il arrivait à ses poings de se fermer tout à coup – peau encore plus blanche que d'ordinaire, tendue sur les os – que je doutais de l'authenticité de son indifférence.

Il regrettait de m'avoir tirée de sous les roues de Tyler – il n'y avait pas d'autre explication.

J'avais vraiment envie de lui parler et, dès le lendemain de l'accident, le mardi, j'essayai. Lorsque nous nous étions quittés, à la sortie des urgences, nous étions tous deux en colère. La mienne n'avait pas cédé d'un pouce devant sa méfiance à mon égard alors que, de mon côté, je respectais ma part du marché sans faillir. Néanmoins, il m'avait sauvé la vie, quelle que soit la façon dont il s'y était pris. Et, le temps d'une nuit, la chaleur de ma fureur s'était fondue en une gratitude tout à la fois respectueuse et craintive.

Il était déjà installé quand j'arrivai au labo, fixant le tableau noir. Je m'assis, m'attendant à ce qu'il se tournât vers moi. Rien dans son attitude n'indiqua qu'il s'était rendu compte de ma présence.

— Bonjour, Edward, dis-je avec bonne humeur, histoire de lui montrer que j'avais des manières.

Sa tête pivota d'un millimètre, il me gratifia d'un très bref hochement de menton en évitant cependant mes yeux, puis il reprit sa position initiale.

Et ce fut le dernier contact que j'eus avec lui, alors qu'il était là, à portée de main, quotidiennement. Je l'observais, parfois, parce que j'étais incapable de m'en abstenir – mais à distance, à la cafétéria ou sur le parking. Je voyais ses yeux dorés s'assombrir imperceptiblement au fil des jours. En cours, cependant, je me montrais aussi indifférente à son égard que lui au mien. J'étais malheureuse. Et les rêves se poursuivaient.

En dépit de mes mensonges éhontés, la teneur de mes mails alerta Renée sur mon état dépressif, et elle téléphona à plusieurs reprises, soucieuse. Je mis ma baisse de moral sur le compte du climat.

Il y en eut au moins un pour se réjouir de la froideur de mes relations avec mon partenaire de sciences nat – Mike. Je compris qu'il avait craint que le sauvetage audacieux d'Edward ne m'eût impressionné. Il était soulagé de constater qu'il avait plutôt produit l'effet inverse. Il s'enhardit, s'asseyant au bord de ma paillasse pour discuter biologie avant le début des cours, snobant Edward avec autant d'application que ce dernier nous ignorait.

La neige disparut pour de bon, après ce jour de verglas périlleux. Mike regrettait sa bataille de boules de neige repoussée aux calendes grecques, mais se rattrapait avec l'idée que l'excursion au bord de la mer serait bientôt possible. Néanmoins, la pluie ne cessa de tomber, et les semaines passèrent.

Jessica m'alerta sur une nouvelle menace lorsqu'elle m'appela, le premier mardi de mars, pour me demander la permission d'inviter Mike au bal de printemps qui aurait lieu dans deux semaines. C'était aux filles de choisir leur cavalier.

— Tu es sûre que ça ne t'embête pas... tu ne comptais pas lui en parler ? insista-t-elle quand je lui eus répondu que je n'avais aucune objection.

— Non, Jess, je n'irai pas.

Danser dépassait largement mes compétences.

— Tu sais, c'est drôlement sympa, pourtant.

Ses tentatives pour me convaincre de venir ne furent guère enthousiastes. Je la soupçonnai de préférer mon inexplicable popularité à ma compagnie.

— Amuse-toi bien avec Mike.

Le lendemain, en cours de maths et d'espagnol, je

m'étonnai de voir que Jessica avait perdu son exubérance coutumière. C'est en silence qu'elle m'accompagna en classe, et je n'osai lui demander la raison de ce mutisme. Si Mike avait décliné son invitation, j'étais la dernière personne à qui elle se confierait. Mes craintes furent confirmées pendant le déjeuner, quand elle s'assit aussi loin que possible de Mike et entreprit Éric avec animation. De son côté, Mike se montra inhabituellement calme. Il ne se dérida que lorsqu'il m'escorta en biologie. Son air gêné me parut de mauvais augure. Il n'aborda pas le sujet avant que je fusse assise et lui perché sur mon bureau. Comme toujours, j'étais électrifiée, consciente de la proximité d'Edward (j'aurais pu le toucher) et de sa distance (à croire qu'il n'était que le fruit de mon imagination).

— Tu sais, se lança Mike, les yeux vissés sur le plancher, Jessica m'a invité au bal.

— Super ! m'exclamai-je en feignant le ravissement. Vous allez vous éclater.

— C'est que...

Il hésita, étudia mon sourire, visiblement douché par ma réaction.

— Je lui ai répondu que j'avais besoin d'y réfléchir.

— Quelle idée !

Je m'étais autorisé une once de reproche dans la voix. En réalité, j'étais soulagée qu'il n'eût pas refusé tout net.

— Je me demandais si... euh, si tu comptais m'inviter, toi.

Je gardai le silence un instant, détestant la vague de remords qui m'envahissait. De biais, je vis la tête d'Edward pivoter vers nous imperceptiblement, en un geste instinctif.

— Mike, je crois que tu devrais accepter.

— Tu as déjà choisi quelqu'un ?

Edward remarqua-t-il la façon dont le regard de Mike papillotait dans sa direction ?

— Non. J'ai bien l'intention de sécher le bal.

— Pourquoi ?

Peu désireuse d'entrer dans des explications sur le défi périlleux que danser représentait pour moi, je lui donnai le premier prétexte que je trouvai.

— Je vais à Seattle, ce samedi-là.

De toute façon, j'avais besoin de m'aérer un peu – soudain, cette date convenait à merveille.

— Tu ne peux pas choisir un autre week-end ?

— Non, désolée. En tout cas, tu ne devrais pas faire languir Jessica plus longtemps. C'est impoli.

— Ouais, tu as raison, marmonna-t-il.

Et, découragé, il regagna sa place. Je fermai les yeux et appuyai mes doigts sur mes tempes pour tenter de repousser la culpabilité et la compassion que j'éprouvais envers lui. M. Banner se mit à parler. Je soupirai, rouvris les paupières. Edward me dévisageait curieusement, avec cette touche à présent familière de frustration dans les yeux, encore plus nette lorsque ses iris étaient noirs. Déconcertée, je soutins son regard, m'attendant à ce qu'il fuie aussitôt. Au lieu de quoi, il continua de me scruter de façon pénétrante. Il était exclu que je cède la première. Mes mains se mirent à trembler.

— Monsieur Cullen ? appela le prof, attendant une réponse à sa question que je n'avais pas entendue.

— Le cycle de Krebs, lança Edward qui s'arracha à sa contemplation avec une réticence évidente pour faire face à M. Banner.

Immédiatement, je plongeai dans mon livre. Plus pleutre que jamais, je ramenai mes cheveux par-dessus mon épaule droite afin de dissimuler mon visage. J'étais incrédule devant la bouffée d'émotions qui m'avait saisie, juste parce qu'il avait daigné me regarder, pour la première fois en plus d'un mois. Je ne lui permettrais pas d'avoir une telle influence sur moi. C'était minable. Plus, c'était malsain.

Je fis mon maximum pour l'oublier durant le reste de l'heure et, comme c'était impossible, pour qu'au moins il ne devine pas que j'étais consciente de sa présence. Quand la cloche sonna enfin, je rassemblai mes affaires en priant pour qu'il file tout de suite, comme d'ordinaire.

— Bella ?

Sa voix n'aurait pas dû m'être aussi familière – comme si j'en avais connu le timbre toute ma vie et non depuis quelques petites semaines. De mauvaise grâce, je me retournai. Je ne voulais pas ressentir ce que je *savais* que je ressentirais devant son visage trop parfait. J'arborai une expression prudente ; la sienne était indéchiffrable. Il n'ajouta rien.

— Quoi ? Tu me parles de nouveau ? finis-je par demander, une involontaire note irascible dans la voix.

— Non, pas vraiment, admit-il, tandis que ses lèvres frémissaient pour étouffer un sourire.

Paupières closes, j'inspirai doucement par le nez, consciente que je grinçais des dents. Lui attendait.

— Alors, qu'est-ce que tu veux, Edward ?

Je n'avais pas rouvert les yeux, car il m'était plus aisé ainsi de m'adresser à lui sans divaguer.

— Je te prie de m'excuser. (Il paraissait sincère.) Je

ne suis pas très courtois, je sais. Mais c'est mieux comme ça, crois-moi.

Cette fois, je fus obligée de le regarder. Il était très sérieux.

— Je ne te comprends pas, répondis-je avec précaution.

— Il vaut mieux que nous ne soyons pas amis. Fais-moi confiance.

Je fronçai les sourcils. J'avais déjà entendu cette phrase.

— Dommage que tu ne t'en sois pas aperçu plus tôt, grondai-je. Tu te serais épargné tous ces regrets.

— Des regrets ? (Le mot et mon ton l'avaient apparemment désarçonné.) De quoi ?

— De ne pas avoir laissé cet imbécile de fourgon me réduire en bouillie.

Ébahi, il m'observa un moment. Quand il reprit la parole, il était presque mécontent.

— Tu penses vraiment que je regrette de t'avoir sauvée ?

— Je le *sais* ! aboyai-je.

— Tu ne sais rien du tout.

Cette fois, il était en colère pour de bon. Je tournai brusquement la tête, mâchoires serrées, tâchant de retenir les accusations délirantes que j'avais envie de lui cracher à la face. Je récupérai mes livres, me levai et filai vers la porte. J'avais envisagé une sortie théâtrale mais, bien sûr, je me pris les pieds dans le chambranle et lâchai mes affaires. L'idée m'effleura de les abandonner sur place puis, avec un soupir, je me penchai pour les ramasser. Il était déjà là ; il me tendait mes manuels empilés, le visage dur.

— Merci, dis-je sèchement.

— De rien, riposta-t-il en pinçant les lèvres.

Je me redressai et partis à grandes enjambées raides vers le gymnase sans regarder derrière moi.

La séance de sport fut brutale. Nous étions passés au basket. Mon équipe ne me lança jamais le ballon, ce qui était bien, mais je tombai beaucoup, entraînant parfois des gens dans ma chute. Ce jour-là fut pire que d'habitude, parce que j'étais obnubilée par Edward. Je tâchai de me concentrer sur mes pieds, mais il ne cessait de revenir insidieusement hanter mon esprit, alors que j'avais plus que jamais besoin de mon équilibre.

Comme toujours, ce fut une vraie délivrance de rentrer à la maison. Je rejoignis ma camionnette en courant presque parce que je souhaitais éviter un maximum de gens. La Chevrolet n'avait subi que des dégâts mineurs dans l'accident. J'avais dû remplacer les feux arrière et, si j'avais eu un pot de peinture sous la main, je serais allée jusqu'à faire quelques retouches. Les parents de Tyler, eux, avaient été contraints de vendre leur fourgon en pièces détachées. Je manquai d'avoir une crise cardiaque quand, au détour d'un bâtiment, je distinguai une grande silhouette sombre appuyée contre le flanc de ma voiture. Puis je compris que ce n'était qu'Éric. Je continuai mon chemin.

— Salut !

— Salut, Bella.

— Quoi de neuf ?

— Euh, je me demandais juste... si tu accepterais d'aller au bal avec moi ?

Sa voix dérailla sur le dernier mot. J'étais en train de

déverrouiller ma portière, et ses paroles me désarçon-
nèrent.

— Je croyais que c'était aux filles de choisir leur cavalier ? ripostai-je, trop étonnée pour être diplomate.

— Euh, ouais, admit-il, penaud.

Recouvrant mon sang-froid, je m'arrachai un sourire
chaleureux.

— Je serai à Seattle ce jour-là, mais merci quand
même.

— Oh. Une autre fois, peut-être ?

— C'est ça, me dérobai-je.

Je me mordis aussitôt la langue. Pourvu qu'il ne
prenne pas ma réponse au pied de la lettre. Il s'éloigna
mollement en direction du lycée. Un ricanement étouffé
me parvint, et Edward passa devant mon capot, regard
fixé sur l'horizon et lèvres serrées. Bondissant dans l'habitacle, je claquai rageusement la portière. Je fis gronder le moteur de manière assourdissante et reculai dans
l'allée. Edward était déjà dans sa voiture, à deux places
de là, et il déboîta en douceur, me coupant la route. Puis
il s'arrêta pour attendre ses frères et sœurs. Je les aper-
cevais, tous les quatre, qui s'approchaient ; ils se trouvaient encore au niveau de la cantine cependant.
J'envisageai de démolir l'arrière de la Volvo rutilante,
mais il y avait trop de témoins. Jetant un coup d'œil dans
mon rétroviseur, je constatai qu'une queue avait commencé à se former. Juste derrière moi, Tyler Crowley agitait la main, assis dans sa vieille Sentra tout récemment
acquise. Énervée, je ne lui répondis pas.

Tandis que je patientais, regardant partout sauf en
direction de la voiture stationnée devant moi, j'entendis
qu'on frappait à ma vitre, côté passager. C'était Tyler.

Surprise, je vérifiai dans mon rétro : sa voiture tournait, portière ouverte. Je me penchai pour abaisser la fenêtre. La manivelle résista, et j'abandonnai à la moitié.

— Excuse-moi, Tyler, je suis coincée derrière Cullen, lançai-je agacée.

Il était clair que l'embouteillage n'était pas de ma faute.

— Oh, je sais, je voulais juste te proposer un truc pendant qu'on est bloqués ici, répondit-il avec un sourire jusqu'aux oreilles.

Non ! Ce n'était pas possible.

— Tu veux bien m'inviter au bal ? continua-t-il.

— Je ne serai pas là, Tyler, rétorquai-je sèchement.

Un peu trop. Après tout, ce n'était pas sa faute si Mike et Éric avaient épuisé mes réserves de tolérance pour la journée.

— Ah ouais, Mike me l'a dit, reconnut-il.

— Alors pourquoi...

— J'espérais seulement que c'était une façon sympa de l'éconduire, admit-il en haussant les épaules.

Bon, c'était bien sa faute, finalement. Je tâchai de cacher mon irritation.

— Désolée, Tyler, je serai effectivement absente.

— Pas grave. Il nous restera toujours le bal de promo.

Et, sans me laisser le temps de répliquer, il repartit vers sa voiture. J'étais sous le choc. À travers le pare-brise, je vis Alice, Rosalie, Emmett et Jasper monter à bord de la Volvo. Edward me fixait dans son rétroviseur. Aucun doute : il s'amusait beaucoup, à croire qu'il avait capté toute ma conversation avec Tyler. Mon pied taquina l'accélérateur... un petit coup ne leur ferait pas de mal. Seule cette peinture argentée bien lustrée souffrirait. J'enclenchai la première. Mais Edward filait déjà. Je rentrai lentement, prudente, marmonnant dans ma barbe durant tout le trajet.

Une fois à la maison, je décidai de préparer des enchiladas de poulet pour le dîner. C'était un processus long, ce qui m'occuperait. Pendant que les oignons et les poivrons réduisaient à petit feu, le téléphone sonna. J'eus presque peur de décrocher, mais ça pouvait être Charlie ou ma mère.

C'était Jessica, et elle jubilait. Mike l'avait rattrapée à la fin des cours pour lui annoncer qu'il acceptait d'être son cavalier. Je me réjouis brièvement de la nouvelle tout en remuant mon plat. Elle était pressée, car elle voulait appeler Angela et Lauren pour partager sa joie. Je suggérai – avec une innocence étudiée – qu'Angela, la timide qui était en biologie avec moi, invite Éric. Et que Lauren, une fille distante qui m'avait toujours ignorée, en parle à Tyler – j'avais entendu dire qu'il était encore libre. Jess trouva que c'était une excellente idée. À présent qu'elle était certaine d'avoir Mike à son bras, elle parut sincère lorsqu'elle affirma qu'elle regretterait mon absence. Je lui servis l'excuse de Seattle.

Après avoir raccroché, je me concentrai sur mon repas, la découpe du poulet en petits dés notamment : je ne tenais pas à effectuer une nouvelle visite aux urgences. Mais j'avais l'esprit ailleurs et ne cessai de revenir sur chacune des paroles qu'avait prononcées Edward. Qu'avait-il voulu dire en affirmant qu'il valait mieux que nous ne soyons pas amis ?

Une crampe me tordit le ventre quand je compris le sens caché de ces mots. Il devait avoir remarqué à quel point je m'intéressais à lui ; il ne souhaitait pas m'encourager... donc, une amitié entre nous était exclue... parce que je lui étais complètement indifférente. Évidemment, ruminai-je, amère, les yeux brûlants – une réaction tardive aux oignons sûrement. *Je* n'étais *pas* intéressante. Lui, si. Fascinant... brillant... mystérieux... parfait... beau... et sûrement capable de soulever d'une seule main des fourgons d'une tonne. Eh bien, tant pis. Je n'avais qu'à le laisser tranquille. Je le *laisserais* tranquille. J'effectuerais la peine que je m'étais imposée dans le Purgatoire qu'était Forks puis, avec un peu de chance, une fac du Sud-Ouest ou de Hawaii m'offrirait une bourse. J'imaginai des plages ensoleillées et des palmiers tout en achevant les enchiladas et en les mettant au four.

Charlie prit un air soupçonneux quand, à son retour, il renifla l'odeur des poivrons verts. Impossible de lui en vouloir – on ne trouvait probablement de nourriture mexicaine à peu près consommable que dans le sud de la Californie. Mais il était flic, même s'il n'était qu'un petit flic dans une petite ville, et il eut le courage d'avaler une bouchée qui parut lui plaire. Il était amusant d'observer la façon dont sa confiance en mes talents culinaires progressait peu à peu.

— Papa ? lançai-je une fois qu'il eut presque terminé.

— Oui, Bella ?

— Euh... je tenais juste à t'avertir que je comptais aller passer la journée à Seattle le samedi de la semaine prochaine... Si ça ne t'embête pas.

Je ne voulais pas demander sa permission – ça aurait créé un précédent fâcheux ; en même temps, il aurait été quelque peu cavalier de le mettre devant le fait accompli.

— Pourquoi ? s'étonna-t-il, comme s'il lui était inconcevable que Forks ne répondît pas à tous mes désirs.

— J'ai envie d'acheter des livres, la bibliothèque d'ici est plutôt pauvre, et peut-être quelques fringues.

J'avais plus d'argent que d'habitude puisque, grâce à Charlie, je n'avais pas eu à payer ma voiture. Non que la camionnette ne fût pas ruineuse en essence.

— Ton engin doit consommer un maximum, avança-t-il, comme s'il avait lu dans mes pensées.

— Je m'arrêterai à Montesano et Olympia, voire à Tacoma si nécessaire.

— Tu y vas toute seule ?

Je ne sus déterminer s'il soupçonnait l'existence d'un petit ami ou s'il était juste inquiet que la voiture ne me posât des problèmes.

— Oui.

— Seattle est une grande ville, tu risques de t'égarer, objecta-t-il, inutilement paniqué.

— Papa, Phoenix est cinq fois plus grande que Seattle, et je suis capable de lire un plan. Détends-toi.

— Tu ne veux pas que je t'accompagne ?

Je dissimulai l'horreur que m'inspirait cette proposition sous une ruse de Sioux.

— Inutile. Je vais sans doute perdre ma journée aux cabines d'essayage. Rien de très passionnant.

— Oh, c'est d'accord.

La perspective d'être coincé ne serait-ce qu'une minute dans des boutiques de vêtements l'avait fait immédiatement reculer. Je souris.

— Merci.

— Tu seras rentrée à temps pour le bal ?

Bon sang ! Il n'y avait que dans un bourg aussi minuscule que votre *père* pouvait être au courant de la soirée organisée par le lycée.

— Non. Je n'aime pas danser, de toute façon.

Lui, pour le moins, devait comprendre ça. Ce n'était pas de ma mère que j'avais hérité mes problèmes d'équilibre. Par bonheur, il comprit.

— D'accord, conclut-il.

Le lendemain matin, en arrivant sur le parking, je me garai volontairement le plus loin possible de la Volvo argent. Je préférais éviter les tentations qui auraient risqué de me conduire à racheter une voiture aux Cullen. Je sortis de la camionnette et me débattis avec mes clés, qui tombèrent dans une flaque. Alors que je me baissais pour les ramasser, une main blanche apparut brusquement et s'en empara avant moi. Je me relevai d'un bond. Edward Cullen s'adossait avec décontraction à ma Chevrolet.

— Pour quelle raison as-tu fait ça ? braillai-je, à la fois surprise et irritée.

— Fait quoi ?

Il tendit les clés et les laissa choir dans ma paume.

— Surgi à l'improviste.

— Bella, je ne suis quand même pas responsable si tu es particulièrement inattentive.

À l'ordinaire, ses intonations étaient douces, veloutées, assourdies. Je le toisai. Ses yeux étaient redevenus clairs, d'une couleur miel doré assez soutenue. Je fus obligée de baisser la tête pour reprendre mes esprits.

— Pourquoi ce bouchon, hier soir ? lançai-je sans le regarder. Je croyais que tu étais censé te comporter comme si je n'existais pas. Pas t'arranger pour m'embêter jusqu'à ce que mort s'ensuive.

— Je rendais service à Tyler, ricana-t-il. Histoire de lui donner sa chance.

— Espèce de... hoquetai-je.

Aucun mot suffisamment grossier ne me vint à l'esprit. L'intensité de ma colère aurait pu le brûler, mais il n'en parut que plus amusé.

— Et je ne prétends pas que tu n'existes pas, enchaîna-t-il.

— C'est donc bien ma mort que tu souhaites, puisque le fourgon de Tyler n'y a pas suffi !

Un éclat de fureur traversa ses pupilles fauves. Ses lèvres se pincèrent en une ligne mince. Toute trace d'humour s'évapora.

— Bella, tu es complètement absurde, murmura-t-il d'une voix blanche.

Mes paumes me démangèrent sous le besoin urgent de frapper quelque chose. J'en fus moi-même étonnée, n'étant pas du genre violente. Je me détournai et filai.

— Attends ! appela-t-il.

Je continuai d'avancer d'un pas furibond sous la pluie battante. Il n'eut aucune difficulté à me rattraper.

— Désolé pour ces paroles désagréables, s'excusa-t-il en m'accompagnant. Non qu'elles soient fausses, mais je n'étais pas obligé de les dire, ajouta-t-il comme je ne répondais pas.

— Et si tu me fichais la paix, hein ? grommelai-je.

— Je voulais juste te poser une question, c'est toi qui m'as fait perdre le fil, rigola-t-il, l'air d'avoir retrouvé sa bonne humeur.

— Souffrirais-tu d'un dédoublement de la personnalité ? ripostai-je sévèrement.

— Voilà que tu recommences.

— Très bien, soupirai-je. Vas-y, pose-la, ta question.

— Je me demandais si, samedi de la semaine prochaine, tu sais, le jour du bal...

— Essaierais-tu d'être drôle, par hasard ? l'interrompis-je en fonçant sur lui.

La pluie me trempa la figure quand je levai le menton pour le dévisager. Une lueur malicieuse allumait ses yeux.

— Et si tu me laissais terminer ?

Me mordant les lèvres, je croisai mes mains et mes doigts pour me retenir de le battre.

— J'ai appris que tu allais à Seattle, ce jour-là, et j'ai pensé que tu avais peut-être besoin d'un chauffeur.

Voilà qui était inattendu.

— Quoi ? balbutiai-je, pas sûre de comprendre où il voulait en venir.

— As-tu envie qu'on t'accompagne là-bas ?

— Qui donc ?

— Moi, évidemment.

Il articula chaque syllabe, comme s'il s'adressait à une demeurée.

— *Pourquoi ?* m'écriai-je, ébahie.

— Disons que j'avais l'intention de me rendre à Seattle dans les semaines à venir et, pour être honnête, je ne suis pas persuadé que ta camionnette tiendra le coup.

— Ma camionnette marche très bien, merci beaucoup !

Je repris mon chemin, même si j'étais trop ahurie pour

être encore en colère. Une fois de plus, il me rejoignit facilement.

— Mais un seul réservoir te suffira-t-il ?

— Je ne vois pas en quoi ça te concerne.

Crétin de propriétaire de Volvo.

— Le gaspillage des ressources naturelles devrait être l'affaire de tous.

— Franchement, Edward ! (Prononcer son prénom déclencha des frissons en moi, je me serais donné des gifles.) Ton comportement m'échappe. Je croyais que tu ne désirais pas être mon ami.

— J'ai dit que ce serait mieux que nous ne le soyons pas, pas que je n'en avais pas envie.

— Ben tiens ! Voilà qui éclaire ma lanterne ! raillai-je.

Je m'aperçus que je m'étais de nouveau plantée devant lui. Nous nous trouvions sous l'auvent de la cantine, et il m'était plus facile de regarder son visage. Ce qui, naturellement, ne m'aida pas à éclaircir mes idées.

— Il serait plus...*prudent* pour toi de ne pas être mon amie, expliqua-t-il. Mais j'en ai assez d'essayer de t'éviter, Bella.

Ses yeux rayonnaient d'une intensité fabuleuse, et sa voix était incandescente lorsqu'il prononça cette phrase. J'en eus le souffle coupé.

— Viendras-tu avec moi à Seattle ? insista-t-il.

Muette, je hochai la tête. Il eut un bref sourire avant de recouvrer sa gravité.

— Tu devrais vraiment garder tes distances, me prévint-il. On se voit en cours.

Sur ce, il tourna les talons et repartit vers le parking.

5

GROUPE SANGUIN

J'allai en anglais dans un tel état d'hébétude que je ne remarquai même pas que le cours avait commencé quand j'entrai en classe.

— Merci de nous honorer de votre présence, mademoiselle Swan, m'apostropha M. Mason, acide.

Je gagnai mon pupitre en rougissant.

Ce ne fut qu'à la fin de l'heure que je m'aperçus que Mike avait déserté sa place habituelle, à côté de moi. Je ressentis un élan de culpabilité. Mais vu qu'il m'attendait à la sortie avec Éric, comme d'ordinaire, j'en conclus que je n'étais pas en totale disgrâce. Mike parut d'ailleurs redevenir peu à peu lui-même, cédant à l'allégresse au fur et à mesure qu'il évoquait les prévisions météorologiques du week-end. La pluie était censée s'accorder un maigre répit, rendant l'excursion au bord de la mer éventuellement possible. J'essayai d'avoir l'air enthousiaste, histoire de rattraper la déception que je lui avais infligée la veille. Ça me fut difficile ; pluie ou non, il ne ferait, avec un peu de chance, guère plus de dix degrés.

Le reste de la matinée passa à toute vitesse. J'avais du mal à croire que je n'avais imaginé ni ce qu'Edward venait de me proposer ni la lueur qui avait illuminé ses yeux à ce moment-là. Il s'agissait peut-être d'un rêve très convaincant que je confondais avec la réalité. Ce qui me semblait cependant moins absurde que d'envisager que je lui plaisais un tant soit peu.

Bref, j'étais aussi impatiente qu'effrayée lorsque avec Jessica nous entrâmes dans la cafétéria. Je voulais voir son visage, vérifier s'il était redevenu l'être froid et indifférent que j'avais côtoyé ces dernières semaines. Ou si, par miracle, je n'avais pas inventé ce que j'avais entendu le matin même. Jessica babillait sur ses projets de bal – Lauren et Angela avaient invité leurs cavaliers et ils comptaient s'y rendre tous ensemble –, parfaitement inconsciente de mon inattention.

La déconvenue s'empara de moi quand mes yeux se posèrent sans faillir sur *sa* table. Les quatre autres étaient là, mais lui manquait à l'appel. Était-il rentré chez lui ? Accablée, j'accompagnai cette pie de Jessica dans la queue. J'avais perdu mon appétit et n'achetai qu'une bouteille de limonade. Je désirais une seule chose – m'asseoir et bouder.

— Edward Cullen te mate une fois de plus, m'annonça Jessica en me ramenant sur terre. Je voudrais bien savoir pourquoi il s'est isolé, aujourd'hui.

Je relevai brusquement la tête. Suivant le regard de ma

voisine, je découvris Edward qui me contemplait avec un sourire moqueur. Il était installé à une table vide située à l'opposé de celle où il « déjeunait » normalement. Il leva la main et, de l'index, me fit signe de le rejoindre. Comme je ne réagissais pas, il me gratifia d'une œillade.

— C'est à *toi* qu'il s'adresse ? demanda Jessica avec une incrédulité insultante.

— Il a peut-être besoin d'un coup de main pour le devoir de sciences nat, marmonnai-je pour donner le change. Il vaut mieux que j'y aille.

En m'éloignant, je sentis les yeux de Jessica braqués sur moi. Quand je fus à la table d'Edward, je restai debout derrière la chaise installée face à lui.

— Et si tu t'asseyais avec moi ? roucoula-t-il, affable.

J'obtempérai sans réfléchir, tout en l'examinant avec prudence. Il ne s'était pas départi de son sourire. Difficile de croire qu'un tel Adonis fût réel. J'avais peur qu'il ne disparût dans une brusque explosion de fumée et de me réveiller par la même occasion. Il semblait attendre que je parle.

— Quel revirement, réussis-je enfin à murmurer.

— Disons que...

Il s'interrompit, puis reprit d'une seule traite :

— J'ai décidé, puisque je suis voué aux Enfers, de me damner avec application.

Je ne répondis pas, espérant des paroles plus explicites. Les secondes s'écoulèrent.

— Tu sais, finis-je par lâcher, je n'ai pas la moindre idée de ce que tu entends par là.

— Ça ne m'étonne pas, pouffa-t-il avant de changer

de sujet. Je crois que tes amis m'en veulent de t'avoir enlevée.

— Ils s'en remettront.

J'avais conscience de leurs regards qui me vrillaient le dos.

— Sauf si je ne te relâche pas, ajouta-t-il avec une étincelle malicieuse dans les yeux.

J'avalai ma salive.

— Ça a l'air de t'inquiéter, s'amusa-t-il.

— Non, répliquai-je (avec de bêtes trémolos, hélas). Ça m'étonne... pourquoi cette volte-face ?

— Je te l'ai dit. Je suis las de m'acharner à garder mes distances avec toi. J'abandonne.

Ses traits étaient toujours aussi avenants, mais ses pupilles ocre étaient devenues sérieuses.

— Tu abandonnes ? repris-je, perdue.

— Oui. Je renonce à être sage. Désormais, je ne ferai que ce que je veux, et tant pis pour les conséquences.

Son sourire s'était fané, et sa voix avait pris une dureté nouvelle.

— Encore une fois, je ne te comprends pas.

La moue narquoise et craquante réapparut.

— Je parle trop, en ta compagnie. C'est l'un des problèmes que tu me poses, d'ailleurs.

— Ne te tracasse pas, tous m'échappent, ironisai-je.

— J'y compte bien.

— Alors, en bon anglais, ça signifie que nous sommes de nouveau amis ?

— Amis... rêvassa-t-il, dubitatif.

— Ou ennemis, marmottai-je.

— Eh bien, on peut toujours essayer, s'esclaffa-t-il.

Mais je te préviens d'ores et déjà que je ne suis pas l'ami qu'il te faut.

Derrière l'affabilité, la menace était sérieuse.

— Tu te répètes, soulignai-je en tâchant d'ignorer mes soudaines crampes d'estomac et de conserver une voix égale.

— Oui. Parce que tu ne m'écoutes pas. Je continue d'espérer que tu me croiras. Si tu es un tant soit peu intelligente, tu m'éviteras.

— Il me semble que tu m'as déjà signifié ce que tu pensais de mon intellect, rétorquai-je, piquée au vif.

Il m'adressa une grimace contrite. Je tentai de résumer notre surprenant échange.

— Alors, tant que je suis... idiote, on essaie d'être amis ?

— Ça me paraît correct.

Indécise, je baissai les yeux sur mes doigts crispés autour de ma bouteille de limonade.

— À quoi penses-tu ? s'enquit-il.

Je plongeai dans ses pupilles d'un or profond, perdis pied et, comme d'habitude, bredouillai la vérité.

— Je m'efforçais de deviner qui tu es.

Il serra les mâchoires mais parvint, non sans effort, à conserver son sourire.

— Ça donne des résultats ? lança-t-il de but en blanc.

— Pas vraiment.

— Tu as des théories ?

Je piquai un fard. Ce dernier mois, j'avais balancé entre Bruce Wayne et Peter Parker[1]. Pas question de l'admettre.

---

1. Bruce Wayne : le séduisant milliardaire qui se transforme en Batman ; Peter Parker : l'étudiant maladroit qui devient Spiderman.

— Tu ne veux rien dire ? insista-t-il, tête penchée, une moue affreusement séductrice sur les lèvres.

— Trop embarrassant, éludai-je en secouant la tête.

— C'est très frustrant, tu sais.

— Non, rétorquai-je, cinglante. J'ignore complètement ce qu'il peut y avoir de frustrant dans le fait qu'une personne refuse d'avouer ce à quoi elle pense, alors qu'une autre personne passe son temps à lancer des remarques sibyllines spécifiquement destinées à flanquer des insomnies à la première en la forçant à chercher leur sens caché... voyons ! en quoi cela pourrait-il être frustrant ?

Il accusa le coup.

— Autre exemple, enchaînai-je, laissant libre cours à mon agacement jusque-là contenu, admettons que cette même personne ait commis tout un tas d'actes étranges, comme sauver la vie de la première dans des circonstances improbables un jour pour la traiter en paria le lendemain sans prendre jamais la peine de s'expliquer, bien qu'elle l'ait promis, ça non plus ne serait pas du tout frustrant.

— Tu as vraiment sale caractère, hein ?

— Je n'apprécie guère qu'il y ait deux poids deux mesures.

Nous nous défiâmes du regard. Puis, jetant un coup d'œil par-dessus mon épaule, il se mit à ricaner.

— Quoi ?

— Ton petit copain a l'air de penser que je suis désagréable avec toi. Il se demande s'il doit venir séparer les duellistes.

Il s'esclaffa de plus belle.

— Bien que j'ignore de qui tu parles, je suis certaine que tu te trompes, lâchai-je, glaciale.

— Oh que non ! Je te l'ai déjà dit, la plupart des gens sont faciles à déchiffrer.

— Sauf moi.

— En effet. Je voudrais bien savoir pourquoi, ajouta-t-il, changeant subitement d'humeur.

Ses yeux devinrent pensifs, et je dus me concentrer sur le bouchon de ma bouteille pour me détourner de leur intensité. J'avalai une gorgée de limonade, fixant la table sans la voir.

— Tu ne manges pas ? lança-t-il d'une voix distraite.

— Non.

Inutile de lui préciser que mon estomac était trop noué pour ingurgiter quoi que ce soit.

— Et toi ? contre-attaquai-je en signalant l'absence de nourriture devant lui.

— Je n'ai pas faim.

Son expression m'échappa – comme s'il s'amusait d'une plaisanterie que lui seul pouvait comprendre.

— Tu me rendrais service ? demandai-je après une brève hésitation.

— Ça dépend, répondit-il, brusquement sur ses gardes.

— Ce n'est pas grand-chose, le rassurai-je.

Il attendit, prudent mais curieux.

— C'est seulement que... pourrais-tu m'avertir à l'avance la prochaine fois que tu décideras de m'ignorer pour mon bien ? Histoire que je me prépare.

— C'est une requête qui me paraît fondée.

Quand je relevai la tête, il s'évertuait à ne pas rire.

— Merci.

— À mon tour d'obtenir une faveur.

— Juste une, alors.

— Confie-moi une de tes théories.

Houlà !

— Pas ça.

— Trop tard ! Tiens parole.

— C'est toi qui as tendance à trahir la tienne, lui rappelai-je aussi sec.

— Allez, rien qu'une. Je te promets de ne pas me moquer.

— Je suis persuadée du contraire.

Et je l'étais. Il baissa les yeux, puis me dévisagea à travers ses longs cils noirs, et la lave ocre de ses pupilles me consuma.

— Je t'en prie, souffla-t-il en se penchant vers moi.

Je battis des paupières, l'esprit vide. Bon sang ! Comment s'y prenait-il ?

— Euh... pardon ?

— S'il te plaît, une de tes théories.

— Eh bien, disons... mordu par une araignée radioactive ?

Avait-il aussi des talents d'hypnotiseur ou étais-je seulement une proie facile ?

— Pas très original.

— Désolée, je n'ai que ça en réserve.

— En tout cas, tu es à des kilomètres de la vérité.

— Pas d'araignée ?

— Non.

— Ni de radioactivité ?

— Non plus.

— Flûte !

— Et je suis insensible à la kryptonite, s'esclaffa-t-il.

— Tu n'es pas censé rire.

Il tâcha de recouvrer son sérieux.

— Je finirai par deviner, le prévins-je.

— Je préférerais que tu n'essaies pas.

— Pourquoi ?

— Et si je n'étais pas un super héros, mais juste un méchant ? avança-t-il, mutin, bien que ses yeux restassent impénétrables.

— J'y suis ! m'exclamai-je, car certaines de ses insinuations venaient soudain de se mettre en place.

— Vraiment ?

Ses traits étaient empreints de sévérité. Comme s'il craignait d'en avoir trop dit.

— Tu es dangereux...

Cette vérité s'imposa insidieusement à moi, et mon pouls s'accéléra. Dangereux, il l'était. Tel était le message qu'il s'était efforcé de me transmettre depuis le début. Il se contenta de me fixer, le regard plein d'une émotion que je fus incapable de déchiffrer.

— Mais pas méchant, chuchotai-je en secouant la tête. Non, je ne crois pas que tu sois méchant.

— Tu te trompes.

Sa voix était presque inaudible. Il baissa la tête, s'empara du bouchon de ma bouteille et le fit rouler entre ses doigts. Je l'observai, étonnée de ne pas avoir peur. Il ne plaisantait pas, j'en étais sûre. Pourtant, je n'éprouvais qu'une vague anxiété derrière ma fascination, réelle, celle que je ressentais toujours en sa compagnie. Le silence entre nous dura jusqu'à ce que je m'aperçoive que la cantine était presque déserte. Je sautai sur mes pieds.

— On va être en retard.

— Je ne vais pas en sciences nat, aujourd'hui, annonça-t-il en jouant avec le bouchon si rapidement que je le distinguais à peine.

— Pourquoi ?

— Un peu d'école buissonnière de temps en temps est bon pour la santé.

Il me sourit, mais ses pupilles restaient troublées.

— Eh bien moi, j'y vais.

J'étais trop froussarde pour risquer une colle.

— À plus, alors.

J'hésitai, partagée, puis la première sonnerie me propulsa vers la porte. Un ultime coup d'œil en arrière m'avertit qu'il n'avait pas bougé d'un pouce.

Tout en me rendant en classe au petit trot, je tournai et retournai les questions dans ma tête encore plus vite que le bouchon de la bouteille. Elles étaient si nombreuses, il avait répondu à si peu. Enfin, la pluie avait cessé, c'était toujours ça de gagné.

J'eus de la chance. M. Banner n'était pas encore là quand j'arrivai. Je m'installai rapidement à ma place, consciente que Mike et Angela me dévisageaient. Mike paraissait amer, Angela surprise et méfiante. Le prof surgit, ramenant les élèves au calme. Il portait plusieurs cartons qu'il déposa sur la paillasse de Mike en lui demandant de les faire circuler.

— Bon, les enfants, vous allez tous prendre un des éléments de chaque boîte, lança-t-il en sortant une paire de gants de laboratoire de la poche de sa blouse.

Il les enfila – le claquement sec du caoutchouc autour de ses poignets me sembla de mauvais augure.

— Le premier, enchaîna-t-il en nous montrant une carte blanche marquée de quatre carrés, est un révélateur. Le deuxième est un applicateur à quatre pointes (il brandit un objet qui ressemblait à un peigne quasiment édenté), et le troisième est une lancette stérilisée.

Il s'empara d'un petit sachet de plastique bleu et le déchira. À cette distance, le barbillon était invisible, ce qui n'empêcha pas mon estomac de se soulever.

— Je vais passer parmi vous avec une pipette afin de préparer vos révélateurs, alors merci de ne pas commencer avant que je sois près de vous.

Il débuta l'expérience avec Mike, déposant avec soin une goutte d'eau sur chacun des carrés de la carte.

— Ensuite, expliqua-t-il, vous vous piquez prudemment le doigt...

Il attrapa la main de Mike, enfonça la lancette dans son majeur. Pitié ! Mon front se couvrit d'une sueur moite.

— Vous imprégnez délicatement chaque pointe de l'applicateur...

Il serra le doigt blessé jusqu'à ce que le sang coule. Je déglutis, le cœur au bord des lèvres.

— Et vous placez celui-ci sur le révélateur, conclut-il en agitant la carte dégoulinante de rouge sous nos yeux.

Je fermai les miens, assourdie par le bourdonnement qui avait envahi mes oreilles.

— La Croix-Rouge organise une collecte à Port Angeles le week-end prochain, et j'ai estimé que vous deviez connaître votre groupe sanguin, annonça M. Banner, visiblement l'air très fier de lui. Ceux d'entre vous qui n'ont pas encore dix-huit ans auront besoin d'une autorisation parentale. Les formulaires sont sur mon bureau.

Il se mit à déambuler dans la classe avec sa pipette.

Posant ma tête sur le carrelage frais de la paillasse, je luttai contre l'évanouissement. Autour de moi résonnaient les piaillements, geignements et rires de mes condisciples qui s'embrochaient le doigt. Je respirai lentement par la bouche.

— Ça ne va pas, Bella ? me demanda anxieusement M. Banner, soudain tout près de moi.

— Je connais déjà mon groupe sanguin, monsieur, chuchotai-je sans oser lever la tête.

— Un étourdissement ?

— Oui, murmurai-je en me giflant intérieurement pour ne pas avoir séché alors que j'en avais l'occasion.

— Quelqu'un peut-il emmener Bella à l'infirmerie ? lança-t-il à la ronde.

Je n'eus pas besoin de regarder pour savoir que Mike se portait volontaire.

— Tu vas arriver à marcher ? s'enquit le prof.

— Oui.

J'aurais rampé s'il l'avait fallu ! Mike me parut bien empressé d'enlacer ma taille et de glisser mon bras sur son épaule. Lourdement appuyée contre lui, je me laissai entraîner à travers le campus. Une fois la cafétéria contournée et hors de vue de M. Banner, je m'arrêtai.

— Accorde-moi une seconde de répit, Mike, s'il te plaît.

Il m'aida à m'asseoir au bord de l'allée.

— Et garde tes mains dans tes poches, ajoutai-je, peu amène.

Je me couchai sur le flanc, la joue collée sur le ciment humide et glacé, et fermai les yeux, ce qui me soulagea un peu.

— La vache, tu es toute verte ! lâcha Mike, nerveux.

— Bella ? appela quelqu'un, non loin là.

Zut ! Pas cette voix atrocement familière ! Pourvu que je délire !

— Que se passe-t-il ? Elle est blessée ?

Il s'était rapproché, et il semblait inquiet. Malheureusement, je ne délirais pas. Je serrai encore plus fort les paupières et priai pour mourir. Du moins, pour ne pas vomir.

— Je crois qu'elle a perdu connaissance, bégaya Mike, embêté. Je ne sais pas pourquoi, elle n'a même pas eu le temps de se piquer le doigt.

— Bella, tu m'entends ? reprit Edward, apparemment soulagé.

— Non, gémis-je. Fiche le camp.

Il rit.

— Je l'emmenais à l'infirmerie, se justifia Mike, mais elle n'a pas réussi à aller plus loin.

— Je m'en occupe. Toi, retourne en cours.

— Non ! On me l'a confiée.

Tout à coup, le sol s'éloigna. Stupéfaite, j'ouvris les yeux. Edward m'avait soulevée aussi facilement que si j'avais pesé cinq kilos et non cinquante-cinq.

— Lâche-moi !

« Seigneur, faites que je ne dégobille pas sur lui ! » Il était parti avant même que j'eusse terminé ma phrase.

— Hé ! protesta Mike, déjà à dix mètres de nous.

Edward l'ignora.

— Tu as une mine affreuse, m'annonça-t-il en souriant de toutes ses dents.

— Repose-moi par terre, grognai-je.

Les balancements de sa démarche n'arrangeaient rien.

Il me tenait à bout de bras, précautionneux, sans effort apparent.

— Alors, comme ça, tu t'évanouis à la vue du sang ? persifla-t-il comme si c'était des plus amusants.

Je ne répondis pas. Refermant les yeux, je combattis de toutes mes forces la nausée, lèvres closes.

— Et il ne s'agit même pas du tien, continua-t-il, euphorique.

J'ignore comment il se débrouilla pour pousser la porte avec moi dans ses pattes mais, soudain, une vague de chaleur m'enveloppa, et je devinai que j'étais à l'intérieur.

— Oh, mon Dieu ! s'écria une voix féminine.

— Elle est tombée dans les pommes pendant le cours de biologie, expliqua Edward.

J'ouvris les paupières. J'étais à l'accueil, et Edward longeait le comptoir à grands pas en direction de l'infirmerie. Mme Cope, la secrétaire à cheveux rouges, courut en avant pour lui tenir le battant. Surprise, l'infirmière aux allures de grand-mère s'arracha à son roman lorsqu'il surgit dans la pièce et me déposa doucement sur l'alèse en papier craquant qui recouvrait le matelas de vinyle brun d'un des lits. Puis il alla s'adosser contre un mur, aussi loin que l'endroit étriqué le lui permettait. Son regard brillait d'excitation.

— Rien qu'une petite perte de connaissance, rassura-t-il l'infirmière. On pratiquait un test sanguin en sciences nat.

— Ça ne rate jamais, acquiesça la veille dame, du ton de celle qui en avait vu d'autres.

Edward étouffa un rire.

— Reste allongée un moment, petite, ça va passer.

— Je sais, soupirai-je.

Mes haut-le-cœur s'estompaient déjà.

— Ça t'arrive souvent ?

— Parfois, avouai-je.

Edward toussa pour dissimuler un nouvel accès d'hilarité.

— Tu peux retourner en cours, l'informa l'infirmière.

— Je suis censé rester avec elle.

Il avait parlé avec tellement d'autorité que la grand-mère n'insista pas, s'en tenant à une moue contrariée.

— Je vais chercher un peu de glace pour ton front, petite, enchaîna-t-elle avant de filer hors de la pièce.

— Tu avais raison, marmonnai-je.

— C'est souvent le cas. À propos de quoi, cette fois ?

— Sécher est bon pour la santé.

Je m'entraînais à respirer de façon égale.

— Tu m'as flanqué une sacrée frousse, admit-il après un bref silence, comme s'il confessait là une faiblesse humiliante. J'ai cru que Mike Newton s'apprêtait à aller enterrer ta dépouille dans la forêt.

— Ha, ha.

Je commençais à me sentir mieux.

— Franchement, j'ai vu des cadavres qui avaient meilleure mine. J'ai craint un instant de devoir venger ton assassinat.

— Pauvre Mike. Je parie qu'il est furax.

— Il me déteste, admit gaiement Edward.

— Tu n'en sais rien, objectai-je avant de me demander brusquement si, au contraire, il le savait très bien.

— J'en suis sûr, je l'ai lu sur son visage.

— Comment se fait-il que tu nous aies aperçus ? Je croyais que tu avais quitté le lycée...

J'étais presque remise, maintenant. Mon malaise serait passé plus vite si j'avais avalé quelque chose au déjeuner. D'un autre côté, il n'était pas plus mal que j'aie eu l'estomac vide.

— J'écoutais un CD dans ma voiture.

De sa part, une réponse aussi normale m'étonna. La porte s'ouvrit, et l'infirmière réapparut, une compresse froide à la main.

— Tiens, me dit-elle en la déposant sur mon front. Tu as repris des couleurs.

— Je crois que ça va, répondis-je en m'asseyant.

Rien qu'un petit bourdonnement dans les oreilles. Pas de vertige. Les murs vert menthe restèrent à leur place. Au moment où la grand-mère allait m'ordonner de me rallonger, le battant s'entrebâilla de nouveau, et Mme Cope passa la tête à l'intérieur.

— Nous en avons un deuxième, annonça-t-elle.

Je bondis sur mes pieds afin de libérer la place pour le prochain invalide.

— Tenez, je n'en ai pas besoin, déclarai-je en rendant sa compresse à l'infirmière.

Mike entra en titubant. Il soutenait un autre élève de notre cours de biologie, Lee Stephens. Ce dernier était jaunâtre. Edward et moi reculâmes pour leur laisser le champ libre.

— Flûte, marmonna Edward. Va dans le bureau, Bella.

Décontenancée, je le regardai.

— Fais-moi confiance et file.

Tournant rapidement les talons, j'attrapai la porte avant qu'elle se referme et m'éjectai de l'infirmerie, Edward à mes basques.

114

— Tu m'as obéi, pour une fois, s'étonna-t-il.

— J'ai détecté l'odeur du sang, expliquai-je en fronçant le nez.

Contrairement à moi, Lee n'avait pas flanché rien qu'en observant les autres.

— Pour la plupart des gens, le sang n'a pas d'odeur.

— Pour moi si. Un mélange de rouille... et de sel. Qui me rend malade.

Il me dévisagea avec une expression insondable.

— Quoi ?

— Rien.

Mike surgit dans la pièce. Il nous balaya brièvement du regard. Sa façon d'observer Edward me confirma qu'il détestait ce dernier. Maussade, il se tourna vers moi.

— Tu as l'air d'aller beaucoup mieux, me lança-t-il d'un ton accusateur.

— Contente-toi de garder tes mains dans tes poches, répliquai-je.

— Le test est fini, bougonna-t-il. Tu reviens en cours ?

— Tu plaisantes ? Je me retrouverais aussi sec ici.

— Mouais... Au fait, tu es partante, pour ce week-end ? La balade à la mer ?

Tout en me parlant, il adressa un nouveau coup d'œil peu amène à Edward qui, appuyé au comptoir surchargé, était perdu dans la contemplation du vide, aussi immobile qu'une statue.

— Bien sûr, acquiesçai-je en adoptant le ton le plus amical dont j'étais capable. C'était entendu, non ?

— Rendez-vous au magasin de mon père, alors. À dix heures.

Il toisa Edward derechef. Apparemment, il s'inquiétait d'en avoir trop dit. Tout dans son attitude laissait clairement entendre que l'invitation ne le concernait pas.

— J'y serai, promis-je.

— On se voit en gym, termina Mike en se dirigeant d'un pas incertain vers la sortie.

— C'est ça.

Il me regarda une dernière fois, sa figure ronde vaguement boudeuse, puis franchit lentement le seuil, les épaules basses. J'eus un élan de remords. Je n'étais pas sûre de pouvoir affronter sa déception au cours suivant.

— Ah, la gym ! grognai-je.

— Je peux arranger ça.

Je n'avais pas prêté attention à Edward, maintenant tout près de moi.

— Va t'asseoir et tâche d'avoir l'air malade, murmura-t-il à mon oreille.

Ce n'était pas très difficile. J'étais pâle de nature, et mon évanouissement avait laissé une pellicule de transpiration sur mon visage. Je m'affalai sur une des chaises pliantes et appuyai ma tête contre le mur. Je ressortais toujours épuisée de mes accès de faiblesse.

Au comptoir, Edward parlait doucement.

— Madame Cope ?

— Oui ?

— Bella a cours de gym, après, et je ne pense pas qu'elle soit assez bien. En fait, je me demande si je ne devrais pas la ramener chez elle. Vous croyez que vous pourriez lui épargner cette épreuve ?

Sa voix ressemblait à du miel onctueux. Je devinai que ses pupilles étaient encore plus irrésistibles.

— Et toi, Edward, tu as aussi besoin d'un mot d'excuse ? pépia la secrétaire d'un ton aguicheur.

Pourquoi étais-je incapable de prendre des intonations pareilles ?

— Non. J'ai Mme Goff, elle comprendra.

— Bon. C'est d'accord. Tu te sens mieux, Bella ? me lança Mme Cope.

J'acquiesçai faiblement, à peine cabotine.

— Tu es en état de marcher ou il faut que je te porte ?

Maintenant qu'il tournait le dos à la secrétaire, Edward s'autorisait à persifler.

— Je me débrouillerai.

Je me levai prudemment – ça allait. Il me tint la porte, un sourire poli aux lèvres mais le regard moqueur. Je sortis dans le brouillard froid et léger qui venait de tomber. Ça me fit du bien – c'était la première fois que j'étais heureuse de l'humidité permanente que déversait le ciel – et nettoya mon visage de sa sueur collante.

— Ça vaudrait presque le coup d'être malade, ne serait-ce que pour manquer la gym, dis-je tandis qu'il me suivait dehors. Merci.

— De rien.

Il fixait l'horizon, les yeux plissés sous les assauts de la pluie.

— Tu viendras ? Samedi ?

J'aurais bien aimé, quoique cela parût hautement improbable. Je le voyais mal s'entasser dans une voiture avec les autres élèves du lycée. Il n'était pas du même monde. Mais le simple espoir de sa présence suffisait à me donner un peu d'enthousiasme à la perspective de cette virée.

— Où allez-vous, exactement ? s'enquit-il, toujours aussi distant.

— À La Push. First Beach, pour être exacte.

Ses traits se crispèrent imperceptiblement, mais je ne réussis pas à déchiffrer son expression. Me jetant un coup d'œil en biais, il m'adressa une moue sarcastique.

— Je ne crois pas avoir été invité.

— Qu'est-ce que je suis en train de faire ? soupirai-je.

— Soyons sympa avec ce pauvre Mike, toi et moi. Ne le provoquons pas plus que nécessaire. Nous ne voudrions pas qu'il morde.

Une lueur malicieuse dansa dans ses pupilles. Cette éventualité le réjouissait plus que de raison.

— Maudit Mike, marmonnai-je, préoccupée par la manière dont Edward avait dit « toi et moi », qui me plaisait un peu trop.

Nous avions atteint le parking. Je tournai à gauche en direction de ma camionnette. Edward attrapa mon coupe-vent et me tira sèchement en arrière.

— Où crois-tu aller, comme ça ? demanda-t-il, offensé.

— Ben... à la maison.

— J'ai promis de te ramener saine et sauve chez toi. Tu t'imagines que je vais te laisser conduire dans cet état ?

Il était presque indigné.

— Quel état ? Et ma voiture ?

— Alice te la déposera après les cours.

Il me remorquait vers son propre véhicule avec tant de vivacité que j'eus du mal à ne pas tomber à la renverse. Serait-ce arrivé, il m'aurait probablement traînée par terre.

— Lâche-moi ! criai-je.

Il m'ignora, et je titubai comme un crabe jusqu'à la Volvo, où il me libéra enfin. Je m'affalai contre la portière passager.

— Quelle délicatesse ! me révoltai-je.

— C'est ouvert, se contenta-t-il de répliquer en s'installant derrière le volant.

— Je suis parfaitement capable de rentrer chez moi toute seule !

Debout à côté de la voiture, je fulminais. Il pleuvait plus fort, à présent, et comme je n'avais pas mis ma capuche, mes cheveux dégoulinaient dans mon dos. Il baissa la fenêtre automatique et se pencha vers moi par-dessus le siège.

— Monte, Bella.

Je ne répondis pas. J'étais en train de calculer mes chances de parvenir à ma fourgonnette avant qu'il ne me rattrape. Avouons-le, elles ne pesaient pas bien lourd.

— Je te jure que je te traînerai là-bas par la tignasse s'il le faut, me prévint-il, comme s'il avait deviné mes plans.

Je cédai en essayant de conserver le peu de dignité qu'il me restait. Ce ne fut pas très réussi. J'avais l'air d'un chaton à demi noyé, et mes chaussures gorgées d'eau chuintèrent.

— Tout cela est inutile, lâchai-je avec raideur.

Il laissa passer. Tripotant les boutons, il augmenta le chauffage et baissa le volume du lecteur CD. Nous sortîmes du parking. Décidée à ne pas lui décocher un mot de tout le trajet, j'adoptai une mine renfrognée de rigueur. Malheureusement, je reconnus la musique, et ma curiosité l'emporta sur mes résolutions.

— *Clair de Lune* ? m'exclamai-je, surprise.

— Tu connais Debussy ? riposta-t-il, tout aussi éberlué.

— Pas bien, admis-je. Ma mère est une fan de classique. Je ne reconnais que mes morceaux préférés.

— C'est également l'un de mes favoris.

Les yeux fixés sur le pare-brise, il s'abîma dans ses pensées. J'écoutai le piano et m'installai plus confortablement dans le siège en cuir gris clair. Il était impossible de résister à la mélodie familière et apaisante. Dehors, la pluie gommait les contours de toutes choses, les réduisant à des taches grises et vertes. Je m'aperçus que nous roulions très vite ; la voiture avançait cependant avec tant de souplesse que je ne sentais pas la vitesse. Seuls les bâtiments qui défilaient laissaient deviner notre allure.

— De quoi ta mère a l'air ? me demanda-t-il soudain.

Tournant brièvement la tête vers lui, je constatai qu'il m'étudiait avec curiosité.

— Elle me ressemble beaucoup, en plus jolie.

Il sourcilla, perplexe.

— Je tiens pas mal de Charlie, expliquai-je. Elle est plus extravertie, plus courageuse que moi. Irresponsable, un peu excentrique. Sa cuisine est imprévisible. Je l'adore.

Parler d'elle me déprimait, et je me tus.

— Quel âge as-tu, Bella ?

Pour une raison que je ne pus identifier, sa voix contenait des accents de frustration. Il avait arrêté la voiture, et je me rendis compte que nous étions arrivés. La pluie était si dense que j'avais du mal à distinguer la maison. On aurait dit que la Volvo avait plongé dans une rivière.

— Dix-sept ans, répondis-je, interdite.

— Tu fais plus, déclara-t-il d'un ton réprobateur qui déclencha mes rires. Qu'est-ce qu'il y a de drôle ?

— Ma mère passe son temps à répéter que j'avais trente-cinq ans à ma naissance et que je suis un peu plus dans la force de l'âge chaque année. Il faut bien que quelqu'un soit adulte, ajoutai-je en soupirant. Toi non plus, tu n'as pas beaucoup l'allure d'un lycéen.

Il me gratifia d'une grimace et changea de sujet.

— Pourquoi ta mère a-t-elle épousé Phil ?

Je fus surprise qu'il se souvînt du prénom. Je ne l'avais mentionné qu'une fois, presque deux mois plus tôt. Je réfléchis un moment.

— Elle... elle n'est pas très mûre, pour son âge. Je crois que Phil lui donne l'impression d'être plus jeune. Et puis, elle est folle de lui.

Je secouai la tête. Cette attirance restait un mystère pour moi.

— Tu approuves ?

— Quelle importance ? Je veux qu'elle soit heureuse... et il est ce dont elle a envie.

— C'est très généreux... Je me demande...

— Oui ?

— Pousserait-elle la courtoisie à te rendre la pareille ? Quel que soit le garçon que tu choisisses ?

Tout à coup, ses yeux fouillèrent les miens avec intensité.

— Je... je crois, balbutiai-je. Mais c'est elle la mère, après tout. C'est un peu différent.

— Alors, pas un type trop effrayant, j'imagine.

— Qu'entends-tu par-là ? plaisantai-je. Des piercings sur toute la figure et une collection de tatouages ?

— C'est une des définitions possibles du mot.

— Quelle est la tienne ?

Il ignora ma question pour m'en poser une autre, un vague sourire illuminant ses traits.

— Penses-tu que *je* pourrais passer pour effrayant ?

Je méditai quelques instants, hésitant entre lui dire la vérité et proférer un mensonge. J'optai pour la vérité.

— Euh... oui. Si tu le voulais.

— As-tu peur de moi, là, maintenant ?

Son visage d'Apollon était tout à coup très sérieux.

— Non.

Mais j'avais répondu trop vite, car le sourire resurgit.

— Et toi, vas-tu me parler de ta famille ? attaquai-je pour détourner son attention. Elle doit être bien plus intéressante que la mienne.

Aussitôt, il retrouva sa prudence naturelle.

— Que veux-tu savoir ?

— Les Cullen t'ont adopté ?

— Oui.

J'hésitai une seconde, puis me lançai :

— Qu'est-il arrivé à tes parents ?

— Ils sont morts il y a des années.

— Désolée.

— Je ne m'en souviens pas bien. Carlisle et Esmé les ont remplacés depuis si longtemps.

— Et tu les aimes.

C'était une affirmation. La tendresse de sa voix avait suffi à m'en convaincre.

— Oui. Je doute qu'il y ait meilleures personnes au monde.

— Tu as beaucoup de chance.

— J'en suis conscient.

— Et ton frère et ta sœur ?

Il jeta un coup d'œil à la pendule du tableau de bord.

— Mon frère et ma sœur, sans parler de Jasper et Rosalie, vont être furieux si je les fais languir sous l'averse.

— Désolée. Il faut que tu y ailles.

Pourtant, je n'avais pas envie de quitter sa voiture.

— De ton côté, tu préfères sûrement récupérer ta camionnette avant que le Chef Swan rentre, histoire de ne pas avoir à mentionner le petit incident de tout à l'heure.

— Je suis sûre qu'il est déjà au courant, ronchonnai-je. Il n'y a pas de place pour les secrets, à Forks.

Il éclata d'un drôle de rire.

— Amuse-toi bien à la mer... joli temps pour bronzer, ajouta-t-il, allusion à la pluie qui dégringolait.

— Je te vois, demain ?

— Non. Emmett et moi avons décidé de nous octroyer un week-end précoce.

— Qu'est-ce que vous avez prévu ? lançai-je en priant pour que ma voix ne trahisse pas trop ma déception.

Un ami avait le droit de demander ça, non ?

— Une randonnée du côté des Goat Rocks, au sud du mont Rainier.

Je me rappelai Charlie mentionnant que les Cullen allaient souvent camper.

— Ah bon. Profites-en bien, lui souhaitai-je, feignant l'enthousiasme.

Je ne crois pas l'avoir trompé, cependant.

— Accepterais-tu de me rendre service, ce week-end ?

Il se tourna vers moi, plongeant ses pupilles d'or incandescent dans les miennes pour jouer à fond de leur pouvoir. J'acquiesçai, tétanisée.

— Ne le prends pas mal, continua-t-il, mais j'ai l'impression que tu es de ces gens qui attirent les accidents comme un aimant. Alors... tâche de ne pas tomber à l'eau ni de te faire écraser par quoi que ce soit, d'accord ?

Il me gratifia de son sourire en coin. En vain, car ma fascination s'était évanouie en entendant ses paroles – je le fusillai du regard.

— On verra ! aboyai-je en bondissant sous la pluie.

Je claquai la portière derrière moi avec une violence inutile. Il s'éloigna sans se départir de sa bonne humeur.

6

HISTOIRES EFFRAYANTES

Assise dans ma chambre, j'essayais de me concentrer sur le troisième acte de *Macbeth*. En réalité, je guettais le bruit annonçant ma Chevrolet. J'aurais cru que, en dépit du fracas de la pluie, j'aurais détecté son rugissement. Pourtant, lorsque j'allai pour la énième fois jeter un coup d'œil par la fenêtre, ma voiture, soudain, était là.

J'aurais aimé échapper à la journée du lendemain. Ce vendredi se révéla d'ailleurs à la hauteur de mes réticences. Il y eut, bien sûr, les commentaires sur mon évanouissement. Jessica, en particulier, sembla prendre beaucoup de plaisir à colporter l'histoire. Heureusement, Mike ne se prêta pas aux racontars, et nul ne parut être au courant de l'implication d'Edward. Cela n'empêcha pas Jessica de me bombarder de questions à propos de notre déjeuner en tête-à-tête.

— Alors, qu'est-ce que te voulait Edward Cullen, hier ? me demanda-t-elle en maths.

— Aucune idée, répondis-je, sincère. Il ne me l'a pas vraiment dit.

— Tu avais l'air sacrément en rogne, insista-t-elle.

— Ah bon ? éludai-je.

— Tu sais, c'était la première fois que je le voyais s'asseoir avec quelqu'un qui n'est pas de sa famille. Bizarre.

— En effet.

Ma retenue eut le don de l'agacer, et elle écarta ses boucles sombres avec impatience – j'imagine qu'elle avait escompté me tirer quelques ragots à se mettre sous la dent.

Le pire fut que je *le* guettai quand même, alors que je savais qu'il ne viendrait pas. Quand j'entrai à la cafétéria avec Jessica et Mike, je ne pus m'empêcher de regarder sa table, où Rosalie, Alice et Jasper discutaient, penchés les uns vers les autres. Pas plus que je ne pus empêcher la morosité de me submerger lorsque je compris que j'ignorais combien de temps se passerait avant que je le revisse.

Dans mon groupe habituel, tout le monde ne parlait que des projets du lendemain. Mike avait retrouvé son entrain, extrêmement confiant dans les services météorologiques locaux qui avaient promis du soleil. Je n'y croirais que quand je l'aurais vu. Mais le temps s'était réchauffé, presque seize degrés. La sortie ne serait peut-être pas totalement nulle.

Au cours du déjeuner, j'interceptai plusieurs regards peu amènes de Lauren. Je n'en compris la raison que quand notre groupe quitta la cantine. Je marchais juste derrière elle, à une dizaine de centimètres de ses cheveux lustrés blond platine, ce dont elle n'était visiblement pas consciente. « ... ne sais pas pourquoi Bella (mon nom presque craché) ne s'assied pas dorénavant avec les Cullen », la surpris-je en train de marmonner à Mike. Je n'avais encore jamais remarqué quelle voix déplaisante et nasale elle avait, et je fus stupéfaite de la méchanceté qui en suintait. Je ne la connaissais vraiment pas bien, pas assez en tout cas pour qu'elle me déteste comme ça – enfin, à mon avis.

— C'est mon amie, me défendit Mike avec loyauté, quoique d'un ton un peu possessif. Elle mange avec nous.

Je m'arrêtai afin de laisser passer Jess et Angela. Je ne tenais pas à en entendre plus.

Ce soir-là au dîner, Charlie parut ravi de mon excursion à La Push. S'il se sentait sûrement coupable de m'abandonner à la maison durant les week-ends, il avait néanmoins consacré suffisamment d'années à se construire des habitudes pour les briser maintenant. Bien sûr, il connaissait le nom de tous ceux qui seraient de la partie, ainsi que leurs parents et leurs grands-parents sans doute. Il approuvait. Je me demandai s'il serait aussi favorable à mon projet de me rendre à Seattle en compagnie d'Edward Cullen. Non que j'eusse l'intention de l'en avertir.

— Papa, demandai-je d'un air décontracté, tu connais un coin qui s'appelle... Goat Rocks, un truc dans le genre ? Je crois que c'est au sud du mont Rainier.

— Oui. Pourquoi ?

Je haussai les épaules.

— Des gens parlaient d'aller y camper.

— Ce n'est pas l'endroit idéal. Il y a trop d'ours. On y va en général que pour la saison de chasse.

— Oh, j'ai sans doute mal compris.

J'avais espéré m'offrir une grasse matinée mais, le samedi, une luminosité inhabituelle me réveilla. J'ouvris les yeux sur une clarté jaune qui illuminait mes carreaux. Incroyable ! Je me précipitai à la fenêtre pour vérifier. Je ne rêvais pas – le soleil brillait. Certes trop bas dans le ciel, pourtant c'était bien lui. Des nuages bordaient l'horizon, mais laissaient place à une grande tache bleue au milieu. Je traînassai aussi longtemps que possible devant ma vitre, me régalant du spectacle, craignant qu'il ne s'effaçât si je m'éloignais.

Chez Newton – « Le Spécialiste des activités de plein air » – se trouvait au nord de la ville. J'étais déjà passé devant sans m'y arrêter : ayant banni lesdites activités pour un bon moment, je n'avais aucun besoin de matériel. Sur le parking, je me garai à côté de la Suburban de Mike et de la Sentra de Tyler. Y étaient attroupés Éric et deux garçons avec qui je partageais mes cours et dont j'étais presque sûre qu'ils s'appelaient Ben et Conner. Jess, flanquée d'Angela et Lauren, était entourée de trois filles parmi lesquelles une sur laquelle j'étais tombée en cours de gym le vendredi. Elle m'adressa d'ailleurs un regard mauvais quand je sortis de ma camionnette et échangea des messes basses avec Lauren qui secoua ses cheveux blonds et me gratifia d'un coup d'œil dédaigneux.

Ça promettait donc d'être un de ces jours *sans*. Mike, lui, parut content de me voir.

— Tu es venue ! s'exclama-t-il, ravi. Ne t'avais-je pas dit qu'il ferait beau, aujourd'hui ?

— Et ne t'avais-je pas dit que je serais là ?

— Nous n'attendons plus que Lee et Samantha... à moins que tu aies invité quelqu'un.

— Non, affirmai-je avec aplomb en croisant les doigts pour que ce mensonge ne me revienne pas en pleine figure.

Et aussi pour qu'un miracle se produise et qu'Edward apparaisse.

— Tu monteras dans ma voiture ? me proposa Mike, visiblement satisfait par ma réponse. C'est ça ou le minibus de la mère de Lee.

— Bien sûr.

Un sourire s'épanouit sur ses lèvres. Il était tellement facile de lui faire plaisir.

— Tu pourras t'installer devant, promit-il.

Je dissimulai mon dépit. Il n'était pas aussi facile de faire plaisir à la fois à Mike et à Jessica. Celle-ci nous observait d'un air renfrogné. Heureusement, le nombre joua en ma faveur. Lee vint avec deux personnes de plus et, tout à coup, chaque siège fut nécessaire. Je réussis à coincer Jess entre Mike et moi sur le siège avant de la Suburban. Mike aurait pu montrer un peu plus de joie mais, au moins, sa future cavalière fut rassérénée.

La Push n'était distante de Forks que de vingt-cinq kilomètres. La route était pour l'essentiel bordée de forêts denses et somptueuses et, deux fois, nous croisâmes les méandres de la large rivière Quillayute. Je me réjouis d'avoir la place près de la fenêtre. Nous avions baissé les carreaux – la voiture devenait un peu étouffante, avec neuf personnes à bord – et je tâchai d'absorber un maximum de soleil.

J'avais beaucoup fréquenté les plages autour de La Push pendant mes étés à Forks, et le croissant long de deux kilomètres de First Beach m'était familier. La vue était toujours aussi époustouflante. Les vagues couleur acier, même par beau temps, s'abattaient, moutonneuses, sur la côte rocheuse grise. Des îles aux falaises escarpées émergeaient des eaux du port ; leurs sommets étaient découpés en multiples pics et plantés de hauts sapins austères. La plage n'était qu'une mince bande de sable le long de l'eau, vite remplacée par des millions de grandes pierres lisses qui, de loin, paraissaient uniformément ardoise mais qui, de plus près, couvraient toutes les palettes de la roche : ocre foncé, vert océan, lavande, gris-bleu, or terne. La laisse de haute mer était jonchée de bois flotté, énormes troncs blanchis par les vagues salées, certains amalgamés à la lisière de la forêt, d'autres gisant, isolés, juste au-delà de l'atteinte du ressac.

Un vent vif, frais et chargé de sel soufflait du large. Des pélicans flottaient au gré de la houle tandis que des mouettes blanches et un aigle solitaire tournoyaient au-dessus. Les nuages bordaient toujours le ciel, menaçant de l'envahir à tout moment mais, pour l'instant, le soleil brillait bravement dans son halo bleu.

Nous descendîmes sur la plage derrière Mike, qui nous conduisit jusqu'à un cercle de rondins apportés par la mer qui avait visiblement déjà servi à abriter des pique-niques comme le nôtre. Un foyer plein de cendres froides en occupait le centre. Éric et le garçon qui, d'après moi, s'appelait Ben, allèrent ramasser des branches mortes bien sèches à l'orée de la forêt et eurent tôt fait d'ériger un assemblage en forme de tipi au-dessus des restes noircis des feux de camp précédents.

— As-tu déjà vu brûler du bois flotté ? me demanda Mike.

J'étais assise sur l'un des troncs décolorés. Les autres filles s'étaient regroupées et discutaient avec entrain de part et d'autre de moi.

— Non, répondis-je.

Mike s'agenouilla près du foyer et enflamma une brindille à l'aide d'un briquet. Il plaça soigneusement son tison au milieu de l'échafaudage.

— Ça va te plaire, alors. Regarde bien les couleurs.

Il incendia une nouvelle branchette et la positionna à côté de la première. Les flammes ne tardèrent pas à lécher le bois.

— Elles sont bleues ! m'écriai-je, stupéfaite.

— C'est le sel. Chouette, non ?

Après avoir installé un troisième brandon là où la flambée n'avait pas encore pris, il vint s'asseoir près de moi. Heureusement, Jess était juste de l'autre côté. Se tournant vers lui, elle l'entreprit. Je contemplai les drôles de flammes vertes et bleues qui montaient vers le ciel.

Au bout d'une demi-heure à discuter, quelques garçons proposèrent une balade aux bassins de marée naturels tout proches. Pour moi, ce fut un dilemme. D'un côté, j'adorais ces vastes piscines d'eau de mer laissées par le ressac. Enfant, elles m'avaient fascinée ; elles étaient l'une des rares choses que j'avais envie de voir lorsque je venais à Forks. De l'autre, j'étais tombée dedans plus souvent qu'à mon tour. Ce qui n'était pas trop grave à sept ans, surveillée par mon père. Cela me rappela la demande d'Edward – ne pas prendre de bain forcé.

Ce fut Lauren qui força ma décision. Elle refusa de se promener, car elle n'avait absolument pas les chaussures adéquates. La plupart des filles, sauf Jessica et Angela, choisirent elles aussi de rester sur la plage. J'attendis que Tyler et Éric s'engagent à leur tenir compagnie avant de me lever sans bruit pour me joindre aux randonneurs. Mike accueillit ma présence par un immense sourire.

Le trajet n'était pas long, mais perdre le ciel de vue dans les sous-bois m'oppressa. La lumière verte des frondaisons détonnait étrangement avec les rires adolescents qui fusaient, elle était trop glauque et menaçante pour s'harmoniser avec le badinage du groupe. Je devais prêter attention à chacun de mes pas, évitant prudemment les racines par terre et les branches au-dessus de moi, et je ne tardai pas à me retrouver à la traîne. Je finis par émerger de ce confinement émeraude et débouchai de nouveau sur les rochers de la côte. C'était marée basse, et un chenal s'était formé sur la grève. Le long de ses rives couvertes de galets, des creux d'eau peu profonds qui ne se vidaient jamais complètement grouillaient de vie.

Je pris garde à ne pas trop me pencher au-dessus de ces océans miniatures. Les autres, pleins d'audace, sautaient de rocher en rocher et se perchaient périlleusement à leur extrême bord. Je dénichai une pierre à peu près stable dominant l'un des plus grands bassins et m'y assis avec prudence, fascinée par l'aquarium naturel qui s'étalait à mes pieds. Les lumineux bouquets d'anémones ondulaient sans fin au gré d'un courant invisible, des coquillages chantournés filaient sur le pourtour de la vasque en cachant les crabes, des étoiles de mer s'agrippaient, immobiles, aux rochers et les unes aux autres tandis qu'une minuscule anguille noire striée de blanc sinuait entre les algues d'un vert éclatant, attendant le retour de la mer. J'étais tout entière au spectacle, à l'exception d'une petite partie de mon cerveau qui s'interrogeait sur ce qu'Edward était en train de faire et tentait d'imaginer ce qu'il aurait dit s'il avait été avec moi.

Les garçons finirent par avoir faim, et je me relevai, raide, pour les suivre. Ce coup-ci, je m'efforçai de garder le rythme en traversant les bois et, naturellement, je tombai plusieurs fois, récoltant quelques égratignures sur les paumes et tachant mon jean de vert au niveau des genoux. Mais bon, ça aurait pu être pire.

De retour à First Beach, nous découvrîmes que le groupe que nous y avions laissé s'était agrandi. Nous rapprochant, nous distinguâmes les chevelures d'un noir de jais et les peaux cuivrées d'adolescents de la réserve venus bavarder. La nourriture circulait déjà, et les gars se précipitèrent pour réclamer leur part tandis qu'Éric nous présentait au fur et à mesure que nous regagnions le cercle de bois flotté. Angela et moi arrivâmes bonnes dernières. Lorsque Éric prononça mon nom, je remarquai qu'un Indien plus jeune, assis sur une pierre proche du foyer, me regardait avec intérêt. Je m'installai près d'Angela, et Mike nous apporta des sandwichs et un choix de canettes, cependant que celui qui semblait être le plus âgé de nos visiteurs récitait les prénoms de ses sept camarades. Tout ce que je retins, ce fut qu'une des filles s'appelait Jessica, et le gamin Jacob.

La compagnie d'Angela était relaxante, car elle n'éprouvait pas le besoin de combler le silence en bavardant. Elle me laissa toute liberté de méditer pendant notre repas. Je réfléchis à la façon chaotique dont le temps paraissait s'écouler à Forks, passant à toute vitesse par moments pour ne laisser surnager dans ma mémoire que quelques images isolées plus distinctes que les autres, mais ralentissant aussi parfois, chaque seconde lourde de sens et se gravant dans mon esprit. Je savais exactement ce qui différenciait ces deux tempos, et cela m'ennuyait.

Durant le pique-nique, les nuages commencèrent à grignoter furtivement le ciel bleu, dissimulant quelquefois le soleil, dessinant de longues ombres sur la plage et noircissant les vagues. Après le déjeuner, les gens s'égaillèrent par deux ou trois. Certains choisirent de longer la grève en essayant de sauter de rocher en rocher au-dessus des eaux tumultueuses ; d'autres se préparèrent pour une deuxième expédition aux bassins de marée. Mike, suivi à la trace par Jessica, décida de se rendre au village, et quelques-uns de nos visiteurs les escortèrent, tandis que leurs camarades se joignaient à la balade. Je finis par me retrouver seule sur mon rondin en compagnie de Lauren et de Tyler, qui s'occupaient avec le lecteur CD que quelqu'un avait pensé à apporter, et de trois adolescents de la réserve assis à divers endroits du cercle. Parmi eux, le dénommé Jacob et le plus âgé des garçons, celui qui avait joué les porte-parole.

Quelques minutes après qu'Angela fut partie avec les randonneurs, Jacob s'approcha d'un pas nonchalant et s'assit à côté de moi. Il paraissait avoir quatorze, peut-être quinze ans, et avait de longs cheveux noirs luisants retenus par un élastique au niveau de la nuque. Sa peau brun-roux était belle et soyeuse ; ses yeux sombres étaient profondément enfoncés au-dessus des méplats prononcés de ses joues. Quelques traces de rondeur enfantine s'attardaient encore autour de son menton. L'un dans l'autre, un fort joli visage. Néanmoins, cette impression positive fut gâchée dès qu'il ouvrit la bouche.

— Tu es Isabella Swan, n'est-ce pas ?

À croire que mon premier jour au lycée recommençait.

— Bella, soupirai-je.

— Je m'appelle Jacob Black, annonça-t-il en me tendant la main sans façons. Tu as acheté la camionnette de mon père.

— Oh, murmurai-je, soulagée, en serrant sa main lisse. Tu es le fils de Billy. Je devrais sans doute me souvenir de toi.

— Non. Je suis le plus jeune de la famille. Si tu dois te rappeler quelqu'un, ce sont mes sœurs.

— Rachel et Rebecca ! m'écriai-je, la mémoire me revenant tout à coup.

Charlie et Billy nous avaient souvent abandonnées ensemble durant mes visites, afin de nous tenir occupées pendant qu'ils taquinaient le poisson. Nous étions toutes les trois trop timides pour nouer une réelle amitié. Et, le temps d'avoir onze ans, j'avais piqué assez de crises pour mettre un terme à ces parties de pêche.

— Elles sont ici ? demandai-je en inspectant le bord de mer, curieuse de voir si je les reconnaîtrais.

— Non, répondit Jacob en secouant la tête. Rachel a

obtenu une bourse d'étude de l'État de Washington, et Rebecca s'est mariée à un surfeur des Samoa ; elle vit à Hawaii, maintenant.

— Mariée ! Dis donc !

J'étais ahurie. Les jumelles avaient à peine un an de plus que moi.

— Alors, la camionnette te plaît ?

— Je l'adore. Elle roule comme une jeune fille.

— Oui, à condition de ne pas trop la pousser, s'esclaffa-t-il. J'ai été drôlement content que Charlie l'achète. Mon père refusait que je bricole une autre voiture tant que nous avions celle-ci, qui marchait bien.

— Elle n'est pas si lente.

— Tu as essayé de dépasser le cent ?

— Non.

— Tant mieux, ne t'y risque pas !

Il m'adressa un grand sourire que je ne pus m'empêcher de lui rendre.

— Elle est super en cas de choc, offris-je en guise de défense.

— Un tank n'en viendrait pas à bout, admit-il avec un nouvel éclat de rire.

— Comme ça, tu retapes des autos ?

— Quand j'ai du temps, et des pièces. Tu ne saurais pas où je pourrais trouver un maître-cylindre pour une Coccinelle de 1984, par hasard ? plaisanta-t-il.

Il avait une voix agréable, voilée.

— Désolée, je n'en ai pas vu récemment. Mais je garderai l'œil ouvert.

Comme si je savais de quoi il parlait ! C'était cependant un interlocuteur agréable. Il me gratifia d'un sourire éblouissant en m'examinant avec un air appréciateur que je commençais à identifier. D'ailleurs, je ne fus pas la seule à le remarquer.

— Tu connais Bella, Jacob ? demanda Lauren avec ce qui me parut un brin d'insolence.

— Depuis que je suis né, confia-t-il avec bonne humeur.

— Oh, super, commenta-t-elle, ses yeux pâles de poisson démentant son propos. Bella, ajouta-t-elle en me dévisageant avec soin, j'étais justement en train de dire à Tyler qu'il était dommage qu'aucun des Cullen n'ait pu venir aujourd'hui. Personne n'a songé à les inviter ?

Ses prétendus regrets me laissèrent de marbre.

— Les enfants du docteur Cullen ? intervint l'Indien plus âgé.

Il m'avait devancé, au grand agacement de Lauren. En vérité, il était plus homme qu'adolescent et avait une voix très grave.

— Oui. Tu les connais ? lâcha Lauren en se tournant à demi vers lui, condescendante.

— Les Cullen ne viennent pas ici, trancha-t-il en ignorant sa question.

Son ton signifiait que le sujet était clos. Désireux de regagner son attention, Tyler demanda à Lauren son avis sur un CD, et elle se désintéressa de nous. J'observai le jeune homme à la voix de basse avec surprise, mais il regardait en direction de la forêt, derrière nous. Il avait affirmé que les Cullen ne venaient pas ici ; sa façon de le dire avait impliqué autre chose, néanmoins ; qu'ils n'étaient pas les bienvenus, qu'ils n'étaient pas autorisés à s'aventurer dans les parages. J'éprouvai une impression étrange, que je tentai d'ignorer, sans succès. Jacob interrompit mes réflexions.

— Alors, Forks ne t'a pas encore rendue complètement dingue ?

— Dingue n'est pas le mot, rétorquai-je avec une grimace.

Il rigola, complice. Préoccupée par la remarque sur les Cullen, j'eus soudain une idée. Une idée stupide, sauf que je n'en trouvai pas de meilleure. J'espérais que le jeune Jacob manquait d'expérience avec les filles et qu'il ne détecterait pas ma tentative à coup sûr ridicule de flirter avec lui.

— J'ai envie de me balader le long de la plage, déclarai-je. Tu m'accompagnes ?

J'avais essayé d'imiter la façon qu'avait Edward de vous regarder par-dessous ses cils. Je devais être loin du compte, mais Jacob accepta ma proposition sans hésiter. Nous prîmes la direction de la digue de bois flotté, au nord. Tandis que nous arpentions les roches multicolores, les nuages finirent par resserrer les rangs, et la mer s'assombrit cependant que la température chutait. J'enfonçai mes mains dans les poches de mon coupe-vent.

— Tu as quel âge, seize ans ? demandai-je en battant des paupières comme j'avais vu les filles le faire à la télé tout en m'efforçant de ne pas avoir l'air trop idiote cependant.

— Je viens juste d'en avoir quinze, confessa-t-il, flatté.

— Vraiment ? Je te croyais plus vieux, me récriai-je faussement.

— Je suis grand pour mon âge.

— Tu viens souvent à Forks ?

J'avais pris le ton espiègle de celle qui souhaite un oui.

Même à moi, je me fis l'effet d'une crétine. J'eus peur que Jacob ne me dévoile et se détourne, écœuré, mais il semblait toujours aussi charmé.

— Non, pas tellement, admit-il en plissant le front. Mais dès que j'aurai terminé ma voiture, je pourrai m'y rendre autant que je voudrai. Enfin, quand j'aurai le permis, tempéra-t-il.

— Qui était cet autre type avec qui Lauren discutait ? Je l'ai trouvé un peu vieux pour traîner avec nous.

Tentative pour me ranger du côté des plus jeunes en montrant que je préférais la compagnie de Jacob.

— Sam. Il a dix-neuf ans.

— Qu'est-ce qu'il racontait, à propos de la famille du docteur ?

— Les Cullen ? Oh, c'est juste qu'ils sont supposés éviter le territoire de la réserve.

C'était bien ce que j'avais cru comprendre. Jacob parut s'absorber dans la contemplation d'une des îles.

— Pourquoi ?

Il me jeta un coup d'œil et se mordit les lèvres.

— Heu... hésita-t-il, je ne suis pas censé parler de ça.

— Ne t'inquiète pas, je ne dirai rien à personne, c'est de la simple curiosité de ma part, le rassurai-je en tâchant d'adopter un sourire séduisant.

N'en faisais-je pas un peu trop ? Non. Jacob me rendit mon sourire, l'air parfaitement séduit. Puis sa voix se voila encore plus que d'ordinaire.

— Tu aimes les histoires effrayantes ? lança-t-il, inquiétant.

— Je les *adore*, m'exclamai-je en le couvant des yeux.

Il se dirigea lentement vers un arbre mort dont les racines pointaient vers le ciel comme les pattes recroquevillées d'une formidable araignée blanche. Il se percha avec adresse sur l'une d'elles tandis que je m'asseyais plus bas, sur le tronc. Il contempla les pierres, et une moue ravie étira sa grande bouche. Devinant qu'il avait l'intention de ne pas me décevoir, je me concentrai pour ne pas trahir le vif intérêt que j'éprouvais.

— Tu connais nos vieilles légendes ? commença-t-il. Celles sur nos origines, à nous les Indiens Quileute ?

— Pas vraiment.

— Eh bien, disons qu'il existe des tas de mythes, dont certains remonteraient au Déluge. D'après eux, les Quileute auraient, pour survivre, accroché leurs canoës aux sommets des plus grands arbres des montagnes, comme Noé et son arche. (Ton léger, histoire de montrer qu'il n'accordait pas beaucoup d'importance à ces blagues.) Un autre prétend que nous descendons des loups, et que ceux-ci sont nos frères, encore aujourd'hui. Nos lois tribales interdisent d'ailleurs de les tuer. Et puis, ajouta-t-il en baissant un peu la voix, il y a les histoires sur les *Sang-froid*.

— Les Sang-froid ? répétai-je sans plus cacher ma curiosité.

— Oui. Les légendes les concernant sont aussi vieilles que celles sur les loups. Il y en a même de beaucoup plus récentes. L'une d'elles affirme que mon propre arrière-grand-père a connu des Sang-froid. C'est lui qui aurait négocié l'accord les bannissant de nos terres.

Incrédule, il leva les yeux au ciel.

— Ton arrière-grand-père ? l'encourageai-je.

— C'était un Ancien de la tribu, comme mon père. Tu vois, les Sang-froid sont les ennemis naturels des loups. Enfin, plus exactement, des loups qui se sont

140

transformés en hommes, comme nos ancêtres. Ceux que tu appellerais des loups-garous.

— Les loups-garous ont des prédateurs ?

— Un seul.

Je le dévisageai avidement, tâchant de dissimuler mon impatience.

— Bref, reprit-il, les Sang-froid sont nos ennemis traditionnels. Mais la meute de ceux qui sont apparus sur notre territoire du temps de mon arrière-grand-père était différente. Ces Sang-froid ne chassaient pas comme les leurs. Ils n'étaient pas dangereux pour notre peuple. Alors, mon aïeul a conclu un traité avec eux. S'ils promettaient de se tenir loin de nos terres, nous ne les dénoncerions pas aux visages pâles.

Il m'adressa un clin d'œil. J'avais du mal à comprendre. Je ne voulais pas non plus lui montrer à quel point je prenais ces histoires de fantômes au sérieux.

— S'ils ne représentaient pas de menace, pourquoi...

— Il y a toujours un risque pour les humains, même si ce clan-là était civilisé. Mais on ne sait jamais vraiment quand ils seront incapables de résister à la faim.

Il avait fait exprès de prendre des inflexions comminatoires.

— Comment ça, civilisé ?

— Ils ont affirmé ne plus chasser les humains. Ils étaient parvenus à se contenter de proies animales.

— En quoi cela concerne-t-il les Cullen ? l'interrogeai-je en feignant la décontraction. Ils sont comme les Sang-froid que ton arrière-grand-père a rencontrés ?

— Non.

Il s'autorisa une pause théâtrale.

— Ce sont *les mêmes*.

Il dut prendre l'expression de mon visage pour de la peur, car il sourit, ravi de son effet.

— Ils sont plus nombreux, maintenant, continua-t-il. Des jeunes, une femelle et un mâle, ont rejoint le clan mais les autres sont les mêmes. À l'époque de mon aïeul, on parlait déjà de leur chef de meute, Carlisle. Il aurait hanté ces contrées et en serait reparti avant même que vous, les Blancs, n'arriviez.

— Mais qui sont-ils ? Qu'est-ce que sont les Sang-froid ?

Il me fit une grimace lugubre.

— Des buveurs de sang, expliqua-t-il d'une voix glaçante. Ton peuple les appelle vampires.

Je me perdis dans la contemplation du ressac, par crainte de révéler mes émotions.

— Tu as une sacrée chair de poule ! s'esclaffa-t-il, tout content.

— Tu sais raconter les histoires, le complimentai-je sans me détourner des vagues.

— Ces légendes sont dingues, non ? Pas étonnant que mon père nous défende de les évoquer.

— Ne t'inquiète pas, je ne dirai rien.

— J'imagine que je viens de violer un traité.

— Je serai muette comme une tombe.

— Sérieusement, n'en parle pas à Charlie. Il était drôlement furieux après Billy quand il a appris que certains d'entre nous refusaient d'aller à l'hôpital depuis que le docteur Cullen avait commencé à y travailler.

— Juré.

— Tu dois nous prendre pour un tas d'Indiens superstitieux, maintenant ?

Derrière la plaisanterie, je sentis l'ombre d'une

inquiétude. Jusqu'à présent, j'avais évité de le regarder, de peur de trahir mon bouleversement. Me tournant vers lui, je lui souris aussi normalement que possible.

— Non. Je crois juste que tu es très fort pour raconter les histoires effrayantes. Je suis tétanisée, tu vois ?

Tout à coup, le bruit de pierres qui roulaient nous avertit que quelqu'un approchait. Nous tournâmes la tête en même temps pour découvrir Mike et Jessica à environ cinquante mètres de nous.

— Tu es là, Bella ! s'écria Mike, soulagé, en agitant la main.

— C'est ton petit ami ? demanda Jacob, alerté par la pointe de jalousie qui avait percé dans la voix de Mike.

Je fus surprise qu'elle fût aussi évidente.

— Non, certainement pas, chuchotai-je.

Je lui étais extrêmement reconnaissante et tenais à le rendre aussi heureux que possible. Je lui adressai un clin d'œil en prenant soin de me cacher de Mike. Il sourit, transporté par mon flirt inepte.

— Quand j'aurai mon permis... commença-t-il.

— Tu viendras me voir à Forks, le coupai-je. On ira se balader ensemble.

La culpabilité m'envahit, tant j'étais consciente de l'avoir manipulé. Mais je l'appréciais vraiment. C'était quelqu'un avec qui je pourrais être amie. Mike nous avait rejoints, à présent, Jessica à quelques pas derrière lui. Je le vis jauger Jacob et se rasséréner devant la jeunesse de l'Indien.

— Où étiez-vous passés ? s'enquit-il, alors qu'il avait la réponse sous les yeux.

— Jacob me racontait seulement quelques histoires locales. C'était très intéressant.

— Euh...

Confronté à notre amitié, Mike s'interrompit, évaluant prudemment la situation.

— Nous partons, reprit-il. Il ne va pas tarder à pleuvoir, apparemment.

Nous regardâmes le ciel menaçant. La pluie semblait en effet sur le point de s'abattre.

— Très bien, dis-je en sautant sur mes pieds. J'arrive.

— J'ai été heureux de te revoir, me lança Jacob.

Je compris qu'il s'amusait à provoquer Mike.

— Moi aussi. La prochaine fois que Charlie rendra visite à Billy, je l'accompagnerai, promis-je.

— Ce serait génial, assura Jacob, hilare.

— Et merci, ajoutai-je, avec chaleur.

Nous partîmes en direction du parking. Quelques gouttes avaient commencé à tomber, dessinant des taches noires sur les rochers. Je mis ma capuche. Quand nous arrivâmes à la Suburban, les autres avaient déjà chargé les affaires. Je me faufilai sur le siège arrière à côté d'Angela et Tyler, annonçant que c'était au tour de quelqu'un d'autre d'être assis devant. Angela se concentra sur le spectacle de la tempête qui se préparait, Lauren se glissa au milieu de la banquette pour monopoliser l'attention de Tyler, et j'eus tout le loisir de poser ma tête sur le dossier, de fermer les yeux et de lutter contre les pensées qui m'assaillaient.

7

◆

CAUCHEMAR

Je dis à Charlie que j'avais des tonnes de devoirs et que je ne dînerais pas ce soir-là. Il y avait un match de basket à la télé, et il était tout excité. Comme, bien sûr, je ne voyais vraiment pas ce qu'il y avait d'excitant là-dedans, il ne s'aperçut pas de ce que ma voix ou mon visage pouvaient avoir d'inhabituel.

Je m'enfermai dans ma chambre, fouillai mon bureau jusqu'à ce que je mette la main sur mes vieux écouteurs et branchai ces derniers sur mon petit lecteur CD. Je choisis un disque que Phil m'avait offert pour Noël. C'était un de ses groupes préférés qui, à mon goût, recourait un peu trop à la basse et aux hurlements. Allongée sur mon lit, écouteurs en place, je montai le volume à m'en dynamiter les tympans. Je fermai les yeux, mais comme la lumière me gênait, je me collai un oreiller sur la tête.

Soigneusement concentrée, je m'efforçai de comprendre les textes des chansons et de débrouiller les schémas compliqués de la batterie. À la troisième écoute, je connaissais par cœur les paroles, celles des refrains du moins. Je découvris avec étonnement que, en fin de compte, le groupe me plaisait, pour peu qu'on dépasse ses braillements. Il faudrait que je pense à remercier Phil encore une fois.

Cerise sur le gâteau, mon choix se révéla efficace. Les battements assourdissants m'empêchèrent de réfléchir – ce qui était le but de l'exercice. Je me passai le disque encore et encore, jusqu'à ce que j'arrive à chanter sur tous les airs et jusqu'à ce que je m'endorme, enfin.

J'ouvris les yeux sur un endroit familier. Avertie par une partie de ma conscience que je rêvais, j'identifiai la lumière verte de la forêt. Non loin, les vagues s'écrasaient contre les rochers. Je savais que si je trouvais l'océan, j'arriverais à distinguer le soleil. Je tentais de me guider au bruit du ressac, mais Jacob Black apparaissait soudain et m'entraînait par la main en direction du cœur le plus noir des bois.

— Jacob ? Que se passe-t-il ?

Ses traits étaient empreints de frayeur, et il tirait de toutes ses forces pour vaincre mes résistances – je ne voulais pas aller vers l'obscurité.

— Cours, Bella, tu dois courir ! chuchotait-il, terrifié.

— Par ici, Bella !

Je reconnaissais la voix de Mike, me hélant du profond ténébreux des arbres, mais je ne pouvais le voir.

— Pourquoi ? demandais-je en me débattant pour me libérer de l'emprise de Jacob.

À ce stade, je désirais par-dessus tout retrouver le soleil. Tout à coup, le jeune Indien me lâchait en piaillant. Tremblant, il s'écroulait sur le sol sombre et s'y contorsionnait sous mes yeux horrifiés.

— Jacob ! braillais-je.

Mais il avait disparu. À sa place se tenait un grand loup brun-roux aux pupilles foncées. L'animal se détournait de moi en direction de la grève, le poil de l'échine hérissé, les crocs découverts, des grondements sourds s'échappant de sa gorge.

— Sauve-toi, Bella ! criait Mike, toujours dans la forêt.

En dépit de cette injonction, je ne bougeais pas. Je fixais une lumière qui, de la plage, venait vers moi. Alors, Edward sortait de derrière les arbres, la peau luisant faiblement, le regard noir et dangereux. Il levait la main et me faisait signe d'approcher. À mes pieds, le loup grognait. J'avançais d'un pas, ce qui provoquait le sourire d'Edward. Ses dents étaient pointues et aiguisées.

— Aie confiance, susurrait-il.

Un deuxième pas. Le loup se jetait entre moi et le vampire, ses crocs visant la jugulaire.

— Non ! hurlais-je.

Je me redressai comme un diable sur mon lit. Ce brusque mouvement entraîna la chute du lecteur CD de la table de nuit. La lumière était toujours allumée, j'étais tout habillée et chaussée. Désorientée, je jetai un coup d'œil à mon réveil. Il était cinq heures et demie du matin.

En gémissant, je retombai en arrière puis roulai sur le

ventre, envoyant valser mes bottes. J'étais néanmoins trop bouleversée pour me rendormir. Me retournant, je déboutonnai mon jean et m'en débarrassai maladroitement en position couchée. Ma natte me gênait, espèce d'arête rigide qui aurait jailli de mon crâne. Me mettant sur le côté, j'en arrachai l'élastique et passai rapidement mes doigts dans mes cheveux. Puis je remis l'oreiller sur mes yeux. Mes efforts n'avaient servi à rien, bien sûr. Mon subconscient avait fait resurgir avec une netteté effarante les images que je m'étais désespérément appliquée à chasser. J'étais bien forcée de les affronter, à présent.

Je m'assis, trop vite, et la tête me tourna un instant. Chaque chose en son temps, me dis-je, trop heureuse de retarder l'inévitable. J'attrapai ma trousse de toilette. Malheureusement, la douche fut plus courte que je ne l'eusse souhaité. Même en m'octroyant le luxe de sécher mes cheveux, je n'eus bientôt plus de raison de rester dans la salle de bains. Enveloppée dans une serviette, je retraversai le couloir jusqu'à ma chambre. Impossible de savoir si Charlie dormait encore ou s'il était déjà parti. Je regardai par la fenêtre – la voiture de patrouille avait disparu. Encore une journée de pêche.

J'enfilai mon survêtement le plus confortable, fis mon lit – une première. J'allumai ensuite mon vieil ordinateur. Je détestais utiliser l'Internet ici. Mon modem était tristement dépassé, mon forfait de mauvaise qualité ; se connecter prenait si longtemps que je décidai de m'offrir un bol de céréales en attendant.

Je mangeai lentement, mâchant chaque morceau avec soin. Quand j'eus fini, je lavai ma vaisselle, la séchai et la rangeai. C'est en traînant des pieds que je remontai les marches. Je commençai par aller ramasser mon lecteur CD et le replaçai soigneusement au centre de la table de nuit. Je retirai les écouteurs et les remis dans le tiroir de mon bureau. Puis je relançai le même disque, baissant le son pour n'avoir plus qu'une musique de fond.

Avec un nouveau soupir, je m'approchai de l'ordinateur. Naturellement, l'écran était couvert de pubs. M'asseyant sur l'inconfortable chaise pliante, j'entrepris de fermer les fenêtres jusqu'à ce que, enfin, j'arrive à mon moteur de recherche favori. Après avoir liquidé encore une ou deux réclames intempestives, je tapai un mot, un seul.

Vampire.

Comme de bien entendu, la recherche se fit avec une lenteur exaspérante. Quand le résultat s'afficha enfin, j'avais un sacré tri à effectuer entre les films, les shows télévisés, les jeux de rôle, le rock underground et les entreprises de cosmétiques gothiques. Je dénichai soudain un site prometteur – *Vampires de A à Z.* J'attendis impatiemment qu'il se télécharge, fermant impitoyablement toute pub qui avait le malheur de surgir à l'improviste. Enfin, le site s'afficha, fond d'écran tout simple, blanc, avec un texte rédigé en noir – très académique. Deux citations agrémentaient la page d'accueil :

Dans le monde vaste et ténébreux des fantômes et démons, aucune créature n'est plus abominable, plus redoutée, plus détestée – avec une fascination mêlée de crainte pourtant – que celle du vampire, qui n'est ni fantôme ni démon mais relève des forces sombres de la nature et possède les qualités mystérieuses et terribles des deux. Révérend Montague Summers.

S'il y a en ce monde une existence avérée, c'est celle des vampires. Rien ne manque : rapports officiels, déclarations sous serments de gens de bonne réputation, chirurgiens, prêtres, magistrats ; la preuve judiciaire est plus complexe. Et malgré tout cela, qui croit aux vampires ? Rousseau.

Le reste du site était une liste alphabétique des différents mythes vampiriques à travers le monde. Le premier sur lequel je cliquai, le *Danag*, parlait d'une créature philippine censée avoir importé le taro dans l'archipel il y avait fort longtemps. La légende soutenait que le *Danag* l'avait cultivé avec les humains pendant des années, mais que cette collaboration s'était achevée le jour où une femme s'était coupé le doigt et qu'un *Danag*, suçant la blessure, avait tant apprécié le goût du sang qu'il avait vidé la malheureuse de tout le sien.

Je parcourus avec soin les différents articles, cherchant des éléments qui me fussent familiers ou qui, du moins, parussent plausibles. Apparemment, la plupart des histoires de vampires privilégiaient de belles démoniaques et des victimes enfants ; elles donnaient aussi l'impression d'être des inventions destinées à expliquer l'importante mortalité infantile et à fournir aux hommes un bon prétexte à leur infidélité. Nombreuses étaient celles qui évoquaient des esprits privés de corps et prévenaient contre les rites mortuaires mal effectués. Peu rappelaient les films que j'avais vus ; et très rares étaient les vampires qui se préoccupaient de boire du sang, excepté l'*Estrie* des Hébreux et l'*Upier* des Polonais.

Seuls trois exemples retinrent réellement mon attention : le *Varacolaci* de Roumanie, un puissant mort vivant qui pouvait prendre la forme d'un bel humain pâle, le

Nélapsi slovaque, un être si fort et rapide qu'il était capable de massacrer un village au complet dans l'heure suivant minuit, et un troisième, le *Stregoni benefici*.

Ce dernier n'avait droit qu'à une phrase brève : « *Stregoni benefici* : vampire italien réputé pour sa bonté, ennemi juré des vampires diaboliques. » Cette petite rubrique, la seule, parmi des centaines, à affirmer l'existence de bons vampires fut un soulagement.

L'un dans l'autre cependant, il y avait peu de choses qui coïncidassent avec les histoires de Jacob et mes propres observations. Je m'étais fait un catalogue mental au fur et à mesure de ma lecture et l'avais scrupuleusement comparé à chaque légende : rapidité, force, beauté, pâleur, yeux qui changeaient de couleur ; les critères de Jacob : buveurs de sang, ennemis des loups-garous, absence de chaleur corporelle, immortalité. Fort rares étaient les mythes qui contenaient au moins un de ces paramètres.

J'avais par ailleurs un autre petit problème, surgi de mes souvenirs liés aux rares films d'horreur que j'avais vus, ravivés par ce que je lisais – les vampires ne pouvaient sortir en plein jour, car le soleil les consumait aussitôt. Ils dormaient dans des cercueils toute la journée et ne surgissaient qu'à la nuit.

Agacée, j'éteignis l'unité centrale de l'ordinateur, sans même attendre d'avoir correctement fermé les fichiers. Au-delà de mon irritation, j'étais submergée par l'embarras. Tout cela était idiot. Assise dans ma chambre, je cherchais des informations sur les vampires. Qu'est-ce qui me prenait ? Je résolus la question en reportant la faute sur la ville de Forks – la péninsule détrempée d'Olympic dans son entier d'ailleurs.

Il fallait que je m'aère, mais les seuls endroits où j'avais envie d'aller se trouvaient à trois jours de voiture. Je mis quand même mes bottes et descendis. J'enfilai mon coupe-vent sans vérifier le temps et sortis en claquant la porte.

Le ciel était couvert, mais il ne pleuvait pas encore. Ignorant ma camionnette, je traversai la cour de Charlie en diagonale pour gagner la forêt toute proche. Je ne tardai pas à m'y être suffisamment enfoncée pour perdre de vue la maison et la route et n'entendre plus que les chuintements de mes pieds sur le sol mouillé et les cris sporadiques des geais.

Un sentier en forme de ruban effiloché sinuait à travers bois, sinon je ne me serais pas éloignée ainsi. Je n'avais aucun sens de l'orientation, j'étais capable de me perdre dans des endroits largement moins hostiles. Le chemin s'enfonçait au cœur de la forêt, grosso modo en direction de l'est, d'après moi. Il serpentait autour de cyprès d'Alaska, de ciguës, d'ifs et d'érables. Les noms des essences alentour ne m'étaient que vaguement familiers, et je ne devais mon maigre savoir qu'à Charlie, qui m'avait autrefois désigné les arbres à travers la fenêtre de la voiture de patrouille. Il y en avait des tas que je ne connaissais pas, et d'autres que je n'étais pas certaine d'identifier à cause des parasites verdâtres dont ils étaient couverts.

Je suivis le chemin tant que ma colère contre moi-même me poussa en avant. Quand elle commença à se calmer, je ralentis. Des gouttes tombaient de la ramure, mais j'ignorais s'il s'était remis à pleuvoir ou si c'étaient là les résidus humides de la veille conservés très haut au-dessus de moi par les feuilles et qui retournaient lentement à la terre. Un arbre effondré – récemment, car il n'était pas entièrement tapissé de mousse – s'appuyait contre le tronc d'un de ses congénères, créant un petit banc abrité à quelques pas du sentier. J'enjambai les fougères et m'assis prudemment dessus en veillant à ce que mon coupe-vent fasse écran entre le siège détrempé et mes vêtements. Puis j'appuyai ma tête encapuchonnée contre l'arbre vivant.

Je n'avais pas choisi le bon endroit pour me promener. J'aurais dû m'en douter, mais avais-je ailleurs où aller ? La forêt, d'un vert soutenu, ressemblait bien trop à la scène de mon rêve pour m'apporter la paix. À présent que le bruit aqueux de mes pas s'était tu, le silence était assourdissant. Les oiseaux ne chantaient pas, et le clapotis des gouttes s'était accéléré – il pleuvait sûrement au-dessus des branches. Les fougères poussaient plus haut que moi, maintenant que j'étais assise, et je compris qu'on aurait pu passer devant moi sans m'apercevoir. Ici, au milieu des arbres, il était beaucoup plus facile de croire aux absurdités qui m'avaient tant embarrassée à la maison. Rien dans ces bois n'avait changé depuis des millénaires, et les mythes et légendes de centaines de pays différents paraissaient bien plus vraisemblables à la lueur de ce brouillard céladon que dans l'environnement tranché de ma chambre.

Je me forçai à me concentrer sur les deux questions les plus importantes auxquelles il me fallait répondre, mais que je ne cessais de fuir.

Pour commencer, je devais décider si ce que Jacob avait dit à propos des Cullen pouvait être vrai.

La réponse fusa, instinctive – non. Il était bête et morbide d'entretenir des idées aussi ridicules. Mais alors ?

Il n'y avait pas d'explication rationnelle au fait que j'étais encore vivante. Une nouvelle fois, je listai mentalement mes observations : la vitesse et la puissance incroyables, les yeux passant du noir à l'or pour revenir au noir, l'inhumaine beauté, la peau pâle et glaciale. Et aussi – détails qui s'étaient lentement inscrits dans ma mémoire – cette façon qu'ils avaient de ne jamais manger, la grâce dérangeante avec laquelle ils se déplaçaient. Et la manière qu'*il* avait de parler, parfois, ses phrases et ses cadences qui auraient mieux correspondu à un personnage de roman du début du XIXe siècle qu'à un lycéen d'aujourd'hui. Il avait séché le cours d'identification de nos groupes sanguins. Il n'avait refusé l'invitation à la mer que lorsqu'il avait appris où nous allions. Il paraissait deviner ce que tout le monde autour de lui pensait... sauf moi. Il m'avait confié être un méchant, un être dangereux...

Se pouvait-il que les Cullen fussent des vampires ?

En tout cas, ils étaient *quelque chose*. Quelque chose qui dépassait les justifications rationnelles envisageables était en train de se mettre en place devant mes yeux incrédules. Qu'il entrât dans la catégorie des Sang-froid de Jacob ou dans ma propre théorie du super héros, Edward Cullen n'était pas... humain. Il était plus que ça.

Alors oui – peut-être. Je m'en tiendrais à cette réponse pour l'instant.

Venait ensuite la deuxième question, la plus importante. Si tout cela était vrai, qu'allais-je faire ?

Si Edward était un vampire – j'avais vraiment du mal à formuler cette hypothèse –, comment fallait-il que j'agisse ? Impliquer un tiers était exclu. J'avais déjà du mal à me croire moi-même ; le premier à qui je parlerais exigerait mon internement. Il ne semblait y avoir que deux options. Un, suivre son conseil : être intelligente, l'éviter autant que possible. Annuler nos plans, reprendre l'habitude de l'ignorer, pour autant que j'en fusse capable. Imaginer qu'une vitre épaisse et infranchissable nous séparait dans le cours que nous étions forcés de partager. Lui ordonner de me laisser tranquille – et le vouloir cette fois.

À cette seule perspective, un désespoir brutal et douloureux s'empara de moi. Refusant la souffrance, j'envisageai aussitôt la seconde possibilité : ne pas changer d'attitude. Après tout, s'il était une créature... sinistre, il n'avait jusque-là rien tenté pour me blesser. Au contraire, j'aurais été aujourd'hui encastrée dans le parechocs de Tyler s'il n'avait pas réagi aussi vite. Tellement vite, que cela tenait forcément du réflexe. Mais alors, si sauver des vies était un réflexe, en quoi était-il mauvais ?

À force de peser le pour et le contre, je tournais en rond. Je n'étais sûre que d'une chose, en admettant que je fusse sûre de quoi que ce fût. Le sombre Edward de mon rêve n'avait été qu'un reflet de ma peur du monde dévoilé par Jacob, pas d'Edward lui-même. Lorsque le loup-garou s'était jeté en avant, ça n'avait pas été pour lui que j'avais hurlé. Ç'avait été de crainte qu'Edward ne fût blessé, même s'il m'avait appelée en dévoilant des dents aiguisées. J'avais eu peur *pour* lui.

Je compris que je tenais là ma vraie réponse. Je n'étais pas certaine d'avoir réellement choisi. J'étais déjà trop impliquée. Maintenant que je savais – *si* je le savais – ne pouvoir rien faire au sujet de mon effrayant secret. Parce que, lorsque je pensais à lui, à sa voix, à ses regards hypnotiques, à la force magnétique de sa personnalité, je n'avais envie de rien d'autre que d'être avec lui, tout de suite. Même si... mais non, je n'arrivais pas à l'envisager. Pas ici, pas seule dans la forêt qui s'assombrissait. Pas avec la pluie qui, sous la feuillée, l'obscurcissait comme à l'heure du crépuscule, et dont le tambourinement évoquait des pas feutrés. Je frissonnai et quittai rapidement ma cachette, craignant soudain que le sentier eût disparu sous les gouttes.

Il était bien là pourtant, visible et rassurant, qui serpentait hors du labyrinthe vert et humide. Je l'empruntai avec hâte, ma capuche serrée autour de ma tête, surprise de découvrir que j'étais allée aussi loin, finissant presque par courir. Je commençai même à me demander si j'étais dans la bonne direction ou si au contraire je ne m'enfonçais pas dans la forêt. Mais avant d'avoir eu le temps de céder complètement à la panique, j'entr'aperçus des espaces plus ouverts au milieu des branches entrelacées. Puis j'entendis une voiture et je me retrouvai à l'air libre, devant la pelouse de Charlie et la maison accueillante qui me promettait chaleur et chaussettes sèches.

Il était à peine midi quand je rentrai. Je montai dans ma chambre et revêtis un jean et un T-shirt, dans la mesure où je ne comptais plus sortir. J'arrivai sans trop de mal à me concentrer sur mon devoir du jour, une dissertation sur *Macbeth* à rendre pour le mercredi suivant. J'entrepris de rédiger un brouillon grossier, contente, plus sereine que je ne l'avais été depuis... depuis le jeudi après-midi, pour être honnête.

Il faut dire que j'avais toujours fonctionné ainsi. Me décider m'était douloureux, représentait l'étape que je redoutais le plus. Mais une fois mes choix arrêtés, je fonçais, en général soulagée d'être parvenue à trancher. Parfois, cet apaisement était teinté de désespoir, comme quand je m'étais résolue à partir pour Forks. N'empêche, c'était mieux que de me débattre face aux différentes options qui s'offraient à moi. La décision que je venais de prendre était ridiculement facile à accepter.

Dangereusement facile.

Bref, la journée fut calme et productive – je terminai mon boulot avant huit heures du soir. Charlie revint à la maison avec de belles prises, et je notai mentalement de dénicher un bon livre de cuisine pour accommoder le poisson lorsque j'irai à Seattle, la semaine suivante. Les frissons qui secouaient mon épine dorsale quand je pensais à ce voyage n'étaient pas différents de ceux que j'avais ressentis avant ma promenade avec Jacob Black. Ils auraient dû l'être, pourtant ; j'aurais dû avoir peur, je le savais. Mais je ne parvenais pas à éprouver les bonnes craintes.

Cette nuit-là, mon sommeil fut sans rêve, tant j'étais épuisée d'avoir entamé ma journée si tôt et d'avoir passé une si mauvaise nuit la veille. Pour la deuxième fois depuis mon arrivée à Forks, je me réveillai sous la lumière jaune d'un matin ensoleillé. Je filai à la fenêtre, ébahie de constater qu'il n'y avait quasiment pas un nuage dans le ciel, juste quelques petites boules de coton blanc et floconneux qui ne pouvaient décemment nous promettre de pluie. J'ouvris les carreaux – je fus surprise de voir qu'ils ne coinçaient ni ne grinçaient alors qu'on ne les avait pas bougés depuis des années – et respirai l'air relativement sec. Il faisait presque chaud, il n'y avait pas de vent. Dans mes veines, mon sang s'électrifia.

Charlie terminait son petit-déjeuner lorsque je descendis et il remarqua ma bonne humeur tout de suite.

— Belle journée, lança-t-il en guise de commentaire.

— Oui, acquiesçai-je, joyeuse.

Il me sourit, et des rides apparurent au coin de ses yeux. Quand Charlie souriait, il était plus facile de comprendre pourquoi ma mère s'était précipitée dans ses bras et un mariage irréfléchi. L'essentiel de ce qui en avait fait à l'époque un jeune homme romantique s'était effacé avant que je ne le connusse, de même qu'avaient disparu les boucles de ses cheveux bruns – d'une couleur, sinon d'une texture, identique à la mienne –, révélant un peu plus chaque année la peau luisante de son front. Mais quand il souriait, je discernais l'homme qui s'était enfui avec une Renée âgée d'à peine deux ans de plus que moi aujourd'hui.

J'engloutis gaiement mon petit-déjeuner en contemplant les particules de poussière qui dansaient dans les rayons filtrant par la fenêtre. De loin, Charlie me cria au revoir, et la voiture de patrouille s'en alla. Devant la porte, j'hésitai, une main sur mon coupe-vent. J'étais tentée de le laisser à la maison. Avec un soupir, je le posai sur mon bras et sortis dans la lumière la plus éclatante que j'avais vue depuis des mois.

Avec beaucoup d'huile de coude, je réussis à baisser presque en entier les vitres de la camionnette. Je fus une des premières à arriver au lycée ; dans ma précipitation à partir, je n'avais même pas regardé l'heure. Je me garai puis me dirigeai vers l'aire de pique-nique rarement utilisée située sur la façade sud de la cafétéria. Comme les bancs étaient encore un peu humides, je m'assis sur ma veste, bien contente de lui avoir trouvé un usage. Mes devoirs étaient faits – résultat d'une vie sociale ralentie – mais je voulais vérifier quelques problèmes de maths. Je m'y attaquai consciencieusement. Cependant, à mi-parcours du premier exercice, je me surpris à rêvasser en regardant le soleil jouer sur les troncs rouges des arbres tout en gribouillant inconsciemment dans les marges de mon cahier. Au bout de quelques minutes, je me rendis compte que j'avais dessiné cinq paires d'yeux qui me fixaient. Je les effaçai avec ma gomme.

— Bella ! me héla quelqu'un.

On aurait dit Mike.

Me retournant, je m'aperçus que les élèves avaient commencé à arriver pendant que je me perdais dans mes songes. Tout le monde était en T-shirt, certains même en short bien que la température n'excédât pas dix-huit degrés. Mike se dirigeait vers moi en agitant la main, vêtu d'un large bermuda et d'un polo rayé.

— Salut, Mike ! lui répondis-je.

Impossible de ne pas me montrer joyeuse par cette belle matinée. Il vint s'asseoir à côté de moi. Les pointes de ses cheveux prenaient des teintes dorées sous le soleil, un sourire réjoui fendait son visage. Il était si content de me voir que je ne pus m'empêcher de me sentir flattée.

— Je ne l'avais encore jamais remarqué, mais tes cheveux ont des reflets roux, dit-il en prenant entre ses doigts une de mes mèches qui voletait sous l'effet de la brise.

— Seulement quand il y a du soleil.

Il replaça la mèche folle derrière mon oreille, je me sentis vaguement gênée.

— Chouette journée, hein ?

— Comme je les aime.

— Qu'est-ce que tu as fait, hier ?

Son ton était juste un peu trop possessif.

— Travaillé à ma disserte, surtout.

Je ne précisai pas que je l'avais terminée – inutile de jouer les premières de la classe.

— Ah, ouais ! marmonna-t-il en se frappant le front. Elle est pour jeudi, non ?

— Euh, mercredi, je crois.

— Mercredi ? Flûte... Tu as choisi quel sujet ?

— « La façon dont Shakespeare dessine ses personnages féminins est-elle misogyne ? »

Il me dévisagea comme si je venais de lui parler hébreu.

— J'ai bien l'impression que je vais devoir m'y mettre dès ce soir, ronchonna-t-il, morose. Je comptais t'inviter à sortir.

— Oh.

Je fus prise au dépourvu. Pourquoi m'était-il devenu impossible d'avoir une conversation agréable avec Mike sans qu'elle tourne à un échange maladroit ?

— Tu sais, on pourrait aller dîner quelque part... je bosserai après.

Il m'adressa un sourire plein d'espoir. Bon sang ! Je détestais mettre quelqu'un dans l'embarras.

— Mike... Je ne crois pas que ce serait une très bonne idée.

Son visage s'affaissa.

— Pourquoi ?

Mon esprit vola vers Edward et je me demandai si le sien faisait de même.

— Parce que... et si jamais tu répètes ce que je vais

160

te dire, je jure que je t'étranglerai avec joie. À mon avis, ce serait blessant envers Jessica.

— Jessica ?

Il parut ahuri. Visiblement, il ne s'était pas attendu à cette réponse.

— Franchement, Mike, tu es aveugle, ou quoi ?

— Oh ! souffla-t-il, stupéfait.

Ce dont je profitai pour mettre un terme à la discussion.

— Il est l'heure d'aller en cours, et je ne peux pas me permettre d'arriver en retard une nouvelle fois, décrétai-je en empilant mes affaires dans mon sac.

Nous gagnâmes lentement le bâtiment 3. Mike était plongé dans ses pensées. Je priai pour que ces dernières, quelles qu'elles fussent, le conduisissent dans la bonne direction.

Quand je vis Jessica, en maths, elle bouillonnait d'énervement. Elle, Angela et Lauren avaient prévu de se rendre en fin de journée à Port Angeles afin d'y acheter leurs robes de bal. Elle m'invita à les accompagner, bien que je n'eusse nul besoin d'une tenue. J'hésitai. Il serait sympa de sortir de la ville avec des amies. Sauf que Lauren serait là. Et puis, je serais peut-être occupée, ce soir ? Mais ça, c'était laisser mon esprit vagabonder sur la plus mauvaise voie. Si le soleil expliquait ma bonne humeur, il n'était pas le seul à l'origine de mon euphorie, loin de là.

Bref, je réservai ma réponse, prétendant qu'il fallait d'abord que j'en parle à Charlie.

Jessica n'évoqua rien d'autre que le bal quand nous nous rendîmes en espagnol, et continua sur sa lancée, lorsque nous allâmes à la cantine, comme si rien ne nous avait interrompues. Le cours s'était terminé avec cinq minutes de retard, et j'étais bien trop excitée à la perspective de l'instant qui allait suivre pour prêter attention à ses bavardages. J'avais douloureusement hâte de *le* voir, lui mais aussi tous les Cullen, histoire de les soumettre au jugement des soupçons nouveaux qui me tourmentaient. Lorsque je franchis le seuil de la cafète, je ressentis le premier frisson de vraie peur parcourir mon échine avant de s'installer au creux de mon estomac. Allaient-ils deviner ce que je pensais ? Puis un sentiment différent m'envahit – Edward désirerait-il déjeuner encore une fois avec moi ?

À mon habitude, mon premier coup d'œil fut pour leur table. Un élan de panique me secoua quand je m'aperçus qu'elle était vide. Mon espoir retomba comme un soufflé tandis que je fouillais du regard le reste de la salle, mais je continuai de rêver que j'allai le trouver seul, attendant que je le rejoigne. En dépit de la foule, je finis par admettre qu'il n'y avait là aucune trace de la présence d'Edward ni des siens. La puissance de ma déception me paralysa.

Je suivis Jessica d'un pas traînant, sans plus prendre la peine de faire semblant d'écouter.

Nous étions suffisamment en retard pour que, à notre table, tout le monde fût déjà installé. Je préférai un siège près d'Angela à la chaise vide au côté de Mike. Je notai en passant qu'il la proposait poliment à Jessica, qui l'accepta avec une joie non dissimulée. Angela me posa quelques questions discrètes sur la dissertation concernant *Macbeth*, auxquelles je répondis aussi naturellement que possible tout en sombrant dans l'affliction. Elle aussi me proposa de venir ce soir-là, et j'acceptai, m'accrochant désormais à tout ce qui parviendrait à me distraire.

Je compris que je m'étais agrippée aux derniers filaments d'espoir quand, entrant en cours de sciences nat, je vis que sa place était déserte et ressentis une nouvelle déception. Le reste de la journée s'écoula lentement, morose. En gym, nous eûmes droit à une leçon sur les règles du badminton ce qui, au moins, signifia que j'eus le loisir de rester assise au lieu de tituber sur le terrain. Le mieux fut que le prof n'eut pas le temps de terminer, ce qui m'accordait un jour de répit supplémentaire. Même si, le surlendemain, on m'armerait d'une raquette avant de me lâcher avec le reste de la classe.

Je fus heureuse de quitter le lycée pour pouvoir ronger mon frein et broyer du noir avant de ressortir avec Jessica et compagnie. Mais je venais à peine d'entrer chez Charlie que Jessica m'appela pour annuler notre projet. Je tâchai de prendre avec satisfaction la nouvelle que Mike l'avait invitée à dîner dehors ce soir-là – j'étais effectivement soulagée qu'il ait fini par piger – mais mon enthousiasme me parut faux, même à moi. Elle reporta notre expédition au lendemain soir.

Je me retrouvai donc privée de distractions. Je fis mariner du poisson pour le repas. On le mangerait avec une salade et du pain de la veille, si bien que la cuisine ne m'absorba pas vraiment. Mes devoirs ne me prirent que trente minutes. Je vérifiai mes mails, lus les messages de ma mère, que j'avais négligés, de plus en plus secs au fur et à mesure qu'ils étaient récents. En soupirant, je rédigeai une brève réponse.

Maman,
    désolée, j'étais occupée. Je suis allée au bord de la mer avec des amis. J'avais aussi une disserte à rédiger.

Mes excuses étaient minables. J'abandonnai.

Il fait beau, aujourd'hui. Je sais, moi aussi ça m'épate. Je vais sortir, histoire d'emmagasiner un maximum de vitamines D. Bises, Bella.

Je décidai de tuer une heure avec de la lecture qui ne fût pas scolaire. J'avais emporté une petite collection de livres à Forks, dont le plus usé était une anthologie des écrits de Jane Austen. C'est celui-ci que je choisis avant de me diriger vers le petit jardin carré de derrière, prenant au passage un vieux plaid dans l'armoire à linge située sur le palier du premier étage.

Une fois dehors, je pliai la couverture en deux et la posai loin de l'ombre dispensée par les arbres, sur l'épaisse pelouse qui était toujours un peu mouillée, quelle que fût l'ardeur des rayons du soleil. Je m'allongeai sur le ventre, jambes croisées en l'air, et feuilletai les différents romans du recueil en hésitant sur celui qui m'occuperait le plus l'esprit. Mes œuvres préférées étaient *Orgueil et Préjugés* et *Raison et Sentiments*. J'avais lu le premier récemment, si bien que je m'attaquai au second, pour me rappeler au bout du troisième chapitre seulement que le personnage principal se prénommait Edward. Furieuse, je me tournai vers *Mansfield Park*, mais le héros de celui-là s'appelait Edmund, ce qui était franchement trop proche. N'y avait-il donc pas d'autres prénoms disponibles à la fin du

XVIIIe siècle ? Agacée, je refermai le livre et roulai sur le dos. Remontant mes manches aussi haut que possible, je fermai les yeux. Je n'allais penser à rien qu'à la chaleur du soleil sur ma peau, m'ordonnai-je sévèrement. Bien que légère, la brise agitait des mèches autour de mon visage, qui me chatouillaient. Je repoussai mes cheveux en haut de ma tête et les plaçai en éventail sur la couverture avant de me concentrer de nouveau sur la tiédeur qui caressait mes paupières, mes joues, mon nez, mes lèvres, mes avant-bras, mon cou, traversait ma chemise légère...

Je repris conscience au bruit de la voiture de patrouille qui tournait dans l'allée. Je m'assis, hébétée, et m'aperçus que la lumière s'était couchée derrière les arbres, et que je m'étais endormie. Je regardai alentour, un peu perdue, avec le brusque sentiment que je n'étais pas seule.

— Charlie ? appelai-je.

Mais il était en train de claquer sa portière, de l'autre côté de la maison. Je bondis sur mes pieds, bêtement nerveuse, rassemblai le plaid à présent humide et mon livre et me précipitai à l'intérieur pour mettre de l'huile à chauffer – nous mangerions en retard. Charlie accrochait son arme et ôtait ses bottes quand j'entrai.

— Désolée, papa, le repas n'est pas encore prêt. Je me suis endormie dehors.

J'étouffai un bâillement.

— Ne t'inquiète pas pour ça, répondit-il. De toute façon, je voulais voir où en était le match.

Après dîner, je regardai la télé en compagnie de Charlie, histoire de m'occuper. Il n'y avait rien qui m'intéressât, mais comme Charlie savait que je n'aimais pas le base-ball, il zappa sur un feuilleton décérébré qui nous ennuya l'un et l'autre. Il avait toutefois l'air heureux de passer du temps avec moi. Et, malgré ma déprime, cela me faisait du bien de le rendre heureux.

— Papa, dis-je pendant une coupure de publicité, Jessica et Angela vont demain soir à Port Angeles se chercher une robe pour le bal et elles m'ont demandé de leur donner un coup de main... ça t'embête si j'y vais avec elles ?

— Jessica Stanley ?

— Et Angela Weber.

Je soupirai, agacée de devoir lui donner ce genre de détails.

— Mais... tu n'y vas pas, toi, au bal ? hasarda-t-il, étonné.

— Non, papa. C'est juste pour les aider à choisir leur robe. Proposer un œil critique, quoi.

Je n'aurais jamais eu besoin d'expliquer ça à une femme. Il parut saisir qu'il n'était pas sur son terrain quand il s'agissait de sorties entre filles.

— Dans ce cas, d'accord. C'est quand même un soir de semaine.

— On partira juste après les cours, comme ça je serai rentrée tôt. Tu te débrouilleras, pour le dîner ?

— Bella, je me suis nourri pendant dix-sept ans avant que tu ne viennes t'installer, me rappela-t-il.

— Et je ne sais pas comment tu as survécu, grommelai-je avant d'ajouter plus distinctement : Je te laisserai de quoi te préparer des sandwichs dans le frigo, d'accord ? Sur l'étagère du haut.

Le lendemain matin, le temps était de nouveau

radieux. Je m'éveillai avec un espoir ravivé et tentai aussitôt de l'étouffer. En l'honneur de la chaleur, je m'habillai d'un corsage à col en V bleu marine – quelque chose que j'aurais porté en plein hiver, à Phoenix.

Je m'étais débrouillée pour arriver au lycée de façon à avoir juste le temps d'aller en classe. Le cœur lourd, je fis le tour du parking pour dénicher une place tout en scrutant les alentours à la recherche de la Volvo argentée qui, clairement, n'était pas là. Je me garai tout au fond et parvins en cours d'anglais, essoufflée mais calme, avant la dernière sonnerie.

Comme la veille, des bourgeons d'espérance fleurirent malgré moi dans ma tête, que je dus réduire en charpie, opération douloureuse, quand j'inspectai en vain la cantine et m'assis, seule, à ma paillasse.

Le plan Port Angeles réactivé pour ce soir-là était d'autant plus attrayant que Lauren avait d'autres obligations. J'avais hâte de quitter la ville, histoire de cesser de jeter des coups d'œil anxieux derrière mon épaule en priant pour qu'*il* surgisse de nulle part comme il le faisait toujours. Je me promis d'être de bonne humeur et de ne pas gâcher le plaisir d'Angela et de Jessica dans leur chasse à la robe idéale. Je pourrais sans doute en profiter pour m'acheter quelques vêtements aussi. Je refusais de croire que j'allais me retrouver toute seule ce week-end à Seattle, un projet qui ne me tentait plus du tout. Il n'était quand même pas du genre à annuler sans me prévenir ?

Après les cours, Jessica me suivit dans sa vieille Mercury blanche jusque chez Charlie afin que j'y laisse mes affaires scolaires et ma camionnette. À l'intérieur, je me donnai un rapide coup de brosse, excitée à l'idée de sortir enfin de Forks. Je laissai à Charlie un mot lui ré-expliquant où trouver son dîner, échangeai le porte-feuille usé de mon cartable contre un porte-monnaie que j'utilisais rarement et courus rejoindre Jessica. Nous passâmes prendre Angela chez elle. Elle était prête, et mon énervement grandit selon une courbe exponentielle dès que nous quittâmes vraiment les limites de la ville.

8

◆

PORT ANGELES

Jess conduisant plus vite que le Chef, nous fûmes à Port Angeles avant quatre heures. Cela faisait un moment que je n'étais pas sortie entre filles, et l'atmosphère saturée d'œstrogènes était revigorante. Nous écoutâmes du rock larmoyant tandis que Jessica jacassait sur les garçons de notre groupe. Son dîner avec Mike s'était très bien déroulé, et elle espérait franchir l'étape du premier baiser le samedi soir. Je dissimulai un sourire. Angela était contente d'aller au bal, sans plus. Éric ne l'intéressait pas vraiment. Jess tenta de la confesser sur son type d'homme, mais je détournai vite la conversation sur les robes, par solidarité avec Angela. Celle-ci me remercia d'un coup d'œil.

Port Angeles est un joli petit piège à touristes, bien plus coquet et pittoresque que Forks. Habituées des lieux, mes compagnes n'avaient pas l'intention de perdre leur temps à arpenter la ravissante promenade en bois qui longeait la baie. Jess mit directement le cap sur l'un des grands magasins du centre, à quelques rues de l'avenant bord de mer.

Une simple « tenue correcte » était exigée pour la soirée, ce qui nous laissait perplexes. Tant Jessica qu'Angela parurent surprises, et presque incrédules, lorsque je leur révélai que je n'avais jamais mis les pieds dans ce genre de raout, à Phoenix.

— Ne me dis pas que tu ne sortais avec personne ! s'exclama Jess, dubitative, au moment où nous franchissions les portes du magasin.

— Crois-moi, j'étais souvent confinée à la maison, tentai-je de la persuader, peu désireuse de lui avouer mes rapports conflictuels avec la danse. Je n'ai jamais eu de petit ami ni rien d'approchant.

— Pourquoi ?

— Je n'intéressais pas les garçons.

— Alors, ce n'est pas comme ici où tu en es à les éconduire, riposta-t-elle, sceptique.

Nous arpentions les rayons à la recherche des vêtements habillés.

— Sauf Tyler, corrigea Angela d'une voix douce.

— Pardon ? hoquetai-je.

— Tyler raconte à qui veut l'entendre qu'il sera ton cavalier au bal de fin d'année, m'apprit Jessica en me jaugeant d'un air suspicieux.

— Quoi ?

Je crus que j'allais m'étrangler.

— Je t'avais bien dit que c'étaient des mensonges, murmura Angela à Jessica.

170

Je n'insistai pas, même si mon étonnement céda bientôt la place à l'irritation. Nous venions de trouver le présentoir des robes et nous avions du pain sur la planche.

— C'est pour ça que Lauren ne t'aime pas, rigola Jessica tandis que nous palpions les tissus.

— Penses-tu que si je l'écrasais avec ma camionnette il arrêterait de se sentir coupable de l'accident ? demandai-je, les dents serrées. Qu'il cesserait enfin de chercher des façons de s'excuser ?

— Peut-être. Si c'est vraiment la raison pour laquelle il agit ainsi.

Malgré le choix plutôt restreint, les filles dénichèrent quelques modèles à essayer. En les attendant, je m'assis sur une chaise basse, à côté du triple miroir en pied, et ruminai ma rage. Jess hésitait entre une longue robe noire classique sans bretelles et une bleu électrique à franges qui arrivait aux genoux. Je l'incitai à choisir cette dernière – autant profiter de l'occasion pour en mettre plein la vue. Angela se décida pour une petite chose rose pâle dont le drapé mettait en valeur sa silhouette élancée et allumait des reflets de miel dans ses cheveux châtain clair. Je me répandis en compliments et les aidai à ranger les tenues écartées. L'expédition s'était révélée beaucoup plus courte et aisée que bien d'autres du même ordre que j'avais menées en compagnie de Renée. Comme quoi une offre réduite présente des avantages.

Vint le tour des chaussures et des accessoires. Je me contentai de regarder et de critiquer les essais divers et variés de Jess et Angela, n'étant pas d'humeur à m'acheter quoi que ce soit, bien qu'une paire de souliers m'eût été nécessaire. Le plaisir de cette soirée entre filles avait été gommé par mon agacement envers Tyler, et ma morosité habituelle, un instant détrônée, avait repris ses droits.

— Angela ? demandai-je, avec hésitation, au moment où elle enfilait des escarpins roses haut perchées.

Elle était ravie d'avoir, une fois n'est pas coutume, un compagnon assez grand pour lui permettre de porter un semblant de talons. Jessica s'était éloignée en direction des bijoux, et nous étions seules.

— Oui ?

Elle tendit la jambe, tournant la cheville à droite et à gauche pour mieux juger de l'effet des chaussures.

— Je les aime bien, dis-je lâchement.

— Je crois que je vais les prendre, même si elles n'iront avec rien d'autre que la robe.

— Vas-y, elles sont soldées.

Souriante, elle referma l'autre boîte, qui contenait des mocassins blanc cassé, visiblement plus pratiques. De nouveau, je me lançai.

— Euh... Angela...

Elle leva des yeux attentifs vers moi.

— Il est habituel que les... Cullen... sèchent autant le lycée ? m'enquis-je, tête basse.

Ma tentative pour paraître indifférente avait échoué lamentablement.

— Oui, répondit-elle doucement, sans me regarder. Au premier rayon de soleil, ils partent en randonnée. Même le docteur. Ils adorent être dehors.

— Ah bon.

Elle n'insista pas, ne posa pas la centaine de questions dont Jessica m'aurait abreuvée à sa place. Je commençais à réellement apprécier Angela. Je laissai tomber le sujet, car Jess revenait vers nous avec une parure en strass qui s'accorderait aux souliers argentés qu'elle avait choisis pour la soirée.

Nous avions projeté de dîner dans un petit restaurant italien sur le front de mer. Comme les emplettes avaient pris moins de temps que prévu, les filles décidèrent de rapporter leurs affaires à la voiture puis de descendre à pied vers la baie. Pour ma part, j'avais envie d'aller dans une librairie. Toutes deux proposèrent aussitôt de m'accompagner. Je les en dissuadai : mieux valait m'éviter quand j'étais entourée de livres, et je préférais être seule dans ces cas-là. Nous convînmes d'un rendez-vous d'ici une heure, et elles partirent vers la voiture en discutant avec entrain tandis que je m'orientais en direction de la rue où Jess m'avait assuré que je trouverais mon bonheur.

Le magasin était bien là ; malheureusement, il était décevant. La devanture était encombrée de cristaux, d'attrape-rêves indiens et de livres portant sur la spiritualité. De l'autre côté de la vitrine, une femme d'une cinquantaine d'années aux longs cheveux gris rejetés dans le dos et vêtue d'une robe datant des années soixante me souriait, avenante, de derrière son comptoir. Voilà une rencontre dont je pouvais me passer, conclus-je. Je n'entrai même pas. Il devait bien exister une vraie librairie dans cette ville.

Je flânai dans les rues de plus en plus encombrées par les voitures de ceux qui rentraient du travail, et me dirigeai – du moins je l'espérais – vers le front de mer. Déprimée, je ne prêtais pas autant d'attention que j'aurais dû à l'endroit où mes pas m'entraînaient. Je luttais pour ne pas penser à *lui*, à ce qu'Angela m'avait dit... et, surtout, pour tempérer mes espoirs au sujet du samedi à venir afin d'éviter une déception encore plus douloureuse. Mais lorsque j'aperçus une Volvo argent garée le long du trottoir, tous mes efforts furent réduits à néant. Crétin de vampire lâcheur !

Furieuse, je tournai les talons et filai en direction de boutiques qui semblaient prometteuses. Malheureusement, il ne s'agissait que d'un atelier de réparation et d'un local à louer. Il était encore trop tôt pour que je me mette à la recherche de Jess et Angela ; et puis, auparavant, il fallait absolument que je me ressaisisse. Je passai plusieurs fois de suite mes doigts dans mes cheveux et respirai un bon coup avant de bifurquer dans une autre rue.

Ce ne fut qu'au deuxième carrefour que je me rendis compte que je m'égarais. Les rares piétons allaient tous en sens inverse, et la plupart des bâtiments alentour étaient des entrepôts. Je décidai de tourner à la prochaine intersection, puis une fois encore afin de revenir sur mes pas par un autre chemin.

Un groupe de quatre hommes surgit soudain de l'artère vers laquelle je me dirigeais, habillés de façon trop décontractée pour rentrer du bureau, trop négligée pour des touristes. Au fur et à mesure qu'ils se rapprochaient, je constatai qu'ils étaient à peine plus âgés que moi. Ils échangeaient des plaisanteries bruyantes, des rires gras, des bourrades viriles. Je me collai le plus possible côté mur afin de leur laisser un maximum de place et accélérai le pas en évitant de les dévisager.

— Hé, toi ! m'apostropha l'un d'eux en me croisant.

Il devait s'adresser à moi, vu qu'il n'y avait personne d'autre. L'instinct me poussa à poser les yeux sur lui. Deux des gars s'étaient arrêtés, les deux autres ralentissaient. Apparemment, c'était le plus proche, une armoire à glace d'une vingtaine d'années aux cheveux noirs, qui avait parlé. Il portait une chemise de coton sur un T-shirt crasseux, un bermuda en jean et des sandales. Il avança vers moi.

— Bonsoir, marmonnai-je sans réfléchir avant de détourner rapidement le regard et de foncer.

Je les entendis s'esclaffer.

— Hé, attends !

Sans répondre, je disparus à l'angle de la rue avec un soupir de soulagement. Eux ricanaient de plus belle.

Ce nouvel itinéraire longeait l'arrière de plusieurs entrepôts sombres équipés de vastes portes de chargement, verrouillées pour l'instant. De l'autre côté, le trottoir était remplacé par une clôture surmontée de fil de fer barbelé qui protégeait un terrain où étaient stockées des pièces de rechange mécaniques. J'avais largement dépassé les parties de la ville que j'avais eu l'intention de visiter en touriste. La nuit tombait, et je notai que les nuages étaient revenus, obscurcissant l'horizon à l'ouest en une espèce de coucher de soleil précoce. À l'est, le ciel était encore clair, mais il prenait des teintes grises percées çà et là de rose et d'orange. J'avais laissé mon coupe-vent dans la voiture, et un brusque frisson m'obligea à croiser étroitement les bras sur ma poitrine. Une fourgonnette me dépassa, puis je me retrouvai complètement seule.

Le ciel se couvrit brusquement. J'inspectai les nuages menaçants par-dessus mon épaule et m'aperçus, avec effroi, que deux hommes marchaient sans bruit à quelque dix mètres derrière moi. Je reconnus des membres du groupe que j'avais croisé un instant plus tôt, même si aucun n'était le brun qui m'avait adressé la parole. Me détournant aussitôt, je pressai le pas. Une impression de froid qui ne devait rien au temps me fit frissonner une nouvelle fois. Je serrais mon sac à main, passé en bandoulière par-dessus ma tête, histoire d'éviter qu'on me l'arrache. Je savais exactement où se trouvait ma bombe anti-agression – dans mes bagages, sous mon lit, encore emballée. Je n'avais pas beaucoup d'argent sur moi, une vingtaine de dollars. J'envisageai un instant de laisser tomber mon sac « accidentellement » et de me sauver, mais une petite voix apeurée au fond de moi me susurra que mes suiveurs risquaient d'être plus que de simples voleurs.

Je tendis l'oreille, guettant le bruit feutré de leur présence, bien trop doux comparé au tapage qu'ils avaient fait précédemment ; ils ne modifiaient pas leur allure, ne se rapprochaient pas. Je m'exhortai à respirer, me rassurai – après tout, rien ne me prouvait que je représentais une cible pour eux. Je continuai à avancer aussi vite que possible sans pour autant me mettre à courir, visant le carrefour qui se trouvait à une quinzaine de mètres à peine. Apparemment, la distance me séparant des types n'avait pas diminué. Une voiture bleue qui tourna dans la rue me dépassa à toute vitesse. Je faillis me jeter devant elle, mais j'hésitai, gênée, pas certaine d'être vraiment chassée, et ratai le coche.

Un simple coup d'œil me révéla que l'intersection que j'avais repérée ne donnait en réalité que sur une impasse – une allée menant à un énième immeuble. Je m'étais préparée à m'y engouffrer et dus rectifier ma trajectoire en la traversant vivement avant de regagner le trottoir. La rue s'achevait un peu plus loin, à hauteur d'un panneau de stop. J'envisageai un instant de piquer un sprint. Mais il me sembla que j'avais semé les deux hommes ; par ailleurs, je savais qu'ils n'auraient aucun mal à me rattraper. J'étais à peu près sûre de trébucher et de m'étaler si je tentais d'accélérer. Les bruits de pas s'étant définitivement éloignés, maintenant, je risquai un regard derrière moi. Soulagée, je constatai que mes suiveurs se trouvaient à une dizaine de mètres ; malheureusement, ils avaient les yeux braqués sur moi.

J'eus l'impression de mettre des heures à atteindre l'extrémité de la rue. Je conservai une allure soutenue, gagnant un peu plus de terrain à chaque foulée. Ils s'étaient peut-être rendu compte qu'ils m'avaient effrayée et le regrettaient. Deux voitures qui se dirigeaient vers le nord traversèrent le carrefour, et je respirai plus librement. Une fois sortie de cette rue déserte, je tomberais sur une avenue plus fréquentée. Ce fut avec empressement que je tournai le coin de l'intersection.

Et m'arrêtai tout net.

L'artère était bordée de part et d'autre par des murs aveugles. J'aperçus, à quelques pâtés d'immeubles de là, des réverbères, des autos, des piétons, mais ils étaient beaucoup trop loin de moi. Car, appuyés nonchalamment contre une façade, à mi-hauteur de la rue, les deux autres membres de la bande m'attendaient. Un sourire excité se dessina sur leurs lèvres lorsque je me figeai sur place. Je compris alors que je n'avais pas été suivie. J'avais été traquée. Je ne m'arrêtai qu'une seconde, mais elle me parut très longue. Pivotant, je filai sur le trottoir opposé, consciente de l'inanité de cette diversion – derrière moi, les bruits de pas s'étaient tout à coup rapprochés.

— Te voilà donc !

La voix tonitruante de l'armoire à glace réduisit en miettes le silence de plomb, et je sursautai. Dans la pénombre grandissante, on aurait dit que son regard me traversait sans me voir.

— Ouais ! brailla une autre voix derrière moi.

Une fois encore, je tressaillis et tentai d'accélérer l'allure.

— On a juste fait un petit détour ! ajouta un de ceux qui m'avaient suivie.

Malheureusement, je ne tardai pas à devoir ralentir. La distance qui me séparait des deux hommes postés dans la rue s'amenuisait trop vite. Je suis capable de pousser des hurlements stridents. J'avalai donc une grande goulée d'air, mais ma gorge était si sèche que je doutai de réussir à obtenir le volume sonore souhaité. D'un mouvement leste, je récupérai mon sac dans une main, serrant la bandoulière fermement, prête à l'abandonner ou à m'en servir comme d'une arme si besoin était.

Le plus trapu des types se détacha du trottoir alors que je ralentissais prudemment et descendais sur la chaussée.

— Fichez-moi la paix ! prévins-je d'un ton que je voulais ferme et assuré.

Je ne m'étais pas trompée, hélas – je n'émis qu'un glapissement.

— Sois pas comme ça, chérie ! rétorqua l'autre tandis que ses camarades s'esclaffaient bruyamment.

Jambes écartées, je me préparai à l'affrontement, essayant, malgré ma panique, de me rappeler les maigres notions d'autodéfense que je possédais. Tranchant de la main lancé en l'air en espérant réussir à briser le nez ou à l'enfoncer dans le cerveau ; doigts plongés en crochet dans les orbites pour énucléer l'agresseur ; et, bien sûr, le classique coup de pied judicieusement placé. La petite voix dénuée d'illusions se remit soudain à parler dans ma tête, me signalant que je n'avais sans doute aucune chance face à ce genre de types, et puis quatre d'un coup... Je lui intimai de se taire avant que la terreur ne m'anesthésie complètement. Je n'avais pas l'intention d'être éjectée de la partie sans en avoir mis au moins un au tapis. Je me forçai à déglutir afin de pouvoir pousser un hurlement décent.

Tout à coup, des phares surgirent. Le véhicule manqua de renverser le gars trapu, qui dut sauter sur le trottoir. Je me précipitai au milieu de la route – soit cette voiture s'arrêtait, soit elle m'écrasait. Elle m'évita d'un brusque coup de volant avant de stopper en dérapant à moins d'un mètre de moi, portière ouverte.

— Grimpe ! lança une voix furibonde.

De façon stupéfiante, mon angoisse s'évapora aussitôt ; tout aussi stupéfiant fut le sentiment de sécurité qui me submergea, avant même que je fusse monté dans l'auto, juste parce que je *l'*avais reconnu. Je sautai sur le siège en claquant la portière.

L'habitacle était sombre – le plafonnier ne s'était pas allumé – et, à la lueur du tableau de bord, je distinguais à peine son visage. Dans un crissement de pneus, il fit demi-tour, accéléra trop vite, provoquant une embardée qui obligea mes poursuivants ahuris à s'écarter prestement, et nous filâmes à toute allure en direction du port.

— Attache ta ceinture ! m'ordonna-t-il.

Me rendant compte que j'agrippais mon siège à deux

mains, j'obéis ; dans la pénombre, le bruit de la boucle claqua fort. Edward prit un brusque virage à gauche, accéléra encore, grilla plusieurs stops. Pourtant, je n'avais pas peur du tout et je me fichais éperdument de l'endroit où il m'emmenait. Je l'observai, envahie par un soulagement dont l'intensité n'était pas seulement due à sa venue inopinée et à mon sauvetage. Le temps de retrouver ma respiration, j'étudiai ses traits parfaits et m'aperçus qu'il était dans une colère noire.

— Ça va ? croassai-je.

— Non, riposta-t-il, fou de rage.

Je gardai le silence, subjuguée par sa beauté, tandis qu'il regardait droit devant lui. La voiture s'arrêta soudain. Je jetai un coup d'œil alentour, mais il faisait trop sombre pour que je visse au-delà des silhouettes noires des arbres qui poussaient le long de la route. Nous avions quitté la ville.

— Bella ?

La voix était tendue, contrôlée.

— Oui ?

Un couinement de souris. Je me grattai discrètement la gorge.

— Tu n'as rien ?

Sa fureur rentrée était palpable.

— Non.

— Distrais-moi, s'il te plaît.

— Pardon ?

Il poussa un bref soupir, ferma les yeux et se pinça l'arête du nez

— Parle-moi, dis n'importe quoi, même des bêtises, jusqu'à ce que je me calme.

Je me creusai la tête.

— Demain avant les cours, j'écrase Tyler Crowley.

Le coin de sa bouche frémit.

— Pourquoi ?

— Il raconte à tout le monde que je serai sa cavalière au bal de fin d'année. Soit il est marteau, soit il continue à essayer de se racheter pour avoir failli me tuer quand... bref, tu es au courant. Visiblement, il croit que le bal est le bon moyen pour ça. Du coup, j'ai pensé que si je mettais sa vie en danger nous serions à égalité, et qu'il cesserait de s'excuser. Je n'ai pas besoin d'ennemis, et Lauren se calmera peut-être s'il me fiche la paix. Sauf que je vais sans doute devoir bousiller sa Sentra. Et s'il n'a plus de voiture, il ne pourra accompagner personne au bal de fin d'année, et...

Il interrompit mon bavardage absurde.

— J'en ai entendu parler, admit-il, l'air un peu plus calme.

— Quoi ! Bon sang, si j'arrive à le paralyser de la tête aux pieds, il n'ira pas au bal non plus.

J'envisageais déjà des solutions plus drastiques. Edward ouvrit enfin les yeux.

— Ça va mieux ? m'enquis-je.

— Ce n'est pas terrible.

Il n'ajouta rien. Calé contre l'appui-tête, il fixa le plafond, le visage figé.

— Qu'est-ce qu'il y a ? chuchotai-je.

— Parfois, j'ai du mal à contrôler mes humeurs, Bella. (Lui aussi murmurait. Lorsqu'il regarda par la fenêtre, ses yeux se plissèrent en deux fentes étroites.) Sauf qu'il ne servirait à rien que je retourne là-bas pour régler leur compte à ces... (Sans terminer sa phrase, il baissa la tête, s'efforçant de maîtriser sa colère.) Enfin, poursuivit-il, j'essaie de m'en convaincre.

— Oh.

Réaction plutôt faiblarde, mais rien de mieux ne me vint. Le silence se réinstalla. Un coup d'œil à la pendule de bord m'apprit qu'il était plus de dix-huit heures trente.

— Jessica et Angela vont s'inquiéter, marmonnai-je. J'étais censée les retrouver.

Toujours muet, il mit le contact, effectua un demi-tour en douceur et fonça vers la ville. En un rien de temps, nous retrouvâmes les réverbères. Il conduisait trop vite, zigzaguant avec aisance entre les voitures qui arpentaient lentement le bord de mer. Il se gara sans effort le long du trottoir dans un emplacement dont j'aurais pourtant juré qu'il était trop court pour la Volvo. J'aperçus la vitrine illuminée de *La Bella Italia*, et mes amies qui s'éloignaient d'un pas anxieux.

— Comment savais-tu où...

Je m'interrompis, abasourdie. De son côté, il s'apprêtait à quitter la voiture.

— Où vas-tu ?

— Je t'emmène dîner.

Il avait souri, mais ses prunelles restaient froides. Il sortit, claqua la portière. Me débattant avec ma ceinture de sécurité, je m'empressai de le rejoindre sur le trottoir.

— Va prévenir Jessica et Angela avant que je doive les sauver elles aussi. Je ne suis pas certain que j'arriverai à me retenir si je tombe une nouvelle fois sur tes potes.

La menace voilée me fit frémir.

Je hélai les filles en agitant le bras. Elles se précipitèrent vers moi. Leur soulagement se transforma en surprise quand elles virent qui se tenait à mon côté, et elles hésitèrent.

— Où étais-tu passée ? me lança Jessica, soupçonneuse.

— Je me suis perdue, reconnus-je, penaude. Et puis j'ai rencontré Edward, ajoutai-je en désignant ce dernier.

— Ça vous dérange, si je me joins à vous ? demanda-t-il en adoptant son irrésistible ton velouté.

À l'expression ahurie de mes amies, je compris qu'il n'avait encore jamais déployé ses talents de séducteur devant elles.

— Euh... bien sûr que non, finit par marmotter Jessica.

— En fait, Bella, nous avons dîné en t'attendant, confessa Angela.

— C'est très bien comme ça. Je n'ai pas faim.

— Je crois que tu devrais manger un morceau, intervint Edward avec autorité. Ça vous ennuie si je ramène Bella plus tard ? Comme ça, vous n'aurez pas à attendre qu'elle ait fini son repas.

— Euh... non, répondit Jessica.

Elle se mordit la lèvre, essayant de deviner si la proposition d'Edward m'agréait. Je lui adressai un clin d'œil. Je désirais plus que tout me retrouver seule avec mon ange gardien. J'avais d'innombrables questions à lui poser, ce qui serait impossible tant que nous ne serions pas en tête à tête.

— D'accord, décida Angela, plus vive que Jessica. À demain, Bella... Edward.

Prenant son amie par le bras, elle l'entraîna vers leur voiture, qui était garée à quelques mètres de là, de l'autre côté de la rue. Quand elles y grimpèrent, Jess se tourna vers nous et agita la main, dévorée par la curiosité. Je lui retournai son geste, attendant qu'elles aient disparu pour faire face à Edward.

— Franchement, je n'ai pas faim, insistai-je.

Je scrutai ses traits impénétrables.

— Fais-moi plaisir.

Il s'approcha du restaurant et m'en tint la porte ouverte avec obstination, me signifiant que la discussion s'arrêtait là. Poussant un soupir résigné, j'entrai. La salle était loin d'être pleine – la saison n'avait pas encore commencé à Port Angeles. La propriétaire accueillit Edward avec des yeux gloutons (quoi de plus légitime ?) et le salua plus chaleureusement que nécessaire. La vigueur de mon agacement me surprit quelque peu. La femme, plus grande que moi de quelques centimètres, était une fausse blonde.

— Nous sommes deux, lança Edward d'une voix séduisante.

Il le faisait exprès ou quoi ? La patronne m'effleura du regard avant de se détourner, rassérénée par ma banalité et la distance prudente que mon compagnon maintenait entre nous. Elle nous conduisit à une table pour quatre, là où la majorité des convives se tenaient. J'allais m'asseoir lorsque Edward secoua la tête.

— Vous n'avez rien de plus intime ? demanda-t-il.

Je n'en suis pas certaine, mais il me sembla bien qu'il glissait discrètement un billet à notre hôtesse. Sauf dans les vieux films, c'était la première fois que je voyais quelqu'un refuser une table.

— Bien sûr, acquiesça la propriétaire, aussi étonnée que moi.

Elle nous emmena de l'autre côté d'un paravent, dans un endroit de la pièce divisé en alcôves, toutes vides.

— Ça vous va ?

— Parfait, la rassura Edward en lui décochant son sourire éclatant.

Un instant aveuglée, elle battit des paupières.

— Euh... la serveuse sera là dans une minute, nous dit-elle avant de s'éloigner d'un pas chancelant.

— Tu devrais arrêter de faire ça aux gens, reprochai-je à Edward. Ce n'est pas du jeu.

— Faire quoi ?

— Les éblouir ainsi. À l'heure qu'il est, elle est en train de suffoquer dans les cuisines.

Il eut l'air ébahi.

— Oh, s'il te plaît, m'énervai-je. Tu es quand même conscient de l'effet que tu produis !

— J'éblouis les gens, moi ? reprit-il, tête penchée sur le côté, le regard curieux.

— Tu n'as pas remarqué ? Tu crois donc que tout le monde obtient ce qu'il veut aussi facilement que toi ?

— Est-ce que je t'éblouis ? demanda-t-il en ignorant ma question.

— Fréquemment.

À ce moment, la serveuse arriva, l'air avide. Visiblement, la propriétaire avait craché le morceau dans la coulisse. La fille ne parut pas déçue. Plaquant une courte mèche brune derrière son oreille, elle sourit avec une inutile amabilité.

— Bonjour. Je m'appelle Amber, et c'est moi qui m'occuperai de vous ce soir. Que désirez-vous boire ?

Il ne m'échappa pas qu'elle ne s'adressait qu'à lui. Il m'interrogea du regard.

— Un Coca.

— Mettez-en deux.

— Je reviens tout de suite, promit-elle avec un nouveau sourire, tout aussi inutile.

Sauf qu'il ne le vit pas, parce qu'il me dévisageait.

— Quoi ? lançai-je, une fois la fille partie.

— Comment vas-tu ? me demanda-t-il sans me quitter des yeux.

— Bien, répondis-je, désarçonnée par l'intensité de sa voix.

— Tu ne te sens pas étourdie, nauséeuse, glacée... ?

— Je devrais ?

Ma repartie le fit rire.

— Je guette les effets du contrecoup, reconnut-il avec ce sourire en coin si parfait qui me coupait le souffle.

— Je ne crois pas qu'il aura lieu, affirmai-je après avoir repris ma respiration. J'ai toujours été très douée pour réprimer les choses déplaisantes.

— Quand bien même, je serai plus à l'aise lorsque tu auras avalé quelque chose.

Comme si elle l'avait entendu, la serveuse apporta nos boissons et un panier de gressins. Pas une fois elle ne se tourna vers moi pendant qu'elle les installait sur la table.

— Vous avez choisi ? demanda-t-elle à Edward.

— Bella ?

Réticente, la fille daigna enfin s'apercevoir de ma présence.

— Euh... les raviolis aux champignons, dis-je en choisissant le premier plat qui se présentait.

— Et Monsieur ?

— Rien pour moi, merci.

Évidemment.

— Si vous changez d'avis, n'hésitez pas à m'appeler.

Comme Edward s'entêtait à ne pas la regarder, la serveuse s'éloigna, frustrée.

— Bois ! m'ordonna-t-il.

Docilement, je sirotai ma boisson avant de l'avaler plus goulûment ; ce n'est que lorsque je l'eus terminée et qu'il poussa son verre dans ma direction que je me rendis compte à quel point j'avais soif.

— Merci, murmurai-je.

La morsure du soda glacé envahit ma poitrine, et je frissonnai.

— Tu as froid ?

— C'est le Coca, expliquai-je en réprimant un second tremblement.

— Tu n'as pas pris de veste ? me morigéna-t-il.

— Si.

Je jetai un coup d'œil sur la chaise vide à côté de moi.

— Oh, je l'ai oubliée dans la voiture de Jessica.

Edward se débarrassait déjà de la sienne. Je m'aperçus que je n'avais pas vraiment prêté attention à la façon dont il était habillé ; pas seulement ce soir, jamais. À croire que je ne parvenais pas à détacher mes yeux de son visage. Je m'obligeai à me concentrer sur autre chose. Il ôta sa veste de cuir beige clair (dessous, il portait un sweater à col roulé ivoire, ça lui allait bien, soulignant la musculature de son torse) et me la tendit, interrompant mon examen.

— Merci, répétai-je en l'enfilant.

Elle était froide, comme mon coupe-vent le matin, quand je le décrochais de la patère du vestibule plein de courants d'air. Je frémis derechef. Son vêtement avait une odeur enivrante. J'inhalai, tentant de l'identifier. Il

ne s'agissait pas de parfum. Les manches étant beaucoup trop longues, je les remontai.

— Cette couleur sied à merveille à ton teint, déclara-
t-il en m'observant.

Surprise, je piquai un fard. Il posa la corbeille de gressins devant moi.

— Je t'assure que je ne suis pas sous le choc, protestai-je.

— Tu devrais. N'importe quel être normalement
constitué le serait. Tu n'as même pas l'air ébranlée.

Il paraissait troublé. Il plongea ses pupilles dans les
miennes, et je vis combien elles étaient lumineuses, plus
lumineuses que jamais, caramel doré.

— Je me sens très en sécurité avec toi, confessai-je,
fascinée par cette façon que j'avais de lui dire la vérité.

Ma remarque lui déplut ; son front d'albâtre se plissa,
et il secoua la tête, sourcils froncés.

— Cela devient plus compliqué que je ne l'avais
prévu, marmonna-t-il dans sa barbe.

Prenant un gressin, je me mis à le mordiller tout en
essayant de déchiffrer son expression. Quand allais-je
pouvoir commencer à le questionner ?

— D'habitude, tu es de meilleure humeur quand tes
yeux sont aussi clairs, lançai-je pour le distraire des pensées qui le préoccupaient.

— Pardon ? s'exclama-t-il, stupéfait.

— Je me suis aperçue que plus tes yeux étaient
sombres, plus tu étais maussade. D'ailleurs, j'ai une
théorie à ce sujet.

— Encore une ? maugréa-t-il.

J'acquiesçai en jouant l'indifférence.

— J'espère que tu seras plus créative, cette fois. À moins que tu ne l'aies empruntée à d'autres BD ?

Si son léger sourire était moqueur, ses prunelles restèrent ternes.

— Non. Mais ce n'est pas moi qui l'ai trouvée, admis-je.

— Et ?

À cet instant, la serveuse surgit avec mon assiette. Je me rendis compte que nous nous étions instinctivement penchés l'un vers l'autre par-dessus la table, parce que nous dûmes nous redresser quand elle arriva. Elle posa le plat devant moi – ça paraissait appétissant – puis s'empressa de se tourner vers Edward.

— Vous n'avez pas changé d'avis ? Il n'y a rien qui vous tente ?

Ce fut peut-être moi qui imaginai le double sens de ces paroles.

— Non merci, mais un autre Coca serait le bienvenu, répondit-il.

— Pas de problème.

S'emparant des verres vides, la serveuse s'éloigna.

— Alors, cette théorie ? reprit-il.

— Je t'en parlerai dans la voiture. Seulement si...

— Des conditions ? répliqua-t-il d'une voix menaçante, un sourcil levé.

— C'est que j'ai quelques questions, bien sûr.

— Bien sûr.

La fille revint avec deux autres boissons. Elle les posa sur la table, sans prononcer un mot cette fois, puis repartit. Je bus une gorgée.

— Très bien. Vas-y ! lança Edward, toujours aussi peu amène.

Je choisis de commencer par le point le plus anodin – du moins, c'est ce que je croyais.

— Que fais-tu à Port Angeles ?

Il baissa les yeux sur ses grandes mains qu'il croisa lentement. Me regardant par-dessous ses cils, il eut un vague sourire, puis lâcha :

— Question suivante.

— Mais c'est la plus facile !

— Suivante.

Furieuse, je m'emparai de mes couverts et transperçai soigneusement un ravioli. Ignorant Edward, je le portai à ma bouche et le mâchonnai pensivement. Les champignons étaient délicieux. J'avalai, bus une deuxième gorgée de Coca, puis me décidai.

— Très bien, lâchai-je d'une voix glaciale, admettons, et ce n'est qu'une hypothèse, que... quelqu'un sache lire dans les pensées des gens... à quelques exceptions près.

— À une exception près, me corrigea-t-il. Théoriquement.

— À une exception près.

J'étais ravie qu'il jouât le jeu, mais je m'efforçai de ne pas le montrer.

— Comment ça marche ? continuai-je. Quelles sont les limites ? Comment ce... quelqu'un... parviendrait-il à deviner où une personne se trouve à un moment précis ? Comment saurait-il qu'elle a des ennuis ?

Mes précautions oratoires devaient vraiment embrouiller mon discours !

— Théoriquement ?

— Oui.

— Eh bien, si ce... quelqu'un...

— Appelons-le Joe.

Il eut un sourire froid.

— Va pour Joe, accepta-t-il. Si Joe avait été plus attentif, le timing n'aurait pas été aussi serré. (Il secoua la tête et leva les yeux au ciel.) Il n'y a que toi pour t'attirer des problèmes dans une aussi petite ville. Tu aurais ruiné leurs statistiques sur la délinquance pour dix ans, tu sais.

— Nous parlons d'un cas hypothétique, lui rappelai-je sèchement.

Cette fois, il éclata d'un rire franc, et ses iris s'allumèrent.

— En effet, admit-il. T'appellerons-nous Jane ?

— Comment as-tu su ? insistai-je, incapable de réfréner ma curiosité.

De nouveau, je m'étais inclinée vers lui. Il sembla hésiter, déchiré par une sorte de dilemme intérieur. Ses yeux fixèrent les miens, et j'imagine que ce fut à cet instant qu'il envisagea vraiment l'éventualité de me dire la vérité.

— Tu peux avoir confiance en moi, murmurai-je.

Sans réfléchir, je tendis la main et effleurai ses doigts croisés. Il les retira aussitôt, et je me ressaisis.

— Je ne suis pas sûr d'avoir encore le choix, avouat-il en chuchotant presque. Je me suis trompé. Tu es beaucoup plus observatrice que je ne le pensais.

— Et moi qui croyais que tu avais toujours raison.

— Avant, oui. J'ai commis une deuxième erreur à ton sujet. Ce ne sont pas les accidents que tu attires, cette classification est encore trop réduite : ce sont les ennuis. Dès qu'un danger surgit dans un rayon de quinze kilomètres, il est invariablement pour toi.

— Et tu te places toi-même dans cette catégorie ?

Son visage se figea, perdant toute expression.

— Assurément.

Derechef, je tendis le bras. Ignorant son geste de recul, je caressai timidement sa main du bout des doigts. Sa peau était froide et dure comme de la pierre.

— Merci, murmurai-je, pleine de gratitude. Cela fait deux fois, désormais.

— Essayons d'éviter une troisième occasion, soupira-t-il en se détendant un peu.

Vexée, j'acquiesçai quand même. Il récupéra sa main et la mit avec l'autre sous la table, mais il se pencha vers moi.

— Je t'ai suivie à Port Angeles, reconnut-il, soudain disert. C'est la première fois que je m'évertue à garder une personne en vie, ce qui est beaucoup plus difficile que je le supposais. Sans doute parce qu'il s'agit de toi. Les gens ordinaires, eux, ont l'air de traverser l'existence sans collectionner les catastrophes.

Il s'interrompit. Devais-je m'inquiéter qu'il m'eût suivie ? J'en éprouvais plutôt du plaisir. Il me dévisagea, se demanda peut-être pourquoi je souriais.

— As-tu jamais songé que les Parques avaient jugé que mon heure était venue, cette première fois, avec le fourgon, et que tu avais influé sur le destin ? risquai-je.

— Ce n'était pas la première fois, souffla-t-il d'une voix à peine audible.

Je le contemplai avec stupéfaction, mais il avait baissé la tête.

— La première fois, ç'a été quand je t'ai rencontrée, précisa-t-il.

Ces mots déclenchèrent une bouffée de peur, et me revint en mémoire la violence du regard noir qu'il m'avait adressé ce jour-là... Cependant, l'immense sentiment de sécurité que j'éprouvais en sa présence étouffa mes craintes. Lorsque ses pupilles se posèrent de nouveau sur moi, je sus qu'il ne pouvait déceler la frayeur passagère que j'avais ressentie.

— Tu te souviens ? demanda-t-il, son visage d'ange empreint de gravité.

— Oui.

J'étais sereine.

— Et pourtant, tu es là, assise avec moi, murmura-t-il, incrédule.

— Et pourtant, je suis là... à cause de toi. Parce que tu as réussi à me trouver. J'ignore toujours comment, d'ailleurs...

Il serra les lèvres, m'observant comme si, une fois de plus, il pesait le pour et le contre. Il jeta un coup d'œil à mon assiette pleine puis revint sur moi.

— Tu manges, j'explique, proposa-t-il.

Je m'empressai de piquer un autre ravioli et de l'engloutir.

— Ça a été plus difficile que prévu de te suivre à la trace. D'habitude, ça ne me pose pas autant de problèmes. Il suffit que j'aie déjà lu dans l'esprit de la personne.

Il me contempla avec anxiété, et je m'aperçus que je m'étais figée. Je m'obligeai à avaler et à continuer mon repas.

— Je gardai l'œil sur Jessica, un peu distraitement, je l'avoue. Comme je te l'ai dit, seule toi pouvais te fourrer dans les ennuis à Port Angeles. Bref, je n'ai pas tout de suite compris que tu étais partie de ton côté. Quand je me suis aperçu que tu n'étais plus avec elle, je t'ai cherchée dans la librairie qui flottait dans sa tête. J'ai tout de suite deviné que tu n'y avais pas mis les pieds et que tu t'étais dirigée vers le sud... Je savais aussi que tu serais bientôt obligée de revenir sur tes pas. Donc, je t'ai attendue en scannant au hasard les esprits des gens alentour afin de déceler si quelqu'un t'avait remarquée, ce qui m'aurait renseigné sur l'endroit où tu pouvais être. Je n'avais aucune raison de m'inquiéter... Pourtant, j'étais étrangement anxieux...

Perdu dans ses pensées, il me regardait comme si j'étais transparente, voyant des choses dont je n'avais pas idée.

— J'ai tourné en voiture dans le quartier, aux aguets. Le jour se couchait et je m'apprêtais à continuer à pied quand...

Il s'interrompit, mâchoires crispées par un brusque élan de rage. Il dut faire un effort pour retrouver son calme.

— Et ensuite ? chuchotai-je.

Ses yeux continuaient de fixer un point au-delà de moi.

— J'ai perçu ce qu'ils préparaient, gronda-t-il, sa lèvre supérieure légèrement retroussée sur ses dents. J'ai distingué ton visage dans leurs esprits.

Soudain, il plongea sa tête dans son coude, sur la table, se cachant les yeux d'une main. Si vivement que j'en fus surprise.

— Ça a été très dur... tu ne peux pas imaginer à quel point, de me contenter de t'emporter en les laissant... vivre, avoua-t-il, la voix étouffée par son bras. J'aurais pu te ramener à Jessica et Angela et m'en aller, mais j'avais peur, une fois seul, de ne pas résister à mon envie de les pourchasser, avoua-t-il dans un murmure.

Hébétée, silencieuse, incapable de réfléchir, je ne bronchai pas. J'avais croisé mes mains sur mes genoux et je m'appuyais, faiblarde, au dossier de ma chaise. Lui se dissimulait toujours, immobile, comme sculpté dans le marbre auquel sa peau ressemblait. Finalement, il leva la tête – ses iris étaient emplis de doute.

— On rentre ? proposa-t-il.

— Quand tu veux.

J'étais ravie d'avoir encore une heure de voiture en sa compagnie, car je n'étais pas prête à le quitter. La serveuse surgit comme s'il l'avait appelée. À moins qu'elle ne nous ait guettés.

— Tout s'est bien passé ? demanda-t-elle à Edward.

— Oui, merci. La note, s'il vous plaît.

Sa voix calme, plus rauque, reflétant la tension de notre échange, parut désarçonner la jeune femme. Il leva les yeux vers elle, attendant.

— Oh, oui, bien sûr, balbutia-t-elle.

Elle sortit un portefeuille en cuir de la poche de son tablier et le lui tendit. Il avait déjà un billet à la main. Il le glissa dans le portefeuille et lui rendit ce dernier.

— Gardez la monnaie, lança-t-il en souriant.

Il se leva souplement, et je suivis le mouvement, maladroite.

— Bonne soirée ! lui dit la serveuse avec une moue aguicheuse.

Il la remercia sans même la regarder. Je retins un sourire. Il m'escorta jusqu'à la sortie, se tenant tout près de moi mais veillant à ne pas me toucher. Je me souvins de Jessica évoquant sa relation avec Mike, le fait qu'ils en étaient presque à l'étape du premier baiser. Edward dut percevoir quelque chose, car il me dévisagea avec curiosité. Je me détournai, ravie qu'il ne sût pas lire dans mes pensées. Il m'ouvrit la portière, la tint pendant que je m'installais et la referma doucement derrière moi. Je l'observai faire le tour de la voiture, impressionnée une fois de plus par la grâce de ses mouvements. J'aurais sans doute dû m'y être habituée, depuis, mais ce n'était pas le cas. À mon avis, Edward ne faisait pas partie de ces personnes auxquelles on s'habitue.

Il mit le contact et tourna le chauffage au maximum. Un froid intense était tombé, et je devinai que c'en était fini de nos belles journées. Mais la veste d'Edward me tenait chaud. J'en humais l'odeur quand je pensais qu'il ne me regardait pas. Sans même vérifier dans le rétroviseur, il s'inséra dans la circulation puis effectua un demi-tour pour regagner la quatre voies.

— Et maintenant, déclara-t-il d'un ton lourd de sens, à ton tour.

9

THÉORIE

— Tu m'autorises une dernière petite question ? quémandai-je.

Edward roulait bien trop vite et de manière bien trop décontractée le long des rues silencieuses.

— Une seule alors, soupira-t-il, l'air soucieux et les lèvres pincées.

— Comment as-tu deviné que je n'étais pas entrée dans la librairie mais que j'étais partie vers le sud ?

Délibérément, il détourna la tête.

— Je croyais que nous étions d'accord pour être francs, objectai-je.

— Tu l'auras voulu, bougonna-t-il avec un sourire réticent. Je t'ai *flairée*.

Il se concentra sur le pare-brise, me laissant le temps de me ressaisir. J'avais beau être pantoise, je stockai cette information dans un coin de mon cerveau afin d'y réfléchir plus tard et poursuivis mes investigations – s'il daignait enfin s'expliquer, j'avais l'intention d'en profiter.

— Tu n'as toujours pas répondu à ma première question, lui rappelai-je, impitoyable.

— Laquelle ? gronda-t-il.

— Comment tu arrives à lire dans les pensées des autres. Ça marche avec tout le monde ? N'importe où ? Tu t'y prends de quelle façon ? Est-ce que tes frères et sœurs...

Je me sentais un peu bête d'exiger des explications rationnelles à ces chimères.

— Ça fait beaucoup de questions, tout ça.

Croisant les doigts, j'attendis en le couvant des yeux.

— Non. Je suis le seul. Ça ne réussit pas toujours, et je dois être assez près des gens. Plus la « voix » m'est familière, plus je la capte de loin. Mais dans un rayon de quelques kilomètres seulement. (Pause méditative.) C'est un peu comme si tu étais dans un grand hall bondé où tout le monde parlerait en même temps. Je ne perçois qu'un bourdonnement, un brouhaha, jusqu'à ce que je me focalise sur une voix. Alors, ce que pense la personne devient clair. En général, j'évite l'exercice, parce qu'il est assez perturbant. Et puis, il est tellement plus facile de paraître... normal (froncement de sourcils) en répondant aux paroles de quelqu'un plutôt qu'à ses réflexions.

— À ton avis, pourquoi est-ce que tu ne m'entends pas, moi ?

— Je n'en sais rien, avoua-t-il en me lançant un regard énigmatique. J'imagine que ton esprit ne fonctionne pas de la même manière que celui des autres.

Disons que tu émettrais sur ondes courtes alors que je serais branché sur les grandes.

Cette comparaison le fit sourire. Je m'insurgeai.

— Mon esprit est détraqué, c'est ça ? Je suis dingue ?

J'étais plus embêtée que de raison, sans doute parce qu'il avait touché un point sensible. J'avais toujours soupçonné ma différence, et j'étais gênée qu'il la confirmât.

— C'est moi qui décrypte les cerveaux des autres, et c'est toi qui te crois folle ! s'esclaffa Edward. Ne t'inquiète pas, il s'agit juste d'une théorie... Ce qui nous ramène à toi, ajouta-t-il en se fermant soudain.

Je poussai un soupir. Par où commencer ?

— Franchise, franchise, chantonna-t-il.

Je m'arrachai à la contemplation de son visage afin de trouver mes mots. C'est alors que je remarquai le compteur de vitesse.

— Nom d'un chien ! hurlai-je. Moins vite !

— Qu'y a-t-il ?

Il avait sursauté, sans pour autant lever le pied.

— Tu roules à cent soixante kilomètres heure !

Affolée, je jetai un coup d'œil dehors, mais il faisait trop sombre pour y voir. Seule la clarté bleuâtre des phares illuminait la route. La forêt qui s'élevait de part et d'autre ressemblait à deux murs aveugles, deux murs sur lesquels nous irions nous fracasser si Edward perdait le contrôle du véhicule à cette vitesse.

— Du calme, Bella !

— Tu veux notre mort ou quoi ?

— Pas de panique !

— Tu as une urgence ?

— J'aime bien conduire vite, rigola-t-il en me servant son sourire en coin.

— Regarde où tu vas !

— Je n'ai jamais eu d'accident, Bella. Ni d'amende. J'ai un radar intégré, pouffa-t-il en se tapant le front.

— Très drôle. Charlie est flic, je te signale. On m'a appris à respecter les lois. Je sais bien que si jamais tu enroulais ta Volvo autour d'un arbre, tu t'en sortirais sans une égratignure...

— Mais pas toi, admit-il.

C'est avec soulagement que je vis l'aiguille du compteur retomber peu à peu à cent trente.

— Contente ? maugréa-t-il.

— Presque.

— Je déteste rouler lentement.

— Parce que tu trouves ça lent ?

— J'en ai assez de tes commentaires ! aboya-t-il. Raconte-moi ta théorie, plutôt.

Je me mordis les lèvres, hésitante. Il me regarda. Ses pupilles couleur miel étaient étonnamment tendres.

— Je ne rirai pas, promit-il.

— J'ai plus peur de ta colère.

— C'est si délirant que ça ?

— Pas mal, oui.

Il attendit. Je me mis à détailler mes mains afin de ne pas le voir.

— Vas-y, insista-t-il, serein.

— Je ne sais pas trop par quoi commencer.

— Par le début... Tu m'as dit que tu n'avais pas inventé ta théorie toute seule.

— Non.

— Qu'est-ce qui t'a mis sur cette voie ? Un livre ? Un film ?

— Non. Ça s'est passé samedi, au bord de la mer. (Un coup d'œil dans sa direction, il semblait surpris.) Je suis tombé sur un vieil ami de la famille. Jacob Black. Son père et Charlie se connaissent depuis que je suis petite. (Edward était toujours aussi perdu.) Son père est un des Anciens de la tribu des Quileute. (Il se figea.) Nous nous sommes promenés (inutile de signaler que j'avais préparé mon coup), et il m'a raconté quelques-unes de leurs vieilles légendes, histoire de me faire peur. L'une d'elles... portait sur les vampires.

Je m'aperçus que je chuchotais. Je vis ses jointures blanchir autour du volant.

— Et tu as aussitôt songé à moi ? répondit-il d'une voix pourtant calme.

— Non. C'est lui qui... a mentionné ta famille.

Il ne releva pas, concentré sur la route. Tout à coup, je m'inquiétai pour Jacob.

— Il estime que ce sont des superstitions idiotes, m'empressai-je de préciser. Apparemment, il n'escomptait pas que je les prendrais au sérieux. (Hum, un peu faiblard. J'allais être forcée d'avouer.) C'est ma faute, en fait. Je l'ai amené à m'en parler, exprès.

— Pourquoi ?

— Lauren a fait une allusion à toi. Pour me provoquer. Et un Indien plus âgé a rétorqué que ta famille ne mettait pas les pieds dans la réserve. Sa phrase paraissait être à double sens, alors j'ai réussi à isoler Jacob et je l'ai manipulé.

Je n'étais pas très fière de moi.

— Comment t'y es-tu prise ?

— Je l'ai dragué. Enfin, j'ai essayé. Ça a fonctionné au-delà de mes espérances, d'ailleurs.

Ce dont je ne revenais toujours pas.

— J'aurais voulu voir ça, ricana Edward, acide. Et tu oses m'accuser d'éblouir les gens. Pauvre Jacob Black !

Je piquai un fard et me tortillai sur mon siège.

— Et ensuite ?

— J'ai fait des recherches sur l'Internet.

— Et ça t'a convaincue ?

L'air à peine intéressé, ce que démentaient ses mains toujours aussi crispées sur le volant.

— Non. Rien ne correspond. La plupart de ce que j'ai trouvé était stupide. Et après...

— Quoi ?

— J'ai décidé que ça n'avait pas d'importance.

— *Pardon ?*

Son incrédulité me fit lever la tête. J'étais parvenue à briser son flegme soigneusement étudié. Il avait l'air un peu furieux aussi, comme je l'avais craint.

— Non, murmurai-je. Ce que tu es n'a pas d'importance.

— Que je sois un monstre inhumain te serait égal ?

Sa voix avait pris des accents moqueurs et cruels.

— Oui.

Il garda le silence. De nouveau, il regardait droit devant lui. Ses traits étaient froids et tristes.

— Tu es en colère, soupirai-je. J'aurais mieux fait de me taire.

— Non, objecta-t-il d'un ton aussi dur que son visage. Je préfère connaître ton opinion, même si elle me met en rogne.

— Je me serais donc trompée une fois de plus ?

— Ce n'est pas ça, fulmina-t-il. C'est ton attitude si désinvolte.

— Alors, j'ai raison ? hoquetai-je.

— Parce que ça aurait de l'importance, hein ?

— Pas vraiment, reconnus-je après avoir respiré un bon coup. Mais je suis curieuse.

J'eus la satisfaction de constater que mon ton restait ferme.

— Curieuse de quoi ? demanda-t-il, soudain résigné.

— Quel âge as-tu ?

La réponse fusa.

— Dix-sept ans.

— Et... depuis combien de temps ?

— Un bon moment, admit-il, amusé.

Je me contentai de cette dérobade tant j'étais heureuse qu'il fût honnête avec moi. Il me jaugea prudemment, comme s'il craignait que je ne fusse choquée. Je lui adressai un sourire encourageant, il grimaça.

— Ne rigole pas, mais comment se fait-il que tu sortes en plein jour ? repris-je.

Il rit quand même.

— C'est un mythe.

— Le soleil qui vous réduit en cendres ?

— Mythe.

— Vous dormez dans des cercueils ?

— Mythe... Je ne dors pas, ajouta-t-il après une brève hésitation.

Je mis un temps à digérer cette nouvelle.

— Pas du tout ?

— Jamais.

Cette fois, il avait été à peine audible. Une expression mélancolique se dessina sur son visage. Ses yeux dorés plongèrent dans les miens, et je me sentis chavirer. Malgré tout, je réussis à tenir jusqu'à ce qu'il se détourne.

— Tu as oublié le plus important, lança-t-il.

De nouveau, il était tendu et froid.

— Quoi ?

— Mon régime alimentaire, persifla-t-il.

— Oh, ça...

— Oui, ça. Tu n'as pas envie de savoir si je bois du sang ?

Je tressaillis.

— Jacob a dit quelque chose à ce propos.

— Et qu'a dit Jacob ?

— Que vous ne... chassiez plus les humains. Que ta famille n'était pas censée représenter un danger parce qu'elle se nourrissait seulement d'animaux.

— Il a dit que nous n'étions pas dangereux ?

— Pas exactement. Juste que vous n'étiez pas censés l'être. Même si les Quileute ne veulent pas de vous sur leur territoire, des fois que...

Il se pencha en avant, mais je ne sus si c'était pour regarder la route ou non.

— Alors, il a raison ? insistai-je en tâchant de contrôler ma peur. Vous ne chassez plus les humains ?

— Les Quileute ont bonne mémoire, murmura-t-il.

Je décidai de prendre ça pour une confirmation.

— Ne te réjouis pas trop vite, tempéra-t-il. Ils ont raison de garder leurs distances. Nous restons une menace.

— Comment ça ?

— Nous faisons des efforts. D'ordinaire, nous sommes très doués pour tout ce que nous entreprenons. Il arrive cependant que nous commettions des erreurs. Ainsi, quand je m'autorise à rester seul avec toi.

204

— C'est une erreur ?

Mes accents de tristesse me frappèrent. J'ignore s'il les perçut lui aussi.

— Une erreur redoutable, marmonna-t-il.

Le silence s'installa. J'observais les phares épouser les courbes de la route. Nous roulions trop vite. Ça avait l'air irréel, comme un jeu vidéo. J'avais conscience que le temps m'était compté, et j'étais terrorisée à l'idée de ne plus avoir l'occasion de connaître ce genre de moments avec lui – confiants, sans murs pour nous séparer. Ses derniers mots le laissaient supposer, une perspective qui m'horrifiait. Il n'était pas question de gaspiller la moindre minute qu'il m'était accordé de passer en sa compagnie.

— Dis-m'en plus, le suppliai-je soudain.

Je me moquais de ce qu'il pouvait raconter pourvu que j'entendisse sa voix. Il me regarda brièvement, surpris par mon changement de ton.

— Que veux-tu savoir ?

— Pourquoi vous chassez les animaux plutôt que les hommes, par exemple.

La détresse qui s'était emparée de moi ne s'estompait pas, et je m'aperçus que j'étais au bord des larmes. Je tentai de contenir le chagrin qui menaçait de me submerger.

— Je ne *veux pas* être un monstre, chuchota-t-il.

— Pourtant, les animaux ne sont qu'un pis-aller...

— C'est une comparaison un peu hasardeuse, mais disons que ce serait comme vivre de tofu et de lait de soja pour toi. Nous nous traitons parfois de végétariens en guise de petite plaisanterie familiale. Notre régime ne comble jamais vraiment notre faim – notre soif, plutôt, même s'il nous donne la force de résister. En général. Il arrive que ce soit dur, cependant.

Ces derniers mots prononcés sur un ton des plus menaçants.

— C'est très difficile pour toi, en ce moment ?

— Oui, admit-il en soupirant.

— Alors que tu n'as même pas faim, affirmai-je avec confiance.

— Qu'en sais-tu ?

— Tes yeux. J'ai remarqué que les gens, les hommes surtout, étaient plus bougons quand ils étaient affamés.

— Très observatrice, hein ? se moqua-t-il.

Je ne répondis rien, me contentant d'écouter le son de son rire, de l'apprendre par cœur.

— Tu étais parti chasser, ce week-end avec Emmett ? demandai-je quand il se fut calmé.

— Oui.

Il se tut une seconde, comme s'il hésitait à m'en confier plus.

— Je n'en avais pas envie, mais c'était nécessaire. Il m'est un peu plus aisé de te fréquenter quand je n'ai pas soif.

— Pourquoi ne voulais-tu pas y aller ?

— Ça me rend... anxieux... d'être loin de toi.

Ses yeux étaient doux, mais leur intensité liquéfia mes os.

— Je ne plaisantais pas, jeudi dernier, lorsque je t'ai priée de ne pas tomber à l'eau ou d'éviter de te faire écraser. J'avais la tête ailleurs tant je m'inquiétais pour toi. Et après ce qui s'est passé ce soir, je suis surpris que tu sois sortie indemne de ces deux jours. Enfin, ajouta-t-il en secouant la tête, presque indemne.

— Comment ça ?

— Tes mains.

Je baissai les yeux sur mes paumes égratignées, presque guéries maintenant. Rien ne lui échappait.

— Je suis tombée, reconnus-je.

— J'ai eu cette impression. Mais bon, avec toi, ça aurait pu être pire. Et ça m'a torturé tout le temps où j'étais loin de toi. Ces trois jours m'ont paru une éternité. J'ai vraiment tapé sur le système d'Emmett, avoua-t-il, malheureux.

— Trois jours ? Tu n'es pas rentré aujourd'hui ?

— Non, dimanche.

— Alors, pourquoi n'étais-tu pas au lycée ?

J'étais presque furieuse que son absence m'eût tant déçue.

— Tu m'as demandé si je craignais de sortir au grand jour, et je t'ai répondu que non. Néanmoins, mieux vaut que j'évite le plein soleil. Du moins, en public.

— Pourquoi ?

— Je te montrerai, un jour.

Je méditai cette promesse quelques instants.

— Tu aurais pu m'appeler, repris-je.

— Il n'y avait pas de raison, s'étonna-t-il. Je savais que tu allais bien.

— Certes, mais moi, j'ignorais où tu étais. Je...

— Oui ?

Une fois encore, son irrésistible voix de velours.

— Je n'ai pas aimé. Ne pas te voir. Moi aussi, je suis anxieuse quand tu n'es pas là.

Cette confession m'enflamma les joues. Comme il ne réagissait pas, je lui jetai un coup d'œil timide. Il avait l'air peiné.

— Ah, ronchonna-t-il, ça ne va pas du tout.

Les raisons de son mécontentement m'échappèrent.

— Qu'est-ce qu'il y a ?

— Tu ne comprends donc pas, Bella ? Que je me rende malheureux est une chose, mais je refuse de t'impliquer. Je ne veux plus t'entendre dire pareilles balivernes, ajouta-t-il en reportant ses yeux angoissés sur la route. C'est malsain, dangereux. Je pourrais te faire du mal, Bella, il faut que tu en aies conscience.

J'eus le sentiment qu'il me lacérait le cœur.

— Je m'en fiche ! protestai-je, telle une gamine boudeuse.

— Je suis sérieux.

— Moi aussi. Je te le répète, je me moque de ce que tu es. Il est trop tard, de toute façon.

— Tais-toi !

Je me mordis la bouche. Heureusement, il ne savait pas à quel point il me blessait. Je reportai mon attention sur la route. Nous ne devions plus être très loin, maintenant. Il conduisait toujours trop vite.

— À quoi penses-tu ? demanda-t-il tout à coup.

Je secouai la tête, incapable de lui répondre. Je sentis qu'il me regardait, refusai de me tourner vers lui.

— Tu pleures ? s'exclama-t-il, ébahi.

À mon insu, mes larmes avaient débordé. Je passai rapidement ma main sur mes joues – les traîtresses étaient bien là, elles m'avaient vendue.

— Absolument pas, répliquai-je d'une voix tremblante.

Sa main se tendit vers moi, hésitante, avant de se reposer lentement sur le volant.

— Je suis désolé.

Je devinai qu'il ne s'excusait pas seulement pour ses paroles. Un silence lourd s'installa dans l'habitacle, qu'il finit par rompre.

— Dis-moi... commença-t-il d'un ton qu'il voulait léger.

— Oui ?

— Qu'avais-tu en tête, ce soir, juste avant que je n'arrive ? Je n'ai pas bien compris ton expression. Tu n'avais pas l'air tellement effrayée. Plutôt très concentrée.

— Je m'efforçais de me rappeler comment on liquide un agresseur, les techniques d'autodéfense. Je m'apprêtais à lui enfoncer le nez dans le cerveau.

La seule pensée du type aux cheveux bruns me remplit de haine.

— Quoi ? Tu voulais te battre ? s'emporta-t-il. Au lieu de t'enfuir ?

— Je me casse la figure dès que j'essaye de courir.

— Tu n'as pas songé à appeler au secours ?

— J'allais le faire.

— Tu avais raison, ronchonna-t-il. Te garder en vie est un vrai défi lancé au destin.

Je soupirai. Nous avions ralenti, ayant atteint les faubourgs de Forks. Le trajet nous avait pris moins de vingt minutes.

— Je te vois demain ? risquai-je.

— Oui, j'ai un devoir à rendre. Je te garde une place à la cantine, ajouta-t-il avec un sourire.

Aussi absurde cela fût-il après nos confessions de ce soir, cette petite promesse déclencha des palpitations dans ma poitrine.

Nous étions devant la maison de Charlie. Les lumières brillaient, ma camionnette était garée à sa place, tout était parfaitement normal. J'eus l'impression de quitter un rêve. Edward coupa le contact, mais je ne bronchai pas.

— Me *jures*-tu d'être là demain ?

— Oui.

Je méditai sa réponse pendant une minute, puis acquiesçai. Je retirai sa veste, non sans en avoir humé une dernière fois l'odeur.

— Garde-la, tu en auras besoin.

Je la lui rendis quand même.

— Je ne veux pas devoir expliquer ça à Charlie.

— Ah, j'avais oublié, rigola-t-il.

J'hésitai, la main sur la poignée de la portière, tâchant de prolonger ce moment.

— Bella ? demanda-t-il d'un ton différent, grave.

— Oui ?

— Promets-moi quelque chose à ton tour.

— Oui ?

Ce que je regrettai aussitôt. Et s'il exigeait que je garde mes distances ? C'était là un engagement que je serais incapable de respecter.

— Ne t'aventure pas dans les bois toute seule.

Surprise, je le dévisageai.

— Pourquoi ?

— Disons que je ne suis pas la créature la plus dangereuse des environs, expliqua-t-il en plissant les yeux. C'est tout.

Je frémis tant il y avait de tristesse contenue dans ces paroles, mais j'étais soulagée. Voilà une parole que je n'aurais pas à trahir.

— D'accord.

— À demain.

Il poussa un soupir, et je compris qu'il souhaitait que je m'en aille, à présent.

— À demain.

J'ouvris ma portière de mauvaise grâce.

— Bella ?

Je me retournai. Il se penchait vers moi, son magnifique visage d'albâtre à quelques centimètres du mien seulement. Mon cœur eut un raté.

— Dors bien.

Son haleine m'effleura, m'étourdissant. C'était, en plus concentrée, la même odeur exquise que celle de sa veste. Je clignai des paupières, subjuguée. Il se recula. Je dus attendre que mon cerveau se remette à fonctionner pour bouger. Alors seulement, je m'extirpai maladroitement de la voiture. Je fus obligée de m'accrocher à la carrosserie et je crus bien l'entendre réprimer un rire, mais le son était trop étouffé pour que j'en sois certaine.

Il attendit que j'eusse titubé jusqu'à la porte d'entrée pour démarrer. Je me retournai et vis la Volvo argent disparaître au coin de la rue. Je me rendis compte qu'il faisait très froid. Mécaniquement, j'attrapai ma clé dans mon sac, déverrouillai la porte et entrai. Du salon, Charlie me héla.

— Bella ?

— Oui, papa, c'est moi, répondis-je en m'approchant.

Il regardait un match de base-ball.

— Tu es là tôt.

— Ah bon ?

— Il n'est pas encore huit heures. Vous vous êtes bien amusées ?

— Beaucoup.

Je fus prise de vertige quand je me souvins de la soirée entre filles que j'avais projetée et de celle que j'avais finalement passée.

— Jess et Angela ont trouvé leurs robes sans problème.

— Ça va ?

— Je suis fatiguée, c'est tout. J'ai pas mal marché.

— File au lit, alors.

Charlie paraissait soucieux, et je me demandai quelle tête j'avais.

— Il faut d'abord que j'appelle Jessica.

— Tu ne viens pas de la quitter ?

— Si, mais j'ai oublié mon coupe-vent dans sa voiture. Je veux juste m'assurer qu'elle ne l'oubliera pas demain matin.

— Laisse-lui quand même le temps de rentrer chez elle.

— Tu as raison.

Je me dirigeai dans la cuisine et m'affalai sur une chaise, épuisée. J'étais vraiment à deux doigts de m'évanouir, maintenant. Était-ce le fameux contrecoup ? Soudain, le téléphone sonna, et je sursautai. Je décrochai vivement.

— Allô ?

— Bella ?

— Salut, Jess. J'allais te passer un coup de fil, figure-toi.

— Tu es bien rentrée ?

Elle semblait soulagée et... surprise.

— Oui. J'ai laissé mon coupe-vent dans ta voiture. Ça t'embêterait de l'apporter au lycée ?

— Bien sûr que non. Allez, raconte-moi !

— Euh... demain. En maths, d'accord ?

— Oh, ton père est dans les parages ?

— Oui.

— Je comprends. On se parle demain. Salut !

Son impatience était perceptible.

— Salut, Jess.

Je montai lentement les escaliers, comme alourdie par une espèce de stupeur. J'effectuai mes préparatifs nocturnes sans prêter attention à mes gestes. Ce ne fut qu'une fois sous la douche, alors que l'eau bouillante me brûlait la peau, que je pris conscience que j'étais gelée. Je frissonnai violemment pendant plusieurs minutes avant que la vapeur chaude ne réussisse à détendre mes muscles contractés. Je restai sous le jet, trop lasse pour bouger, jusqu'à ce que j'aie presque vidé le ballon.

Ensuite, je m'enveloppai étroitement dans une serviette pour retenir un peu de la chaleur de la douche et enfilai rapidement mon pyjama avant de me glisser sous la couette, roulée en boule, serrée dans mes bras. Des images incompréhensibles s'entrechoquaient dans mon esprit, et j'en écartai la plupart. Au fur et à mesure que je sombrais dans l'inconscience, quelques vérités m'apparurent cependant.

J'étais à peu près certaine de trois choses. Un, Edward était un vampire ; deux, une part de lui – dont j'ignorais la puissance – désirait s'abreuver de mon sang ; et trois, j'étais follement et irrévocablement amoureuse de lui.

10

◆

INTERROGATIONS

Au matin, j'eus beaucoup de mal à résister à la partie de moi qui était persuadée que ce qui s'était passé la veille relevait du rêve. La logique pas plus que le bon sens n'étaient de mon côté. Je m'accrochai à ce que je n'avais pu inventer – son odeur par exemple. J'étais sûre que jamais je n'aurais été capable de l'imaginer. Dehors, le temps était sombre et brumeux – l'idéal. Il n'aurait pas de raisons de sécher le lycée aujourd'hui. Je mis des vêtements épais en me rappelant que je n'avais plus de coupe-vent. Preuve supplémentaire que ma mémoire ne me jouait pas de tour.

Lorsque je descendis, Charlie était déjà parti, comme d'ordinaire. J'étais plus en retard que je ne l'avais cru. J'engloutis une barre de céréales en trois bouchées, la fis passer avec du lait que je bus directement au carton

215

et me précipitai dans l'allée. Avec un peu de chance, il ne se mettrait pas à pleuvoir avant que j'eusse trouvé Jessica.

Le brouillard était inhabituellement dense, dessinant comme des volutes de fumée dans l'air. L'humidité glaciale s'accrochait aux pans de peau dénudée de mon visage et de mon cou. J'avais hâte de brancher le chauffage de ma camionnette. On y voyait si peu que je fis quelques pas dans l'allée avant de découvrir qu'un véhicule y était garé – une voiture couleur argent. Mon cœur eut un soubresaut puis commença de battre à coups redoublés.

Il surgit sans que je l'aperçoive, soudain près de moi, me tenant la portière ouverte.

— Je t'emmène ?

De m'avoir une fois de plus prise au dépourvu l'amusait. Mais il était hésitant, comme s'il me laissait la possibilité de choisir. J'étais libre de refuser, et une part de lui l'espérait sans doute. Ah ! Tiens donc !

— Oui, merci, répondis-je le plus calmement possible.

Lorsque je m'installai, je remarquai que sa veste beige était posée sur l'appui-tête du siège passager. La portière se referma sur moi et, plus vite que la nature ne le permettait, il se retrouva assis à côté de moi et démarra.

— Je t'ai apporté la veste. Je ne voudrais pas que tu tombes malade.

Son ton restait prudent. Je notai que lui-même n'en portait pas, juste un gilet gris à col en V et manches longues. Le tissu moulait son torse parfaitement musclé. Ce n'était que grâce à son incroyable visage que je ne passais pas mon temps à reluquer son corps.

216

— Je ne suis pas si fragile, protestai-je.

Ce qui ne m'empêcha pas d'enfiler le vêtement, curieuse de vérifier si l'odeur en était aussi merveilleuse que dans mon souvenir. Elle était encore plus enivrante.

— Ah bon ? murmura-t-il si doucement que je me demandai si cette objection m'était bien destinée.

Nous traversâmes les rues embrumées, trop vite, dans un vague embarras. Enfin, moi, j'étais gênée. La veille au soir, tous les murs – presque – étaient tombés. Allions-nous être aussi francs ce jour-là ? Je n'en savais rien et, du coup, j'étais interdite. J'attendais qu'il parle. Se tournant vers moi, il me demanda, ironique :

— Alors, pas de questions, aujourd'hui ?

— Mes questions te dérangent, ripostai-je, soulagée.

— Pas autant que tes réactions.

Je n'étais pas sûre que ce fût là une plaisanterie.

— Pourquoi ? Je réagis mal ?

— Non, et c'est là le problème. Tu prends tout de façon tellement détendue... Ce n'est pas normal. Ça me pousse à m'interroger sur ce que tu penses vraiment.

— Je ne te cache jamais ce que je pense.

— Il t'arrive d'éluder.

— Pas tant que ça.

— Assez pour me rendre dingue.

— Il est préférable que tu ne saches pas.

Je regrettai aussitôt ces paroles. J'avais essayé d'étouffer la peine que je ressentais ; il me restait à prier pour qu'il ne l'eût pas remarquée. Il ne répondit pas, et j'eus peur d'avoir gâché l'ambiance. Lorsque nous entrâmes sur le parking du lycée, son visage ne trahissait rien. Avec du retard, je pris soudain conscience de quelque chose d'inhabituel.

— Où sont tes frères et sœurs ?

Même si j'étais plus que ravie d'être seule en sa compagnie.

— Ils ont pris la voiture de Rosalie, m'expliqua-t-il en haussant les épaules tout en se garant près d'une flamboyante décapotable rouge au toit relevé. Un peu ostentatoire, non ?

— Eh ben dis donc ! soufflai-je. Avec un tel engin, c'est à se demander pourquoi elle se trimballe avec toi ?

— Parce qu'il en met plein la vue. Nous nous *efforçons* de nous fondre dans la masse.

— C'est raté ! m'esclaffai-je tandis que nous sortions de la voiture.

J'avais rattrapé mon retard. La conduite aberrante d'Edward m'avait même amenée au lycée en avance.

— Pourquoi Rosalie a-t-elle décidé de venir de façon aussi ostentatoire aujourd'hui ?

— Tu ne t'es pas aperçue que j'enfreignais les règles ?

Nous traversions le campus, et il se tenait tout près de moi. J'aurais souhaité réduire cette distance infime et le toucher, mais je craignais qu'il n'appréciât guère.

— Pourquoi avez-vous des voitures pareilles si vous cherchez à passer inaperçus ?

— C'est un péché mignon, reconnut-il avec un sourire espiègle. Nous aimons tous la vitesse.

— Ça, j'avais compris.

Jessica m'attendait sous l'auvent de la cafétéria, les yeux exorbités. Sur le bras, elle avait mon coupe-vent.

— Salut, Jess ! Merci d'y avoir songé.

Elle me tendit mon vêtement sans mot dire.

— Bonjour, Jessica, salua Edward poliment.

Après tout, ce n'était pas vraiment sa faute si sa voix

était aussi irrésistible. Ou ses yeux capables de vous éblouir ainsi.

— Euh... salut, balbutia mon amie en se focalisant vers moi pour tenter de rassembler ses idées. Je te vois en maths, ajouta-t-elle avec un regard lourd de sens.

Je retins un soupir. Que diable allais-je lui raconter ?

— C'est ça, à plus.

Elle s'éloigna, non sans nous lancer, par deux fois, des coups d'œil inquisiteurs par-dessus son épaule.

— Qu'est-ce que tu vas lui dire ? murmura Edward.

— Hé ! Je croyais que tu n'arrivais pas à lire dans mes pensées.

— Ce n'est pas le cas, se défendit-il, étonné par cette attaque. Mais je décrypte les siennes, et je peux t'affirmer qu'elle a l'intention de te cuisiner.

Gémissant, j'ôtai sa veste et la lui rendis pour la remplacer par mon coupe-vent.

— Alors, répéta-t-il, que vas-tu lui dire ?

— Donne-moi donc un coup de main. Qu'attend-elle de moi ?

— Ce ne serait pas du jeu, objecta-t-il en secouant la tête, un sourire malicieux aux lèvres.

— Parce que refuser de partager ce que tu sais, c'est du jeu ?

Il y réfléchit tout en m'accompagnant jusqu'à mon premier cours.

— Elle désire apprendre si nous sortons secrètement ensemble. Et ce que tu ressens pour moi.

Je décidai de jouer les gourdes.

— Zut ! Comment pourrais-je qualifier notre relation ?

Des gens déambulaient autour de nous, probablement curieux, mais j'étais à peine consciente de leur présence.

— Voyons... médita Edward en remettant en place une de mes mèches folles (je frôlai la crise cardiaque). J'imagine que tu pourrais répondre par l'affirmative à sa première question... Si ça ne te dérange pas, naturellement. Ce sera plus facile que toute autre explication.

— Ça ne me dérange pas du tout, chuchotai-je.

— Quant à la deuxième... eh bien, disons que je tâcherai de l'écouter pour en connaître la teneur.

Un coin de sa bouche s'étira pour former ce sourire tordu que j'aimais tant. Le souffle coupé, je ne sus que rétorquer à cette dernière perfidie. Tournant les talons, il me laissa en plan.

— On se voit au déjeuner, lança-t-il en s'en allant.

Trois élèves qui entraient en classe s'arrêtèrent pour me dévisager avec curiosité. Je me dépêchai de gagner ma place, rouge de honte et de rage. Sale tricheur ! À cause de lui, j'étais encore plus perturbée par ce que j'allais devoir dire à Jessica. Je m'assis en abattant mon sac sur le bureau tant j'étais irritée.

— Bonjour, Bella ! me salua Mike, à côté de moi.

Je levai la tête. Il avait un air presque résigné sur le visage.

— Comment c'était, Port Angeles ?

— Euh...

Impossible d'être franche.

— ... génial, conclus-je, lamentablement. Jessica s'est déniché une robe formidable.

— Elle a parlé de lundi soir ?

Son regard s'anima, et je fus contente du tour que prenait la conversation.

— Oui. Elle a trouvé ça super.

— Sans charre ?

— Juré.

M. Mason nous rappela à l'ordre en ramassant nos dissertations. Les cours d'anglais et de géographie passèrent sans que je m'en aperçusse, tant j'étais obnubilée par ma discussion à venir avec Jessica et par l'éventualité qu'Edward nous espionne via l'esprit de celle-ci. Tout compte fait, son petit talent se révélait très ennuyeux quand il ne servait pas à me sauver la vie.

Le brouillard s'était presque dissipé à la fin de la deuxième heure de classe, mais les nuages sombres étaient bas, oppressants, ce qui me ravit – Edward ne disparaîtrait pas à l'improviste.

Bien sûr, il ne s'était pas trompé. Lorsque j'arrivai en maths, Jessica était installée au dernier rang. D'impatience, elle sautillait presque sur son siège. À contre-cœur, je me dirigeai vers elle en tâchant de me convaincre que plus vite je me débarrassais de cette corvée, mieux ce serait.

— Donne-moi tous les détails ! m'ordonna-t-elle avant même que je me fusse posée.

— Que veux-tu savoir ?

— Ce qu'il s'est passé hier soir.

— Il m'a invitée à dîner puis il m'a ramenée à la maison.

Elle me toisa avec une raideur sceptique.

— Comment se fait-il que tu sois rentrée aussi tôt chez toi ?

— Il conduit comme un dingue. J'étais terrifiée. (Tiens, prends ça, Edward !)

— C'était un rendez-vous ? Tu lui avais dit de nous retrouver là-bas ?

Voilà une question que je n'avais pas prévue.

— Non ! J'ai été très surprise de le rencontrer.

Déçue par mon évidente sincérité, elle fit la moue.

— Mais il est quand même passé te chercher ce matin, non ?

— Oui. Mais ça aussi, c'était une surprise. Il avait remarqué que j'avais oublié mon coupe-vent, hier soir.

— Vous comptez vous revoir ?

— Il a offert de m'accompagner à Seattle samedi. Il estime que ma camionnette ne tiendra pas le coup. Est-ce que ça compte ?

— Oui.

— Alors, oui.

— Wouah ! Edward Cullen !

— Je sais, acquiesçai-je.

« Wouah » ne suffisait pas à rendre compte de ce que j'éprouvais.

— Attends ! reprit Jessica en levant les paumes comme un flic réglant la circulation. Est-ce qu'il t'a embrassée ?

— Non, reconnus-je. Ce n'est pas comme ça, entre nous.

Elle parut frustrée. Moi aussi, j'en suis certaine.

— Et tu crois que samedi... ?

— J'en doute, répondis-je en cachant mal mon mécontentement.

— De quoi avez-vous parlé ?

Jess n'avait pas l'intention de s'arrêter là. Le cours avait commencé, mais M. Varner était distrait, et nous n'étions pas les seules à bavarder.

— J'ai oublié ! De tas de choses. De la disserte d'anglais, un peu.

Très, très peu, à la réflexion. Il l'avait juste mentionnée en passant.

— Je t'en prie, Bella ! Sois plus précise.

— Euh, d'accord... Tiens, écoute ça. Tu aurais vu comment la serveuse l'a dragué, c'était trop. Sauf qu'il ne l'a même pas regardée.

(Cadeau, Edward ! Voyons ce que tu feras de celle-ci.)

— C'est bon signe. Elle était jolie ?

— Très. Et dans les dix-neuf, vingt ans.

— Encore mieux. C'est que tu l'attires.

— Je *crois*, mais c'est difficile à dire. Il est tellement mystérieux.

(Qu'en penses-tu, Edward ?)

— Tu es drôlement courageuse d'accepter d'être seule avec lui.

— Pourquoi ?

Sa réflexion m'avait choquée, ce qui lui échappa.

— Il est si... intimidant. Je ne saurais pas quoi lui dire, moi.

Se rappelant sans doute son comportement du matin ou de la veille, quand il avait usé sur elle du pouvoir dévastateur de son regard, elle grimaça.

— J'avoue qu'il m'arrive d'être incohérente en sa présence, reconnus-je.

— Il faut admettre qu'il est tellement craquant, soupira Jessica, comme si cela suffisait à excuser ce point faible.

Ce qui, selon ses critères, était sûrement le cas.

— Il a d'autres qualités.

— Ah bon ? Lesquelles ?

Je regrettai de l'avoir lancée sur ce sujet. Avec ce maudit Edward aux aguets !

— Je ne sais pas trop... disons que toute cette beauté cache une personnalité vraiment *extraordinaire.*

Le vampire qui souhaitait être bon, qui sauvait des vies afin de ne pas passer pour un monstre... Je me perdis dans la contemplation du tableau.

— Non ! rigola Jess.

Je l'ignorai en prétendant écouter M. Varner.

— Il te plaît, hein ?

Décidément, elle n'était pas du genre à renoncer.

— Oui.

— Pour de vrai, non ?

— Oui, admis-je en rougissant.

Et en croisant les doigts pour que ce détail ne se grave pas dans son cerveau. Malheureusement, elle était insatiable.

— Il te plaît comment ? Un peu, beaucoup, à la folie ?

— Trop. Plus que je ne lui plais. Et je ne vais pas réussir à changer ça.

Nouveau fard. Par bonheur, à cet instant, M. Varner interrogea Jessica. Celle-ci n'eut pas l'occasion de reprendre son interrogatoire pendant le cours et, dès que la sonnerie retentit, je contre-attaquai pour la détourner du sujet.

— En anglais, Mike m'a demandé si tu avais parlé de votre soirée de lundi.

— Tu plaisantes ! s'exclama-t-elle. Qu'est-ce que tu as répondu ?

Je l'avais ferrée.

— Que tu avais assuré avoir passer un moment fabuleux. Il a paru content.

— Répète-moi tout mot pour mot !

Nous consacrâmes l'interclasse à disséquer la phraséologie de Mike et l'essentiel du cours d'espagnol à analyser ses expressions faciales. Je ne m'y serais pas autant complu si je n'avais crains qu'on ne revînt à moi. Puis la sonnerie annonça la pause de midi. Je bondis sur mes pieds et rassemblai mes affaires en vrac, ce qui, hélas, dut mettre la puce à l'oreille de Jessica.

— Tu ne déjeunes pas avec nous, aujourd'hui, hein ?

— Je ne crois pas, non.

En aucun cas je ne pouvais être certaine qu'il ne choisirait pas de disparaître de façon impromptue.

Mais, à l'extérieur du cours, nonchalamment adossé au mur, ressemblant à un Apollon plus qu'il ne devrait être permis, Edward m'attendait. Jess leva les yeux au ciel avant de s'éloigner.

— À plus, Bella ! me lança-t-elle d'une voix pleine de sous-entendus.

J'allais sûrement être obligée de débrancher le téléphone.

— Salut ! dit Edward à la fois amusé et vaguement agacé.

Il nous avait écoutées, aucun doute !

— Salut !

Ne trouvant rien à ajouter et lui ne prononçant pas un mot – il guettait sans doute le bon moment –, c'est en silence que nous gagnâmes la cantine. Traverser la cafète bondée en sa compagnie me rappela beaucoup ma rentrée au lycée de Forks – tout le monde nous reluqua. Il m'entraîna dans la queue, toujours aussi mutique, bien que ses yeux ne cessassent de revenir sur moi pour me jauger. J'eus l'impression que son irritation l'emportait peu à peu sur sa bonne humeur. Je tripotai nerveusement la fermeture Éclair de mon coupe-vent.

Au comptoir, il chargea un plateau de nourriture.

— Qu'est-ce que tu fais ? protestai-je. Ce n'est pas pour moi, tout ça ?

— Non, répondit-il en avançant vers la caisse. La moitié m'est destinée, bien sûr.

Ben voyons !

Il me conduisit aux mêmes places que celles que nous avions occupées la semaine précédente. Un groupe de terminales installés à l'autre bout de la longue table nous dévisagea avec étonnement quand nous nous assîmes l'un en face de l'autre, ce dont Edward parut ne pas se rendre compte.

— Sers-toi, m'intima-t-il en poussant le plateau vers moi.

— Je serais curieuse de savoir comment tu réagirais si quelqu'un te mettait au défi de manger, répondis-je en prenant une pomme que je fis tourner entre mes doigts.

— La curiosité est un vilain défaut, persifla-t-il.

Me toisant, il se saisit d'une part de pizza et en mordit avec componction une bouchée qu'il mâcha rapidement et avala. Je le contemplai, ahurie.

— Si quelqu'un te mettait au défi de manger de la terre, le ferais-tu ? s'enquit-il, condescendant.

— C'est déjà arrivé, avouai-je en plissant le nez. Ce n'était pas si terrible.

— J'aurais dû m'y attendre.

Quelque chose derrière moi avait attiré son attention.

— Jessica examine le moindre de mes gestes, m'annonça-t-il. Elle te détaillera le tout plus tard.

À la seule mention de Jess, il s'était renfrogné. Il me proposa le reste de pizza. Posant ma pomme, je m'en emparai avant de détourner les yeux, devinant qu'il s'apprêtait à attaquer.

— Ainsi, la serveuse était jolie, hein ? lança-t-il avec décontraction.

— Tu ne t'en es pas aperçu ?

— Non. J'étais distrait par autre chose.

— La pauvre.

Je pouvais me permettre d'être généreuse, désormais.

— Une des choses que tu as dites à Jessica me... perturbe.

Il était inutile que je tente une diversion. Sa voix était voilée, et il me jeta un regard troublé de sous ses cils.

— Je ne suis pas étonnée que certains détails t'aient déplu. Ça t'apprendra à écouter aux portes.

— Je t'avais prévenue.

— Et moi, je t'avais prévenu qu'il était préférable que tu ne saches pas tout ce que j'ai dans la tête.

— Certes, reconnut-il, bougon. Sauf que tu as tort. Je tiens vraiment à connaître tes pensées, toutes sans exception. C'est juste que... il y a des choses que tu ne devrais pas penser.

— Tu coupes les cheveux en quatre.

— Laissons tomber, ce n'est pas ce qui importe pour le moment.

— Qu'est-ce que c'est, alors ?

Nous étions penchés l'un vers l'autre, à présent. Il avait croisé ses grandes mains blanches sous son menton ; une des miennes était enroulée autour de mon cou.

Je m'obligeai à ne pas oublier que la cantine était noire de monde, et que bien des yeux curieux s'intéressaient à nous. Je n'avais que trop tendance à me laisser enfermer dans notre bulle intime et passionnée.

— Tu crois sérieusement être plus attachée à moi que moi à toi ? murmura-t-il en se rapprochant encore de moi, l'or sombre de ses pupilles me transperçant le cœur.

Je dus me rappeler de respirer et détourner le regard avant de perdre pied.

— Tu recommences, marmonnai-je.

— Quoi ? s'étonna-t-il.

— À m'éblouir.

— Oh. Désolé.

— Ce n'est pas ta faute, soupirai-je. Tu ne peux pas t'en empêcher.

— Bon, tu réponds à ma question ?

— Oui.

— Oui tu réponds ou oui tu estimes tenir plus à moi que l'inverse ? s'énerva-t-il.

— Oui, je suis plus attirée par toi que tu ne l'es par moi.

Je gardai les yeux baissés sur le plastique laminé imitation bois de la table et m'entêtai à ne pas rompre le silence la première tout en résistant à la tentation de vérifier sa réaction.

— Tu as tort, finit-il par dire doucement.

Je relevai la tête pour plonger dans la tendresse qui avait envahi ses prunelles.

— Tu n'en sais rien, chuchotai-je en essayant de me ressaisir.

Parce que ses mots m'avaient percé le cœur et que j'aurais souhaité par-dessus tout les croire.

— Qu'est-ce qui te fait penser ça ?

Les topazes liquides de ses yeux étaient inquisitrices, comme si elles avaient voulu, en vain, arracher la vérité à mon esprit. Je luttai pour garder les idées claires et m'expliquer. Je vis qu'il s'impatientait, frustré par mon silence. Il fronça les sourcils, et je levai un doigt pour le calmer.

— Laisse-moi réfléchir, demandai-je.

Il se détendit, satisfait de savoir que j'allais lui répondre. Je croisai les mains et me concentrai dessus.

— Disons que, sans même parler de certains signes évidents, il me semble parfois... je ne suis pas sûre de ce que j'avance, je ne lis pas dans les esprits des autres, *moi*, mais bon, j'ai l'impression que, derrière chacune de tes paroles, il y a un message caché. Qui est que tu essaies de couper les ponts.

Je n'avais pas trouvé mieux pour transcrire le senti-ment d'angoisse que ses mots déclenchaient régulière-ment en moi.

— Bien vu. (Mon angoisse resurgit aussitôt.) Mais c'est exactement là que tu te trompes. Car...

Soudain, il s'interrompit.

— Qu'entends-tu par « signes évidents » ? reprit-il.

— Il suffit de me regarder, je suis d'une banalité effa-rante. Enfin, sauf quand il s'agit de passer à côté de la mort ou d'être si maladroite que ça frôle le handicap. Comparée à toi...

J'eus un geste évasif en direction de sa stupéfiante per-fection. Une seconde, il plissa le front, mécontent, puis ses yeux retrouvèrent leur sérénité doublée d'une certaine suffisance.

— Tu ne te vois pas de façon très claire, tu sais. Je reconnais que tu es irrécupérable pour ce qui est de te fourrer dans les ennuis (ricanement caustique), mais tu es apparemment restée hermétique aux réactions de tous les types de ce lycée le jour de ton arrivée.

— Tu mens, murmurai-je, abasourdie.

— Fais-moi confiance, ne serait-ce qu'une fois. Tu es tout sauf ordinaire.

L'éclair qui traversa ses iris lorsqu'il proféra ces mots provoqua plus d'embarras que de plaisir en moi, et je me dépêchai de le ramener à nos moutons.

— En tout cas, ce n'est pas moi qui cherche à rompre les liens.

— Ça me donne raison, justement ! se récria-t-il. C'est moi qui tiens le plus à toi, parce que si j'arrivais à m'éloigner de toi (perspective qui sembla lui être difficile), si partir était la solution, je serais prêt à souffrir pour t'éviter de souffrir... de mourir.

Je me hérissai.

— Ne crois-tu pas que j'en ferais autant à ta place ?

— Tu ne seras jamais à ma place.

Tout à coup, son humeur, toujours imprévisible, changea une fois encore. Un sourire malicieux et dévastateur se dessina sur ses lèvres.

— Hélas, te sauver la vie commence à ressembler à une occupation à temps plein qui exige ma présence permanente à tes côtés.

— Personne n'a essayé de me tuer, aujourd'hui.

J'étais heureuse qu'il ait opté pour un sujet plus léger. Je ne voulais pas qu'il continue à parler de départ,

230

d'éloignement. S'il le fallait, j'imagine que j'aurais été capable de me mettre exprès en danger pour le garder près de moi... Je m'empressai d'oublier cette idée avant qu'il ne la décrypte sur mon visage, car elle me vaudrait à coup sûr de sérieux ennuis.

— Pas encore.

— Certes.

J'aurais bien protesté, mais il me plaisait qu'il eût peur pour ma vie.

— J'ai une autre question, m'annonça-t-il.

— Je t'écoute.

— Tu as vraiment besoin d'aller à Seattle ce week-end ou est-ce seulement une excuse pour éconduire tes admirateurs ?

— Je te signale que je ne t'ai toujours pas pardonné le coup de Tyler. C'est ta faute, s'il s'est convaincu que je serai sa cavalière au bal de fin d'année.

— Oh, il aurait bien trouvé le moyen de t'inviter sans mon intervention. J'avais juste envie d'observer ta réaction.

Il s'esclaffa. Je me serais fâchée si son rire n'avait pas été aussi fascinant.

— Si moi, je t'avais proposé de m'accompagner à la soirée, m'aurais-tu évincé ? s'enquit-il.

— Sans doute pas, avouai-je, mais j'aurais annulé plus tard en prétextant un coup de froid ou une cheville tordue.

— Pourquoi donc ?

— Tu as beau ne m'avoir jamais vue en cours de gym, tu peux deviner tout seul, soupirai-je.

— Est-ce une allusion au fait que tu es incapable de

marcher sur une surface parfaitement plane sans trébucher ?

— En effet.

— Ça ne serait pas un problème, affirma-t-il avec assurance. Tout est dans le cavalier.

J'allais objecter, il ne m'en laissa pas le temps.

— Réponds-moi. Es-tu décidée à te rendre à Seattle ou accepterais-tu que nous fassions autre chose ?

Du moment que le « nous » était de règle, le reste m'indifférait.

— Je suis ouverte à toutes les propositions. Néanmoins, je voudrais que tu m'accordes une faveur.

Comme chaque fois que je posais des conditions, il fut sur ses gardes.

— Oui ?

— Tu me laisseras conduire ?

— En quel honneur ? se renfrogna-t-il.

— D'abord et surtout parce que, quand j'ai averti Charlie que j'irais à Seattle, il m'a spécifiquement demandé si j'y allais seule et que, à l'époque, j'ai répondu oui puisque c'était le cas. S'il me ré-interrogeait aujourd'hui, je ne lui mentirais pas, bien que je n'envisage pas cette éventualité. Laisser ma camionnette devant la maison risque juste de ramener le sujet sur le tapis, ce qui est inutile. Deuxièmement, ta conduite me terrorise.

Il leva les yeux au ciel, exaspéré.

— Parmi tout ce qui, en moi, mériterait de t'effrayer, la seule chose dont tu t'inquiètes, c'est ma manière de tenir un volant.

Dégoûté, il secoua la tête, puis son regard retrouva sa gravité.

— Tu tiens à cacher à ton père que tu passes ta journée en ma compagnie ?

Ses intonations cachaient mal une espèce de tension que je ne compris pas.

— Avec Charlie, en dire un peu c'est toujours en dire trop, affirmai-je, catégorique. Où comptes-tu m'emmener, de toute façon ?

— Il fera beau, donc j'éviterai de me montrer en public... Mais toi, tu pourrais rester avec moi, si tu veux.

Derechef, il me laissait le soin de choisir.

— Et tu me montreras ce à quoi tu as fait allusion ? À propos du soleil.

J'étais tout excitée à l'idée de découvrir un autre de ses secrets.

— Oui, sourit-il. En même temps, si tu... as peur d'être seule avec moi, je préférerais que tu n'ailles pas à Seattle sans escorte. Je tremble à la perspective des dangers qui t'attendent dans une ville de cette taille.

Le goujat !

— Phoenix est trois fois plus vaste que Seattle, rien qu'en nombre d'habitants. Et elle s'étend...

— Sauf que les Parques n'ont visiblement jamais entendu parler de Phoenix. Je serais plus rassuré si je te gardais à l'œil.

Une fois de plus, ses prunelles me firent le coup bas de la lave incandescente. J'étais infichue d'y résister, même si son dernier argument était des plus discutables.

— Tu as de la chance, être seule avec toi ne me rebute pas.

— Tu devrais quand même prévenir Charlie.

— Pourquoi diable ?

— Histoire de me donner une bonne raison de te ramener vivante ! s'emporta-t-il.

Je déglutis face à cet éclat de férocité. Mais une minute de réflexion me suffit pour être certaine de ce que je voulais.

— Je prends le risque, déclarai-je.

Furieux, il soupira et détourna la tête.

— Changeons de sujet, suggérai-je.

— De quoi veux-tu parler ? maugréa-t-il, toujours aussi agacé.

J'inspectai les alentours pour m'assurer que personne ne nous entendait. Par hasard, mon regard tomba sur sa sœur Alice, qui me dévisageait. Rosalie, Jasper et Emmett scrutaient Edward. Fuyant cet examen, je demandai à ce dernier la première chose qui me vint à l'esprit.

— Pourquoi avoir choisi les Goat Rocks, ce week-end ? Charlie prétend que ce n'est pas un endroit où randonner à cause des ours.

Il me regarda comme si j'étais demeurée.

— Tu veux dire que tu... des ours ! hoquetai-je.

Il ricana.

— Tu devrais savoir que la saison n'est pas encore ouverte, le rudoyai-je pour cacher ma stupéfaction.

— Et si tu avais lu les textes de loi avec soin, tu aurais constaté que cela ne concerne que la chasse avec des armes.

C'est avec beaucoup de gaieté qu'il m'observa digérer cette nouvelle.

— Des ours, répétai-je, ahurie.

— Emmett préfère les grizzlis, se crut-il obligé de préciser.

Sa désinvolture ne me trompa pas : il guettait ma réaction. Je me secouai.

— Mouais, marmonnai-je en mordant dans la pizza puis en avalant une grande gorgée de Coca. Et toi, quel est ton mets favori ?

Il leva un sourcil et les coins de sa bouche s'affaissèrent, désapprobateurs.

— Le puma.

— Ah, dis-je sur le ton de la conversation tout en cherchant ma boisson à tâtons.

— Naturellement, reprit-il, très mondain, nous veillons à ne pas perturber l'environnement en pratiquant une chasse abusive. Nous essayons de nous cantonner à des endroits où la population de prédateurs est trop abondante, quitte à nous déplacer fort loin. Il y a certes abondance de cerfs et d'élans dans les parages, et ils conviendraient très bien, mais où seraient l'intérêt et l'amusement ?

— Où, en effet ?

— Emmett adore le début du printemps. Les ours sortent tout juste d'hibernation et n'en sont que plus irritables.

Il sourit, comme au souvenir d'une bonne plaisanterie.

— Quoi de plus drôle qu'un grizzly furieux ?

— Allez, dis-moi ce que tu penses vraiment. Je t'en prie.

— J'essaie seulement de vous imaginer. Ça me dépasse. Comment faites-vous, sans armes ?

— Oh, mais nous en avons, assura-t-il en dévoilant ses dents blanches dans un bref sourire menaçant qui déclencha en moi une série de frissons. Simplement, pas de celles qui sont prises en compte lors de l'élaboration des textes de loi. Tu as déjà vu un ours attaquer à la télévision ? Ça donne une assez bonne idée d'Emmett en pleine action.

Je ne pus maîtriser de nouveaux tremblements. Je jetai un coup d'œil en douce à Emmett et fus soulagée qu'il ne me prête aucune attention. L'impressionnante musculature de ses bras et de son torse semblait plus redoutable désormais. Edward, qui avait suivi mon regard, étouffa un rire.

— Ressembles-tu à un ours, toi aussi ? chuchotai-je.

— À un puma plutôt, du moins c'est ce qu'affirment les autres. Nos préférences sont peut-être révélatrices de nos comportements.

Je m'arrachai un sourire compréhensif, mais mon esprit était plein d'images contradictoires que je ne parvenais pas à concilier.

— Est-ce une chose à laquelle j'aurai droit d'assister ? demandai-je.

— Certainement pas !

Son visage devint encore plus pâle que d'ordinaire, et ses yeux s'assombrirent, furieux. Je ne pus m'empêcher de reculer, ébahie et effrayée – même si je ne l'aurais jamais admis devant lui – par sa réaction. Il s'adossa à son siège, bras croisés sur la poitrine.

— Trop dur à supporter pour moi ? insistai-je quand je fus certaine de dominer ma voix.

— Si ce n'était que ça, je t'emmènerais dès ce soir, lança-t-il sèchement. Tu as vraiment *besoin* d'une bonne dose de frousse. Rien ne te serait plus salutaire.

— Alors pourquoi pas ?

Il me dévisagea longuement.

— Plus tard, éluda-t-il en se levant avec souplesse. Nous allons manquer le début des cours.

Regardant autour de nous, j'eus la surprise de constater qu'il avait raison et que la cantine s'était presque vidée. En sa compagnie, le temps et les lieux perdaient toute netteté, au point que je m'égarais. Sautant sur mes pieds, j'attrapai mon sac.

— Plus tard, donc, opinai-je.

Je n'avais pas l'intention d'en rester là.

11

◆

COMPLICATIONS

Ce fut sous les regards conjugués de toute la classe de sciences nat que nous gagnâmes notre paillasse commune. Je remarquai qu'Edward ne déplaçait plus son tabouret de manière à se trouver le plus loin possible de moi, mais que, au contraire, il s'était fort rapproché, nos bras se touchant presque.

M. Banner arriva dans la salle à reculons – quel magnifique sens du timing cet homme-là avait – en tirant un chariot métallique à roulettes sur lequel étaient placés une énorme télévision antique et un magnétoscope. Ciné au lycée – l'humeur dans la pièce s'allégea de façon presque tangible. Le prof fourra une cassette dans le lecteur, lequel se rebella quelque peu, avant d'éteindre les lumières.

À l'instant où la classe s'obscurcissait, une espèce de

courant électrique me traversa, et la présence d'Edward à moins de trois centimètres de moi sembla devenir encore plus réelle. Prise au dépourvu, je constatai avec stupeur qu'il m'était possible d'être *encore plus* consciente de lui que je ne l'étais déjà. Je faillis céder à une envie folle de le toucher, d'effleurer rien qu'une fois son visage hiératique dans le noir. Non ! Je perdais l'esprit. Je m'enroulai étroitement dans mes bras, mains serrées.

Le générique défila, trouant la pénombre de lueurs symboliques. Mes yeux, comme d'eux-mêmes, papillotèrent vers mon voisin. Je souris tristement en découvrant qu'il avait adopté une posture identique à la mienne, des poings serrés sous les aisselles jusqu'à ses prunelles qui m'épiaient en douce. Il me rendit mon sourire, et ses yeux parvinrent à m'incendier en dépit du noir. Je me détournai avant de suffoquer complètement. Ces vertiges auxquels j'étais sujette en sa compagnie étaient parfaitement ridicules.

L'heure me parut très longue. Je fus incapable de me concentrer sur le film – je ne compris même pas quel en était le sujet. Je m'appliquai à me relaxer, en vain, car les ondes qui paraissaient émaner sans discontinuer de lui ne faiblirent jamais. Le désir puissant de le toucher ne me quitta pas non plus, et j'enfonçai mes poings crispés dans mes côtes au point d'en avoir mal aux doigts. De temps en temps, je m'autorisais un rapide coup d'œil dans sa direction – lui aussi restait tendu.

Lorsque M. Banner ralluma les lumières, je poussai un véritable soupir de soulagement. Je m'étirai en agitant mes phalanges endolories. Edward étouffa un rire.

— Voilà qui était intéressant, murmura-t-il.

Sa voix était sombre, et ses pupilles circonspectes.

— Hum, fut tout ce que j'arrivai à répondre.

— On y va ? proposa-t-il en bondissant sur ses pieds, élégant en diable.

Je retins un gémissement. J'avais sport. Je me levai prudemment, craignant que mon équilibre n'eût été affecté par la violence rentrée qui semblait désormais affecter nos relations. Il m'accompagna en silence au gymnase et s'arrêta à la porte. Son expression tourmentée, presque douloureuse, me décontenança. En même temps, il était d'une beauté si féroce que mon envie irrésistible de le palper sous toutes les coutures repartit de plus belle. Mon au revoir resta coincé dans ma gorge. Sa main monta, hésitante, puis caressa promptement ma joue du bout des doigts. Sa peau était toujours aussi glacée, mais le tracé laissé par ses doigts était dangereusement chaud, comme si je m'étais brûlée sans en ressentir encore la douleur.

Sans un mot, il pivota et s'éloigna à grands pas.

J'entrai dans le gymnase, hébétée et vacillante. Je glissai vers les vestiaires, me changeai dans une sorte de transe, à peine consciente des élèves qui m'entouraient. La réalité ne s'imposa pleinement à moi que quand on me tendit une raquette. Elle avait beau être légère, elle me sembla redoutable une fois dans ma paume. Je remarquai que mes camarades m'épiaient furtivement. Le prof nous ordonna de former des paires. Par bonheur, l'esprit chevaleresque de Mike n'était pas tout à fait mort – il vient se placer à mon côté.

— On fait équipe ?

— Merci, Mike. Tu n'es pas obligé, tu sais.

— Ne t'inquiète pas, j'esquiverai quand il le faudra.

Parfois, Mike était vraiment quelqu'un de bien.

L'heure suivante fut dure. Je réussis – j'ignore comment – à m'assommer avec ma raquette en frappant Mike sur l'épaule, tout ça en un seul swing. Après ça, je passai le restant du cours au fond du terrain, ma raquette sagement rangée dans mon dos. Malgré le handicap que je représentais, mon partenaire se défendait bien ; il remporta trois parties sur quatre à lui seul. Lorsque le coup de sifflet final retentit, il m'adressa des compliments que je ne méritais guère.

— Alors, dit-il tandis que nous quittions le court.

— Alors quoi ?

— Toi et Cullen ?

Mon affection pour lui s'évanouit immédiatement.

— Ce ne sont pas tes affaires, Mike, l'avertis-je en vouant intérieurement Jessica aux gémonies.

— Je n'aime pas ça, persista-t-il.

— Personne ne te le demande.

— Il te regarde comme si... comme si tu étais une friandise.

Je parvins à ravaler les hennissements hystériques qui menaçaient d'exploser, même si un petit rire m'échappa. Mike me toisa, furibond. Agitant la main, je m'enfuis en direction des vestiaires. Je m'habillai rapidement, impatiente, ma dispute avec Mike déjà oubliée. Edward m'attendrait-il à la sortie ou faudrait-il que je le rejoigne à sa voiture ? Et si les siens étaient là-bas ? Une bouffée de terreur s'empara de moi. Savaient-ils que je savais ? Étais-je ou non censée savoir qu'ils savaient que je savais ?

J'avais finalement décidé de rentrer à pied quand j'émergeai du gymnase. Mais Edward était là, tranquillement appuyé contre un mur, ses traits admirables apaisés. J'en éprouvai une sorte de délivrance.

— Salut ! soufflai-je, radieuse.

— Salut ! répondit-il en m'adressant un sourire éblouissant. Comment ça s'est passé ?

— Très bien, mentis-je, un peu douchée.

— Ah bon ?

Il n'était pas convaincu. Ses yeux s'ajustèrent légèrement, regardant par-dessus mon épaule, puis se plissèrent, teigneux. Me retournant, je vis Mike passer au loin.

— Qu'y a-t-il ?

— Newton me tape sur le système.

— Ne me dis pas que tu nous as espionnés ! me récriai-je, horrifiée.

Ma bonne humeur s'était volatilisée, soudain.

— Comment va ta tête ? me demanda-t-il innocemment.

— Je te déteste !

Sur ce, je filai vers le parking, hésitant encore à rentrer par mes propres moyens. Il me rattrapa sans mal.

— C'est ta faute, se défendit-il. C'est toi qui as mentionné que je ne t'avais jamais vue en sport. Ça a éveillé ma curiosité.

Comme il paraissait tout sauf repentant, je l'ignorai. Nous rejoignîmes sa voiture en silence – un silence embarrassé et furieux pour ce qui me concernait. Une foule de gens, de garçons plus précisément, s'était attroupée près de sa voiture, et je marquai un temps. Puis je m'aperçus que ce n'était pas la Volvo qui les fascinait, mais la décapotable de Rosalie. Une lueur de désir sans équivoque allumait leurs yeux, et ils réagirent à peine lorsque Edward se glissa parmi eux pour ouvrir sa portière. Je grimpai vivement à côté de lui, inaperçue.

— Ostentatoire, bougonna-t-il.

— Qu'est-ce que c'est comme voiture ?

— Une M3.

— Pardon ?

— Une BMW ! soupira-t-il, exaspéré, en essayant de reculer sans renverser personne.

Je hochai la tête – ce nom-là me disait quelque chose.

— Tu es toujours en colère ? me demanda-t-il une fois sa manœuvre terminée.

— Et comment !

— Me pardonneras-tu si je m'excuse ?

— Peut-être... si tu es sincère. Et si tu me promets de ne jamais recommencer.

— Et si j'étais sincère et que j'étais d'accord pour te laisser conduire samedi ? contra-t-il, malicieux.

C'était sans doute la meilleure offre que je pouvais espérer de sa part.

— Marché conclu.

— Dans ce cas, je suis sincèrement désolé et je te prie de m'excuser.

Il me regarda longuement, les yeux brûlant de sincérité et ravageant mon cœur au passage.

— Et je serai sur le seuil de ta maison samedi matin à l'aube, ajouta-t-il, rieur.

— Euh, une Volvo inconnue garée dans notre allée risque de soulever un problème avec Charlie.

— Je n'avais pas l'intention de venir avec.

— Comment...

— Ne t'occupe pas de ça. Je serai là, sans voiture.

244

Je laissai tomber. J'avais une question autrement plus urgente, celle laissée en suspens à la fin du déjeuner.

— Sommes-nous « plus tard ? »

— Je suppose que oui, répondit-il en fronçant les sourcils.

Une expression avenante sur le visage, je patientai. Il arrêta la voiture. Je découvris avec ébahissement que nous étions déjà chez Charlie, parqués derrière la camionnette. Me laisser conduire par Edward était des plus aisés à condition que je ne regarde dehors qu'une fois arrivée à destination. Me tournant vers lui, je constatai qu'il m'observait, me jaugeait presque.

— Tu n'as pas renoncé à savoir pourquoi tu es interdite de parties de chasse, n'est-ce pas ?

Il parlait avec solennité, mais je crus déceler une lueur humoristique au plus profond de ses prunelles.

— En réalité, précisai-je, c'est surtout ta réaction à cette perspective qui m'intéresse.

— Je t'ai fait peur ?

Il rigolait franchement.

— Non, mentis-je.

Il n'en crut pas un mot.

— Pardonne-moi si c'est le cas, s'entêta-t-il sans se départir de son sourire mais en perdant toute trace de moquerie. C'est juste l'idée de t'imaginer là-bas...

Sa mâchoire se contracta.

— Ce serait si terrible que ça ?

— Oh que oui, susurra-t-il entre ses dents.

— Parce que... ?

Prenant une grande inspiration, il inspecta les nuages denses qui, roulant dans le ciel, semblaient descendre à portée de main.

— Quand nous chassons, bougonna-t-il de mauvais gré, nos sens l'emportent sur notre raison et nous... dirigent. Surtout l'odorat. Si tu te trouvais dans les parages à ce moment-là...

Il secoua la tête, absorbé par le spectacle de la nuée. Quant à moi, je veillai à dominer l'expression de mon visage, me préparant à sa prochaine inspection, qui jugerait de ma réaction. Cela ne tarda pas – je ne trahis rien. Nos yeux s'accrochèrent, et le silence s'épaissit. Des décharges de l'électricité que j'avais ressentie en cours de sciences nat alourdirent l'atmosphère tandis qu'il sondait au plus profond de mes iris. Ce ne fut que quand la tête se mit à me tourner que je m'aperçus que j'avais cessé de respirer. Lorsque j'inhalai en hoquetant, brisant la quiétude, il ferma les paupières.

— Bella, je crois qu'il vaudrait mieux que tu t'en ailles.

Ses intonations étaient basses et rauques.

J'ouvris la portière, et le vent arctique qui s'engouffra dans l'habitacle m'éclaircit les idées. Par peur de trébucher, vu mon état second, je sortis prudemment de la voiture et refermai la portière derrière moi sans me retourner. Le chuintement de la vitre électrique me fit pivoter.

— Hé, Bella ! me héla-t-il d'une voix plus égale.

Il se penchait par la fenêtre ouverte, un vague sourire aux lèvres.

— Oui ?

— Demain, c'est mon tour.

— Ton tour de quoi ?

Il rit, découvrant ses dents étincelantes.

— De poser des questions.

Puis il disparut, la Volvo filant à toute vitesse avant que j'aie eu le temps de reprendre mes esprits. C'est en souriant que je marchai jusqu'à la maison. Une chose était sûre – il comptait me voir le lendemain.

Cette nuit-là, Edward fut la vedette de mes rêves, comme d'habitude. Néanmoins, l'ambiance avait changé, craquetant de la même électricité que celle qui s'était manifestée dans l'après-midi, et je dormis mal, d'un sommeil agité, me réveillant souvent. Ce n'est qu'aux toutes petites heures du matin que je finis par sombrer dans un coma épuisé et ténébreux.

Au lever, j'étais fatiguée et énervée. J'enfilai mon col roulé brun et mon inévitable jean en imaginant des dos-nus et des shorts. Le petit-déjeuner fut le moment calme et ordinaire auquel je m'étais attendu. Charlie se prépara des œufs frits, et j'avalai mon bol de céréales en suppu-tant sur l'éventuel oubli par mon père de mon pro-gramme du prochain samedi. Malheureusement, il aborda le sujet de lui-même lorsqu'il se leva pour aller déposer son assiette dans l'évier.

— À propos de samedi, lança-t-il en traversant la cui-sine pour ouvrir le robinet.

— Oui ? tressaillis-je.

— Tu vas toujours à Seattle ?

— C'est ce qui était prévu.

J'aurais préféré qu'il ne me pose pas la question, ce qui m'aurait évité d'inventer des demi-mensonges. Il pressa un peu de liquide vaisselle sur l'éponge et frotta.

— Et tu es sûre que tu ne seras pas rentrée à temps pour le bal ?

— Je n'irai pas danser, me hérissai-je.

— Personne ne t'a invitée ?

Il tenta de dissimuler son inquiétude en rinçant son assiette.

— C'est aux filles de choisir leur cavalier, éludai-je, peu désireuse de m'aventurer sur ce terrain miné.

— Oh.

Il essuya ses couverts, sourcils froncés.

Je compatissais. Ce devait être une rude tâche d'être père ; vivre dans la crainte que votre fille rencontre un garçon qui lui plaisait mais s'angoisser aussi au cas où cela ne se produirait pas. Ce serait une catastrophe, me dis-je en frissonnant, si Charlie avait la moindre idée de *qui* me plaisait.

Il me quitta sur un geste d'adieu, et je montai me brosser les dents et rassembler mes affaires. Je ne tins pas plus de quelques secondes après le départ de la voiture de patrouille avant de jeter un coup d'œil par la fenêtre. La Volvo argent était déjà là, garée sur l'emplacement de Charlie. Je descendis les marches quatre à quatre et me précipitai dehors en me demandant combien de temps allait durer cette routine bizarre. J'aurais voulu qu'elle ne cessât jamais.

Il resta derrière le volant, apparemment indifférent, tandis que je fermais la maison. Je m'approchai, hésitai, timide, puis ouvris la portière et m'installai. Il souriait, détendu et – comme d'ordinaire – beau à en tomber à la renverse.

— Bonjour, psalmodia sa voix soyeuse. Comment vas-tu, aujourd'hui ?

Ses yeux fouillèrent mon visage comme si cette question dépassait la simple courtoisie.

— Bien, merci.

J'allais toujours mieux, beaucoup mieux, quand j'étais près de lui.

— Tu parais fatiguée, pourtant, objecta-t-il en s'attardant sur mes cernes.

— Je n'ai pas dormi, confessai-je.

Je ramenai automatiquement mes cheveux vers l'avant pour me protéger.

— Moi non plus, se moqua-t-il en mettant le contact.

Je commençais à m'habituer au ronronnement étouffé du moteur. Il y avait de fortes chances que les rugissements de ma camionnette me fichent une crise cardiaque lorsque je m'en resservirais.

— J'ai quand même dû dormir un peu plus que toi.

— J'en suis persuadé.

— Alors, à quoi as-tu consacré ta nuit ?

— Bien tenté, mais c'est à mon tour de poser des questions, je te rappelle.

— Oh, j'avais oublié. Que veux-tu savoir ?

J'avais beau me creuser la cervelle, je ne voyais pas du tout ce qui pouvait l'intéresser en moi.

— Quelle est ta couleur préférée ?

— Ça varie selon les jours.

— Quelle est ta couleur préférée aujourd'hui ? insista-t-il.

— Le marron, sans doute.

J'avais tendance à m'habiller selon mes humeurs.

— Ah bon ?

— Oui. C'est une couleur chaude. Elle me *manque*. Tout ce qui est censé être brun, les troncs, les rochers, la boue, est couvert de mousse verte, ici.

Mon petit discours enflammé parut le fasciner, et il le médita quelques instants en me dévisageant.

— Tu as raison, finit-il par décréter, le brun est chaud.

Sur ce, il tendit la main et, d'un geste timide et vif, repoussa des mèches derrière mon épaule.

Nous étions déjà au lycée. Il se gara et se tourna vers moi.

— Qu'as-tu comme musique en ce moment dans ton lecteur de CD ? me demanda-t-il, les traits aussi sombres que s'il avait exigé ma confession pour meurtre.

Je me rappelai que j'y avais laissé le disque de Phil. Je le lui dis, et il me gratifia de son sourire en coin, un éclat étrange dans l'œil. Ouvrant un compartiment placé sous la radio de la voiture, il en sortit un CD parmi la trentaine qui y étaient entassés.

— Tu préfères ça à Debussy ? s'étonna-t-il.

C'était le même album, et je m'absorbai dans l'examen de la jaquette familière pour fuir son regard pénétrant.

Le reste de la journée se déroula sur le même mode. Quand il m'accompagna en anglais, me retrouva après l'espagnol, et pendant le déjeuner, il m'interrogea sans fin sur le moindre détail de mon insignifiante existence. Les films que j'aimais, ceux que je détestais, les rares endroits où j'étais allée et les nombreux autres que j'avais envie de visiter, et les livres, les livres inlassablement.

Je ne me souvenais pas d'avoir jamais autant parlé. J'étais souvent gênée, certaine de l'ennuyer. Mais son expression de concentration intense et son insatiable curiosité me contraignaient à poursuivre. La majorité de ses demandes étaient faciles, et très peu déclenchèrent mes rougissements. Lorsque cela avait le malheur de se produire, j'en étais quitte pour un interrogatoire supplémentaire.

Ainsi, quand il voulut savoir quelle était ma pierre précieuse préférée et que, sans réfléchir, je mentionnai la topaze. Il me bombardait de questions à une telle vitesse que j'avais l'impression d'être soumise à l'un de ces tests psychologiques où l'on est prié de répondre par le premier mot qui vous passe par l'esprit. Si je ne m'étais pas empourprée à cet instant, je suis sûre qu'il aurait continué à dévider la liste qu'il s'était mentalement préparée. Malheureusement, je piquai un fard, parce que, jusqu'à très récemment, ma pierre favorite avait été le grenat – impossible devant ses yeux topaze de ne pas comprendre d'où venait mon revirement. Et bien sûr, il n'eut de cesse que j'avoue pourquoi j'étais embarrassée. Il finit par exiger la vérité quand ses talents de persuasion eurent échoué – simplement parce que j'évitais soigneusement de le regarder. Je rendis les armes, concentrée sur mes mains qui jouaient avec une mèche de mes cheveux.

— C'est la couleur de tes yeux aujourd'hui, soupirai-je. Si tu me reposais la question dans deux semaines, j'imagine que j'opterais pour l'onyx.

Dans mon involontaire élan d'honnêteté, je venais de lui fournir plus d'informations que nécessaire, et j'eus peur de provoquer cette colère bizarre qui surgissait dès que je dérapais et révélais de façon trop évidente à quel point il m'obsédait. Mais il digéra mon aveu sans broncher.

— Quelles sont tes fleurs préférées ? enchaîna-t-il.

Poussant un soupir de soulagement, je poursuivis mon chemin de croix.

Le cours de sciences nat' fut de nouveau compliqué. Edward m'avait soumise à un interrogatoire serré jusqu'à ce que M. Banner apparaisse avec son matériel audio. Quand le prof s'approcha de l'interrupteur pour éteindre les lampes, je remarquai que mon voisin avait légèrement écarté son tabouret du mien. Cela ne me servit à rien. Dès que la salle fut plongée dans l'obscurité, comme la veille je ressentis le même courant électrique et ce même besoin irrésistible de tendre la main pour effleurer sa peau glacée.

Je me penchai sur la paillasse, menton sur mes bras croisés, doigts agrippés au rebord de la table, luttant contre le désir irrationnel qui me déstabilisait. J'évitai de le regarder par peur d'avoir encore plus de difficulté à garder mon self-control, au cas où je croiserais ses yeux. Je déployai des efforts considérables pour m'intéresser au film mais, à la fin du cours, je n'avais pas la moindre idée de ce que je venais de voir. Je fus bien contente quand la lumière revint. Me permettant un coup d'œil à Edward, je découvris qu'il m'étudiait avec une expression ambiguë.

Il se leva et m'attendit sans bouger. Comme le jour précédent, nous allâmes au gymnase en silence et, comme le jour précédent, il effleura ma joue sans mot dire, de la tempe au menton, avec le dos de sa main cette fois, avant de tourner les talons et de s'éloigner.

Le cours d'éducation physique passa rapidement, pendant lequel j'assistai en spectatrice au match de badminton solitaire de Mike. Ce dernier ne m'adressa pas la parole, soit parce qu'il avait remarqué que j'étais ailleurs, soit parce qu'il m'en voulait encore de notre échange un peu vif de la veille. Quelque part au fond de moi, j'en éprouvais de la culpabilité, même si mes pensées étaient ailleurs.

Je m'empressai de me changer, maladroitement consciente que plus je me dépêchais, plus vite je retrouverais Edward. Le stress aggravait ma gaucherie habituelle, mais je finis par fuir cet endroit maudit. Je me détendis quand je le vis au rendez-vous. En dépit de moi, un immense sourire étira mes lèvres, auquel il répondit avant de reprendre son impitoyable inquisition.

Ses questions étaient différentes, cependant, et il me fut moins facile d'y répondre. Il voulut savoir ce qui, de ma vie d'autrefois à Phoenix, me manquait, insistant pour que je lui décrive tout ce qu'il ignorait. Nous restâmes assis devant chez Charlie pendant des heures, tandis que le ciel s'obscurcissait, larguant soudain des trombes d'eau.

Je tâchai de mettre des mots sur des détails impossibles, comme l'odeur des créosotes, amère, vaguement résineuse et néanmoins agréable, les stridulations harmonieuses des cigales en juillet, le dépouillement plumeux des arbres, l'immensité de la nuée qui étalait son bleu laiteux dans un infini à peine rompu à l'horizon par les roches volcaniques violettes des montagnes basses. Le plus difficile fut d'expliquer pourquoi j'aimais tant ces paysages, de justifier d'une beauté qui relevait moins d'une végétation rare et épineuse à l'allure souvent à demi morte que des formes brutes de la terre, des vallées peu profondes insérées entre les collines rocailleuses qui avaient une manière si particulière de s'accrocher au soleil. Je dus recourir à des gestes pour tenter de lui faire prendre la mesure de ces choses.

Il me relançait doucement, m'incitant à me livrer sans retenue, me rendant oublieuse, dans la lumière faiblarde de la tempête, de mon embarras à monopoliser la parole. Lorsque j'en terminai avec le désordre de ma chambre chez ma mère, il ne rebondit pas sur une nouvelle question.

— Tu as terminé ? lançai-je, soulagée.

— Loin de là, mais ton père va bientôt rentrer.

Je me rappelai soudain l'existence de Charlie et soupirai. J'observai le ciel noir de pluie, ce qui ne me renseigna guère. Je jetai un coup d'œil à la pendule de bord et fus surprise de constater qu'il était si tard. Charlie devait être déjà en route.

— C'est le crépuscule, murmura Edward en examinant l'horizon chargé de nuages.

J'eus l'impression que son esprit vagabondait très loin de nous. Je le contemplai qui fixait sans les voir les alentours. Brusquement, il se tourna vers moi.

— C'est le moment de la journée le plus sûr pour nous, dit-il en répondant à l'interrogation qu'il avait lue sur mon visage. Le plus agréable, le plus triste aussi, en quelque sorte... la fin d'un autre jour, le retour de la nuit. L'obscurité est tellement prévisible, tu ne trouves pas ?

Il eut un sourire mélancolique.

— J'aime la nuit, décrétai-je. Sans elle, nous ne verrions pas les étoiles. Bien qu'ici ce ne soit guère facile, tempérai-je.

Il s'esclaffa, et l'atmosphère s'allégea aussitôt.

— Charlie sera ici dans quelques minutes. Donc, à moins que tu ne tiennes à lui révéler que tu passeras ton samedi avec moi...

— Non merci.

254

Je récupérai mes affaires et m'aperçus que j'étais raide d'être restée si longtemps assise sans bouger.

— Demain, c'est mon tour, hein ?

— Certainement pas ! protesta-t-il d'une voix faussement outragée. Je n'en ai pas terminé avec toi !

— Qu'y a-t-il de plus à savoir ?

— Je te le dirai demain.

Il se pencha devant moi pour m'ouvrir la portière, et cette proximité déclencha des palpitations dans ma poitrine. Tout à coup, sa main se figea sur la poignée.

— Aïe ! marmonna-t-il.

— Que se passe-t-il ?

Sa mâchoire serrée et son expression inquiète m'interloquèrent.

« Des complications », maugréa-t-il.

Il ouvrit la portière d'un geste rapide puis reprit sa place loin de moi, presque apeuré. Des phares transpercèrent la pluie, et une voiture noire vient se ranger en face de nous.

— Charlie est au carrefour, m'avertit Edward en fixant les nouveaux venus à travers le déluge.

En dépit de mon étonnement et de ma curiosité, je me précipitai dehors. Les gouttes ricochèrent bruyamment sur mon coupe-vent. Je tentai de discerner les silhouettes assises dans le véhicule noir, mais il faisait trop sombre. Les phares éclairaient Edward – il continuait à regarder droit devant lui, les yeux vrillés sur quelque chose ou quelqu'un que je ne voyais pas. Ses traits trahissaient un mélange de frustration et de méfiance. Puis il mit le contact, et les pneus chuintèrent sur l'asphalte humide. La Volvo disparut en quelques secondes.

— Hé, Bella ! me héla une voix familière depuis le siège conducteur de la petite auto noire.

— Jacob ? sursautai-je en plissant les paupières sous la pluie.

À cet instant, la voiture de patrouille tourna au coin de la rue, éclairant les intrus.

Jacob descendait déjà. L'obscurité ne m'empêcha pas de distinguer le grand sourire qu'il affichait. Son passager était un gros homme qui débordait de partout, bien plus âgé, au visage frappant, aux joues affaissées, à la peau brune parcourue de rides, telle une vieille veste de cuir, et aux pupilles noires étonnamment familières qui semblaient à la fois bien trop jeunes et bien trop vieilles pour la large figure dans laquelle elles étaient enserrées. Billy Black, le père de Jacob. Je le reconnus immédiatement, alors que j'avais réussi, depuis cinq ans que je ne l'avais rencontré, à oublier son nom jusqu'à ce que Charlie le mentionne le jour de mon arrivée. Il m'observait, scrutant mes traits, et je lui adressai un timide salut de la tête. Ses yeux étaient écarquillés, exprimant l'indignation ou la peur, ses narines dilatées. Je ravalai ma courtoisie.

« Des complications », avait dit Edward.

Billy ne me quittait pas des yeux, tendu, anxieux. En moi-même, je gémis. Avait-il identifié Edward ? Croyait-il vraiment aux légendes absurdes que son fils avait brocardées ? La réponse se lisait clairement dans son regard.

Oui. Il y croyait, oui.

12

◆

ÉQUILIBRISME

— Billy ! s'écria Charlie dès qu'il fut sorti de voiture.

Je me dirigeai vers la maison, indiquant d'un geste à Jacob de me rejoindre sous le porche. Derrière moi, j'entendis Charlie les saluer avec chaleur.

— Je vais faire comme si je ne t'avais pas vu derrière le volant, mon garçon, morigéna-t-il Jacob.

— Nous passons notre permis plus tôt, à la réserve, répliqua l'adolescent tandis que j'ouvrais la porte et éclairais le perron.

— À d'autres ! s'esclaffa mon père.

— Il faut bien que je me déplace, intervint Billy.

Malgré les années, je reconnus sa voix puissante et j'eus soudain le sentiment de redevenir une gamine.

J'entrai, laissant le battant ouvert, et allumai les lampes avant de suspendre mon coupe-vent à la patère.

Puis je me tins dans le vestibule, pas très rassurée, pendant que Charlie aidait Jacob à extirper Billy de la voiture et à l'installer dans son fauteuil roulant. Quand ils se précipitèrent, trempés, à l'intérieur, je reculai.

— Quelle bonne surprise ! dit Charlie.

— Ça fait une paie, répondit Billy. J'espère que nous ne dérangeons pas.

Ses yeux sombres se posèrent sur moi, indéchiffrables.

— Non, c'est super. Tu restes pour le match, hein ?

— C'est précisément le but, rigola Jacob. Notre télé est tombée en panne la semaine dernière.

— Sans compter que Jacob avait hâte de revoir Bella, rétorqua Billy en décochant une grimace à son fils.

Ce dernier fit la moue et baissa la tête, cependant que je refoulais une bouffée de remords. Je m'étais sans doute montrée trop convaincante à la plage.

— Vous avez faim ? m'enquis-je en filant vers la cuisine, pressée d'échapper au regard scrutateur de Billy.

— Non, nous avons dîné avant de venir, répondit Jacob.

— Et toi, Charlie ? lançai-je par-dessus mon épaule.

— Oui, me lança-t-il du salon.

Les croque-monsieur enfournés, je tranchais une tomate quand je sentis une présence dans mon dos.

— Alors, ça roule ? s'enquit Jacob.

— Plutôt bien, affirmai-je avec entrain tant il était dur de résister à sa bonne humeur contagieuse. Et toi, tu as terminé ta voiture ?

— Non, il me manque encore des pièces détachées. Nous avons emprunté celle-ci, précisa-t-il en désignant la cour du pouce.

— Désolée. Je n'ai pas entendu parler de... Qu'est-ce que c'était déjà ?

— Un maître-cylindre. Au fait, la camionnette marche mal ? ajouta-t-il soudain avec sérieux.

— Non, pourquoi ?

— J'ai juste remarqué que tu ne t'en servais pas.

— Un ami m'a raccompagnée, me dérobai-je, les yeux fixés sur la planche à découper.

— Belle bagnole. Je n'ai pas reconnu le conducteur. Pourtant, je croyais connaître la majorité des jeunes du coin.

J'acquiesçai sans me mouiller et retournai mes croque-monsieur.

— En revanche, mon père semblait l'avoir déjà vu quelque part.

— Tu me passes les assiettes, s'il te plaît ? Elles sont dans le placard au-dessus de l'évier.

— Pas de problème. Alors, qui c'était ? insista-t-il en posant deux assiettes sur le comptoir.

— Edward Cullen, soupirai-je, vaincue.

À ma grande surprise, il éclata de rire. Levant la tête, je m'aperçus qu'il était vaguement gêné.

— Voilà qui explique bien des choses ! Je trouvais mon père bizarre, aussi.

— C'est vrai qu'il n'aime pas beaucoup les Cullen.

— Vieillard superstitieux, marmonna Jacob dans sa barbe.

— Il ne va rien dire à Charlie, hein ?

Ces mots précipités m'avaient échappé. Jacob m'observa quelques instants, une expression impénétrable sur le visage.

— J'en doute, finit-il par répondre. Charlie l'a

sacrément enguirlandé, la dernière fois. Ils ne se sont pas beaucoup parlé depuis. Ce sont en quelque sorte des retrouvailles, ce soir. À mon avis, il évitera de remettre le sujet sur le tapis.

— Oh !

Je portai son repas à Charlie et restai dans le salon, faisant mine de m'intéresser au match, tandis que Jacob entretenait la conversation. En réalité, je prêtai l'oreille à ce que se racontaient les deux hommes, guettant Billy et méditant déjà la façon de l'empêcher de me dénoncer au cas où il aurait cédé à la tentation. La soirée se traîna en longueur. J'avais pas mal de devoirs qui m'attendaient. Ils allaient rester en plan, mais tant pis : j'avais trop peur de laisser Billy seul avec Charlie. Enfin, le match se termina.

— Toi et vos amis comptez bientôt revenir à la mer ? me lança Jacob au moment où il poussait le fauteuil de son père dehors.

— Je n'en sais trop rien.

— Merci, Charlie, dit entre-temps Billy. Je me suis bien amusé.

— Je t'attends pour le prochain match.

— Compte sur nous, plaisanta le vieil homme. Bonne nuit.

Ses yeux se posèrent sur les miens, et son sourire disparut.

— Prends garde à toi, Bella, ajouta-t-il gravement.

— Je n'y manquerai pas, marmonnai-je en regardant ailleurs.

Je montais dans ma chambre pendant que Charlie agitait la main, planté sur le seuil de la porte, lorsque mon père m'interpella :

— Bella ? Attends.

Je tressaillis. Billy avait-il mangé le morceau avant que je ne me joigne à eux ? Apparemment non. Charlie était hilare, ravi par cette visite impromptue.

— Je n'ai pas eu l'occasion de discuter avec toi, ce soir. Comment s'est passée ta journée ?

— Bien.

J'hésitai, un pied sur la première marche, cherchant quelques détails à partager sans risque.

— Mon équipe a gagné les quatre matchs de badminton.

— Ça alors ! J'ignorais que tu savais jouer.

— En fait, je n'y suis pour rien. Mon partenaire est excellent.

— Qui est-ce ?

— Euh... Mike Newton, admis-je avec réticence.

— Ah oui, je me souviens ! s'exclama-t-il, rasséréné. Tu m'as dit que vous étiez amis. Chouette famille. Pourquoi ne l'as-tu pas invité au bal ? ajouta-t-il au bout de quelques minutes.

— Papa ! Il sort plus ou moins avec mon amie Jessica. Et je te rappelle que je ne sais pas danser.

— Pardon, j'avais oublié. En tout cas, c'est très bien que tu sois absente samedi... J'ai prévu d'aller pêcher avec les gars du commissariat. La météo prévoit une belle journée. Mais si tu souhaites reporter ton expédition jusqu'à ce que tu aies trouvé quelqu'un pour t'accompagner, je resterai avec toi. J'ai conscience de te laisser trop souvent seule.

— Ne t'inquiète pas, tu assures comme un chef, papa, le rassurai-je gentiment en espérant ne pas trahir mon soulagement. La solitude ne me dérange pas. Pour ça, je te ressemble comme deux gouttes d'eau.

Je lui adressai un clin d'œil et fus récompensée par le sourire charmant qui creusait ses pattes d'oie.

Cette nuit-là, trop fatiguée pour rêver, je dormis mieux. J'étais de bonne humeur quand je m'éveillai, en dépit du ciel gris perle. Avec le recul, la soirée en compagnie de Billy et Jacob m'apparut anodine ; je décidai de l'oublier. Je me surpris à siffloter tandis que j'attachai mes cheveux avec une barrette et, plus tard, en descendant l'escalier. Charlie ne manqua pas de s'en rendre compte.

— Tu es bien joyeuse, ce matin, souligna-t-il en terminant son petit-déjeuner.

— On est vendredi.

Je m'activai, car je voulais partir à la seconde où Charlie aurait filé. Mon sac était prêt, je m'étais brossé les dents et j'avais déjà mis mes chaussures quand il s'en alla. Une fois sûre que la voie était libre, je me ruai dehors. Edward m'avait néanmoins devancée et attendait dans sa voiture rutilante, fenêtres baissées, moteur coupé. C'est sans hésiter que je m'installai sur le siège passager, avide de retrouver son visage. Il m'offrit son sourire en coin, et mon cœur cessa de battre. Un ange n'aurait pas dégagé plus d'éclat. Il était parfait, il n'y avait rien à améliorer.

— Tu as bien dormi ?

Bon sang ! Avait-il la moindre idée de la séduction de sa voix ?

— Comme un loir. Et toi, ta nuit ?

— Agréable, rigola-t-il, me donnant l'impression que je ratais une plaisanterie personnelle.

— Ai-je le droit de te demander à quoi tu l'as consacrée ?

— Non, s'esclaffa-t-il. Aujourd'hui est encore *mon* jour.

Ce coup-ci, son intérêt se porta sur les gens. Renée, ses passions, nos occupations communes ; puis la seule de mes grand-mères que j'avais connue, mes rares amis d'école (il m'embarrassa lorsqu'il s'enquit des garçons avec lesquels j'étais sortie). À ma grande satisfaction, le sujet tourna court, puisque je n'avais eu aucune aventure. Il parut aussi stupéfait que Jessica et Angela par le désert de ma vie sentimentale.

— Personne ne t'a jamais attirée ? insista-t-il avec une gravité qui me poussa à m'interroger sur ses intentions.

— Pas à Phoenix, reconnus-je à contrecœur.

Sa bouche se serra en une ligne mince. Nous étions à la cafète, à ce moment-là. La journée avait défilé avec cette vitesse qui était en train de devenir une routine. Je pris avantage de la pause qu'il marquait pour mordre dans mon beignet.

— Nous aurions dû prendre ta voiture, annonça-t-il tout à trac.

— Pourquoi ?

— Je pars avec Alice après le déjeuner.

— Oh, murmurai-je, perplexe et déçue. Ce n'est pas grave, je rentrerai à pied.

— C'est exclu, rétorqua-t-il. Nous irons chercher ta camionnette et la laisserons sur le parking.

— Je n'ai pas les clés sur moi. Je t'assure, ça m'est égal de marcher.

Ce qui l'était moins, c'était de perdre quelques précieuses minutes de sa compagnie.

— Ta voiture sera là, et la clé sur le contact, s'entêta-t-il. À moins que tu craignes qu'on te la vole.

Idée qui eut au moins le mérite de le dérider.

— D'accord, acceptai-je, lèvres pincées.

J'étais quasiment certaine que mes clés se trouvaient dans la poche du jean que j'avais porté le mercredi, sous une pile de linge sale dans la buanderie. Même en pénétrant par effraction chez moi, il ne la dénicherait jamais. Il sembla considérer mon consentement comme un défi et se permit une grimace arrogante.

— Où allez-vous ? demandai-je le plus naturellement du monde.

— Chasser. Si je dois passer une journée seul avec toi, je préfère prendre un maximum de précautions. Tu peux toujours annuler, tu sais...

C'était presque une supplique, chuchotée avec tristesse. Je baissai les yeux, effrayée par le pouvoir de persuasion des siens. Je refusais d'avoir peur de lui, quel que fût le danger qu'il représentât. Ça n'avait pas d'importance, me serinais-je.

— Non, refusai-je en relevant la tête. J'en suis incapable.

— Malheureusement, c'est sans doute vrai, ronchonna-t-il.

Ses prunelles parurent s'assombrir devant moi. Je changeai de sujet.

— À quelle heure seras-tu là, demain ? m'enquis-je, déjà déprimée à l'idée de le quitter.

— Tout dépend... c'est samedi, tu ne veux pas faire la grasse matinée ?

— Non.

J'avais répondu avec trop d'empressement, et il réfréna un sourire.

— Comme d'habitude, alors. Charlie sera là ?

— Non, il part à la pêche.

La façon dont les choses s'étaient superbement arrangées allégea mon humeur.

— Et si tu ne reviens pas, lança cependant Edward avec sécheresse, que va-t-il penser ?

— Aucune idée. Il sait que j'avais projeté des lessives. Il se dira que je suis tombée dans le lave-linge.

Furieux, il me fusilla du regard. Je fis de même. Sa colère était bien plus impressionnante que la mienne.

— Que chasserez-vous, ce soir ? repris-je, consciente d'avoir perdu ce combat.

— Ce que nous trouverons dans le Parc régional. Nous n'avons pas l'intention d'aller très loin.

Mon intérêt poli pour son secret avait le don de le laisser perplexe.

— Pourquoi y vas-tu avec Alice ?

— Elle est celle qui... me soutient le plus, avoua-t-il, sourcils froncés.

— Et les autres ? Comment réagissent-ils ?

— Avec scepticisme, pour la plupart.

J'inspectai brièvement ses frères et sœurs. Ils étaient muets et indifférents à tout, exactement comme au premier jour. Sauf qu'ils n'étaient plus que quatre – leur magnifique frère aux cheveux cuivrés était installé en face de moi, un éclat d'incertitude dans ses pupilles dorées.

— Ils ne m'aiment pas, devinai-je.

— Ce n'est pas ça, objecta-t-il avec des yeux trop innocents pour que je m'y fie. Ils ne comprennent pas pourquoi je ne te fiche pas la paix.

— Ça alors, moi non plus, figure-toi !

Il secoua lentement la tête, exaspéré.

— Je te l'ai déjà dit, tu n'as aucune conscience de qui tu es. Tu ne ressembles à personne. Tu me fascines.

Je lui lançai un regard peu amène, persuadée qu'il se moquait de moi. Il rit.

— Avec mes talents... particuliers, murmura-t-il en effleurant discrètement son front, j'ai une capacité hors du commun à saisir la nature humaine. Les gens sont prévisibles. Mais toi... tes réactions sont déconcertantes. Tu m'intrigues.

À la fois gênée, chagrine et mécontente, je détournai les yeux en direction de sa famille. Ses mots me donnaient le sentiment d'être un cobaye. Quelle idiote ! J'aurais dû me douter que son intérêt s'arrêterait là.

— Ce n'est qu'une partie du problème, poursuivit-il. La plus facile à expliquer. Il y en a une autre cependant... pas aussi aisée à décrire...

Je continuai à détailler les Cullen. Soudain, Rosalie, la blonde époustouflante, pivota vers moi. Elle ne me regarda pas, elle me poignarda de ses prunelles sombres et froides. J'aurais voulu lui échapper, mais elle me tint sous l'emprise de ses yeux jusqu'à ce qu'Edward émît un son rageur, étouffé, presque un sifflement de haine. Alors, Rosalie me lâcha. Me tournant aussitôt vers Edward, je vis qu'il décelait sans effort la confusion et la terreur qui m'avaient envahie.

— Désolé, s'excusa-t-il, le visage fermé. Elle est

inquiète, rien de plus... C'est que... ce ne serait pas dangereux uniquement pour moi si, après m'avoir fréquenté de façon aussi ostensible, tu...

— Je ?

— Les choses se terminaient... mal.

Comme le soir à Port Angeles, il se prit la tête entre les mains, dans un élan d'angoisse absolue. J'aurais aimé le réconforter, je n'avais hélas aucune idée de la manière dont m'y prendre. Instinctivement, je tendis le bras avant de le laisser retomber sur la table, par crainte que mon contact empire les choses. Puis je me rendis compte que ses mots auraient dû m'affoler. Je guettai la montée de la peur, en vain. Tout ce que je paraissais éprouver, c'était de la souffrance envers sa propre douleur. Et de la frustration. Parce que Rosalie avait interrompu ce qu'il s'apprêtait à me dire et que j'ignorais comment revenir sur le sujet. Lui était toujours prostré.

— Tu dois absolument partir maintenant ? demandai-je d'une voix aussi normale que possible.

— Oui.

Il releva la figure. Un instant sérieux, il sourit tout à coup.

— C'est mieux ainsi. Il reste encore un quart d'heure de ce maudit film à visionner en biologie, et je ne crois pas que j'arriverai à le supporter.

Je sursautai soudain. Alice – ses cheveux courts et noirs comme de l'encre formant un halo de piques désordonnées autour de son exquis visage d'elfe – se tenait derrière lui. Sa silhouette fine était souple, gracieuse même quand elle était parfaitement immobile. Sans me quitter des yeux, Edward la salua.

— Alice.

— Edward, répondit-elle, son soprano presque aussi séduisant que son ténor à lui.

— Alice, Bella ; Bella, Alice, nous présenta-t-il avec décontraction, une moue ironique aux lèvres.

— Salut ! Ravie de te rencontrer enfin, me lança-t-elle.

Ses pupilles d'obsidienne avaient un éclat indéchiffrable, mais son sourire était amical.

— Bonjour, murmurai-je timidement.

— Tu es prêt ? demanda Alice à son frère.

— Presque, répondit-il d'une voix distante. Je te retrouve à la voiture.

Elle partit sans faire de commentaire. Sa démarche était si fluide, si souple que j'en éprouvai un pincement de jalousie.

— Aurais-je dû lui souhaiter de bien s'amuser ou ça aurait été déplacé ? m'enquis-je.

— Non, ça aurait convenu, rigola-t-il.

— Amuse-toi bien, alors.

J'avais feint l'entrain. Naturellement, il ne s'y laissa pas prendre.

— J'y compte bien. Quant à toi, tâche de rester en vie.

— À Forks ? Quel défi !

— Pour toi, c'en est un, riposta-t-il en s'assombrissant aussitôt. Promets !

— Je promets de rester en vie, ânonnai-je. Je m'occuperai de la lessive ce soir, voilà qui devrait ne pas être trop dangereux.

— Ne tombe pas dedans, railla-t-il.

— Je ferai mon possible.

Nous nous levâmes.

— À demain, soupirai-je.

— Ça te semble si loin que ça ? plaisanta-t-il.

Je hochai la tête, lugubre.

— Je serai là à l'heure, jura-t-il en m'octroyant son fameux sourire en coin.

Se penchant par-dessus la table, il effleura une fois de plus ma joue, puis il s'éloigna, et je le suivis des yeux jusqu'à ce qu'il eût disparu.

J'étais drôlement tentée de sécher l'après-midi ou, tout au moins, le cours de gym. Un instinct de conservation m'en empêcha. Je savais que si je filais, Mike et les autres en concluraient que j'étais avec Edward. Et ce dernier s'inquiétait du temps que nous passions publiquement ensemble... au cas où les choses tourneraient mal, perspective peu réjouissante que j'évacuai immédiatement. Quand bien même, je préférai me comporter de manière à lui faciliter l'existence.

Je sentais intuitivement – lui aussi, j'en étais sûre – que la journée du lendemain allait constituer un pivot. Notre relation ne pouvait perdurer dans cet équilibre instable, telle une assiette sur la pointe d'une épée. Tôt ou tard, nous tomberions d'un côté ou de l'autre. Cela dépendrait entièrement d'une décision qu'il prendrait ou de ses instincts. Pour ma part, ma religion était faite, j'avais fait mon choix sans même en avoir conscience. Désormais, j'étais obligée de m'y tenir. Car rien n'était plus terrifiant ni plus douloureux que l'idée de me détacher de lui. C'était inenvisageable.

En fille sage, je me rendis en classe. Je ne saurais décrire comment se déroula le cours de sciences nat, tant j'étais préoccupée par le lendemain. En gym, Mike ne boudait plus. Il me souhaita une bonne journée à

Seattle. Prudemment, je lui expliquai que j'avais annulé, à cause de ma camionnette peu fiable.

— Tu seras au bal avec Cullen, alors ? se renfrogna-t-il.

— Non, je n'ai pas l'intention d'y aller.

— Qu'est-ce que tu vas faire, dans ce cas ? insista-t-il.

Je faillis céder à mon mauvais caractère et l'envoyer aux pelotes. Au lieu de quoi, je mentis avec brio.

— De la lessive, et ensuite je bachoterai les maths, sinon, je suis bonne pour échouer aux examens.

— Est-ce que Cullen t'aide ?

— *Edward* (et je soulignai le prénom) ne m'aidera en rien. Il est parti en week-end je ne sais trop où.

Je remarquai avec surprise que les mensonges me venaient plus facilement que d'habitude. Mike retrouva sa bonne humeur.

— Tu sais, tu pourrais te joindre à nous. Ce serait super. Je te promets qu'on dansera tous avec toi.

L'image du visage de Jessica découvrant ma présence me rendit un peu cassante.

— Je n'irai *pas* au bal, Mike, compris ?

— Comme tu veux, râla-t-il. C'était juste une proposition.

Lorsque la journée s'acheva enfin, c'est sans enthousiasme que je gagnai le parking. Je n'avais pas très envie de rentrer à la maison à pied, mais je n'envisageais pas qu'il eût réussi à ramener ma voiture. En même temps, je commençais à penser que rien ne lui était impossible. Et j'avais raison, car ma Chevrolet était garée sur l'emplacement qu'avait occupé sa Volvo le matin même. Incrédule, j'ouvris la portière (non verrouillée) et aperçus les clés sur le contact. Un bout de papier gisait sur mon siège. Je m'installai et refermai la portière avant de le déplier. Deux mots, rédigés de sa belle écriture.

Sois prudente

Le rugissement du moteur me flanqua la frousse de ma vie, et je ris de moi-même.

À la maison, je constatai que le verrou était tiré, exactement comme je l'avais laissé en partant. À l'intérieur, je fonçai droit sur la buanderie. Rien ne paraissait avoir été dérangé. Je cherchai mon jean et en fouillai les poches. Vides. J'avais peut-être suspendu ma clé au clou de l'entrée, après tout.

Suivant le même instinct que celui qui m'avait poussée à mentir à Mike, j'appelai Jessica sous prétexte de lui souhaiter bonne chance lors du bal. Quand elle me retourna la pareille pour ma journée en compagnie d'Edward, je lui annonçai que c'était remis. Elle se montra un peu plus déçue que nécessaire pour qui n'était pas directement impliquée dans ma relation compliquée avec Edward. J'abrégeai nos adieux.

Durant le dîner, Charlie me parut ailleurs, préoccupé par le travail sans doute, ou un match de base-ball, à moins qu'il ne se délectât tout simplement des lasagnes – c'est difficile de savoir, avec Charlie. J'interrompis sa rêverie.

— Tu sais, papa...

— Oui, Bella ?

— Je crois que tu as raison, pour Seattle. J'attendrai que Jessica ou quelqu'un d'autre vienne avec moi.

— Oh. Très bien. Tu veux que je reste ici ?

— Non, ne change pas tes plans. J'ai des tonnes de trucs à faire. Des devoirs, la lessive... Il faut aussi que j'aille à la bibliothèque et en courses. Je ne vais pas arrêter d'aller et venir. Profite plutôt de ta journée.

— Tu es sûre ?

— Certaine. Et puis, nos réserves de poisson ont dangereusement baissé. Nous n'en avons plus que pour deux ou trois ans.

— Tu es vraiment facile à vivre, Bella.

— Je pourrais en dire autant de toi.

Nous nous esclaffâmes en même temps. Mon rire me parut faux, il ne s'en aperçut pas néanmoins. Je me sentais tellement coupable de le tromper que je manquai de suivre le conseil d'Edward et de lui avouer nos plans. Heureusement, je me retins.

Après le repas, je pliai du linge propre et lançai un nouveau cycle de séchage. C'était le genre d'activité qui n'occupait que les mains, et mon esprit, désœuvré, vagabondait, menaçant d'échapper à mon contrôle. J'oscillais entre des projections si intenses qu'elles en étaient presque douloureuses et une peur insidieuse qui entamait ma détermination. J'étais obligée de me répéter que j'avais choisi, et qu'il n'était pas question de changer d'avis. Je sortais sa note de ma poche sans raison aucune, relisant les deux mots qu'il avait écrits. Il me voulait saine et sauve, ne cessais-je de me dire. Je n'avais plus qu'à espérer en cette profession de foi, à croire que ce désir pur finirait pas l'emporter sur tous les autres, moins avouables, que je lui inspirais. Quelle alternative avais-je, de toute façon ? Couper les ponts ? Intolérable. Depuis mon arrivée à Forks, j'avais vraiment l'impression que toute ma vie s'était réduite à lui.

Et pourtant, une petite voix inquiète au fond de moi se demandait si... je souffrirais beaucoup au cas où les choses tourneraient mal.

C'est avec soulagement que je vis arriver une heure décente pour me coucher. Sachant que j'étais trop énervée pour dormir, je m'autorisai une folie et avalai un médicament contre le rhume dont je n'avais absolument pas besoin, destiné à m'assommer pour huit bonnes heures. C'était un comportement que j'aurais, en temps normal, réprouvé, mais la journée qui m'attendait le lendemain risquait d'être assez compliquée sans que j'y ajoute un état erratique dû au manque de sommeil. En attendant les premiers effets de l'antibiotique, je me lavais et séchais les cheveux et réfléchis à ce que j'allais porter le jour suivant.

Mes affaires prêtes pour le matin, je finis par me coucher. J'étais sur les nerfs et n'arrêtais pas de m'agiter. Me relevant, je fouillai dans la boîte à chaussures qui contenait mes CD jusqu'à ce que je trouve des nocturnes de Chopin. Je les mis, le volume au minimum, me rallongeai et m'astreignis à décontracter toutes les parties de mon corps, les unes après les autres. Vers le milieu de l'exercice, les cachets agirent, et je sombrai.

Je me réveillai tôt, après une nuit calme et sans rêves. Bien que je fusse reposée, je retombai aussitôt dans l'état d'énervement de la veille. Je m'habillai précipitamment, lissant mon col et ajustant mon gilet marron clair jusqu'à ce qu'il se positionne correctement au-dessus de mon jean. Un coup d'œil par la fenêtre m'apprit que Charlie était déjà parti. Une fine couche de nuages cotonneux voilait le ciel. Ils ne dureraient pas.

J'avalai machinalement mon petit-déjeuner puis me dépêchai de nettoyer et de ranger. Je regardai une nouvelle fois dehors, rien n'avait changé. Je venais juste de terminer de me laver les dents et redescendais quand un coup discret à la porte déclencha des pulsations incontrôlées dans ma poitrine. Je planai jusqu'à l'entrée, me débattis avec le verrou mais finis par réussir à ouvrir le battant à la volée – c'était lui. Dès que je vis son visage, mon agitation s'évanouit, et je me ressaisis. Mes craintes de la veille paraissaient sans fondements du moment qu'il était là.

Au début, il ne me sourit pas, il était préoccupé. Puis son expression s'éclaircit au fur et à mesure qu'il me détaillait, et il se mit à rire.

— Bonjour ! lança-t-il joyeusement.

— Qu'est-ce qui cloche ?

Je m'examinai sous toutes les coutures afin de vérifier que je n'avais rien oublié d'important, comme mes chaussures ou mon pantalon.

— Nous sommes habillés pareil ! s'esclaffa-t-il.

Je vis en effet qu'il arborait un long gilet marron clair d'où pointait un col blanc et un jean bleu. Mon rire se joignit au sien, en dépit d'un vague regret – pourquoi fallait-il qu'il ressemble à un mannequin et pas moi ? Pendant que je fermais la porte, il s'approcha de la camionnette et m'y m'attendit, côté passager, avec des airs de martyr.

— On a passé un accord, lui rappelai-je, triomphante, tout en grimpant derrière le volant.

J'ouvris sa portière de l'intérieur.

— Où va-t-on ? m'enquis-je.

— Mets ta ceinture, j'ai déjà la frousse.

274

J'obéis, non sans le gratifier d'un regard mauvais.

— Prends la 101 en direction du nord, m'ordonna-t-il.

J'eus beaucoup de mal à me concentrer sur la route, sachant qu'il me couvait des yeux. Du coup, je traversai encore plus lentement que d'ordinaire la ville endormie.

— Tu as l'intention de quitter Forks avant la nuit ? m'apostropha-t-il.

— Cette bagnole est assez vieille pour avoir appartenu à ton grand-père. Un peu de respect.

Malgré ce qu'il venait d'en dire, nous ne tardâmes pas à franchir les limites de la ville. Des sous-bois denses et des troncs verdis de mousse remplacèrent les pelouses et les maisons.

— Tourne à droite sur la 110, m'intima-t-il au moment où j'allais lui poser la question. (J'obéis en silence.) Maintenant, on continue jusqu'à ce que la chaussée disparaisse.

Je perçus son amusement mais ne tournai pas la tête vers lui, de peur de quitter la route – et de lui donner raison par la même occasion.

— Et qu'y a-t-il après la chaussée ?

— Un sentier.

— On part en balade ?

Dieu merci, j'avais mes vieilles tennis.

— Ça te pose un problème ?

À croire qu'il l'avait espéré.

— Non.

Je m'étais efforcée de prononcer ce mensonge avec assurance. Mais s'il trouvait que ma camionnette se traî-nait, il n'allait pas être déçu avec moi.

— Détends-toi, rien qu'une petite dizaine de kilomètres, et nous ne sommes pas pressés.

Une dizaine de bornes ! Je ne relevai pas, craignant que, sous l'effet de la panique, ma voix ne déraille. Dix kilomètres de racines embusquées et de cailloux instables qui essaieraient de tordre mes chevilles ou de me blesser par quelque moyen que ce fût. L'humiliation promettait d'être complète. Nous roulâmes en silence tandis que je ruminais l'horreur qui m'attendait.

— À quoi penses-tu ? finit-il par s'impatienter.

— Je me demandais juste où nous allions, mentis-je une nouvelle fois.

— C'est un endroit où j'aime me rendre quand il fait beau.

D'un même mouvement, nous jetâmes un coup d'œil sur les nuages qui s'effilochaient.

— Charlie m'a assuré que la journée serait chaude.

— Lui as-tu avoué ce que tu manigançais ?

— Non.

— Jessica croit toujours que nous allons ensemble à Seattle, au moins ?

Idée qui parut le réjouir.

— Non plus, je lui ai raconté que tu avais annulé – ce qui est vrai, d'ailleurs.

— Alors, personne ne sait que tu es avec moi ?

Il était en colère, maintenant.

— Pas forcément... Car j'imagine que tu as prévenu Alice ?

— Bravo, Bella ! J'ai vraiment l'impression d'être soutenu !

Je fis comme si je n'avais pas entendu.

— Es-tu si déprimée par Forks que tu veuilles te suicider ? s'emporta-t-il.

— Je croyais que ça risquait de t'attirer des ennuis...
qu'on nous voie ensemble.

— Tu t'inquiètes des soucis que *je* pourrais avoir si
toi, tu ne rentrais pas chez toi ? C'est le bouquet !

J'acquiesçai, les yeux rivés sur le pare-brise. Il marmonna dans sa barbe, si vite que je ne compris pas. Le
reste du chemin se déroula sans un mot. Je sentais des
vagues de réprobation furibonde émaner de lui, et je ne
trouvais rien à dire pour l'apaiser.

La route s'acheva brutalement, se réduisant à un
étroit sentier pédestre balisé d'un petit piquet en bois.
Je me garai sur le bas-côté et bondis de voiture, à la fois
parce que j'étais effrayée par sa colère et parce que ça
me donnait une excuse pour ne pas le regarder. L'air
s'était réchauffé, à présent, il était plus doux que ce que
j'avais jamais connu depuis mon arrivée à Forks,
presque lourd à cause des nuages. Retirant mon gilet, je
l'attachai autour de ma taille, heureuse d'avoir mis ma
chemise légère sans manches – d'autant plus que dix
kilomètres de randonnée m'attendaient.

Sa portière claqua, et je relevai la tête. Lui aussi avait
ôté son gilet. Il me tournait le dos, contemplant la forêt
épaisse le long de laquelle nous étions parqués.

— Par ici, dit-il en jetant un coup d'œil derrière lui,
l'air toujours aussi revêche.

Sur ce, il s'enfonça dans les bois.

— Mais le chemin ? bêlai-je, paniquée, en courant
autour du camion pour le rattraper.

— Je n'ai jamais dit que nous l'emprunterions.

— Ah bon ?

— Je ne te laisserai pas te perdre, va !

Il se retourna, un sourire moqueur aux lèvres. J'étouffai un petit cri. Sa chemise sans manches était déboutonnée, révélant le lissé blanc de sa peau qui s'étalait, ininterrompu, de sa gorge aux contours marmoréens de son torse, libérant sa musculature impeccable des vêtements qui d'habitude n'en donnaient qu'une vague idée. Il était trop parfait, me rendis-je compte, désespérée. Il était impossible qu'une créature aussi divine pût m'être destinée. Il me dévisagea, décontenancé par mon air torturé.

— Tu préfères rentrer ? murmura-t-il d'une voix qui exhalait une souffrance différente de la mienne.

— Non.

J'avançai jusqu'à me retrouver tout près de lui, anxieuse de ne pas perdre une des secondes du temps qui m'était imparti en sa compagnie.

— Qu'y a-t-il, alors ? voulut-il savoir, soudain très tendre.

— Je ne suis pas très bonne marcheuse, confessai-je, penaude. Il va falloir que tu sois très patient.

— J'en suis capable... même si ça exige beaucoup d'efforts.

Il me sourit, soutenant mon regard comme pour me tirer de mon inexplicable découragement. Je tentai de lui retourner son sourire, mais je ne fus pas très convaincante. Il m'observa longuement.

— Tu vas rentrer chez toi, me jura-t-il.

Je ne réussis pas à déterminer si cette promesse était sans condition ou soumise à un départ immédiat. Je devinais qu'il mettait mon bouleversement sur le compte de la peur qu'il m'inspirait et, une fois encore, je fus contente d'être celle dont il n'arrivait pas à lire les pensées.

— Si tu veux que je crapahute dix bornes dans la jungle avant le coucher du soleil, tu ferais mieux d'avancer, lançai-je, acide.

Il fronça les sourcils, essayant d'interpréter mon ton et mon expression, mais il finit par renoncer et prit la tête de notre expédition.

Ce ne fut pas aussi difficile que je l'avais craint. Le terrain était presque plat, et Edward écartait les fougères humides et les rideaux de mousse devant moi. Lorsqu'il fallait escalader des troncs d'arbre ou des rochers, il m'aidait à les franchir en me soutenant par le coude, me relâchant dès que j'étais de l'autre côté. Son contact glacé ne manquait jamais d'accélérer les battements de mon cœur. À deux reprises, je détectai sur ses traits une réaction qui me confirma qu'il les entendait. Je tâchai d'éviter le plus possible de regarder son corps sublime, mais je dérapais souvent. À tous les coups, sa beauté me transperçait de tristesse.

Nous progressâmes en silence, ne parlant que rarement. De temps à autre, il me posait une question au hasard, de celles qui avaient échappé à ses investigations des deux jours précédents. Mon anniversaire, mes enseignants de l'école primaire, les animaux de mon enfance – je dus avouer que, après avoir tué trois poissons rouges à la suite, j'avais renoncé à ce genre d'institution. Ce détail provoqua en lui une hilarité d'une vigueur inédite, l'écho de ses rires pareils à des clochettes se répercutant à travers la forêt déserte.

La balade nous prit presque toute la matinée, mais il ne fit pas une fois montre d'agacement. Les bois s'étalaient alentour en un labyrinthe infini de très vieux arbres, au point que je commençai à me demander avec nervosité si nous retrouverions notre chemin. Lui était parfaitement à l'aise dans cette toile de verdure et paraissait n'avoir aucun doute quant à notre trajectoire.

Au bout de quelques heures, la lumière filtrée par la feuillée passa d'un vert olive soutenu à un jade plus clair – le soleil l'avait emporté, comme prévu. Pour la première fois depuis que j'avais pénétré dans la forêt, l'excitation s'empara de moi et ne tarda pas à se transformer en impatience.

— On est bientôt arrivés ? lançai-je, faussement bougonne.

— Presque, répondit-il, mon changement d'humeur déclenchant un rictus narquois. Tu vois la lueur, là-bas ?

Je scrutai les arbres.

— Euh... non.

— C'est sans doute un peu trop loin pour *tes* yeux.

— Alors, il serait temps que j'aille chez l'ophtalmo, marmottai-je, ce qui le fit rire.

Au bout d'une centaine de mètres cependant, je distinguai en effet sous les frondaisons une trouée plus jaune que verte. J'accélérai, de plus en plus fiévreuse. Me laissant passer devant, il me suivit sans bruit.

Franchissant la dernière rangée de fougères, j'entrai dans l'endroit le plus ravissant du monde. La clairière, petite et parfaitement ronde, était tapissée de fleurs violettes, jaunes et blanches. À quelques mètres de là, murmurait un ruisseau. Le soleil tombait droit sur nous, noyant la place sous un halo de lumière mordorée. Intimidée, j'avançai lentement dans l'herbe tendre, les pétales chatoyants, l'air tiède et doré. Je me retournai à demi, désireuse de partager cet instant avec lui, mais il n'était plus là. Je le cherchai vivement des yeux, soudain alarmée, et finis par le repérer – il était resté dans l'ombre épaisse des feuilles, à l'orée de la clairière et me contemplait prudemment. Me revint alors en mémoire ce que la beauté des lieux m'avait fait oublier – l'énigme d'Edward et du soleil qu'il avait promis de me montrer aujourd'hui.

Je fis un pas vers lui, pleine de curiosité. Il paraissait circonspect, réticent. Avec un sourire encourageant, je l'invitai à venir et me rapprochai encore. Il leva le bras, et je m'arrêtai, oscillant sur mes talons. Il parut inhaler longuement puis plongea dans l'éclatante aura du soleil de midi.

13

◆

CONFESSIONS

Le spectacle d'Edward au soleil était choquant. Je ne parvenais pas à m'y habituer, bien que je l'aie eu sous les yeux tout l'après-midi. Sa peau, blanche en dépit d'une vague rougeur due à sa partie de chasse de la veille, flamboyait littéralement, comme si des millions de minuscules diamants y avaient été incrustés. Il était allongé dans l'herbe, totalement immobile, chemise ouverte sur son torse sculptural enivrant, ses bras nus chatoyants. Ses paupières couleur lavande étaient fermées, même s'il ne dormait pas, naturellement. Il était une statue parfaite, travaillée dans un matériau inconnu lisse comme le marbre et scintillant comme le cristal. Parfois, ses lèvres bougeaient, si vite qu'on eût dit qu'elles tremblaient. Lorsque je lui posai la question, il me répondit qu'il chantait ; trop bas pour que je l'entendisse.

Moi aussi, je profitai du beau temps, bien qu'il ne fît pas assez sec à mon goût. À l'instar d'Edward, j'aurais aimé m'étendre et laisser le soleil réchauffer ma peau. Au lieu de quoi, je me contentai de me pelotonner en chien de fusil pour l'observer, insatiable. La brise était douce, emmêlant mes cheveux et ébouriffant l'herbe qui s'agitait autour de sa silhouette figée.

La clairière, si spectaculaire au premier abord, pâlissait devant tant de magnificence.

Hésitante, toujours aussi effrayée qu'il disparût tel un mirage tant il était trop beau pour être vrai... hésitante, je tendis un doigt et caressai le dos de sa main étincelante. Une fois encore, je m'émerveillai de la texture sans défaut de sa peau, douce comme du satin, fraîche comme de la pierre. Lorsque je relevai les yeux, les siens me regardaient. Un sourire plissa les commissures de ses lèvres admirables.

— Je ne t'effraie pas ? plaisanta-t-il.

Je sentis pourtant une réelle curiosité derrière le badinage affiché.

— Pas plus que d'habitude.

Son sourire s'élargit, et ses dents miroitèrent au soleil. Je me rapprochai, osant tracer les contours de son avant-bras du bout de mes doigts, qui tremblaient, ce qu'il n'allait sûrement pas manquer de remarquer.

— Je t'embête ? murmurai-je, car il avait refermé les yeux.

— Non. Tu n'imagines pas les sensations que tu me procures.

Je fis courir ma paume légère le long des muscles

incomparables de son bras, suivant le réseau bleuâtre des veines au creux de son coude. Mon autre main avait entrepris de retourner la sienne. Devinant mes intentions, il s'exécuta en l'un de ces gestes d'une rapidité aveuglante et déconcertante, et je me figeai.

— Désolé, marmonna-t-il. J'ai tendance à me laisser aller à ma vraie nature, avec toi.

Soulevant son poignet, je l'orientai de-ci de-là afin de voir le soleil ricocher dessus. Je le collai tout près de mon visage, cherchant à distinguer les facettes cachées de son derme.

— Dis-moi à quoi tu penses, murmura-t-il. L'ignorer est si étrange, ajouta-t-il.

— Je te signale que c'est notre lot commun, à nous autres.

— Votre existence est dure. Dis-moi, répéta-t-il.

— Je songeais que j'aurais aimé savoir ce que *toi* tu pensais...

— Et ?

— Je songeais que j'aurais aimé croire en ta réalité. Et ne pas avoir peur.

— Je ne veux pas que tu aies peur.

Son chuchotement taisait ce qu'il ne pouvait affirmer avec certitude – que je n'avais rien à craindre.

— Pour être exacte, la peur en elle-même ne me préoccupe pas tant que ça. Bien qu'elle ne soit pas négligeable.

Trop vite pour mes pauvres yeux d'humaine, il se releva à demi, s'accouda sur son bras droit, sa paume gauche toujours dans mes mains. Son visage d'ange n'était qu'à quelques centimètres du mien. J'aurais pu – j'aurais dû – reculer devant cette soudaine proximité, sauf que j'étais incapable de bouger, hypnotisée par ses prunelles dorées.

— Que crains-tu ?

Une question à laquelle il me fut impossible de répondre. Car, pour la seconde fois depuis que je le connaissais, je humai son haleine. Une odeur fraîche et sucrée, délicieuse et unique, qui me mit l'eau à la bouche. Instinctivement, je me penchai, inhalant à plein nez. Alors, il s'échappa. Le temps que je reprenne mes esprits, il se tenait à dix mètres de moi, au bord de la clairière, dans la pénombre d'un énorme sapin. Il me fixait de ses iris sombres, arborant une expression énigmatique. J'étais blessée, secouée, et mes doigts vides brûlaient.

— Excuse-moi, dis-je tout bas, sachant qu'il m'entendrait.

— Donne-moi juste un moment.

J'attendis, immobile. Au bout de quelques secondes incroyablement longues, il revint, lentement pour lui. Il s'arrêta à quelques pas de moi et s'assit gracieusement en tailleur. Son regard était vrillé au mien. Il inspira profondément.

— Désolé, marmonna-t-il avec un sourire hésitant. Comprendrais-tu si je te disais n'être qu'un homme ?

J'acquiesçai aussitôt, mais sa plaisanterie ne me dérida pas. L'adrénaline envahit mes veines au fur et à mesure que le danger s'imposait à ma conscience. Il le flaira sans peine, et sa moue devint narquoise.

— Je suis le meilleur prédateur au monde, n'est-ce pas ? Tout en moi t'attire – ma voix, mes traits, mon odeur. Comme si j'avais besoin de ça !

Brusquement, il se remit debout et disparut d'un

bond pour réapparaître sous le même arbre qu'auparavant. Il avait fait le tour de la clairière en moins d'une seconde.

— Tu ne pourrais pas m'échapper ! s'esclaffa-t-il avec amertume.

Il arracha au sapin une branche de cinquante centimètres de diamètre – le bruit fut assourdissant, le geste facile – et joua avec pendant un instant avant de la jeter à une vitesse effarante contre le tronc d'un autre arbre énorme, où elle explosa. Puis, il fut de nouveau devant moi, aussi figé qu'un roc.

— Tu ne pourrais pas me résister, murmura-t-il.

Je n'avais pas bronché, effrayée pour de bon. C'était la première fois que je voyais tomber sa façade soigneusement cultivée ; jamais il n'avait été aussi peu humain, ni plus beau. Hébétée, stupéfiée, j'étais un oiseau pris au piège d'un serpent. Ses yeux magnifiques semblaient briller d'une âpre excitation. Ils se ternirent peu à peu, et son visage retrouva le masque de tristesse qui était le sien d'ordinaire.

— N'aie pas peur, chuchota-t-il, ses intonations veloutées volontairement séductrices. Je te promets... Je te *jure* de ne jamais te faire de mal.

J'eus l'impression qu'il cherchait à s'en convaincre lui-même.

— N'aie pas peur, répéta-t-il en se rapprochant avec une lenteur exagérée.

Dans un mouvement délibérément mesuré, il se baissa jusqu'à ce que nos yeux fussent à niveau.

— S'il te plaît, pardonne-moi. Je sais me contrôler. Tu m'as pris au dépourvu, c'est tout. Je vais être sage, maintenant.

Il guetta ma réaction ; malheureusement, j'étais incapable de prononcer un mot.

— Je n'ai pas soif, aujourd'hui, insista-t-il en m'adressant un coup d'œil complice.

Je ne pus m'empêcher de rire, un petit son tremblotant et étranglé.

— Ça va aller ?

La tendresse était revenue. Sa main marmoréenne se posa prudemment sur la mienne. Je contemplai sa peau lisse et froide, puis ses pupilles. Elles étaient douces et contrites. Je repris délibérément mes caresses le long des veines de sa main et lui lançai un sourire timide. Celui qu'il me retourna était éblouissant.

— Où en étions-nous, avant que je me comporte aussi mal ?

— Très franchement, j'ai oublié.

Il parut honteux.

— Je crois que nous parlions de ce qui provoquait ta peur, en dehors des raisons évidentes.

— Ah oui.

— Alors ?

Je continuais à dessiner au hasard des tracés sur sa paume iridescente. Les secondes s'écoulèrent.

— La patience n'est pas mon fort, soupira-t-il.

Plongeant dans ses yeux, je compris que tout cela était aussi nouveau pour lui que pour moi. Quelles que fussent ses années d'insondable expérience, c'était dur pour lui également. Cette réaction me donna le courage nécessaire.

— J'ai peur parce que, pour des raisons évidentes, je ne peux pas rester avec toi. Or, j'ai peur d'en avoir envie de manière déraisonnable.

Je ne le regardais plus – il m'était difficile de prononcer ces paroles tout haut.

— Oui, désirer ma compagnie est effectivement effrayant. Et vraiment pas dans ton intérêt. (Je fronçai les sourcils.) J'aurais dû m'éloigner depuis longtemps. Il faudrait que je parte, là, tout de suite. Hélas, je ne suis pas certain d'en avoir la force.

— Je ne veux pas que tu t'en ailles.

— Voilà exactement pourquoi je devrais m'y résoudre. Ne t'inquiète pas, va. Je suis égoïste. Moi aussi, je désire trop ta compagnie pour être raisonnable.

— J'en suis heureuse.

— C'est mal !

Il retira sa main, plus doucement cette fois, même si sa voix était devenue dure (mais tellement plus belle que n'importe quelle voix humaine). Il était ardu à suivre – ses brusques et constantes sautes d'humeur me désarçonnaient.

— Ce n'est pas seulement ta compagnie que je désire, reprit-il. Ne l'oublie jamais. Rappelle-toi que je représente un danger sans égal pour toi, que je suis *la* menace absolue.

Il s'interrompit. Levant la tête, je m'aperçus qu'il fixait sans la voir la forêt.

— Je ne suis pas certaine de te comprendre.

Il me regarda et, une fois encore, la tendresse reprit le dessus.

— Comment t'expliquer sans t'affoler ?

Sans réfléchir, il replaça sa main entre les miennes ; je la serrai comme un trésor précieux.

— Cette impression de chaleur est étonnamment agréable, commenta-t-il en contemplant nos doigts entrelacés, avant de se concentrer sur ses idées. Bon, reprit-il un peu plus tard, tu sais que les gens n'ont pas les mêmes goûts. Certains aiment la glace au chocolat, d'autres préfèrent la fraise. (J'acquiesçai.) Désolé pour cette comparaison malheureuse, je n'ai pas trouvé mieux. (Nous rîmes.) Tu vois, chacun a une odeur particulière, une essence personnelle. Si tu enfermais un alcoolique repenti dans une pièce pleine de bière frelatée, il réussirait à résister. Mais supposons que tu remplaces la bière éventée par un verre d'un excellent et rarissime cognac, que tu remplisses la pièce de ce seul et puissant arôme de vieux brandy, comment crois-tu qu'il se débrouillerait ?

Nous nous dévisageâmes, comme pour lire les pensées de l'autre. Il fut le premier à briser le silence.

— La métaphore est sûrement mal choisie. Il n'est peut-être pas si difficile de résister au cognac. J'aurais dû prendre un héroïnomane.

— Serais-tu en train de me suggérer que je suis une dose d'héroïne ?

— Exactement.

— Cela arrive-t-il souvent ?

Il réfléchit à ma question en contemplant la cime des arbres.

— J'en ai parlé à mes frères. Pour Jasper, vous êtes interchangeables. Il est le membre le plus récent de notre famille, et son sevrage relève du combat. Il n'a pas encore eu le temps de se sensibiliser aux différentes odeurs et saveurs. Navré...

— Ce n'est rien. Écoute, ne te soucie pas de me choquer ou de m'effrayer. C'est votre mode de fonctionnement, et je peux le comprendre, m'y efforcer du moins. Explique les choses comme elles te viennent.

— Merci. Bref, Jasper n'est pas sûr d'avoir rencontré quelqu'un qui soit aussi... attirant que tu l'es pour moi. Emmett, qui est, si je puis dire, dans le bain depuis plus longtemps m'a compris, lui. Il m'a avoué que ça lui était arrivé deux fois, dont une de manière très puissante.

— Et à toi ?

— Jamais.

Le mot resta suspendu un instant dans la tiédeur ambiante.

— Comment a réagi Emmett ? demandai-je pour rompre le silence.

Mauvaise question visiblement. Le visage d'Edward s'assombrit, sa main dans la mienne se serra en un poing, et il détourna les yeux. J'attendis, mais compris que je n'obtiendrais pas de réponse.

— Je crois deviner, finis-je par murmurer.

Il me regarda, l'air triste et suppliant.

— Même le plus fort d'entre nous a le droit à l'erreur, non ? chuchota-t-il.

— Que veux-tu ? Mon consentement ?

Ma voix avait claqué, plus sèche que je ne l'aurais souhaité. Je tâchai de me contrôler – après tout, pareille franchise devait beaucoup lui coûter.

— Est-ce à dire qu'il n'y a pas d'autre solution ?

La sérénité avec laquelle j'étais en train d'évoquer ma propre mort me confondit.

— Non, non ! s'empressa-t-il d'objecter. Il y en a d'autres, bien sûr. Il est évident que je ne...

Il n'acheva pas sa phrase. Ses yeux brûlants plongèrent dans les miens.

— Nous deux, reprit-il, c'est différent. Pour Emmett, il s'agissait... d'étrangers, croisés au hasard. C'était il y a longtemps, et il n'était pas aussi... entraîné ni aussi prudent qu'aujourd'hui.

Il se tut et me dévisagea intensément tandis que je méditais ces paroles.

— Donc, si nous nous étions rencontrés... dans une allée sombre, je ne sais pas...

— J'ai été contraint de fournir un effort démesuré pour me retenir... au milieu de cette classe pleine d'élèves. Lorsque tu es passée près de moi, j'aurais pu détruire en une fraction de seconde tout ce que Carlisle a bâti. Si je n'avais pas eu l'habitude de lutter contre ma soif depuis... trop longtemps, j'aurais été incapable de résister.

Il me jeta un coup d'œil lugubre. Cet instant n'était que trop vif dans nos mémoires à tous deux.

— Tu as dû te dire que j'étais possédé.

— Je n'ai pas compris cette haine immédiate.

— C'était comme si tu étais une sorte de démon surgi de mon Enfer personnel pour me détruire. L'arôme de ta peau... j'ai cru devenir fou. Durant toute cette heure, j'ai imaginé mille et un stratagèmes pour t'attirer dehors et t'avoir à moi seul. Je les ai combattus un à un en pensant aux miens, aux répercussions éventuelles. Il fallait que je m'enfuie, que je m'éloigne avant de ne pouvoir retenir les mots qui t'auraient incitée à me suivre...

Je chancelai à l'évocation de ce souvenir amer. Ses prunelles dorées lançaient des flammes, hypnotiques et mortelles.

— Tu serais venue, m'assura-t-il.

— Sans doute, acquiesçai-je d'une voix que j'espérai calme.

Sourcillant, il me libéra de la puissance de son regard incandescent.

— Ensuite, enchaîna-t-il, j'ai voulu changer mon emploi du temps afin de t'éviter, et tu étais là, dans ce petit bureau surchauffé, et ton odeur était enivrante. Là aussi, j'ai failli craquer. Il n'y avait qu'un autre humain avec nous, une femme frêle que je n'aurais eu aucun mal à liquider.

Malgré le soleil, je frissonnai. Ce n'était que maintenant que je prenais la mesure des périls auxquels j'avais été exposée. Pauvre Mme Cope. J'avais été si près de provoquer, involontairement, sa mort. J'en tremblai de nouveau.

— Mais j'ai résisté, disait Edward. J'ignore comment. Je me suis forcé à ne pas t'attendre, à ne pas te suivre. Dehors, il m'a été plus facile de réfléchir et de prendre la bonne décision, car je ne sentais plus ta fragrance. J'ai déposé les autres à la maison – j'avais trop honte pour leur confier ma faiblesse. Ils avaient juste deviné que quelque chose de très grave s'était produit – et j'ai foncé droit à l'hôpital pour annoncer à Carlisle que je m'en allais.

Cet aveu me dérouta. Lui sembla contrit, comme s'il venait de confesser une immense lâcheté.

— Nous avons échangé nos voitures, il avait fait le plein de la sienne, et je ne voulais pas m'arrêter. Je n'ai pas osé rentrer affronter Esmé. Elle ne m'aurait pas laissé partir sans une scène, sans essayer de me persuader que c'était inutile... Le lendemain matin, j'étais en

Alaska. J'y ai passé deux jours, avec de vieilles connaissances... mais la maison me manquait. Savoir que j'avais meurtri Esmé, les autres, ma famille adoptive, m'était insupportable. Dans l'air pur des montagnes, j'avais du mal à croire que tu sois aussi irrésistible. Je me suis convaincu que fuir était minable. J'avais déjà été tenté, pas avec une telle ampleur, loin de là. J'étais fort. Qui étais-tu, petite fille insignifiante (il eut un grand sourire), pour me chasser de l'endroit où je désirais vivre ? Alors, je suis revenu...

Il s'abîma dans le spectacle de la nature. J'étais muette.

— J'ai pris mes précautions, chassant et mangeant plus que nécessaire avant de te revoir. J'étais certain d'être assez solide pour te traiter comme n'importe quel autre humain. Malheureusement, c'était de l'arrogance. Qui plus est, mon incapacité à lire tes pensées et connaître tes sentiments à mon égard n'a fait que compliquer les choses. Je n'étais pas habitué à recourir à des méthodes aussi retorses, comme de t'espionner à travers Jessica... dont l'esprit n'est pas très original et dont je ne pouvais être certain de la fiabilité. Tout ça était très irritant. J'étais agacé de devoir m'abaisser à ce genre de comportement.

Ce souvenir lui arracha une grimace.

— Je désirais que tu oublies ce fameux jour, et j'ai tenté de te parler comme à n'importe qui. J'avais hâte, même, espérant ainsi réussir à décrypter ton cerveau. Malheureusement, tu étais bien trop passionnante, et je me suis retrouvé pris au piège de tes expressions... aujourd'hui encore, quand tu agites la main ou secoue tes cheveux, ton odeur m'enivre... Après, bien sûr, tu as failli être écrasée sous mes yeux. En mon for intérieur, je me suis inventé une excuse idéale – si je n'étais pas intervenu, ton sang se serait répandu devant moi, et j'aurais été incapable de me contenir, ce qui aurait montré à tous ma vraie nature. Mais ce prétexte ne m'est venu que tardivement. Sur le moment, ma seule pensée a été « pas elle ».

Il ferma les paupières, perdu dans sa douloureuse confession. J'étais attentive, avide, irrationnelle. Le bon sens me susurrait que j'aurais dû être terrifiée. Au lieu de quoi, j'étais soulagée de comprendre, enfin. Surtout, j'étais pleine de compassion pour ce qu'il endurait, alors même qu'il m'avouait être calciné par le désir de m'ôter la vie.

— Et à l'hôpital ? finis-je par réussir à murmurer d'une toute petite voix.

Rouvrant les yeux, il me transperça de son regard.

— J'étais consterné. Je n'arrivais pas à croire que j'avais mis les miens en danger, que je m'étais livré à ton pouvoir, toi parmi tant d'autres. Comme si j'avais eu besoin d'une nouvelle raison de te tuer.

Nous tressaillîmes tous deux lorsque le mot lui échappa.

— Sauf que ça a eu l'effet contraire, s'empressa-t-il de poursuivre. Je me suis battu avec Rosalie, Emmett et Jasper lorsqu'ils ont suggéré que je tenais là une occasion de... Nous ne nous étions encore jamais affrontés aussi violemment. Carlisle s'est rangé de mon côté. Alice aussi. Esmé m'a seulement conseillé d'agir de façon à pouvoir rester parmi eux. (Il secoua la tête avec indulgence.) Le lendemain, toute la journée, j'ai scanné les esprits de ceux à qui tu parlais, et j'ai été choqué de constater que tu tenais parole. Je ne te comprenais pas du tout. Je savais juste qu'il m'était impossible de m'impliquer plus avant avec toi. J'ai fait mon maximum pour m'éloigner. Et chaque jour, le parfum de ta peau, de ton haleine, de tes cheveux... me frappait aussi puissamment que lors de notre première rencontre.

Ses pupilles se tournèrent une nouvelle fois vers moi, étonnamment tendres.

— Paradoxalement, tout aurait été plus facile si je nous avais exposés dès le début en cédant à mes impulsions. Il est trop tard à présent, même là, tout de suite, alors que nous sommes seuls, sans témoins.

J'étais suffisamment humaine pour lui demander pourquoi.

— Isabella...

Il prononça mon nom en entier, soigneusement, puis m'ébouriffa gentiment les cheveux de sa main libre. Un frisson secoua mon corps.

— ... Bella, je ne me supporterais plus si je le faisais. Tu ne devines pas à quel point cela m'a torturé. (Il baissa la tête, de nouveau honteux.) T'imaginer immobile, blanche, froide... ne plus jamais te revoir rougir, ne plus jamais revoir cet éclat d'intuition allumer tes yeux quand tu pressens mes mensonges... ce serait intolérable. Tu es désormais l'élément le plus important de ma vie. De *toute* ma vie.

J'avais du mal à suivre les méandres de la conversation. Du joyeux sujet de mon imminent décès, nous en étions soudain venus à des déclarations. Il attendait que je réagisse, et j'avais conscience de ses pupilles dorées fixées sur moi.

— Tu sais ce que j'éprouve pour toi, finis-je par

confesser à mon tour. Je suis ici... ce qui, en gros, signifie que je préférerais mourir plutôt que de te perdre. Je suis une idiote.

— Tu l'es, admit-il en s'esclaffant sèchement.

Nos regards se rencontrèrent, et je ris aussi. Nous trouvions tous deux ma bêtise et l'improbabilité du moment que nous vivions désopilantes.

— Et le lion s'éprit de l'agneau... murmura-t-il.

Exaltée, je détournai la tête et dissimulai mes yeux.

— Quel imbécile, cet agneau ! soupirai-je.

— Quel fou, ce lion... Quel masochiste...

Il s'abîma dans la contemplation de la forêt ombreuse, entraîné par des pensées secrètes.

— Pourquoi...

Je m'interrompis, hésitant à poursuivre. Il me sourit, et le soleil se refléta sur son visage... et ses dents.

— Oui ?

— Dis-moi pourquoi tu t'es enfui devant moi.

— Je viens de te l'expliquer, rétorqua-t-il en se fermant.

— Non. Je voudrais savoir ce que j'ai fait de mal. Il va falloir que je sois sur mes gardes, dorénavant. Mieux vaut donc que j'apprenne tout de suite les gestes à éviter. Celui-ci, par exemple, ajoutai-je en caressant le dos de sa main, paraît acceptable.

— Tu n'as rien fait de mal, m'assura-t-il en retrouvant son entrain. C'était ma faute, Bella.

— Mais je veux aider à te rendre les choses plus aisées, si c'est possible.

— Eh bien... C'était juste ta proximité. Par instinct, la majorité des humains nous évitent, révulsés par notre étrangeté... Je ne m'attendais pas à ce que tu ne te sauves pas. Et puis, il y avait l'odeur de ta gorge.

Il s'arrêta net, comme s'il craignait de m'avoir choquée.

— Très bien, je la cacherai à partir de maintenant !

Je baissai le menton, histoire de détendre l'atmosphère qui s'était alourdie. Ça fonctionna – il rit.

— Non, vraiment, j'ai surtout été surpris.

Sa main libre se plaça délicatement sur mon cou. Je ne bronchai pas. La froideur de ses doigts me fit vibrer, comme si la nature exigeait que j'eusse peur. Mais, dans le maelström de mes émotions, la peur n'avait pas sa place.

— Tu vois, dit-il, tout va bien.

Mon sang battait dans mes veines, et j'aurais voulu être capable de ralentir sa course, pressentant que cela devait contribuer à compliquer la tâche d'Edward, qui l'entendait sûrement.

— Ces rougeurs sont magnifiques, murmura-t-il.

Doucement, il dégagea son autre main. Les miennes retombèrent, inertes, sur mes genoux. Il effleura ma joue, prit mon visage entre ses doigts de marbre.

— Ne bouge pas, chuchota-t-il.

Pas de danger ! J'étais pétrifiée. Posément, sans jamais me quitter des yeux, il se pencha vers moi. Puis, vif mais caressant, il appuya sa joue glacée contre la courbe de ma gorge. Pour le coup, j'en fus réduite à une immobilité totale. J'écoutai sa respiration mesurée, observant le soleil et le vent qui jouaient dans ses cheveux de cuivre, ce qu'il y avait de plus humain chez lui. Avec une lenteur délibérée, ses mains glissèrent le long de mon cou. Je frissonnai, l'entendis reprendre son souffle, mais il ne s'interrompit pas, et ses doigts légers descendirent sur mes épaules avant de s'arrêter. Son visage se faufila sur le côté, son nez frôla ma clavicule et, enfin, il enfouit sa tête dans ma poitrine, bouleversant de tendresse.

— Ah, soupira-t-il en prêtant l'oreille aux battements de mon cœur.

Je ne sais pas combien de temps nous restâmes ainsi immobiles. Ça me parut des heures. Mon pouls finit par s'apaiser. Edward ne broncha ni ne parla pas tant que dura notre étreinte. Je devinais que, à tout instant, l'effort risquait de se révéler trop éprouvant, et que ma vie pouvait se terminer – si vite que je ne m'en serais sans doute pas rendu compte. Néanmoins, je n'arrivais pas à éprouver de peur. Je ne pensais à rien, si ce n'est à ce premier contact intime.

Puis, trop tôt à mon goût, il me relâcha. Ses yeux étaient paisibles.

— Ce ne sera plus aussi dur, annonça-t-il, satisfait.

— Est-ce que ça l'a été ?

— Pas autant que je l'aurais cru. Et pour toi ?

— Non. Pour moi... non.

Mon inflexion le fit sourire.

— Tiens, dit-il en prenant ma main pour la placer contre sa joue. Tu sens comme elle s'est réchauffée ?

Sa peau ordinairement gelée était presque tiède, en effet. Je m'y intéressai cependant à peine, car j'étais en train de toucher son visage, quelque chose dont j'avais rêvé depuis notre rencontre.

— Reste tranquille, lui ordonnai-je à mon tour.

Personne ne savait se figer comme lui. Fermant les yeux, il se pétrifia, sculpture offerte à ma curiosité. J'allai à sa découverte encore plus lentement qu'il ne l'avait fait avec moi, veillant à réfréner ma passion. Je caressai sa joue, effleurai ses paupières et les ombres violacées de ses cernes. Je suivis le tracé de son nez parfait puis, encore plus prudemment, de ses lèvres au dessin magnifique. Elles s'entrouvrirent, et je sentis son haleine fraîche sur le bout de mes doigts. J'avais envie de me pencher dessus, d'inhaler son arôme. Aussi, je retirai ma main et reculai, soucieuse de pas dépasser les limites. Il rouvrit les yeux, son regard était affamé. Pas de manière à m'effrayer, plutôt à déclencher un spasme au fond de mon ventre et à affoler mon pouls une fois de plus.

— J'aimerais tant, murmura-t-il, j'aimerais tant que tu sentes la... complexité... la confusion... que j'éprouve. Que tu comprennes.

Il repoussa soigneusement mes cheveux.

— Explique-moi, soufflai-je.

— Je ne pense pas y parvenir. Je t'ai déjà dit, d'un côté, la faim – la soif – que, déplorable créature, je ressens pour toi. Je crois que tu saisis ça, jusqu'à un certain point. Mais, comme tu n'es pas accro à une substance illégale quelconque, ton empathie ne peut être complète. D'autres faims me dévorent, cependant. Des pulsions qui m'échappent, même à moi. Qui me sont étrangères.

— Tout ça m'est beaucoup plus familier que tu ne le penses.

— Je ne suis pas habitué aux émotions humaines. Est-ce toujours ainsi ?

— Pour moi ? Non, c'est la première fois.

Il prit mes mains. Elles me parurent si faibles dans l'étau des siennes.

— J'ignore comment être proche de toi, reconnut-il. Je ne suis pas sûr de le pouvoir.

Mes yeux plantés dans les siens pour ne pas l'affoler, je me penchai en avant, très lentement, et plaçai ma joue contre son torse de pierre. Je l'entendis respirer, rien d'autre.

— Cela me suffit, chuchotai-je en fermant les paupières.

En un geste très humain, il m'enlaça et plongea son visage dans mes cheveux.

— Tu te débrouilles bien mieux que ce que tu prétends, fis-je remarquer.

— Je conserve de très vieux instincts. Ils sont peut-être enfouis très profondément, mais ils existent.

Nous restâmes assis ainsi un autre long moment. Était-il aussi réticent que moi à bouger ? La lumière faiblissait, cependant, et les ombres de la forêt commençaient à nous atteindre. Je soupirai.

— Tu dois rentrer.

— Je croyais que tu ne pouvais lire dans mes pensées.

— Elles me deviennent de plus en plus claires.

La gaieté illuminait sa voix. Il m'attrapa par les épaules.

— Puis-je te montrer quelque chose ? demanda-t-il, soudain enjoué.

— Quoi ?

— Comment je me déplace dans les bois. Ne t'inquiète pas, s'empressa-t-il de préciser devant ma réticence, tu n'as rien à craindre et nous serons à la camionnette drôlement plus vite.

Sa bouche se tordit en ce sourire en coin si craquant, et mon cœur eut un raté.

— Tu vas te transformer en chauve-souris ? m'enquis-je, pas très rassurée.

Il partit d'un éclat de rire tonitruant.

— Celle-là, ce n'est pas la première fois qu'on me la sert.

— Tu parles ! Comme si les gens osaient.

— Allez, trouillarde, grimpe sur mon dos.

Je crus qu'il plaisantait mais, apparemment, non. Mes hésitations l'amusèrent, et il tendit la main. Mon rythme cardiaque s'affola. Même si Edward ne pouvait lire dans mes pensées, mon pouls me trahissait toujours. Il m'aida à m'installer et cramponna mes jambes et mes bras si férocement autour de lui qu'un être normal se serait étouffé. J'eus l'impression de chevaucher un roc.

— Je pèse un peu plus que le sac à dos moyen, le prévins-je.

Il balaya mon avertissement d'un revers insouciant de la main. Jamais il n'avait été aussi heureux. Soudain, il attrapa ma paume, la pressa contre son nez et respira profondément.

— De plus en plus facile, marmonna-t-il.

Alors, il se mit à courir.

Si j'avais déjà eu peur de mourir en sa présence, ce n'était rien par rapport à ce que je ressentis alors. Il fila comme un boulet de canon à travers le sous-bois épais et sombre. Il était fantomatique : aucun bruit ne prouvait que ses pieds touchaient le sol, et sa respiration ne changea pas, à croire qu'il ne fournissait aucun effort. Pourtant, les arbres défilaient à une vitesse affolante, nous rasant de près. J'étais trop terrifiée pour fermer les yeux, en dépit du courant d'air froid qui me giflait et m'arrachait des larmes brûlantes. J'eus la bête impression d'avoir passé la tête par le hublot d'un avion en plein vol. Et, pour la première fois de ma vie, je ressentis la faiblesse nauséeuse du mal des transports.

Tout à coup, ce fut terminé. Alors que nous avions mis des heures le matin à atteindre la clairière, nous étions revenus à la Chevrolet en quelques minutes.

— Génial, hein ? s'exclama-t-il, hilare.

Immobile, il attendait que je descende. J'essayai bien, mais mes muscles ne répondirent pas. Mes bras et mes jambes restèrent enroulés autour de lui, tandis que la tête me tournait désagréablement.

— Bella ? demanda-t-il, anxieux.

— J'ai besoin de m'allonger, je crois.

— Oh, navré.

Il patienta. Malheureusement, j'étais toujours aussi incapable de me mouvoir.

— J'ai aussi besoin d'aide, avouai-je.

Il étouffa un rire, puis délaça doucement mes mains qui étranglaient son cou. La force d'airain de ses poignets était implacable. Il me fit glisser devant lui, me prenant dans ses bras comme un bébé, m'y gardant quelques instants avant de m'étendre délicatement sur des fougères moelleuses.

— Comment te sens-tu ?

J'avais tellement le tournis que je n'en savais fichtrement rien.

— Nauséeuse.

— Mets ta tête entre tes genoux.

J'obéis et ne tardai pas à être un peu soulagée. Je respirai lentement. Il s'assit près de moi. Au bout d'un moment, je m'aperçus que je pouvais relever la tête. Une sonnerie stridente résonnait dans mes oreilles.

— Ce n'était pas une très bonne idée, murmura-t-il, penaud.

— Au contraire, c'était une expérience très intéressante, tentai-je de le rassurer d'une voix faiblarde.

— Ha ! Tu es blanche comme un linge... Pire, même. Comme moi !

— J'aurais dû fermer les yeux.

— Rappelle-t'en, la prochaine fois.

— Pardon ?

Il s'esclaffa, ravi.

— Frimeur, ronchonnai-je.

— Regarde-moi, Bella, chuchota-t-il.

Son visage était tout près du mien. Sa beauté m'étourdit – c'était trop, un excès auquel je ne m'accoutumais pas.

— En chemin, je réfléchissais...

— À la meilleure façon d'éviter les arbres, j'espère.

— Petite sotte. Courir est une deuxième nature chez moi. Je n'ai pas besoin d'y penser.

— Frimeur, répétai-je.

— Non, enchaîna-t-il en souriant, je réfléchissais à un truc que j'ai envie d'essayer.

Sur ce, il reprit mon visage entre ses mains en coupe. J'arrêtai de respirer. Il hésita – pas d'une façon normale, pas d'une façon humaine, pas comme un homme pourrait tergiverser avant d'embrasser une femme, afin de jauger sa réaction, de voir comment elle va le prendre. Ou pour prolonger l'instant, ce moment parfait d'anticipation, parfois meilleur que le baiser lui-même. Edward, lui, hésita pour se tester, pour vérifier que c'était sans danger, qu'il contrôlait sa soif. Puis ses lèvres de marbre froid se posèrent tout doucement sur les miennes.

Ce à quoi ni lui ni moi n'étions prêts, ce fut ma réaction.

Mon sang bouillonna sous ma peau, incendia ma bouche. Mon souffle devint heurté et erratique. Mes doigts agrippèrent ses cheveux, collant sa tête contre la mienne. Mes lèvres s'ouvrirent, et j'inhalai à fond son odeur capiteuse. Aussitôt, il se pétrifia. Ses mains, douces mais fermes, me repoussèrent. Rouvrant les yeux, je vis qu'il était sur ses gardes.

— Houps !

— Comme tu dis.

Un éclat sauvage illuminait ses pupilles, sa mâchoire était crispée. Il tenait mon visage ébloui à quelques centimètres du sien.

— Dois-je...

Je voulus m'éloigner. Ses mains refusèrent de me lâcher.

— Non, c'est supportable. Une minute, s'il te plaît.

Il était poli, maître de lui. Je continuai de le contempler, observant ses iris s'adoucir peu à peu. Il m'adressa un sourire étonnamment espiègle.

— Et voilà, annonça-t-il, visiblement très satisfait de lui.

— Supportable ?

— Je suis plus fort que je ne le pensais. Ça fait plaisir de l'apprendre.

— J'aimerais pouvoir en dire autant de moi-même. Navrée.

— Je te pardonne. Tu n'es qu'une humaine, après tout.

— Merci du compliment.

Il se remit debout en un de ces mouvements fluides et presque invisibles dont il avait le don. Il me tendit la main, ce qui me surprit. J'étais tellement habituée à notre tacite et prudente absence de contacts. J'attrapai sa paume glacée – cette aide était la bienvenue, car je titubais, n'ayant toujours pas retrouvé mon équilibre.

— C'est encore la course ou dois-je le mettre sur le compte de mon habileté à embrasser ?

Comme il sembla humain en cet instant d'allégresse où sa physionomie séraphique respirait la joie. Ce n'était pas le même Edward que celui que j'avais connu. Et j'en étais encore plus entichée. Me séparer de lui me serait désormais physiquement douloureux.

— Un peu des deux, j'imagine.

— Mieux vaut que je prenne le volant, alors.

— Ça va pas la tête ?

— Je conduis mieux que toi dans tes meilleurs jours, railla-t-il. Tes réflexes sont si lents !

— J'en suis convaincue, mais ni mes nerfs ni ma camionnette n'y résisteront.

— Fais-moi confiance, Bella, s'il te plaît.

Dans ma poche, mes doigts se serrèrent autour de mes clés.

— Pas question, finis-je par décider.

Incrédule, il leva les sourcils. Le contournant, je me dirigeai vers la portière conducteur. Il m'aurait peut-être laissée passer si je n'avais pas vaguement titubé. Quoique... rien n'est moins sûr. Son bras s'enroula autour de ma taille, m'emprisonnant fermement.

— Bella, j'ai dépensé beaucoup d'énergie pour te garder en vie aujourd'hui. Je n'ai pas l'intention de te laisser conduire alors que tu n'arrives même pas à marcher droit. Et puis, tu t'es vue quand t'a bu ? cita-t-il en ricanant.

Un arôme insupportablement alléchant émanait de son torse.

— Bu, moi ? protestai-je.

— Ma seule présence t'intoxique, persifla-t-il.

— Voilà un argument que je ne peux guère réfuter, soupirai-je.

Je n'avais pas le choix. J'étais incapable de lui refuser quoi que ce soit. Je brandis les clés, sa main blanche s'en empara à la vitesse de l'éclair, sans bruit.

— Vas-y doucement, l'avertis-je, ma voiture est une dame du troisième âge.

— Très juste.

— Et toi, lançai-je, agacée, tu n'es pas affecté par ma présence ?

Une fois encore, ses traits si mobiles se transformèrent, et une douceur chaleureuse envahit son visage. D'abord, il ne répondit pas. Il se contenta de se pencher vers moi et de promener ses lèvres le long de ma mâchoire, de mon oreille à mon menton, à plusieurs reprises. Je tressaillis.

— Quand bien même se serait le cas, murmura-t-il enfin, il n'en reste pas moins que j'ai de meilleurs réflexes.

14

LA RAISON ET LA CHAIR

Je dois le reconnaître, il conduisait bien quand il gardait une allure raisonnable. Comme tant d'autres choses, cela semblait ne lui coûter aucun effort. Il avait beau à peine prêter attention à la route, il ne déviait jamais de sa trajectoire. Une main sur le volant, l'autre dans la mienne, il fixait tantôt le soleil couchant, tantôt mon visage, mes cheveux qui volaient par la fenêtre ouverte, nos doigts entremêlés.

Il avait mis une station de radio qui passait de vieux tubes et fredonnait à l'unisson une chanson que je n'avais jamais entendue. Il en connaissait chaque phrase.

— Tu aimes la musique des années cinquante ?

— Elle était très bonne, à l'époque. Bien meilleure que celle des deux décennies qui ont suivi. Pouah ! Au moins, c'est redevenu supportable à partir des années quatre-vingt.

— M'avoueras-tu jamais ton âge ? poursuivis-je, un peu hésitante, car je ne tenais pas à gâcher son entrain.

— C'est tellement important ? rigola-t-il, à mon grand soulagement.

— Non, mais je ne peux m'empêcher de m'interroger... Rien de tel qu'un mystère non résolu pour me donner des insomnies.

Il se perdit dans la contemplation du crépuscule pendant de longues minutes.

— Fais-moi un peu confiance, finis-je par murmurer.

Il soupira, puis plongea ses yeux dans les miens comme s'il avait oublié qu'il conduisait. Ce qu'il y vit l'encouragea sans doute parce que, après s'être retourné vers le soleil couchant dont la lumière parait sa peau d'étincelles couleur rubis, il m'avoua qu'il était né à Chicago en 1901. Il vérifia d'un coup d'œil comment je réagissais, et je pris soin de rester impassible, attendant patiemment la suite.

— Carlisle m'a trouvé au fond d'un hôpital à l'été 1918, continua-t-il avec une petite moue. J'avais dix-sept ans et j'étais en train de mourir de la grippe espagnole. (J'inspirai profondément.) Je n'en garde pas un souvenir très net. C'était il y a longtemps, et notre mémoire humaine s'estompe... En revanche, je me rappelle bien ce que j'ai éprouvé quand Carlisle m'a sauvé. Ce n'est pas une étape facile qu'on oublie.

— Et tes parents ?

— La maladie les avait déjà emportés. Je n'avais personne. C'est pourquoi il m'a choisi, d'ailleurs. Dans le chaos de l'épidémie, qui s'apercevrait que j'avais disparu ?

— Comment t'a-t-il... sauvé ?

Il ne répondit pas tout de suite, comme s'il réfléchissait aux mots justes.

— Ça n'a pas été simple. Rares sont ceux dotés de la retenue nécessaire. Mais Carlisle a toujours été le plus humain, le plus compatissant de nous tous... À mon avis, il n'a pas d'équivalent dans l'Histoire. Pour moi, ça a juste été très, très douloureux.

Rien qu'au pli de ses lèvres, je devinai qu'il n'en dirait pas plus sur ce sujet, et je réprimai ma curiosité, bien qu'elle fût loin d'être assouvie. Mais j'avais besoin de méditer très soigneusement ce problème particulier dont je commençais juste à entrevoir certains aspects. À coup sûr, avec sa vivacité, lui avait déjà médité tous les détails qui m'avaient jusqu'à présent échappé. Sa voix douce interrompit mes pensées.

— Il a agi par solitude. C'est en général la raison qui préside à cette décision. J'ai été le premier membre de sa famille, même s'il a trouvé Esmé peu après. Elle était tombée d'une falaise. Ils l'ont transportée aussitôt à la morgue de l'hôpital, bien que, par miracle, son cœur battît encore.

— Il faut donc être à l'agonie pour devenir un...

Nous n'avions jamais prononcé le mot, et je ne pus m'y résoudre à cet instant.

— Pas forcément. C'est juste Carlisle. Il n'imposerait jamais ce choix à qui aurait une autre solution.

Son respect était immense lorsqu'il parlait de son père.

— Il dit cependant que c'est plus facile quand le sang est faible, ajouta-t-il.

Il se concentrait sur la route maintenant que l'obscurité était tombée, et je sentis que le sujet était clos.

— Et Emmett et Rosalie ?

— Rosalie a été la troisième. Ce n'est que bien plus tard que j'ai compris qu'il avait espéré qu'elle serait pour moi ce qu'Esmé était pour lui. (Il leva les yeux au ciel.) Mais je ne l'ai jamais considérée que comme une sœur. Deux ans après, elle a ramené Emmett. Elle chassait – nous habitions les Appalaches, à l'époque – et elle est tombée sur un ours qui s'apprêtait à l'achever. Elle l'a porté sur plus de cent cinquante kilomètres pour le confier à Carlisle, parce qu'elle avait peur de ne pas y arriver elle-même. Je commence aujourd'hui seulement à me rendre compte combien ce voyage a dû être éprouvant pour elle.

Me jetant un coup d'œil incisif, il leva nos mains croisées et effleura ma joue de ses doigts.

— Et pourtant, soulignai-je en me détournant de l'insupportable splendeur de ses iris, elle l'a accompli.

— Oui, chuchota-t-il. Quelque chose chez Emmett lui en a donné la force. Ils sont ensemble depuis. Quelquefois, ils vont vivre ailleurs, en couple. Sauf que plus nous prétendons être jeunes, plus il nous est aisé de nous fondre dans un environnement. Forks nous ayant semblé idéal, nous nous sommes tous inscrits au lycée. (Il rit.) J'imagine que, d'ici quelques années, nous serons bons pour célébrer une nouvelle fois leur mariage.

— Alice et Jasper ?

— Tous deux sont des créatures extrêmement rares. Ils ont développé leur conscience – comme nous l'appelons – seuls, sans avoir été guidés par quiconque. Jasper appartenait à une autre... famille, *très* différente. Dépressif, il en est parti. C'est Alice qui l'a trouvé. Comme moi, elle possède certains dons qui dépassent ceux dont notre espèce est normalement dotée.

— Ah bon ? Je croyais que tu étais le seul à pouvoir lire dans les pensées des gens ?

— Alice a d'autres talents. Elle voit. Ce qui risque d'arriver, ce qui va arriver. Mais c'est très subjectif. Le futur n'est pas gravé dans le marbre. Les événements sont susceptibles d'évoluer au dernier moment.

Sa mâchoire se crispa, et ses prunelles se posèrent brièvement sur moi, si vite que je me demandai si j'avais rêvé.

— Quel genre de choses voit-elle ?

— Jasper, par exemple. Elle a su qu'il la cherchait avant même qu'il ne s'en doute lui-même. Elle a aussi vu Carlisle et notre famille. Alors, ils nous ont rejoints tous les deux. Elle est particulièrement sensible aux non-humains. Ainsi, elle sait toujours quand d'autres individus de notre espèce approchent. Et s'ils représentent une menace.

— Et... vous êtes nombreux ? balbutiai-je, ébahie.

Combien étaient-ils à évoluer parmi nous incognito ?

— Non, pas tant que ça. La majorité ne parvient pas à se stabiliser. Seuls ceux qui, comme nous, ont renoncé à chasser les humains sont capables de vivre avec eux pendant un certain temps. Nous ne connaissons qu'un seul autre groupe comme le nôtre, dans un petit village de l'Alaska. Nous avons vécu ensemble pendant quelque temps, mais nous étions si nombreux que nous avons fini par éveiller les soupçons.

— Et ceux qui... sont différents de vous ?

— Des nomades pour la plupart. Nous avons tous connu ça, à un moment ou à un autre de notre existence. Comme tout, c'est une vie dont on finit par se lasser. Il arrive que nous en croisions, parce que, en général, les nôtres préfèrent le Nord.

— Pourquoi ?

Nous étions garés devant chez moi, à présent, et Edward avait arrêté le moteur. La soirée était noire et tranquille, sans lune. La lumière du perron était éteinte – Charlie n'était pas encore rentré.

— Tu n'as donc rien remarqué, cet après-midi ? Tu crois que je pourrais arpenter des rues ensoleillées sans provoquer d'accidents ? Si nous avons choisi de nous établir dans la péninsule d'Olympic, un des endroits les plus humides du monde, il y a une bonne raison. Il est tellement agréable de sortir en plein jour. Tu n'imagines pas à quel point on se lasse de la nuit, à cent ans et quelques.

— C'est de là que sont nées les légendes ?

— Sans doute.

— Et Alice, elle vient d'une autre famille, comme Jasper ?

— Non. Ce qui représente un vrai mystère, d'ailleurs. Elle n'a aucun souvenir de sa vie d'avant. Elle ne sait pas non plus qui l'a créée. Elle s'est réveillée seule. Celui qui l'avait façonnée avait disparu, et aucun d'entre nous ne comprend ni pourquoi ni comment. Si elle n'avait pas eu son don, si elle n'avait pas vu Jasper et Carlisle, elle serait probablement devenue une vraie sauvageonne.

Tout ça faisait beaucoup d'informations à digérer, et j'avais encore tant de questions. À mon grand embarras, mon estomac gronda. J'étais si fascinée que je ne m'étais pas aperçue que je mourais de faim.

— Je t'empêche d'aller dîner, s'excusa Edward.

— Ne t'inquiète pas pour moi.

— C'est la première fois que je passe autant de temps en compagnie de quelqu'un qui a besoin de se nourrir. J'avais oublié.

— Je n'ai pas envie que tu partes.

Voilà qui était plus facile à dire dans la pénombre. Même si ma voix me trahit sûrement, comme elle trahissait à quel point j'étais désespérément éprise de lui.

— Tu m'inviterais à entrer ?

— Ça te plairait ?

J'avais du mal à envisager cette créature divine assise sur une des pauvres chaises de mon père.

— Oui, si ça ne pose pas de problème.

J'entendis sa portière se refermer en douceur et, presque simultanément, il fut de mon côté, ouvrant galamment la mienne.

— Voilà qui est très humain, le complimentai-je.

— C'est en train de revenir, aucun doute.

Il m'accompagna jusqu'au perron, tellement silencieux que je ne pus m'empêcher de vérifier s'il était là. Dans l'obscurité, il paraissait bien plus normal. Toujours aussi pâle et divinement beau, mais sans que sa peau ne scintillât de manière fantastique. Il atteignit la porte avant moi et l'ouvrit. Interloquée, je m'arrêtai net.

— Le verrou n'était pas tiré ?

— Si. J'ai utilisé la clé cachée sous l'avant-toit.

J'entrai, allumai la lampe du porche et me tournai vers lui, soupçonneuse. J'étais certaine de n'avoir jamais mentionné devant lui cette clé de réserve.

— J'avais envie d'en apprendre plus sur toi, se justi-fia-t-il.

— Tu m'as espionnée ?

Je ne réussis pas cependant à insuffler à mon ton la colère nécessaire. En vérité, j'étais flattée.

— À quoi occuper mes nuits, sinon ?

L'insolent ! Laissant tomber pour le moment, je gagnai la cuisine. Il m'y précéda en vieil habitué et s'as-sit sur la chaise même où j'avais essayé de l'imaginer. J'eus du mal à ne pas béer d'hébétude. Aussi, je me concentrai sur la préparation de mon repas – une part des lasagnes de la veille que je réchauffai au micro-ondes. La cuisine ne tarda pas à embaumer la tomate et l'origan. Sans quitter des yeux l'assiette qui tournait dans le four, je décida d'en avoir le cœur net.

— C'est arrivé souvent ?

— Pardon ?

Visiblement, je l'avais tiré de ses réflexions.

— Combien de fois es-tu venu ici ? répétai-je en évi-tant toujours de le regarder.

— Je te rends visite presque toutes les nuits.

— Pourquoi ? m'exclamai-je en virevoltant sur place.

— Tu es très intéressante quand tu dors. Tu parles.

— Nom d'un chien !

Je rougis jusqu'à la racine des cheveux et m'agrippai au comptoir. Je savais que je marmonnais dans mon sommeil, bien sûr ; ma mère m'avait suffisamment embêtée avec ça. Mais je n'avais pas songé à m'inquié-ter de cette particularité.

— Tu es très en colère ? me demanda-t-il, aussitôt ennuyé.

— Ça dépend !

— De quoi ?

— De ce que tu as entendu, tiens !

Immédiatement, sans bruit, il fut à mon côté et s'empara de mes mains avec douceur.

— Ne t'en fais pas, susurra-t-il en abaissant la tête pour plonger ses yeux dans les miens. (Embarrassée, je me détournai.) Ta mère te manque, tu t'inquiètes à son sujet. Et le bruit de la pluie t'énerve. Au début, tu parlais souvent de chez toi, là-bas, c'est moins le cas, à présent. Une fois, tu as dit : « C'est trop vert ! »

Il sourit, désamorçant mon sentiment d'humiliation.

— Quoi d'autre ? insistai-je.

— Tu as prononcé mon prénom, admit-il, conscient de la réponse que je guettais.

— Beaucoup ? soupirai-je, vaincue.

— C'est combien pour toi, beaucoup ?

— Oh, non !

Je baissai la tête. D'un geste naturel, il m'attira tendrement contre lui.

— Ne sois pas gênée, me souffla-t-il à l'oreille. Si je savais rêver, je ne rêverais que de toi. Et je n'en aurais pas honte.

Soudain, des pneus chuintèrent dans l'allée tandis que des phares illuminaient les fenêtres. Je me raidis.

— Est-il nécessaire que ton père sache que je suis là ? s'enquit Edward.

— Je n'en suis pas certaine...

— Une autre fois, alors...

Et je me retrouvai seule.

— Edward ! chuchotai-je.

J'entendis un petit rire fantomatique, puis plus rien. La clé de Charlie tourna dans la serrure.

— Bella ? appela-t-il.

Ce genre d'habitude m'agaçait – qui d'autre pouvait être à la maison ? Mais maintenant, ce réflexe ne me paraissait plus aussi dingue.

— Je suis ici.

Pourvu qu'il ne remarque pas mes accents quelque peu hystériques. J'attrapai mon dîner et m'assis à table juste au moment où il apparaissait. Ses pas lourds résonnaient fort, après le furtif Edward.

— Tu peux me préparer la même chose, s'il te plaît ? Je suis épuisé.

S'appuyant sur le dossier de la chaise d'Edward, il retira ses bottes avec ses pieds. Je m'occupai de son repas tout en avalant le mien – je me brûlai la langue d'ailleurs. J'emplis deux verres de lait pendant que les lasagnes réchauffaient et engloutis le mien pour apaiser le feu de ma bouche. Quand je le reposai, je m'aperçus que ma main tremblait. Charlie s'installa – le contraste entre lui et le précédent occupant du siège était comique. Il me remercia pour l'assiette placée devant lui.

— Bonne journée ? lui demandai-je précipitamment.

Je mourais d'envie de me réfugier dans ma chambre.

— Très. Ça mordait bien... Et toi ? Tu as réussi à faire tout ce que tu voulais ?

— Non. Il faisait trop beau pour rester enfermée.

— Oui, c'était une journée exceptionnelle.

C'était peu dire, pensai-je. Je terminai mon repas en deux bouchées.

— Tu es pressée ?

Ses capacités d'observation me déstabilisèrent.

318

— Oui, je suis fatiguée. J'ai l'intention de me coucher tôt.

— Tu as l'air tendue.

Pourquoi, pourquoi donc fallait-il qu'il se montre aussi attentif justement ce soir-là ?

— Vraiment ?

Un peu mince, comme réponse. Je lavai rapidement ma vaisselle et la mit à égoutter sur un torchon.

— On est samedi soir, s'aventura mon père.

Je l'ignorai.

— Pas de plan pour la soirée ? persista-t-il.

— Non, papa. J'ai juste envie de dormir.

— Les garçons du coin ne sont pas ton genre, hein ? essaya-t-il de plaisanter, bien que son ton fût suspicieux.

— Je n'en ai pas encore repéré un seul.

— Et ce Mike Newton ? Tu disais qu'il était sympa.

— Ce n'est qu'un ami, papa.

— De toute façon, tu vaux mieux qu'eux tous réunis. Tu auras tout le temps d'en chercher un à la fac.

Le rêve de tout père, que sa fille ait quitté la maison avant que ses hormones ne se mettent à la travailler.

— C'est ça, lançai-je en me dirigeant vers l'escalier.

— Bonne nuit, chérie.

À n'en pas douter, il allait tendre l'oreille toute la soirée, histoire de vérifier que je ne faisais pas le mur.

— À demain.

Ou plus tôt, des fois qu'il lui vienne à l'idée de s'assurer au beau milieu de la nuit que j'étais dans mon lit.

Je montai pesamment les marches afin de le convaincre que j'étais épuisée et fermai ma porte suffisamment fort pour qu'il l'entende avant de foncer sur la pointe des pieds jusqu'à ma fenêtre. Je l'ouvris en grand et me penchai dehors, scrutant l'obscurité et le couvert impénétrable des arbres.

— Edward ? chuchotai-je en ayant l'impression d'être complètement idiote.

Un rire étouffé me parvint dans mon dos. Je me retournai d'un bond en portant un poing sur ma bouche pour retenir un cri de terreur. Radieux, il était allongé en travers de mon lit, mains derrière la tête, pieds dans le vide – la décontraction incarnée. Le cœur battant, je me laissai glisser sur le sol.

— Désolé, s'excusa-t-il en essayant de cacher son amusement.

— Donne-moi une minute, le temps que mon cœur reparte.

Il s'assit, lentement pour ne pas m'affoler une deuxième fois, puis se pencha, tendit ses longs bras et me releva en m'attrapant sous les aisselles, comme avec un enfant qui apprend à marcher. Il m'aida à m'asseoir près de lui.

— Là, murmura-t-il en posant une main froide sur la mienne. Comment va ton cœur ?

Son rire silencieux secoua le lit. Nous restâmes un moment sans rien dire, tous deux à l'écoute de mon pouls qui se calmait. L'idée qu'un garçon hantait ma chambre alors que mon père était à la maison me traversa l'esprit – je la chassai immédiatement.

— M'accorderais-tu quelques instants d'humanité ?

— Mais certainement, assura-t-il avec un grand geste du bras.

— N'en profite pas pour filer !

— À vos ordres, Madame.

Sur quoi, il prétendit devenir statue. Sautant sur mes

pieds, je récupérai mon pyjama (par terre) et ma trousse de toilette (sur le bureau). Sans allumer, je me glissai sur le palier en prenant soin de fermer la porte derrière moi. Je me brossai férocement les dents, tâchant d'être à la fois appliquée et rapide. En revanche, je m'attardai sous la douche, désireuse de profiter au maximum des bienfaits de l'eau chaude. Peu à peu, les muscles de mon dos se détendirent, et ma respiration se calma. L'odeur familière de mon shampooing me donna le sentiment que je pouvais être la même que ce matin-là. Je m'interdis de penser à Edward assis dans ma chambre, parce que ça m'aurait obligée à reprendre à zéro mes exercices de relaxation. Lorsque vint le moment où je dus me résigner à sortir, je coupai l'eau et me séchai prestement, reprise par un sentiment d'urgence. J'enfilai mon T-shirt troué et mon pantalon de survêtement gris. Trop tard pour regretter de ne pas avoir emporté le pyjama en soie offert par ma mère deux ans plus tôt. Il se trouvait quelque part dans un tiroir à Phoenix, avec ses étiquettes.

Je démêlai mes cheveux en vitesse, jetai le drap de bain dans le panier à linge sale, ma brosse à dents et mon dentifrice dans ma trousse de toilette, et me précipitai au rez-de-chaussée pour que Charlie voie bien que j'étais prête à me coucher.

— Bonne nuit, papa.

— Bonne nuit, Bella.

Il parut surpris par mon apparition. Si ça lui évitait de venir m'espionner dans la nuit, tant mieux. Je grimpai les marches deux à deux sans faire de bruit et m'engouffrai dans ma chambre. Edward n'avait pas bougé, Adonis perché sur ma housse de couette délavée. Je souris, et ses lèvres tressaillirent, la statue reprenant vie. Il me jaugea, et ni le vieux T-shirt ni ma coiffure sommaire ne lui échappèrent.

— Très joli, commenta-t-il.

Je lui adressai une grimace.

— Non, vraiment, ça te va très bien.

— Merci.

Je retournai m'asseoir en tailleur à côté de lui, yeux baissés sur les dessins du plancher.

— Pourquoi ce manège ? me demanda Edward.

— Je soupçonne Charlie de croire que je vais m'éclipser en douce.

— Oh. Pourquoi ?

Comme s'il ne devinait pas ce qui traversait l'esprit de mon père mieux que moi.

— Apparemment, il m'a trouvée un peu surexcitée.

Il prit mon menton dans sa paume, me dévisagea.

— En fait, tu es toute rose.

Il approcha son visage du mien, colla sa joue fraîche contre ma peau. Je restai parfaitement immobile.

— Mmmm, soupira-t-il d'aise.

Il m'était très ardu de penser à une question cohérente quand il me touchait, et il me fallut une bonne minute de concentration pour entamer la conversation.

— Ça semble... beaucoup plus facile pour toi, maintenant, d'être en ma compagnie.

— C'est l'impression que je te donne ? murmura-t-il, son nez glissant le long de ma mâchoire.

Sa main, aussi légère qu'un papillon, écarta une mèche mouillée pour permettre à ses lèvres d'effleurer le creux de mon oreille.

— Beaucoup, beaucoup plus facile, précisai-je, haletante.

— Mmm...

— Je me demandais...

Mais ses doigts qui chatouillaient ma clavicule me firent perdre le fil, et je m'interrompis.

— Oui, souffla-t-il.

— Comment... ça se fait... à ton avis ?

J'avais balbutié, ce qui m'embarrassa. Je sentis son haleine caresser mon cou tandis qu'il riait.

— On appelle ça la victoire de la raison sur la chair.

Soudain, je reculai. Il se figea. Nous nous contemplâmes prudemment un moment, puis, il se détendit et l'étonnement se dessina sur ses traits.

— Aurais-je mal agi ?

— Non... au contraire. Tu me rends folle.

Il médita cet aveu. Il avait l'air ravi, lorsqu'il reprit la parole.

— Vraiment ?

Un sourire triomphant illumina son visage.

— Tu veux aussi que je t'applaudisse ? persiflai-je.

Il s'esclaffa.

— Je suis agréablement surpris, c'est tout, se justifia-t-il. En cent et quelques années, je n'aurais jamais imaginé quelque chose comme ça... rencontrer une personne avec laquelle j'aurais envie de me comporter... différemment d'avec mes frères et sœurs. Et découvrir, même si tout cela est encore nouveau pour moi, que je ne suis pas si nul... avec toi...

— Tu excelles dans tous les domaines.

Il l'admit avec un haussement d'épaules, et nous rîmes sans bruit.

— Comment ça peut déjà être aussi aisé ? persistai-je. Cet après-midi...

— Ça ne l'est pas. C'est juste que, tout à l'heure, j'étais... indécis. Désolé, je suis impardonnable de m'être comporté ainsi.

— Pardonné.

— Merci. Vois-tu, je n'étais pas sûr d'être assez fort. Et tant que subsistait la possibilité que je sois... dépassé, je suis resté... sur mes gardes. Jusqu'à ce que j'aie décidé que j'en étais capable, qu'il était impossible que... que jamais je ne...

C'était la première fois que je le voyais avoir autant de mal avec les mots. C'était tellement... humain.

— Donc, conclus-je, il n'y a plus de risque ?

— La victoire de la raison sur la chair, répéta-t-il en souriant, ses dents luisant même dans le noir.

— Dis donc, c'était drôlement facile.

Rejetant la tête en arrière, il éclata d'un rire silencieux mais plein d'exubérance.

— Parle pour toi ! rectifia-t-il en effleurant mon nez du bout des doigts avant de reprendre soudain son sérieux. Je fais des efforts. Si ça devait devenir... trop dur, je suis presque sûr que j'arriverais à partir.

Je fronçai les sourcils. Je ne voulais plus l'entendre évoquer ce sujet.

— Et demain ne sera pas aussi aisé, continua-t-il. J'ai respiré ton odeur toute la journée, et j'y suis devenu moins sensible. Que je m'éloigne de toi pendant un moment, et je devrais recommencer. Mais pas à zéro, me semble-t-il.

— Alors, ne t'éloigne pas, répondis-je, incapable de dissimuler mon désir.

— D'accord ! plaisanta-t-il. Qu'on amène les fers, je serai ton prisonnier.

Ce furent ses mains pourtant qui se fermèrent comme des menottes autour de mes poignets, tandis que son doux rire musical résonnait une fois encore. Il avait plus ri ce soir que durant tous les moments réunis que j'avais passés avec lui.

— Tu as l'air plus... optimiste que d'habitude.

— N'est-il pas censé en être ainsi ? Le bonheur des premières amours et tout le toutim. Incroyable, n'est-ce pas, cette différence entre lire quelque chose, le voir en peinture et l'expérimenter ?

— Très. Le vivre est plus puissant que je ne l'aurais imaginé.

— La jalousie, par exemple. (Les mots lui venaient librement, à présent, et je devais me concentrer pour n'en laisser échapper aucun.) J'ai lu des dizaines de milliers de pages là-dessus, j'ai vu des acteurs la jouer dans des milliers de pièces et de films. Je croyais l'avoir plutôt bien comprise. Pourtant, elle m'a déstabilisé. (Il grimaça.) Te souviens-tu du jour où Mike t'a invitée au bal ?

Je hochai la tête, bien que je me le rappelasse pour une autre raison.

— Celui où tu as recommencé à m'adresser la parole.

— J'ai été déconcerté par l'élan de colère, de furie presque, que j'ai ressenti et, d'abord, je ne l'ai pas identifié pour ce que c'était. J'ai été encore plus exaspéré que d'ordinaire de ne pas savoir ce que tu pensais ni pourquoi tu l'éconduisais. Était-ce pour préserver ton amitié avec Jessica ? Ou parce qu'il y avait quelqu'un d'autre ? Je savais que, dans un cas comme dans l'autre, je n'avais aucun droit de m'en inquiéter, et j'ai vraiment essayé de rester indifférent. Puis il y a eu l'embouteillage.

Dans l'obscurité, je lui lançai un coup d'œil peu amène, guère amusée.

— J'ai attendu, anxieux plus que de raison, d'entendre ce que tu allais leur dire, de voir tes réactions. J'admets que j'ai été très soulagé en constatant ton agacement. Pourtant, ça ne suffisait pas. Alors, cette nuit-là, pour la première fois, je suis venu ici. Pendant que tu dormais, je me suis débattu pour résoudre le conflit entre ce que je savais être *bien*, moral, et ce que je *voulais*. J'avais conscience que si je continuais à t'ignorer ou que si je m'en allais pour quelques années, jusqu'à ce que toi, tu sois partie, tu finirais par dire oui à Mike ou à un type comme lui. Ça me rendait malade. Et c'est là (sa voix s'adoucit) que, dans ton sommeil, tu as prononcé mon nom. Si clairement d'abord que j'ai cru t'avoir réveillée. Mais tu t'es retournée dans ton lit, tu l'as marmonné une deuxième fois, puis tu as soupiré. Dans un premier temps, j'en ai été ébranlé, ahuri. Puis j'ai compris que je ne pouvais te fuir plus longtemps.

Il se tut un instant, écoutant sans doute les battements, soudain irréguliers, de mon cœur.

— La jalousie, reprit-il, est une chose étrange. Bien plus puissante que je ne le pensais. Et tellement irrationnelle ! Tiens, à l'instant, quand Charlie t'a questionnée sur l'exécrable Mike Newton...

— J'aurais dû me douter que tu nous espionnerais, grognai-je.

— Comment voulais-tu qu'il en aille autrement !

— Pourtant, ça te rend jaloux.

— C'est si nouveau. Tu es en train de réveiller

l'humain qui est en moi, et tout paraît plus violent parce que neuf.

— Franchement, me moquai-je, que devrais-je dire, moi, après avoir entendu que Rosalie, la beauté incarnée, t'était destinée ? Emmett ou pas, comment suis-je censée rivaliser avec elle ?

— Il n'y a pas de rivalité qui tienne.

Il m'attira contre son torse, refermant mes mains autour de son dos. Je restai aussi immobile que possible, respirant même avec précaution.

— Je sais, marmonnai-je dans sa peau glacée. C'est bien ça le problème.

— Rosalie est belle, certes, mais même si elle n'était pas ma sœur ou la compagne d'Emmett, elle n'atteindrait jamais le dixième, non, le centième de l'attirance que tu exerces sur moi. Pendant presque un siècle, j'ai fréquenté mon espèce et la tienne en croyant que je me suffisais à moi-même, sans me rendre compte de ce que je cherchais. Et sans rien trouver, parce que tu n'étais pas encore née.

— Ça paraît tellement injuste. Moi, je n'ai pas eu à attendre. Pourquoi est-ce si simple, pour moi ?

— Ce n'est pas faux, plaisanta-t-il. Il faudrait vraiment que je te complique un peu les choses.

Il fit passer mes deux mains dans l'une des siennes et, de sa paume libre, caressa mes cheveux.

— Tu n'as qu'à risquer ta vie à chaque seconde passée avec moi, railla-t-il, ce n'est pas grand-chose, n'est-ce pas ? Tu as juste à tourner le dos à ta nature, à ton humanité... c'est si peu payer, bien sûr.

— Très peu. Je ne me sens privée de rien.

— Pas encore.

Et sa voix s'emplit brusquement d'un très ancien chagrin. Je voulus me reculer, regarder son visage, mais il me tenait d'une poigne de fer.

— Que...

Tout à coup, son corps se figea, en alerte. Il me relâcha et disparut. Je faillis tomber à la renverse.

— Couche-toi, siffla-t-il.

Je me précipitai sous ma couette et me tournai sur le flanc, comme quand je dormais. La porte grinça, et Charlie passa la tête pour s'assurer que j'étais bien là. Je respirai de façon égale et appuyée. Une longue minute s'écoula. Je tendais l'oreille, pas très sûre d'avoir entendu le battant se refermer, quand le bras froid d'Edward s'enroula autour de moi, sous les draps. Ses lèvres chatouillèrent mon oreille.

— Tu es une très mauvaise actrice, railla-t-il. Autant te prévenir, cette carrière n'est pas pour toi.

— Quel dommage !

Mon cœur battait à tout rompre. Il se mit à fredonner une mélodie que je ne connaissais pas. On aurait dit une berceuse. Il s'interrompit.

— Veux-tu que je chante pendant que tu t'endors ?

— Ben voyons ! Comme si j'allais réussir à dormir pendant que tu es ici !

— Ce serait loin d'être une première.

— Je ne savais pas !

— Puisque tu ne veux pas dormir... commença-t-il, moqueur.

Je cessai de respirer.

— Oui ?

— Que veux-tu faire ?

— Je n'en sais rien.

— Tiens-moi au courant quand tu auras décidé.

Son haleine fraîche souffla sur mon cou, son nez glissa le long de mon menton, respirant avidement.

— Je croyais que tu étais insensibilisé ?

— Ce n'est pas parce que je résiste au vin que je n'ai pas le droit d'en humer le bouquet. Tu as une odeur très florale, un mélange de lavande et de... freesia. Très appétissant.

— C'est ça. On me le dit tous les jours !

Il rit, puis poussa un soupir.

— J'ai décidé, repris-je. Je veux en savoir plus sur toi.

— Je t'en prie, pose-moi une question.

Je sélectionnai la plus importante de ma nombreuse liste.

— Pourquoi avez-vous choisi ce mode de vie ? Que vous fournissiez autant d'efforts pour combattre votre nature me dépasse. Attention, ça ne signifie pas que j'en suis mécontente, au contraire. Simplement, je ne vois pas pourquoi vous vous embêtez.

Il hésita avant de répondre.

— C'est une bonne question, et tu n'es pas la première à me la poser. Ceux de notre espèce qui sont satisfaits de leur sort s'interrogent aussi. Mais ce n'est pas parce que nous avons été... façonnés selon un certain modèle que nous n'avons pas le droit de désirer nous élever, dépasser les frontières d'un destin qu'aucun de nous n'a voulu, essayer de retenir un maximum de notre humanité perdue.

Je ne réagis pas, à la fois fascinée et un peu effrayée.

— Tu dors ? chuchota-t-il au bout de quelques minutes.

— Non.

— C'est tout ce que tu voulais savoir ?

— Rêve !

— Quoi d'autre, alors ?

— Pourquoi peux-tu lire dans les pensées des autres, toi seulement ? Et Alice prévoir le futur ?

— Nous l'ignorons. Carlisle a une hypothèse... Il croit que tous nous apportons nos caractéristiques humaines les plus fortes dans notre seconde vie, où elles s'amplifient, à l'instar de notre esprit et de nos sens. D'après lui, je dois avoir été très sensible aux gens qui m'entouraient. Et Alice aurait eu un don de prémonition.

— Qu'a-t-il apporté, lui ? Et les autres ?

— Carlisle, sa compassion. Esmé, son aptitude à aimer passionnément, Emmett, sa force, Rosalie, sa... ténacité. À moins que tu appelles ça de l'obstination, précisa-t-il en riant. Jasper est très intéressant. Il était plutôt charismatique, dans sa première vie, capable d'influencer ses proches pour qu'ils voient les choses à sa façon. Aujourd'hui, il arrive à manipuler les émotions des gens alentour. Il calme une pièce de gens en colère par exemple ou, à l'inverse, stimule une foule léthargique. C'est un don très subtil.

Je méditai cette incroyable information pour la digérer. Lui attendit patiemment.

— Où tout a commencé ? demandai-je. Carlisle t'a transformé, mais quelqu'un doit s'être occupé de lui avant ça, et ainsi de suite.

— Et toi, d'où viens-tu ? Évolution ? Création ? Serait-il impossible que nous ayons évolué comme les autres espèces, prédateurs et proies ? Ou si tu doutes que ce monde a surgi de lui-même, ce qu'il m'est difficile d'accepter moi aussi, est-il si dur de croire que la même force qui a créé le délicat ange de mer et le requin, le bébé phoque et la baleine tueuse ait créé nos deux espèces en parallèle ?

— Soyons clairs : je suis le bébé phoque, c'est ça ?

— Oui !

Il rit, et quelque chose frôla mes cheveux – ses lèvres ? J'aurais voulu me tourner vers lui pour le vérifier, mais je devais être sage. Inutile de lui rendre la situation plus ardue.

— Tu es prête à dormir ou tu as d'autres questions ?

— Juste un ou deux millions.

— Nous avons demain, après-demain et tous les jours qui suivront...

Je souris, euphorique rien qu'à l'idée.

— Es-tu certain que tu ne te seras pas évanoui au matin ? Tu es un être mythique, après tout.

— Je ne te quitterai pas.

Sa voix contenait le sceau d'une promesse.

— Juste une dernière, alors...

Puis je rougis. L'obscurité ne me fut d'aucune utilité, car je suis sûre qu'il sentit ma peau s'enflammer.

— Quoi ?

— Oublie. J'ai changé d'avis.

— Bella, tu peux demander ce que tu veux.

Je ne répondis pas.

— Je ne cesse d'espérer que de ne pas lire tes pensées finira par être moins frustrant, gémit-il, mais c'est de pis en pis.

— Je suis bien contente que tu n'y arrives pas. C'est déjà assez pénible que tu m'espionnes quand je divague en dormant.

— S'il te plaît... me supplia-t-il avec des accents si persuasifs, si irrésistibles.

Je secouai la tête.

— Si tu te tais, j'en serai réduit à supposer que c'est encore pire que ça ne l'est. Je t'en prie.

Une fois encore, ces intonations ahurissantes de séduction.

— Eh bien...

— Oui ?

— Tu as dit que Rosalie et Emmett se marieraient bientôt. Est-ce que... ce mariage... représente la même chose que pour les humains ?

Il éclata de rire.

— C'est donc *ça* que tu as en tête ?

Je me tortillai, gênée.

— Oui, je suppose que c'est équivalent. Encore une fois, la plupart de ces désirs humains sont en nous, seulement cachés par des désirs plus puissants.

— Oh.

— Ta curiosité avait-elle un but précis ?

— Je me demandais juste... à propos de toi et moi... un jour...

Aussitôt, il retrouva son sérieux. Je le sus en sentant son corps se figer. Automatiquement, je cessai de bouger moi aussi.

— Je ne crois pas que ce... que ça serait possible pour nous.

— Parce que... cette intimité serait trop difficile à supporter pour toi ?

— Sans doute. Mais ce n'est pas ce à quoi je pensais. Tu es si douce, si fragile. Je dois sans arrêt veiller à mes actes pour ne pas te faire du mal. Je pourrais te tuer si facilement, Bella, par accident.

Ses paroles n'étaient plus qu'un murmure. Il posa sa paume glacée contre ma joue.

— Si je me précipitais, ou si, le temps d'une seconde, mon attention se relâchait, je pourrais, en touchant ton visage, t'écraser le cerveau par mégarde. Tu ne réalises pas à quel point tu es susceptible d'être brisée. Jamais au grand jamais je n'aurais le droit de perdre le contrôle en ta présence.

Il guetta une réponse. Comme je me taisais, il s'inquiéta.

— Je te fais peur ?

— Non, pas du tout.

Ça parut le soulager.

— Tu as éveillé ma curiosité, avoua-t-il, d'un ton redevenu léger. As-tu déjà...

Il s'interrompit, suggestif.

— Bien sûr que non ! protestai-je en m'empourprant. Je t'ai dit que je n'avais jamais éprouvé ça pour personne, même de loin.

— Je sais. Mais je connais les pensées des autres. L'amour et le désir ne vont pas toujours ensemble.

— Pour moi, si. Enfin, maintenant qu'ils sont entrés dans ma vie, soupirai-je.

— Très bien. Nous avons au moins une chose en commun.

Il sembla satisfait.

— Tes instincts humains... Et zut ! Est-ce que tu me trouves un tout petit peu attirante de ce point de vue-là ?

Il rigola et ébouriffa mes cheveux.

— Je ne suis peut-être pas un humain, mais je suis un homme, m'assura-t-il.

Un bâillement m'échappa.

— J'ai répondu à tes questions. Maintenant, tu devrais dormir.

— Je ne suis pas certaine d'y arriver.

— Tu veux que je m'en aille ?

— Non !

Il étouffa un rire puis se remit à fredonner la même berceuse. Sa voix d'archange envoûtait mes tympans. Plus fatiguée que je ne pensais l'être, épuisée par cette longue journée de tension mentale et émotionnelle, je sombrai dans le sommeil, enlacée par ses bras froids.

15

♦

LES CULLEN

La lumière sourde d'une nouvelle journée de grisaille finit par me réveiller. Je restai allongée, bras sur les yeux, patraque, hébétée. Quelque chose, un rêve qui essayait de resurgir, se débattait aux confins de ma conscience. Je gémis et roulai sur le flanc, priant pour que le sommeil revînt. Puis le souvenir du jour précédent s'imposa à moi.

— Oh !

Je m'assis avec une telle brusquerie que la tête me tourna.

— Tes cheveux ressemblent à un nid de corneilles... mais ça me plaît bien.

Sa voix sereine émanait du rocking-chair.

— Edward ! Tu es resté !

Enthousiaste, je courus sans réfléchir me jeter sur ses

genoux. À l'instant où mon cerveau rattrapait mon corps, je me figeai, ahurie par ma fougue incontrôlée. Je le regardai timidement, craignant d'avoir enfreint les limites. Par bonheur, il s'esclaffa.

— Évidemment !

Quoiqu'un peu surpris, il paraissait heureux de mon ardeur. Ses mains me caressaient le dos. Je posai délicatement ma tête sur son épaule, humant l'odeur de sa peau.

— J'étais sûre qu'il s'agissait d'un rêve.

— Tu n'as pas assez d'imagination pour ça, me taquina-t-il.

— Bon sang ! Charlie ! me rappelai-je soudain.

Avec la même spontanéité, je me relevai d'un bond et fonçai sur la porte.

— Il est parti il y a une heure, m'annonça Edward. Après avoir rebranché les fils de ta batterie, suis-je obligé de préciser. J'avoue être déçu. Cela seul suffirait donc à t'empêcher de filer ?

Je méditai cette question sans bouger. Je mourais d'envie de retourner vers lui, mais j'avais peur d'avoir mauvaise haleine.

— D'habitude, tu es plus vive que ça, le matin, remarqua-t-il.

Il me tendit les bras en une invitation presque irrésistible.

— J'ai besoin d'une nouvelle minute d'humanité, avouai-je.

— J'attendrai donc.

Je sautillai jusqu'à la salle de bains, me reconnaissant à peine. J'étais une étrangère, à l'intérieur comme à l'extérieur. Le visage dans le miroir était celui d'une autre

– yeux trop brillants, taches rouges fiévreuses sur les joues. Après m'être brossé les dents, je m'acharnai à démêler ma tignasse. Je m'aspergeai d'eau froide et m'appliquai à respirer normalement, sans résultat notoire. C'est en courant à moitié que je regagnai ma chambre. Sa présence me fit l'effet d'un miracle. Ses bras tendus n'avaient pas bougé, et mon cœur se mit à battre follement.

— Enfin là, murmura-t-il en m'enlaçant.

Il me berça un moment en silence, puis je m'aperçus qu'il s'était changé et que ses cheveux étaient lissés.

— Tu as osé me quitter ? l'accusai-je en effleurant le col de sa chemise propre.

— Je ne pouvais décemment pas garder les vêtements d'hier ! Qu'auraient pensé les voisins ?

Je me mis à bouder.

— Tu étais profondément endormie. Je n'ai rien loupé. Tu avais déjà parlé, ajouta-t-il avec malice.

— Qu'ai-je dit ? grognai-je.

— Que tu m'aimais.

Ses yeux dorés étaient très doux.

— Ce n'est pas un scoop.

— C'était plaisant à entendre quand même.

J'enfouis mon visage dans son épaule.

— Je t'aime, chuchotai-je.

— Tu es ma vie, désormais, répondit-il tout simplement.

Il n'y avait rien à ajouter pour l'instant. Nous nous balançâmes dans le rocking-chair jusqu'à ce que la lumière soit devenue plus vive.

— C'est l'heure du petit-déjeuner, finit-il par décréter

avec décontraction – pour me prouver, j'en suis certaine, qu'il n'oubliait pas mes faiblesses humaines.

Je m'attrapai la gorge à deux mains en le contemplant avec des yeux écarquillés d'horreur. Il parut choqué.

— Je blague, rigolai-je. Toi qui prétendais que je ne savais pas jouer la comédie.

— Ce n'était pas drôle, répliqua-t-il en fronçant les sourcils, dégoûté.

— Ça l'était, et tu le sais.

Ce qui ne m'empêcha pas d'examiner attentivement ses iris, histoire de vérifier qu'il me pardonnait. C'était le cas, apparemment.

— Faut-il que je reformule ? demanda-t-il. C'est l'heure du petit-déjeuner pour les humains.

— Très bien.

Il me jeta par-dessus son épaule de pierre, gentiment mais si vivement que j'en eus le souffle coupé. Malgré mes protestations, il me porta au rez-de-chaussée et m'assit de force sur une chaise. La cuisine était claire, joyeuse, comme contaminée par mon humeur folâtre.

— Qu'y a-t-il à manger ?

Ma question le désarçonna, et son front marmoréen se plissa.

— Euh... je ne sais pas. De quoi as-tu envie ?

— T'inquiète ! Je suis capable de m'occuper de moi. Observe un peu comment je chasse.

Sautant sur mes pieds, je pris un bol et la boîte de céréales. Je sentis qu'il suivait chacun de mes gestes, tandis que je versais le lait et attrapais une cuiller. Je posai le tout sur la table puis m'interrompis.

— Tu veux quelque chose ? demandai-je par politesse.

— Mange, Bella ! rétorqua-t-il en levant les yeux au ciel.

Je m'installai et attaquai mon repas tout en l'examinant. Il m'observait de près, ce qui m'embarrassa. Je déglutis et relançai la conversation, histoire de le distraire.

— C'est quoi le programme, aujourd'hui ?

— Voyons...

Il médita soigneusement sa réponse.

— Que dirais-tu de rencontrer ma famille ?

Je faillis m'étrangler.

— Ça t'effraie ?

Il semblait l'espérer.

— Oui, reconnus-je.

Impossible de nier, il le lisait dans mes yeux.

— Ne t'en fais pas, se moqua-t-il, je te protégerai.

— Je n'ai pas peur d'eux. J'ai peur qu'ils... ne m'apprécient pas. Ne risquent-ils pas d'être surpris que tu ramènes quelqu'un... comme moi... à la maison ? Savent-ils que je suis au courant ?

— Oh, on ne peut rien leur cacher, lança-t-il, sarcastique. Hier, ils pariaient sur les chances que tu avais de revenir vivante. C'étaient à six voix contre celle d'Alice. Je me demande bien pourquoi. Quoi qu'il en soit, nous n'avons pas de secret les uns pour les autres. C'est d'ailleurs à peu près impossible, entre moi qui intercepte les pensées et Alice qui devine l'avenir.

— Sans parler de Jasper, qui doit être capable de te donner l'impression qu'il serait tellement agréable et confortable de lui raconter tout ce que tu as sur le cœur.

— Tu es décidément très attentive !

— On me l'a déjà dit. Alors, Alice m'a-t-elle vue rentrer ?

Son étrange réaction m'intrigua.

— Quelque chose comme ça, marmonna-t-il, gêné, en détournant les yeux. C'est bon ? ajouta-t-il, taquin. Franchement, ça n'a pas l'air très appétissant.

— Eh bien, ça ne vaut pas le grizzli irritable.

Il rougit, mais je l'ignorai. Je me demandais pourquoi il s'était dérobé lorsque j'avais mentionné Alice. Je me dépêchai de terminer mes céréales tout en m'interrogeant. Lui se tenait debout au milieu de la pièce, Apollon statufié une fois encore, perdu dans la contemplation de la fenêtre. Puis il se tourna vers moi et me gratifia de son sourire époustouflant.

— Tu devrais aussi me présenter à ton père, hasarda-t-il.

— Il te connaît déjà, lui rappelai-je.

— Pas comme ton petit ami.

— Pourquoi ferais-je ça ?

— Ce n'est pas la coutume ?

— Aucune idée.

Mon expérience en la matière était des plus limitées. Non que les règles usuelles s'appliquassent dans le cas présent.

— Ce n'est pas nécessaire, repris-je. Je ne m'attends pas à ce que... Personne ne te force à jouer le jeu.

— Je ne joue pas.

Repoussant les céréales sur le pourtour du bol, je me mordis les lèvres.

— Diras-tu à Charlie que je suis le garçon avec lequel tu sors, oui ou non ? insista-t-il.

— Car c'est ce que tu es ?

Je m'efforçai de balayer mes craintes à la seule perspective d'Edward, de Charlie et du mot petit copain dans la même pièce.

— J'admets que c'est une acception un peu large du mot garçon.

— J'avais l'impression que tu étais plus que ça, avouai-je en fixant la table.

— Eh bien, je ne suis pas sûr que nous soyons obligés de lui donner les détails les plus sanglants. Mais il va falloir lui expliquer pourquoi je passe autant de temps avec toi, ajouta-t-il en me soulevant le menton d'un doigt froid par-dessus la table. Je ne tiens pas à ce que le Chef Swan prenne des mesures de coercition à mon encontre.

— Seras-tu là ? demandai-je, soudain inquiète. Seras-tu vraiment là ? Toujours ?

— Aussi longtemps que tu voudras de moi.

— Je ne me lasserai jamais de toi. Jamais !

Il contourna la table et, s'arrêtant à quelques pas, me frôla la joue. Son expression était insondable.

— Ça t'embête ?

Il ne répondit pas, se contentant de me scruter pendant très longtemps.

— Tu as terminé ? finit-il par dire.

— Oui.

— Va t'habiller. Je t'attends ici.

J'eus du mal à décider quoi porter. À mon humble avis, il n'existait sûrement pas de livres de bienséance détaillant comment se vêtir lorsque votre vampire de petit ami tient à vous présenter à ses vampires de parents. Vampires – ça me faisait du bien d'oser penser ce mot. J'étais consciente de l'éviter constamment, exprès.

Au bout du compte, je mis ma seule jupe, assez longue, kaki, décontractée, et le corsage bleu marine sur lequel il m'avait un jour complimentée. Un rapide examen dans le miroir confirma que dompter mes cheveux était impossible, je les attachai en une queue-de-cheval.

— Ça y est, criai-je en dégringolant les marches, je suis à peu près décente.

Il était assis au pied de l'escalier, ce que je n'avais pas prévu, et je lui rentrai dedans de plein fouet. Il m'empêcha de tomber, me tenant à une distance prudente avant, brusquement, de m'attirer contre lui.

— Encore une fois, tu as tout faux, murmura-t-il à mon oreille. Tu es scandaleusement indécente. Aucune femme ne devrait avoir le droit d'être aussi tentante, c'est injuste.

— Comment ça, tentante ? Je peux me changer...

— Tu es absurde, soupira-t-il en secouant la tête.

Il appuya délicatement ses lèvres glacées contre mon front, et la pièce se mit à tourner. L'arôme de son haleine me privait de tous mes moyens.

— Est-il vraiment nécessaire que je t'explique pourquoi tu me tentes ?

Question de pure rhétorique. Ses doigts caressaient mon dos, sa respiration était plus hachée. Lentement, sa bouche entrouverte effleura la mienne pour la deuxième fois en deux jours.

Alors, je m'écroulai.

— Bella ? s'écria-t-il, inquiet, en me rattrapant.

— Tu... m'as... fait... tomber... dans les pommes.

— Mais comment faut-il que je me comporte ?

s'exaspéra-t-il. Hier, quand je t'ai embrassée, tu m'as carrément attaqué. Aujourd'hui, tu t'évanouis.

J'eus un rire faible. Prise de vertige, je me laissai aller dans ses bras.

— Apparemment, tu vas devoir réviser ta théorie sur mon excellence dans tous les domaines...

— Ne te dénigre pas. Tu es trop habile, c'est ça le problème. Beaucoup, beaucoup trop habile.

— Tu ne vas pas être malade, hein ?

— Non. Ce n'est pas comme l'autre fois. Je crois juste que j'ai oublié de respirer.

— Tu n'es pas en état de sortir.

— Je vais bien. De toute façon, ta famille va me prendre pour une folle, alors, quelle importance ?

Il me contempla un moment.

— J'ai un faible pour la manière dont la couleur de ce chemisier s'accorde à ta peau, lança-t-il de façon inattendue.

Rougissant de plaisir, je détournai les yeux.

— Écoute, je m'escrime à éviter de réfléchir à ce que je suis sur le point de faire. Alors, pourrions-nous y aller, maintenant ?

— Tu t'angoisses non parce que tu vas mettre les pieds dans un nid de vampires, mais parce que tu as peur que ces vampires te rejettent, c'est ça ?

— Exactement, ripostai-je en cachant ma surprise de l'avoir entendu utiliser le mot avec tant de facilité.

— Tu es incroyable, conclut-il en secouant le menton.

Au volant de ma camionnette, il me conduisit en dehors de la ville, et je me rendis compte que je n'avais pas la moindre idée de l'endroit où il habitait. Nous franchîmes le pont qui enjambait la rivière Calawah, empruntant la route qui serpentait vers le nord. Les maisons étaient de plus en plus rares et imposantes, puis elles disparurent complètement, et nous nous retrouvâmes dans la forêt embrumée. J'hésitai entre l'interroger et prendre mon mal en patience, lorsqu'il bifurqua soudain dans un chemin de terre. Aucun panneau n'indiquait son existence, et il était à peine visible parmi les fougères. Les bois débordaient de part et d'autre, ne laissant deviner l'allée sinueuse que sur quelques mètres. Au bout de plusieurs kilomètres, les arbres s'éclaircirent, et nous débouchâmes sur une petite prairie – à moins qu'il ne s'agît d'une vaste pelouse. Pour autant, la pénombre mélancolique de la forêt persistait, car six cèdres séculaires ombrageaient entièrement l'endroit de leurs ramures majestueuses. Les branches protectrices s'étendaient jusqu'aux murs de la maison qui s'élevait au milieu d'eux, rendant inutile la grande loggia qui ceignait le premier étage.

J'ignore ce à quoi je m'étais attendue. Certainement pas à ça. La villa était sans âge, élégante, sans doute centenaire. D'un blanc un peu fané, comportant trois niveaux, rectangulaire, elle avait des proportions harmonieuses. Les portes et fenêtres étaient d'origine ou avaient été l'objet d'une habile restauration. Il n'y avait aucune voiture en vue, hormis la mienne. J'entendais la rivière, cachée par la forêt obscure.

— Dis donc !

— Elle te plaît ?

— Elle... ne manque pas de charme.

S'esclaffant, il tira sur ma queue-de-cheval.

— Prête ?

— Pas le moins du monde, tentai-je de plaisanter. Allons-y.

Mon rire se coinça dans ma gorge, et je me lissai les cheveux d'un geste nerveux.

— Tu es magnifique, me lança Edward en prenant ma main sans même y réfléchir.

Nous traversâmes l'ombre profonde jusqu'au porche. J'étais tendue, et Edward le savait ; son pouce traçait des cercles tendres sur le dos de ma main.

Il me tint la porte.

L'intérieur se révéla encore plus surprenant, moins classique que l'extérieur. Le rez-de-chaussée était très clair, très ouvert, immense. Il avait dû y avoir plusieurs pièces, mais on avait abattu les murs pratiquement partout afin de créer un espace gigantesque. À l'arrière, la façade sud avait été entièrement remplacée par des vitres et, au-delà des cèdres, la pelouse nue s'étendait jusqu'à la rivière. Un colossal escalier à révolution dominait l'ouest de la salle. Les parois, les hauts plafonds à poutres apparentes, les planchers et les tapis moelleux couvraient toute la palette des blancs. À gauche, sur une estrade supportant un spectaculaire piano à queue, nous attendaient les parents d'Edward.

J'avais déjà rencontré le docteur Cullen, naturellement. Ça ne m'empêcha pas cependant d'être une nouvelle fois frappée par sa jeunesse et son insolente vénusté. À côté de lui se tenait celle qui devait être Esmé, la seule de la famille que je n'avais pas encore vue. Elle avait la même splendeur pâle que les autres. Quelque chose dans son visage en forme de cœur et les douces boucles caramel de ses cheveux me fit penser aux ingénues des films muets d'autrefois. Elle était mince, plus petite mais moins anguleuse que le reste de la famille. Lui comme elle étaient vêtus sans apprêts de vêtements clairs qui s'harmonisaient avec la décoration intérieure. Malgré leur sourire accueillant, ils ne vinrent pas à ma rencontre. J'imagine qu'ils ne voulaient pas m'effrayer.

— Carlisle, Esmé, je vous présente Bella, lança Edward en brisant le silence.

— Sois la bienvenue, Bella, me dit Carlisle en avançant à pas mesurés.

Il tendit une main timide, et je m'approchai pour la serrer.

— Ravie de vous revoir, docteur Cullen.

— Je t'en prie, appelle-moi Carlisle.

— Entendu, répondis-je, enchantée.

Ma soudaine confiance en moi m'étonna, et je perçus aussi le soulagement d'Edward. Se mêlant à nous, Esmé me donna à son tour une poignée de main. Sa prise froide et marmoréenne ne me surprit pas.

— Heureuse de te connaître, dit-elle, apparemment sincère.

— Où sont Alice et Jasper ? demanda Edward.

Au même instant, ces derniers surgirent en haut du vaste escalier.

— Hé, Edward ! le héla Alice, radieuse.

Elle dévala les marches, feu follet noir (cheveux) et blanc (peau) avant de s'arrêter gracieusement devant moi. Ses parents parurent inquiets de sa vivacité, mais son attitude me plut. Elle était si... naturelle.

— Salut, Bella !

Alice plongea en avant et embrassa ma joue, ce qui eut le don de transformer en hébétude la réserve de Carlisle et d'Esmé. Moi aussi, j'étais étonnée, bien que contente qu'elle parût m'accepter entièrement. En revanche, je fus ébranlée en sentant Edward se raidir. Je lui jetai un coup d'œil – son expression était indéchiffrable.

— Tu sens très bon, ajouta-t-elle à mon plus grand embarras, je ne l'avais pas encore remarqué.

Il y eut un bref silence gêné, puis Jasper, grand et léonin, nous rejoignit d'un bond. Je me détendis tout à coup, à l'aise en dépit du lieu où je me trouvais. Edward sourcilla en direction de son frère, et le don de celui-ci me revint à l'esprit.

— Bonjour, Bella, me salua-t-il.

Il gardait ses distances et ne me tendit pas la main, pourtant on ne pouvait qu'être bien en sa présence.

— Bonjour, Jasper, répondis-je, intimidée. Je suis très contente de vous rencontrer, ajoutai-je à la cantonade. Vous avez une très belle maison.

— Merci, dit Esmé. Nous sommes enchantés que tu sois venue.

Elle était chaleureuse, et je compris qu'elle me trouvait courageuse. Je m'aperçus aussi que ni Rosalie ni Emmett n'étaient là et me rappelai les dénégations par trop innocentes d'Edward lorsque je lui avais demandé si ses frères et sœurs ne m'aimaient pas. Carlisle me tira de mes réflexions. Il contemplait Edward de manière éloquente et intense. Du coin de l'œil, je vis Edward hocher une fois la tête.

Par politesse, je détournai le regard pour m'attarder sur le splendide piano de concert. J'avais eu, enfant, le rêve d'acheter un de ces instruments à ma mère, si je gagnais un jour au loto. Elle n'était pas très douée, ne jouait que pour elle-même sur notre piano droit d'occasion, mais j'adorais ces instants. Heureuse et concentrée, elle me donnait l'impression d'être une personne nouvelle et mystérieuse, quelqu'un d'autre que le personnage de mère que je tenais pour acquis. Bien sûr, elle m'avait inscrite à des leçons. Comme la plupart des enfants, je m'étais plainte jusqu'à ce qu'elle m'autorise à abandonner. Esmé remarqua mon intérêt.

— Tu joues ? demanda-t-elle.

— Pas du tout. C'est un merveilleux instrument. Il est à vous ?

— Non, rit-elle. Edward ne t'a pas dit qu'il était musicien ?

— Jamais, affirmai-je en fusillant l'intéressé des yeux. Quoique j'aurais dû m'en douter, j'imagine.

Esmé parut décontenancée.

— Edward réussit tout ce qu'il entreprend, non ? expliquai-je.

Jasper ricana, et Esmé dévisagea son fils d'un air de reproche.

— J'espère que tu n'as pas fanfaronné, le morigéna-t-elle, ce n'est pas très élégant.

— Juste un peu, riposta-t-il gaiement.

Il s'esclaffa sans retenue, et sa mère s'adoucit, presque complice, fière.

— En réalité, il a été trop modeste, intervins-je.

— Eh bien, joue donc pour Bella, Edward, l'encouragea Esmé.

— Tu viens juste de dire que fanfaronner était mal élevé.

— J'aimerais t'écouter, insistai-je.

— Affaire conclue, décréta alors Esmé en le poussant en direction de l'estrade.

Il m'entraîna avec lui, allant jusqu'à m'inviter à m'asseoir sur le tabouret à son côté. Avant de se tourner vers le clavier, il m'adressa une grimace exaspérée. Puis ses doigts voletèrent sur l'ivoire, et un morceau envahit la pièce, si complexe et foisonnant qu'on avait du mal à croire que deux mains seulement jouaient. J'en béai d'ahurissement. Derrière moi, de petits rires accueillirent ma réaction. Sans s'arrêter ni donner l'impression d'un quelconque effort, Edward me lança un clin d'œil.

— Tu aimes ?

— C'est *toi* qui l'as écrit ? m'exclamai-je, interdite.

— Oui. C'est le préféré d'Esmé.

Fermant les yeux, je secouai la tête.

— Qu'y a-t-il ?

— À côté de toi, j'ai l'impression d'être totalement insignifiante.

La musique ralentit et se transforma en mélodie plus douce. À ma grande surprise, je reconnus, derrière la profusion de notes, le thème de la berceuse qu'il m'avait chantée.

— C'est toi qui as inspiré celui-ci, chuchota-t-il.

La composition devint infiniment tendre. J'étais muette de stupeur.

— Ils t'aiment bien, tu sais, continua Edward sur le ton de la conversation. Esmé, surtout.

Je me retournai brièvement, la pièce était vide.

— Pourquoi sont-ils partis ?

— Un moyen très discret de nous donner un peu d'intimité, je suppose.

— Eux peut-être, soupirai-je. Restent Rosalie et Emmett...

Il se renfrogna.

— Ne t'occupe pas de Rosalie, elle s'y fera.

— Et Emmett ? persistai-je, sceptique.

— Oh, il pense que je suis fou, mais tu ne lui poses aucun problème. Et il essaie de raisonner Rosalie.

— Qu'est-ce qui l'ennuie tant que ça ? demandai-je bien que je ne fusse pas certaine d'avoir envie de connaître la réponse.

— Rosalie est celle qui a le plus de difficultés à... vivre notre condition, soupira-t-il. Elle a du mal à accepter qu'un étranger sache la vérité. Et puis, elle est un peu jalouse.

— De moi ?

Incrédule, je tentai d'imaginer un monde où une femme aussi époustouflante que Rosalie aurait un motif quelconque d'envier une gamine comme moi.

— Tu es humaine. Elle regrette que ce ne soit pas également son cas.

— Oh... Et Jasper ? Lui aussi, il...

— C'est ma faute. Je t'avais expliqué qu'il était le plus récent d'entre nous. Je l'ai averti de garder ses distances, dans son propre intérêt.

Précision qui m'arracha un frisson.

— Esmé et Carlisle ? poursuivis-je rapidement pour qu'il ne s'en aperçoive pas.

— Ils se réjouissent pour moi. D'ailleurs, Esmé se moquerait comme d'une guigne que tu aies un troisième œil ou les pieds palmés. Elle s'est tellement inquiétée, craignant qu'un élément essentiel ait manqué à mon accomplissement ou que j'aie été trop jeune au moment de ma transformation par Carlisle... Elle nage en plein bonheur. Chaque fois que je te touche, elle s'étrangle de joie.

— Alice m'a semblé très… enthousiaste.

— Elle a une façon bien à elle d'envisager les choses, susurra-t-il entre ses dents.

L'espace d'un instant, nous nous comprîmes parfaitement sans avoir besoin de passer par les mots. Lui sentit que je devinais qu'il me cachait quelque chose ; moi, qu'il n'était pas prêt à me révéler quoi que ce soit, en tout cas pas maintenant.

— Alors, qu'est-ce que t'a raconté Carlisle, tout à l'heure ? demandai-je pour changer de sujet.

— Tu as aussi remarqué ça, n'est-ce pas ?

— Bien sûr.

Il me contempla pensivement avant de répondre.

— Il voulait m'annoncer des nouvelles, et il ignorait si j'avais ou non envie de les partager avec toi.

— Et ?

— J'y suis forcé, dans la mesure où je vais devoir être… insupportablement protecteur dans les jours ou semaines à venir, et que je ne tiens pas à ce que tu me prennes pour un tyran né.

— Que se passe-t-il ?

— Rien de très inquiétant pour le moment. Alice a juste vu la prochaine arrivée de visiteurs. Ils savent que nous sommes ici et sont curieux.

— Des visiteurs ?

— Oui… ils ne sont pas comme nous. Pour ce qui concerne leurs habitudes de chasse, s'entend. Ils ne viendront même pas en ville, avec un peu de chance, mais je n'ai pas l'intention de te laisser sans surveillance tant qu'ils n'auront pas déguerpi.

Je frémis, secouée.

— Enfin une réaction rationnelle, murmura Edward. Je commençais à croire que tu n'avais aucun instinct de survie.

Je ne relevai pas, préférant laisser mes yeux vagabonder à travers la grande pièce. Suivant mon regard, il ajouta, quelque peu blasé :

— Pas ce à quoi tu t'attendais, hein ?

— Non.

— Ni cercueils, ni crânes empilés dans les coins. Il n'y a même pas de toiles d'araignée, à ma connaissance... Quelle déception ce doit être !

— C'est tellement lumineux... tellement ouvert, m'émerveillai-je, insoucieuse de ses sarcasmes.

— C'est un endroit où nous n'avons pas besoin de nous cacher, admit-il en recouvrant son sérieux.

La berceuse qu'il jouait, mon morceau, s'acheva, les derniers accords plaqués dans une tonalité plus mélancolique. L'ultime note resta suspendue dans le silence, poignante.

— Merci, chuchotai-je.

Réalisant que j'avais les larmes aux yeux, je les essuyai, gênée. Edward effleura le coin d'une de mes paupières et attrapa une larme qui m'avait échappé. Il souleva son doigt, examinant la goutte de près. Puis, si vite que je crus avoir rêvé, il porta son doigt à sa bouche. Je l'examinai, déroutée, et il me fixa longuement avant de sourire.

— Tu veux voir le reste de la maison ?

— Pas de cercueils ? le taquinai-je sans parvenir à masquer la légère mais réelle anxiété que j'éprouvais.

— Aucun, promis ! pouffa-t-il en me tirant par la main.

Nous gravîmes l'imposant escalier, mes doigts s'attardant sur la rambarde lisse comme du satin. Le vestibule sur lequel nous débouchâmes était lambrissé de panneaux en bois couleur miel, de la même teinte que les planchers.

— La chambre de Rosalie et Emmett... le bureau de Carlisle... les quartiers d'Alice... énumérait Edward en passant devant les portes.

Il aurait continué sur sa lancée si je n'avais brusquement pilé net au bout du couloir, abasourdie devant l'objet accroché au mur, au-dessus de ma tête. Edward rigola devant mon air éberlué.

— Tu as le droit de rire, lança-t-il. Sa présence est, en quelque sorte, ironique.

Je ne ris pas. Ma main monta, mue par un réflexe, et je tendis le doigt vers la grande croix de bois dont l'antique et sombre patine tranchait sur le fond clair du mur. Je ne la touchai pas, cependant, bien que je fusse curieuse de sentir si la matière en était aussi douce qu'elle semblait l'être.

— Elle est sûrement très vieille, dis-je.

— Début du XVIIe, admit Edward avec désinvolture. Environ 1630.

— Pourquoi la gardez-vous ici ? demandai-je en me tournant vers lui.

— Par nostalgie. Elle appartenait au père de Carlisle.

— Il collectionnait les antiquités ?

J'avais des doutes.

— Non, il l'a sculptée. Elle était suspendue au-dessus du pupitre du temple où il prêchait.

J'ignore si mon visage trahit mon étonnement mais, par précaution, je m'empressai de revenir sur la croix. Mentalement, je fis un rapide calcul – elle avait plus de trois cent soixante-dix ans. Le silence s'installa, pendant que je m'évertuais à prendre la mesure d'autant d'années.

— Tout va bien ? s'inquiéta Edward.

— Quel âge a Carlisle ?

— Il vient de célébrer ses trois cent soixante-deux ans.

Je pivotai vers lui, un milliard de questions dans les yeux.

— Carlisle est né à Londres dans les années 1640, m'expliqua-t-il. Enfin, il pense. Les dates, à l'époque, n'étaient pas aussi précises que maintenant, du moins pour les gens du commun. C'était juste avant l'arrivée de Cromwell[1].

Tout en parlant, Edward m'étudiait attentivement, et je m'efforçai de ne pas trahir ma surprise. Le meilleur moyen de le faire était encore de feindre le scepticisme.

— Il était le fils unique d'un pasteur anglican, poursuivait Edward, sa mère étant morte en le mettant au monde. Son père était un homme intolérant. Lorsque les protestants ont pris le pouvoir, il a persécuté avec beaucoup d'enthousiasme les catholiques et autres mécréants. Il croyait également dur comme fer à la réalité du mal. Il menait des chasses aux sorcières, aux loups-garous et... aux vampires.

---

1. Cromwell (Oliver) : 1599-1658. Après avoir mené une révolte populiste et renversé la monarchie (le roi Charles Ier fut exécuté en 1649), Cromwell instaura une république qui tourna vite à la dictature. Époque de grands troubles dominée par la montée du puritanisme et l'intolérance religieuse.

Je me figeai. S'il s'en aperçut, il n'en continua pas moins.

— Il a mené au bûcher pas mal d'innocents, parce que les créatures qu'il cherchait n'étaient pas si faciles à attraper, naturellement. Sur ses vieux jours, il a transmis les rênes à son fils obéissant. Au début, Carlisle s'est montré décevant. Il n'était pas aussi prompt à voir des démons là où il n'y en avait pas. Mais il était acharné, et plus intelligent que son père, et il a fini par découvrir une bande de vrais vampires qui se dissimulaient dans les égouts de Londres et ne sortaient qu'à la nuit, pour chasser. Quand les créatures démoniaques n'étaient pas des mythes et des légendes, c'était ainsi que la plupart vivaient. Quoi qu'il en soit, le bon peuple a rassemblé fourches et torches (rire sombre) et s'est embusqué à l'endroit repéré par Carlisle, attendant que l'un des monstres apparaisse. Ce qui a fini par se produire. (Sa voix devint murmure, et je dus tendre l'oreille.) Il devait être extrêmement vieux et affaibli par la faim. Carlisle l'a entendu prévenir les autres en latin lorsqu'il a senti la présence de la foule. Il s'est enfui dans les rues, et Carlisle, qui n'avait alors que vingt-trois ans et courait vite, s'est rué derrière lui, prenant la tête de la traque. Le vampire aurait aisément pu les distancer ; mais d'après Carlisle, il avait tellement faim qu'il s'est retourné et a attaqué. Il s'en est d'abord pris à Carlisle, mais les renforts n'étaient pas loin, et il a été contraint de se défendre. Il a tué deux hommes et a déguerpi en en emportant un troisième, tandis que Carlisle se vidait de son sang sur le pavé.

Il s'interrompit, et je devinai qu'il me taisait un détail.

— Carlisle n'avait aucun doute quant aux mesures

que prendrait son père. Les cadavres seraient brûlés, tout ce qui risquait d'avoir été infecté par la créature devrait être détruit. Par instinct, pour sauver sa vie, il a rampé loin de la ruelle où il gisait pendant que la foule poursuivait le monstre et sa victime, il s'est tapi dans une cave et s'est enfoui sous un tas de pommes de terre pourries durant trois jours. C'est un miracle qu'il soit parvenu à garder le silence, et qu'on ne l'ait pas repéré. Quand ça a été fini, il a compris ce qu'il était devenu.

Je me trahis peut-être car, soudain, il me demanda comment je me sentais.

— Très bien, affirmai-je.

J'eus beau me mordre les lèvres, hésitante, il décela la curiosité qui me dévorait. Il sourit.

— J'imagine que tu dois avoir des tas de questions à me poser.

— Quelques-unes.

Son sourire s'élargit, dévoilant ses dents luisantes. Me prenant par la main, il me ramena sur nos pas.

— Dans ce cas, viens, je vais te montrer.

16

◆

CARLISLE

Edward me conduisit à la porte qu'il m'avait désignée comme étant celle du bureau de Carlisle. Il s'arrêta une seconde devant.

— Entrez ! lança la voix de son père.

La pièce était haute de plafond, dotée de vastes fenêtres qui ouvraient sur l'ouest. Là aussi, les murs étaient lambrissés, dans un bois sombre. Du moins, là où ils étaient visibles, car la plupart de l'espace était dissimulée par d'imposantes bibliothèques, beaucoup plus grandes que moi, qui contenaient la plus impressionnante collection de livres privée que j'eusse jamais vue.

Carlisle était assis dans un fauteuil en cuir, derrière une énorme table d'acajou. Il plaça un marque-page dans l'épais volume qu'il était en train de lire. La pièce ressemblait exactement à l'antre d'un doyen d'université tel que je l'avais toujours imaginé, sauf que Carlisle était bien trop jeune pour coller à l'image.

— Que puis-je faire pour vous ? s'enquit-il avec affabilité en se levant.

— Je voulais montrer à Bella une partie de ton histoire, expliqua Edward. Enfin, ton histoire.

— Pardonnez-nous de vous déranger, m'excusai-je pour ma part.

— Mais vous ne me dérangez pas du tout, me rassura-t-il.

D'une main légère, Edward me fit pivoter en direction de la porte que nous venions de franchir. Chacun de ses contacts, même le plus anodin, me provoquait des palpitations, à mon avis audibles. C'était des plus embarrassant, surtout en présence de son père. Le mur face auquel nous nous tenions différait des autres. Les étagères étaient remplacées par d'innombrables tableaux de toutes les tailles, certains bigarrés, certains tristement monochromes. Rapidement, je cherchai la logique de cette pinacothèque, un lien commun à ces œuvres multiples, n'en trouvai aucun.

Edward me poussa sur la gauche et se posta devant une petite huile carrée au cadre en bois des plus banals. Elle passait inaperçue au milieu de toiles plus grandes et plus colorées ; cumulant diverses teintes sépia, elle représentait une ville miniature aux toits raides et nichés les uns contre les autres d'où émergeaient de délicates flèches plantées au sommet de tours éparses. En fond, une large rivière qu'enjambait un pont couvert d'édifices évoquant de minuscules cathédrales.

— Londres dans les années 1650, annonça Edward.

— Le Londres de ma jeunesse, précisa Carlisle, quelques pas derrière nous.

Je tressaillis. Je ne l'avais pas entendu approcher. Edward serra ma main.

— Veux-tu raconter ? demanda-t-il ensuite à son père.

Je me retournai pour jauger la réaction de celui-ci. Il souriait.

— Ce serait avec plaisir, mais je suis en retard. L'hôpital a téléphoné ce matin. Le docteur Snow est malade. De toute façon, tu connais les histoires aussi bien que moi.

C'était un étrange mélange, dur à avaler – les soucis quotidiens du médecin de la ville interrompant une discussion sur sa jeunesse dans le Londres du XVIIᵉ siècle. Il était tout aussi dérangeant de savoir qu'il ne s'exprimait à voix haute que pour mon bénéfice. Sur un hochement de tête, Carlisle quitta la pièce.

Je contemplai longuement la reproduction de sa ville natale.

— Alors, que s'est-il passé, finis-je par dire en levant les yeux sur Edward qui me regardait, quand il a compris ce qu'il lui était arrivé ?

Edward inspecta brièvement le mur de tableaux, et je notai qu'il s'arrêtait sur celui qui dépeignait un vaste paysage aux mélancoliques couleurs automnales, une clairière vide et ombreuse dans une forêt avec, au loin, des cimes rocailleuses.

— Lorsqu'il a su ce qu'il était devenu, murmura-t-il, il a lutté. Il a essayé de se détruire avec acharnement. Hélas, ce n'est pas aussi simple.

— Qu'a-t-il fait ?

Sous le choc, les mots m'avaient échappé.

— Il s'est jeté du haut de falaises, répondit Edward, impassible. Il a tenté de se noyer dans l'océan... Mais il commençait sa nouvelle vie et il était très fort. Il est incroyable qu'il soit parvenu à résister... qu'il ait tenu sans se nourrir, alors qu'il était néophyte. L'instinct est si puissant, au début, qu'il a tendance à l'emporter. Carlisle éprouvait cependant un tel dégoût envers lui-même qu'il a eu le courage de chercher à se tuer en se laissant mourir de faim.

— C'est donc possible ?

— Non. Il n'existe que très peu de façons de nous anéantir.

Je faillis demander lesquelles, il ne m'en laissa pas le temps.

— Bref, enchaîna-t-il, la dénutrition a fini par l'épuiser. Il se tenait le plus à l'écart de la populace humaine, conscient que sa volonté s'effilochait. Des mois durant, il a évité de sortir le jour, se réfugiant dans les endroits les plus désolés, se méprisant. Une nuit, un troupeau de cerfs est passé près de sa cachette. La soif l'avait rendu si enragé qu'il a attaqué sans réfléchir. Les forces lui sont revenues, et il a compris qu'il existait une alternative à la monstruosité. N'avait-il pas déjà dîné de gibier dans sa vie antérieure ? C'est ainsi que sa philosophie a pris naissance dans les mois suivants. Il pouvait exister sans être un démon. Il a eu l'impression de s'être retrouvé. Dès lors, il a commencé à faire meilleur usage de son temps. Il avait toujours été intelligent et avide de connaissances. Désormais, il avait l'éternité pour apprendre. Il étudiait la nuit, méditait le jour. Il a gagné la France à la nage et...

— Pardon ?

— Les gens traversent la Manche à la nage tout le temps, Bella.

— Ah, oui. C'est juste que ça sonne drôle, pour l'époque. Continue.

— Nager ne nous est pas difficile...

— Rien ne l'est, pour vous, rétorquai-je.

Il patienta, amusé.

— Je jure de ne plus t'interrompre.

Avec un ricanement sombre, il acheva sa phrase :

— Parce que, techniquement, nous n'avons pas besoin de respirer.

— Vous...

— Non, non ! Tu as promis, s'esclaffa-t-il en posant ses doigts froids sur mes lèvres. Tu veux entendre la fin de l'histoire, oui ou non ?

— Oui, sauf que tu ne peux pas me balancer des choses pareilles sans t'attendre à ce que je ne réagisse pas, bougonnai-je.

Il plaça sa main contre mon cou et, derechef, sa vivacité affola mon cœur.

— Bon, insistai-je quand même, c'est quoi ces blagues ?

— La respiration ne nous est pas une nécessité, juste une habitude.

— Et vous pouvez tenir... longtemps ?

— Indéfiniment, j'imagine. Je ne sais pas. Il est un peu inconfortable de se priver de son odorat.

— Inconfortable, répétai-je.

Quelque chose dans mon regard le rendit grave. Son bras retomba sur le côté, et il se raidit, sans cesser de me scruter. Le silence se prolongea. Son visage était de pierre.

— Qu'y a-t-il ? demandai-je en effleurant sa joue marmoréenne.

Il soupira puis se détendit.

— Je passe mon temps à guetter ça.

— Quoi ?

— Le moment où je t'apprendrai un détail, à moins que tu ne le remarques toi-même, qui sera trop dur à supporter, et où tu fuiras en hurlant. Je n'essaierai pas de te retenir, ajouta-t-il avec un demi-sourire triste. Je souhaite même que ça arrive, parce que je veux que tu survives. Et pourtant, j'ai envie d'être avec toi. Ces deux désirs sont incompatibles...

Il s'interrompit, anxieux.

— Je ne m'enfuirai nulle part.

— On verra bien, commenta-t-il en retrouvant un semblant de bonne humeur.

— Allez, poursuis. Carlisle a gagné la France à la nage.

Ses yeux se posèrent sur un autre tableau, le plus bigarré de tous, au cadre le plus ornementé, le plus vaste aussi : il était deux fois plus grand que la porte à côté de laquelle il était accroché. Y pullulaient des personnages vêtus de toges multicolores et tourbillonnantes qui s'enroulaient autour de colonnes et se penchaient du haut de balcons en marbre. Je ne sus déterminer s'il s'agissait d'une scène de la mythologie grecque ou si les êtres flottant parmi les nuages dans la tranche supérieure de la toile étaient bibliques.

— Une fois sur le continent, Carlisle a écumé les universités d'Europe. La nuit, il étudiait la musique, les sciences, la médecine – il avait trouvé sa vocation, sa pénitence, sauver des vies humaines. (Le visage d'Edward prit une expression respectueuse, presque révérante.) Je ne peux pas te décrire avec exactitude son combat. Il lui a fallu deux siècles d'efforts déchirants pour parvenir à exercer un total contrôle de lui-même. Aujourd'hui, il est presque immunisé contre l'odeur du sang humain et il est capable d'accomplir le travail qu'il aime sans souffrance. L'hôpital lui apporte une grande paix...

Edward se perdit dans une réflexion intense. Au bout d'un long moment, il se secoua et tapota la toile.

— C'est en Italie qu'il a découvert les autres. Ils étaient bien plus civilisés et savants que les apparitions hantant les égouts de Londres.

Il désigna un groupe de quatre personnages représentés sur le plus haut des balcons, observant avec une certaine placidité le chaos qui régnait en dessous d'eux. Je les examinai avec soin et me rendis compte, ébahie, que je reconnaissais Carlisle en l'homme aux cheveux d'or.

— Solimena[1] s'est beaucoup inspiré des amis de Carlisle, reprit Edward, amusé. Il les a souvent peints sous l'aspect de dieux. Aro, Marcus et Caïus, énuméra-t-il en montrant les trois compagnons de son père, deux bruns et un à la chevelure blanche. Les ténébreux protecteurs des arts.

— Que sont-ils devenus ?

— Ils sont toujours là-bas. Comme ils l'ont été pendant qui sait combien de millénaires. Carlisle ne s'est pas attardé auprès d'eux, à peine quelques décennies. S'il admirait beaucoup leur érudition et leur raffinement, il

---

1. Solimena (Francesco) : peintre italien, 1657-1747, auteur de célèbres fresques.

supportait mal leur entêtement à vouloir le guérir de son aversion envers « son alimentation naturelle », comme ils l'appelaient. Ils ont mutuellement tenté de se convaincre, sans effet. C'est à cette époque que Carlisle a décidé de donner sa chance au Nouveau Monde. Il rêvait de contacter des créatures qui lui ressemblent. Il était extrêmement seul, vois-tu. Pendant très longtemps, ses recherches n'ont rien donné. Parallèlement, au fur et à mesure que les monstres commençaient à peupler les contes de fées, il s'est aperçu qu'il arrivait à se mêler aux humains, à passer pour l'un d'eux, et il s'est mis à pratiquer la médecine. Malheureusement, la camaraderie à laquelle il aspirait lui échappait sans cesse, car il ne pouvait prendre le risque de se lier. Quand l'épidémie de grippe espagnole a frappé, il travaillait dans un hôpital de Chicago. Depuis plusieurs années, il mûrissait un projet qu'il s'était presque résolu à mettre en œuvre : puisqu'il ne trouvait pas de compagnon, il s'en créerait un. N'étant pas complètement certain de la façon dont sa propre transformation s'était produite, il hésitait encore. Par ailleurs, il répugnait à voler la vie d'un être comme on lui avait volé la sienne. C'est dans cet état d'esprit qu'il m'a découvert. J'étais perdu, on m'avait abandonné au fond d'un mouroir. Il avait soigné mes parents, savait que je n'avais personne. Alors, il a osé tenter l'expérience...

Sa voix, presque un chuchotis maintenant, se tut. Il posa un regard vide sur les grandes fenêtres. Quelles images défilaient dans sa tête ? Les souvenirs de Carlisle ou les siens ? J'attendis sans impatience. Quand il se tourna vers moi, un sourire tendre illuminait ses traits.

— Et voilà, conclut-il, la boucle est bouclée.

— Et tu n'as jamais quitté Carlisle ?

— Quasiment pas.

Posant une main légère sur ma taille, il m'entraîna hors du bureau. Je jetai un ultime coup d'œil aux tableaux en me demandant si j'aurais un jour l'occasion d'entendre d'autres histoires.

— Quasiment ? repris-je, une fois sur le palier.

Il soupira, visiblement réticent à me répondre.

— Eh bien, disons que je suis passé par la phase de rébellion adolescente typique, environ dix ans après ma... naissance, ma création, appelle-la comme tu voudras. Cette vie d'abstinence ne m'emballait pas, et je reprochais à Carlisle de réfréner mon appétit. Bref, j'ai vécu seul pendant un moment.

— Et ?

J'étais plus intriguée qu'effrayée, ce qui n'était peut-être pas normal. Il le sentait. J'eus vaguement conscience que nous montions au deuxième étage, même si j'avais d'autres priorités en tête que le décor.

— Cela ne te révulse pas ?

— Non.

— Pourquoi donc ?

— Parce que... ça me semble raisonnable.

Il aboya de rire, très fort. Nous étions en haut des marches, dans un autre vestibule lambrissé.

— Depuis ma renaissance, murmura-t-il, j'ai bénéficié du privilège de savoir ce que tout le monde autour de moi pensait, humains et non-humains. C'est d'ailleurs pourquoi il m'a fallu dix ans avant de défier Carlisle – je connaissais sa parfaite sincérité, je comprenais exactement pourquoi il vivait comme il vivait. Je n'ai mis que quelques années pour revenir vers lui et me ranger à sa vision des choses. J'avais cru échapper à... la dépression qui accompagne la prise de conscience. Puisque je lisais les pensées de mes proies, je pouvais après tout épargner l'innocent et ne m'attaquer qu'au bourreau. Si je pourchassais un meurtrier qui traquait une jeune fille dans une ruelle sombre, si je sauvais sa victime, c'est que je n'étais pas si diabolique.

Je frissonnai, imaginant trop bien la ruelle, l'obscurité, la fille, la peur, la silhouette menaçante, la traque. Et Edward, le prédateur, terrifiant et magnifique et invincible comme un jeune dieu. Lui avait-elle été reconnaissante, cette fille, ou plus terrorisée encore ?

— Avec le temps cependant, j'ai fini par voir le monstre en moi. Rien n'effacerait jamais la dette de tant d'existences humaines volées, quelles que soient les justifications que je m'inventais. Alors, je suis retourné vers Carlisle et Esmé. Ils m'ont accueilli tel le fils prodigue. C'était plus que je ne méritais.

Nous venions de nous arrêter devant la dernière porte du couloir.

— Ma chambre, m'informa-t-il en ouvrant et en m'attirant à l'intérieur.

La pièce donnait au sud, avec une façade toute en verre, comme au rez-de-chaussée. L'arrière de la maison devait n'être qu'une immense fenêtre. On distinguait les méandres de la rivière et la forêt qui se déployait jusqu'aux contreforts du massif de l'Olympus, beaucoup plus proche que je ne l'avais cru.

Un mur était entièrement tapissé d'étagères supportant des CD. Sa chambre était mieux approvisionnée que la boutique d'un disquaire. Dans un coin, une chaîne sophistiquée, de celles que j'aurais eu peur de toucher tant j'étais certaine de casser quelque chose. Il n'y avait pas de lit, juste un vaste canapé de cuir noir à l'allure confortable. Une épaisse moquette dorée dissimulait le plancher, et des tissus lourds d'une teinte légèrement plus soutenue étaient tendus sur les murs.

— Pour l'acoustique ?

Il acquiesça en souriant. S'emparant d'une télécommande, il alluma la stéréo. Le volume était bas, mais l'air de jazz résonna comme si l'orchestre avait été sur place. J'allai inspecter son époustouflante collection.

— Comment les ranges-tu ? demandai-je, vu que je ne trouvais ni rime ni raison à sa classification.

— Mmm ? Oh, par année. Mes préférés sont sur cette étagère-là.

Il avait répondu d'une voix distraite, et je me retournai. Il me contemplait d'un air très particulier.

— Qu'y a-t-il ?

— Je m'étais préparé à... être soulagé. Que tu saches... qu'il n'y ait plus de secrets entre nous. Je ne m'attendais pas à éprouver plus. Mais *j'aime* ça. Ça me rend... heureux.

Il haussa les épaules avec un sourire timide.

— Alors, je suis heureuse aussi, le rassurai-je en lui renvoyant son sourire.

J'avais craint qu'il regrette de m'avoir parlé si ouvertement, et ça faisait du bien d'apprendre que ce n'était pas le cas. Soudain, il redevint sérieux, son front se plissa.

— Tu guettes toujours le moment où je vais déguerpir en braillant comme une perdue, hein ? devinai-je.

Il hocha la tête, vaguement penaud.

— Désolée de te décevoir, mais tu es loin d'être aussi

terrifiant que tu le penses. D'ailleurs, je n'ai absolument pas peur de toi.

Un mensonge éhonté, qu'il n'avala pas le moins du monde. Il sourcilla.

— Tu aurais mieux fait de te taire, s'esclaffa-t-il avec espièglerie.

Sur ce, il se mit à gronder, un son grave qui émanait du tréfonds de sa gorge. Ses lèvres se retroussèrent sur ses dents sans défaut, son corps bougea brusquement, et il se retrouva à demi accroupi, tendu comme un lion prêt à bondir. Je reculai, furieuse.

— Tu n'oserais...

Je ne le vis pas me sauter dessus, ce fut bien trop rapide. Simplement, le sol se déroba tout à coup sous mes pieds, et nous nous écrasâmes sur le divan, l'envoyant valser contre le mur. Ses bras d'airain avaient formé une cage protectrice autour de moi, et je fus à peine bousculée, mais je haletais lorsque je tentai de me redresser. Il ne me laissa d'ailleurs pas faire. Me roulant en boule contre son torse, il m'emprisonna contre lui. Je lui jetai un coup d'œil affolé ; il paraissait contrôler la situation, hilare, les iris pétillant de malice.

— Tu disais ? me nargua-t-il avec un nouveau grognement de comédie.

— Que tu es le plus terrifiant de tous les monstres.

Mon ironie fut quelque peu atténuée par les trémolos de ma voix.

— C'est déjà mieux.

Je me débattis.

— J'ai le droit de me relever maintenant ?

Il me ricana au nez.

— On peut entrer ? lança quelqu'un depuis le couloir.

Je voulus me libérer, mais Edward m'assit sur ses genoux, de façon juste un peu moins débraillée.

— Venez, venez, cria-t-il.

Alice surgit, Jasper sur ses talons. Si le rouge me monta aux joues, Edward paraissait très à l'aise. Alice sembla trouver notre posture parfaitement normale. Elle s'approcha en dansant – quel autre mot pour décrire sa grâce ? – et s'assit par terre au milieu de la pièce. Jasper préféra se planter dans l'encadrement de la porte, l'air un peu choqué. Il dévisagea son frère, et je me demandai si son exceptionnelle sensibilité lui permettait de détecter ce qui s'était passé.

— Nous avons cru que tu t'apprêtais à manger Bella et nous sommes venus voir si tu étais prêt à partager ton déjeuner, annonça Alice.

Je me raidis, puis m'aperçus qu'Edward rigolait. De ce commentaire ou de ma réaction, je ne sus dire.

— Navré, mais je n'en ai déjà pas assez pour moi, répliqua-t-il en me serrant contre lui avec témérité.

— En fait, expliqua Jasper en riant malgré lui et en avançant, Alice annonce une vraie tempête pour ce soir. Emmett a envie de jouer. Tu en es ?

Les yeux d'Edward s'éclairèrent, mais il hésita.

— Naturellement, tu viens avec Bella, susurra Alice, à laquelle Jasper lança un bref regard.

— Ça te dit ? s'enquit Edward, brusquement excité comme un gosse.

— Bien sûr, répondis-je. (Comment décevoir un tel visage ?) Euh... quel rapport entre la météo et...

— Nous devons attendre qu'il y ait du tonnerre, pour jouer. Tu comprendras sur place.

— Il faut que je prenne un parapluie ?

Tous trois hurlèrent de rire.

— Elle en aura besoin ? demanda néanmoins Jasper à Alice.

— Non, affirma-t-elle avec certitude. L'orage restera cantonné sur la ville. Le champ devrait être sec.

— Super !

L'enthousiasme de Jasper était contagieux, et je me surpris à avoir hâte de les accompagner au lieu de mourir de frousse.

— Allons voir si Carlisle veut jouer, décréta Alice en sautant sur ses pieds et en filant avec une élégance qui aurait brisé le cœur d'une ballerine.

— Comme si tu ne le savais pas ! persifla Jasper.

Sur ce, ils disparurent en refermant discrètement la porte derrière eux.

— À quoi jouerons-nous ?

— Toi, à rien. Tu te contenteras de regarder. Nous, nous allons faire une partie de base-ball.

— Les vampires aiment le base-ball ? m'exclamai-je, dubitative.

— N'oublie pas qu'il s'agit du sport préféré des Américains, rétorqua Edward avec une solennité ironique.

17

◆

LE MATCH

Il commençait tout juste à bruiner quand Edward tourna dans ma rue. Jusqu'alors, je n'avais pas douté qu'il resterait avec moi tandis que je passerais un peu de temps dans le monde réel – une sorte d'intérim. Puis je vis la voiture noire, une Ford délabrée, garée dans l'allée de Charlie, et mon chauffeur bougonna des mots inintelligibles d'une voix basse et dure. Tâchant de s'abriter de la pluie sous le porche étroit, Jacob Black se tenait derrière le fauteuil roulant de son père. Le visage de Billy, impassible comme du granit, ne trahit rien lorsque Edward gara ma camionnette. Jacob, lui, baissa les yeux, mortifié.

— Il dépasse les bornes ! râla Edward, furieux.

— Il est venu avertir Charlie, tu crois ? demandai-je, plus horrifiée que mécontente.

Il acquiesça, tout en retournant son regard noir à Billy d'une manière qui n'augurait rien de bon. Je fus sacrément soulagée que Charlie ne fût pas encore revenu.

— Laisse-moi gérer ça, dis-je.

— C'est sûrement plus raisonnable, accepta-t-il (à ma grande surprise). Mais sois prudente. L'enfant ne se doute de rien.

— Jacob est à peine plus jeune que moi ! protestai-je, hérissée par l'emploi du mot « enfant ».

— Je sais.

Il me sourit, sa colère soudain évanouie. Je posai la main sur la poignée de la portière.

— Invite-les à entrer pour que je puisse m'éclipser, continua-t-il. Je reviendrai à la tombée de la nuit.

— Tu veux garder la voiture ? proposai-je tout en m'interrogeant sur la façon dont j'allais expliquer à mon père mon absence ce soir-là.

— Je serai rendu plus vite à pied que dans cet engin ! s'esclaffa-t-il.

— Tu n'es peut-être pas obligé de t'en aller, non ? soupirai-je avec regret.

— Oh que si ! Et quand tu te seras débarrassée d'eux, n'oublie pas de préparer Charlie à l'idée de rencontrer ton nouveau petit ami.

Son rire dévoila ses dents blanches.

— Merci du cadeau !

Il me gratifia du sourire en coin que j'adorais.

— Je serai bientôt de retour, me promit-il.

Après avoir jeté un coup d'œil en direction de la maison, il se pencha et embrassa rapidement l'arête de ma mâchoire. Le cœur battant, je me tournai vers mes invités surprise. Billy avait perdu son flegme, et ses mains agrippaient les accoudoirs de son fauteuil.

— Reviens vite, insistai-je avant de sortir sous l'averse et de me précipiter jusqu'à la porte. Salut, Billy ! Salut, Jacob ! lançai-je le plus joyeusement possible. Charlie s'est absenté pour la journée. J'espère que vous n'êtes pas là depuis trop longtemps.

— Ne t'inquiète donc pas, répondit le vieil homme d'une voix étrangement contrôlée en me scrutant du regard. Je voulais juste lui apporter ça.

Il montra un sac en papier sur ses genoux. Je le remerciai machinalement, bien qu'ignorant de quoi il s'agissait.

— Venez vous mettre au sec.

Je fis semblant de ne pas m'apercevoir qu'il m'observait pendant que je déverrouillais la porte et leur indiquais de me suivre à l'intérieur.

— Donnez-moi ça, proposai-je.

Me retournant pour fermer derrière nous, j'en profitai pour jeter un dernier coup d'œil à Edward. Parfaitement immobile et grave, il attendait.

— Mets-le au réfrigérateur, me conseilla Billy en me tendant son paquet. C'est du poisson frit maison de Harry Clearwater. Charlie adore ça.

Je réitérai mes remerciements, sincère cette fois.

— Je commençais à être à court de recettes, et Charlie va sûrement rapporter du poisson ce soir.

— Il est à la pêche ? demanda Billy, en s'animant brusquement. À l'endroit habituel ? Et si j'allais à sa rencontre ?

— Inutile, me dépêchai-je de mentir, ne tenant pas à ce qu'il se retrouve en tête-à-tête avec mon père. Il voulait essayer un nouveau coin. Je n'ai aucune idée du lieu où il se trouve.

Billy ne s'y laissa pas prendre et m'envisagea d'un air songeur.

— Jacob, va donc chercher cette photo de Rebecca que j'avais l'intention d'offrir à Charlie.

— Où est-elle ? répliqua l'adolescent, morose.

Sourcils froncés, il s'absorbait dans la contemplation du plancher.

— Dans le coffre, je crois. Tu n'as qu'à fouiller au milieu du bazar.

Traînant la jambe, Jacob ressortit sous la pluie. Billy et moi nous affrontâmes du regard en silence. Un silence qui ne tarda pas à devenir embarrassant. Aussi, je tournai les talons et me dirigeai dans la cuisine, suivie par le couinement des roues humides du fauteuil sur le lino. Je flanquai le sachet de Billy sur l'étagère supérieure du réfrigérateur puis virevoltai vivement pour lui faire face. Son visage aux rides profondes était indéchiffrable.

— Charlie ne sera pas là avant un bon moment, attaquai-je, sur un ton qui frisait l'impolitesse.

Il se contenta de hocher la tête.

— Merci encore pour le poisson.

Nouvel acquiescement, et toujours pas une parole. Je soupirai et croisai les bras sur ma poitrine. Le vieillard sembla deviner que je n'ajouterai rien, car il se lança, hésitant.

— Bella.

J'attendis.

— Bella. Charlie est l'un de mes meilleurs amis.

— Oui.

— J'ai remarqué que tu passais beaucoup de temps avec ce Cullen.

Il détachait chaque mot soigneusement, et sa voix était sourde.

— Oui.

— Ce n'est sûrement pas mes affaires, mais je ne crois pas que ce soit une bonne idée.

— Vous avez raison, ce ne sont pas vos oignons.

— Tu ignores sans doute que la famille Cullen n'a pas bonne réputation dans la réserve, persista-t-il, irrité par mon impudence.

— Si, je le sais, figurez-vous ! Et je ne vois pas en quoi cette réputation est méritée. Après tout, ils ne mettent jamais les pieds sur votre territoire, non ?

Billy était décontenancé d'apprendre que j'étais au courant du vieil accord passé par sa tribu.

— C'est vrai, reconnut-il, prudent. Tu as l'air... bien informée sur les Cullen. Plus que je ne le pensais.

— Et plus que vous, si ça se trouve.

— Peut-être, admit-il à regret. Charlie est-il aussi bien informé ? enchaîna-t-il avec une lueur astucieuse dans les yeux.

Il n'avait pas mis longtemps à trouver le point faible de ma défense.

— Il apprécie beaucoup les Cullen, éludai-je.

Billy ne manqua pas de saisir ma dérobade. Il en parut mécontent, mais guère surpris.

— Si ce ne sont pas mes affaires, ce sont sûrement celles de Charlie, s'entêta-t-il.

— C'est à moi d'en juger, il me semble.

Je guettai anxieusement sa réaction. Il s'absorba dans

un silence songeur que ne rompait que le bruit de la pluie sur le toit.

— J'imagine que tu as raison, finit-il par concéder.

— Merci, Billy, soupirai-je, soulagée.

— Je te demande juste de bien réfléchir, Bella.

— Je vous le promets.

— Ce que je veux dire, c'est arrête ! précisa-t-il en sourcillant.

Ses yeux ne reflétaient qu'un véritable souci pour moi. Que pouvais-je répondre ? À cet instant, la porte s'ouvrit bruyamment. Je sursautai.

— Il n'y a aucune photo dans cette bagnole ! râla Jacob.

Les épaules de sa chemise étaient trempées, et ses cheveux dégoulinaient.

— Ah bon ? marmonna Billy. J'ai dû l'oublier à la maison.

— Super ! maugréa son fils en levant les yeux au ciel.

— Bella, tu diras à Charlie... que nous sommes passés.

— Aucun problème.

— On s'en va déjà ? s'étonna Jacob.

— Charlie rentrera tard, lui expliqua son père qui poussait son fauteuil vers le couloir.

— Oh ! Ben... à une autre fois, alors, Bella.

Le garçon était déçu.

— C'est ça.

— Prends garde à toi, m'avertit Billy.

Je laissai couler. Jacob aida son père à descendre le perron. J'agitai la main en jetant un bref regard sur ma Chevrolet désormais vide, puis refermai la porte avant même qu'ils ne fussent partis. Debout dans le vestibule, j'écoutai leur voiture reculer dans l'allée puis s'éloigner. Ma tension retomba un peu, et je grimpai à l'étage pour changer de vêtements.

J'essayai plusieurs chemisiers, ignorant ce que me réservait la soirée. Cette perspective suffit à rendre insignifiante la conversation qui venait d'avoir lieu. Maintenant que je n'étais plus sous l'influence de Jasper et d'Edward, je commençais à être rattrapée par la peur. J'abandonnai rapidement mes effets de style pour enfiler une vieille chemise de coton et un jean. De toute façon, je risquais sûrement de passer le match revêtue de mon coupe-vent.

Le téléphone sonna, et je me précipitai au rez-de-chaussée. Je ne désirais pas entendre d'autre voix que la sienne, même si je savais qu'il se serait tout bonnement matérialisé dans ma chambre s'il avait voulu prendre contact avec moi.

— Allô ?

— Bella, c'est moi, Jessica.

— Oh, salut.

Il me fallut un moment pour reprendre pied dans la réalité. J'avais l'impression de ne pas avoir parlé à Jess depuis des jours et des jours.

— Comment c'était, le bal ? demandai-je.

— Génial !

Elle démarra au quart de tour et se lança dans un compte-rendu détaillé de la soirée précédente. J'émis des marmonnements appréciateurs çà et là, malgré mes difficultés à me concentrer. Jessica, Mike, le bal, le lycée, tout cela me paraissait étrangement déplacé en cet instant. Je ne cessais de regarder par la fenêtre, jaugeant le degré de luminosité derrière les nuages noirs.

— Tu m'écoutes, Bella ? s'agaça soudain Jessica.

— Désolée, quoi ?

— Mike m'a embrassée ! Tu te rends compte ?

— C'est super, Jess.

— Et toi, qu'est-ce que tu as fait, hier ?

Elle était devenue agressive, soit parce qu'elle m'en voulait de mon inattention, soit parce qu'elle était vexée de mon peu d'enthousiasme à en apprendre plus sur son flirt avec Mike.

— Rien de bien intéressant. Je suis juste sortie profiter du soleil.

La voiture de Charlie crissa sur le gravier.

— Tu as revu Edward Cullen ?

La porte d'entrée claqua, et mon père s'affaira à ranger son barda sous l'escalier.

— Euh...

— Salut, gamine ! lança Charlie en pénétrant dans la cuisine.

Je lui adressai un signe de la main.

— Oh, ton père est là, dit Jessica qui l'avait entendu. Oublie, on discutera demain. On se voit en maths.

— Ciao, Jess.

Je raccrochai.

— Salut, papa. Où sont tes prises, aujourd'hui ?

Il se lavait les mains au-dessus de l'évier.

— Je les ai rangées au congélateur.

— Billy est passé tout à l'heure déposer un sac de friture de Harry Clearwater, annonçai-je avec un entrain forcé.

— C'est vrai ? J'en raffole.

Charlie monta se doucher pendant que je préparais le dîner. Nous ne tardâmes pas à passer à table. Le repas se déroula dans le silence. Charlie savourait son poisson pendant que je me creusais désespérément les méninges pour accomplir la tâche qui m'était échue – aborder le sujet d'Edward.

— Qu'as-tu fait de beau ? lança soudain Charlie, m'arrachant à ma rêverie.

— Je suis restée à la maison, cet après-midi. (Uniquement en toute fin d'après-midi, pour être honnête). Et ce matin, ajoutai-je en m'efforçant de rester optimiste en dépit de mes jambes en coton, j'étais chez les Cullen.

Ébahi, Charlie en laissa tomber sa fourchette.

— Le docteur ?

— Oui.

— Mais qu'est-ce que tu fabriquais là-bas ?

Il n'avait pas ramassé ses couverts.

— Euh... il se trouve que je sors plus ou moins avec Edward Cullen ce soir... et il désirait me présenter à ses parents... Ça va, papa ?

Apparemment, il était en train de s'offrir une rupture d'anévrisme.

— Papa !

— Tu sors avec un Cullen ! tonna-t-il.

— Je... je croyais que tu les appréciais.

— Il est trop vieux pour toi ! assena-t-il avec une véhémence hors de propos.

— Nous sommes tous les deux en première.

Bon sang ! Heureusement qu'il ne se doutait pas qu'il avait raison plus qu'il ne l'imaginait.

— Attends... Lequel c'est, cet Edwin ?

— Edward. Le plus jeune, celui aux cheveux roux.

L'Adonis, le dieu vivant.

— Ah... euh... bredouilla-t-il, ça change tout. Je

n'aime pas la tête du grand costaud. C'est sûrement un bon gars, mais il a l'air trop... mûr pour toi. C'est ton petit copain, cet Edwin ?

— *Edward*, papa.

— Réponds-moi.

— On peut dire ça.

— Mais tu m'as raconté hier soir que tu ne t'intéressais à aucun des garçons de la ville.

Il avait récupéré sa fourchette – le pire était passé.

— Edward n'habite pas en ville.

Il me fusilla du regard, guère amusé que je le prenne pour un imbécile.

— Écoute, ce n'est que le début. Alors, évite de me servir le discours sur les petits copains, d'accord ?

— Quand passe-t-il te chercher ?

— Il sera là dans quelques minutes.

— Où t'emmène-t-il ?

— Hé, ho ! Ça suffit l'Inquisition espagnole ! On va jouer au base-ball avec sa famille.

Le visage de Charlie se plissa un instant, puis il éclata de rire.

— Tu joues au base-ball, *toi* ?

— Euh... je vais surtout regarder.

— Dis donc, il doit drôlement te plaire, ce type !

Je me contentai de soupirer en levant les yeux au ciel. Au même moment, on entendit le bruit d'une voiture qui se garait devant la maison. Sautant sur mes pieds, j'entrepris de débarrasser la table.

— Laisse, bougonna Charlie. Je m'en occuperai plus tard. Tu me maternes trop.

La sonnette retentit, et il se dépêcha d'aller ouvrir, avec moi pendue à ses basques. Je ne m'étais pas rendu compte à quel point l'averse faisait rage. Sous le halo du porche, Edward ressemblait au mannequin d'une pub pour imperméables.

— Entre, Edward.

Je fus contente de constater que Charlie n'avait pas déformé son prénom.

— Merci, Chef Swan, répondit Edward avec respect.

— Appelle-moi Charlie. Donne-moi ta veste.

— Merci.

— Assieds-toi.

Nom d'un chien ! On n'allait quand même pas y passer la soirée ! Edward se posa souplement dans notre unique fauteuil, m'obligeant à prendre place à côté de mon père, sur le canapé. Je lui jetai un regard de reproche auquel il répondit par un clin d'œil dans le dos de Charlie.

— Alors, comme ça, j'apprends que tu emmènes ma petite fille jouer au base-ball ?

Il n'y avait que les habitants de l'État de Washington pour ne pas se formaliser à l'idée que la pluie tombait à seaux et risquait de gêner un tant soit peu la tenue d'un match en plein air.

— C'est ce qui est prévu, en effet.

Il ne sembla pas surpris que j'eusse dit la vérité à mon père. Ou alors, il nous avait espionnés.

— Quel exploit ! s'esclaffa Charlie.

Les rires d'Edward se joignirent aux siens.

— Bon, décrétai-je en me levant, vous avez assez ricané à mes dépens. Allons-y.

Je fonçai dans l'entrée et enfilai mon coupe-vent. Ils me suivirent.

— Ne rentre pas trop tard, Bella.

— Pas de souci, Charlie, je la ramènerai à une heure décente, promit Edward.

— Attention à ma fille, hein ?

— Elle ne risque rien avec moi.

Une telle sincérité suintait de chacune de ses paroles que Charlie n'aurait pu douter de sa bonne foi. Je me ruai dehors, et tous deux furent saisis d'un nouvel accès d'hilarité. Edward m'emboîta le pas, mais je m'arrêtai net sur le perron. Derrière ma camionnette était rangée une Jeep monstrueuse. Ses pneus m'arrivaient sûrement à la taille, les phares étaient protégés par des grilles et quatre énormes projecteurs étaient fixés sur le pare-chocs en acier renforcé. La carrosserie était d'un rouge pétant. Charlie laissa échapper un petit sifflement.

— N'oubliez pas vos ceintures de sécurité, murmura-t-il.

Me précédant, Edward m'ouvrit la portière côté passager. J'évaluai la distance qui me séparait du siège et m'apprêtai à sauter quand, avec un soupir, il me souleva d'une seule main. Pourvu que Charlie n'eût rien remarqué. Tandis qu'il contournait la voiture à un pas mesuré, humain, je m'évertuai à attacher ma ceinture. Elle était si complexe que j'en fus incapable.

— Qu'est-ce que c'est que tous ces machins ? m'écriai-je quand il m'eut rejointe.

— Un harnais tout-terrain.

— Ah.

Je m'appliquai à enclencher les multiples boucles les unes derrière les autres. Comme j'étais trop lente, Edward soupira de nouveau et entreprit de m'aider. Heureusement, la pluie, trop dense, empêchait Charlie de nous distinguer clairement, et il ne vit pas les mains d'Edward folâtrer sur mon cou et le long de mes clavicules. Abandonnant tout effort pour comprendre comment cet instrument de torture fonctionnait, je me contentai de veiller à respirer régulièrement.

Edward mit le contact, et nous partîmes.

— Tu as une... sacrée grosse Jeep.

— Elle appartient à Emmett. J'ai pensé que tu n'apprécierais pas de faire tout le chemin en courant.

— Où gardez-vous cet engin ?

— Nous avons transformé une des dépendances en garage.

— Tu ne mets pas ta ceinture ?

Il me lança un regard abasourdi. Soudain, ses paroles précédentes firent mouche.

— *Tout* le chemin ? m'exclamai-je en déraillant dans les aigus. Cela signifie-t-il que nous allons devoir courir une *partie* du chemin ?

— Pas toi, rectifia-t-il avec un mince sourire.

— Mais ça me rend malade.

— Tu n'auras qu'à fermer les yeux, et tout ira bien.

Je me mordis les lèvres, luttant contre la panique. Il se pencha et déposa un baiser sur le sommet de ma tête. Il gémit, et je me tournai vers lui, surprise.

— Tu sens tellement bon sous la pluie, m'expliqua-t-il.

— C'est bien ou pas bien ? demandai-je avec circonspection.

— Les deux. Comme toujours, les deux.

J'ignore comment il s'y prit pour s'orienter dans l'obscurité et la pluie battante, mais il finit par bifurquer dans une route secondaire qui n'avait de route que le nom : on aurait dit un sentier de montagne. Toute conversation devint dès lors impossible tant je rebondissais sur mon siège comme un marteau-piqueur. De son côté, il semblait beaucoup s'amuser. Nous finîmes par déboucher dans un cul-de-sac encerclé par la paroi verte que formaient les arbres. La tempête s'était calmée, cédant la place à une bruine qui se dissipait peu à peu tandis que le ciel s'éclaircissait derrière les nuages.

— Désolé, Bella, mais à partir d'ici, nous continuons à pied.

— Tu sais quoi ? Je crois que je vais t'attendre.

— Où est passé ton courage ? Tu n'en as pas manqué pourtant, ce matin.

— Je n'ai pas oublié notre dernière balade.

Était-il concevable qu'elle ne datât que d'hier ? Il fut près de ma portière en un éclair et m'aida à déboucler mon harnais.

— Je m'en occupe, protestai-je. Vas-y, toi, je te rejoins.

— Oh, oh, rigola-t-il, j'ai bien l'impression que je vais devoir falsifier ta mémoire.

Sans me laisser le temps de réagir, il me tira de la voiture et me posa sur le sol. Il brouillassait à peine, maintenant. Alice ne s'était pas trompée.

— Comment ça, falsifier ma mémoire ? m'inquiétai-je.

— Quelque chose comme ça.

Il me vrillait de son regard, mais ses iris recelaient une étincelle d'humour. Plaçant ses mains sur la carrosserie, de chaque côté de ma tête, il se pencha, m'obligeant à reculer. Il s'approcha jusqu'à ce que son visage se retrouve à quelques centimètres à peine du mien. J'étais coincée.

— Et maintenant, chuchota-t-il (et son haleine suffit à me faire perdre l'esprit), explique-moi de quoi tu as peur exactement.

— Euh... eh bien... balbutiai-je, d'entrer en collision avec une branche et de mourir. De vomir partout.

Il réprima un sourire, se pencha encore, et ses lèvres froides effleurèrent le creux de ma gorge.

— Toujours anxieuse ? murmura-t-il.

— Oui.

Son nez glissa sur ma mâchoire, s'arrêtant juste au-dessus de ma bouche. Son souffle frais chatouillait ma peau.

— Et maintenant ?

— Les arbres, le mal des transports, haletai-je.

Il leva la tête et embrassa mes paupières.

— Bella, tu ne penses tout de même pas que je heurterais un tronc, non ?

— Pas toi, moi.

Ma voix flanchait. Il flaira la victoire toute proche. Ses baisers descendirent lentement le long de ma joue avant de se poser à la commissure de mes lèvres.

— Crois-tu que je laisserais un arbre t'attaquer ?

— Non, soufflai-je.

J'étais sûre d'avoir d'autres arguments à lui opposer mais, bizarrement, je ne les trouvai pas.

— Tu n'as donc aucune raison d'avoir peur, conclut-il.

— Aucune, soupirai-je, vaincue.

Alors, il prit mon visage entre ses mains, presque brutalement, et me donna un long et vrai baiser.

Mon comportement fut inexcusable. J'étais pourtant prévenue. Hélas, je fus incapable de ne pas réagir exactement comme la première fois. Au lieu de rester tranquille, j'enroulai mes bras autour de sa nuque et me soudais à son visage de pierre. Frissonnant de plaisir, j'ouvris la bouche. Il recula en titubant, brisant mon étreinte sans difficulté.

— Nom d'un chien, Bella ! s'écria-t-il. Tu as juré ma mort ou quoi ?

Je m'accroupis, mains autour de mes genoux, pour calmer mes tremblements.

— Tu es indestructible, marmonnai-je en essayant de reprendre ma respiration.

— Ça, c'était avant que je te rencontre. Allez, filons avant que je ne m'autorise un geste vraiment stupide, gronda-t-il.

Comme la veille, il me jeta sur son dos. Je notai au passage les efforts qu'il déployait pour être le plus doux possible. J'enfermai sa taille entre mes jambes et serrai mes bras autour de son cou, tel un étau.

— N'oublie pas de fermer les yeux, me prévint-il sévèrement.

J'enfonçai aussitôt ma figure dans ses épaules. Je me rendis à peine compte que nous bougions. Certes, je sentis qu'il se déplaçait, mais il aurait pu aussi bien se balader nonchalamment sur un trottoir tant il se mouvait avec souplesse. Je fus tentée de regarder, juste pour voir s'il volait à travers la forêt, mais je résistai. Ma curiosité ne méritait pas une nausée. Je compensai en écoutant sa respiration régulière.

Je ne fus pas certaine que nous nous étions arrêtés avant qu'il ne caresse mes cheveux.

— C'est fini, Bella.

J'osai ouvrir les paupières. Il disait vrai. Raide et maladroite, je me détachai de lui... et atterris sur les fesses.

— Ouille !

Il me contempla, incrédule, hésitant entre sa colère toute récente et un accès de gaieté. Mon ahurissement dut l'emporter, car il partit d'un rire tonitruant. Je me relevai et me forçai à l'ignorer tout en essuyant la boue et les fougères qui s'étaient agglutinées à mon coupe-vent. Il n'en rit que plus fort. Agacée, je m'éloignai. Son bras emprisonna ma taille.

— Pas si vite. Où vas-tu ?

— Assister à une partie de base-ball. Ça n'a plus l'air de beaucoup t'intéresser, mais les autres sauront sûrement s'amuser sans toi.

— Tu te trompes de chemin.

Sans le regarder, je fis volte-face et partis dans la direction opposée. Il me rattrapa une nouvelle fois.

— Ne sois pas fâchée, ça a été plus fort que moi. Si tu t'étais vue !

L'hilarité le reprit, apparemment irrésistible.

— Tu estimes sans doute être le seul à avoir le droit d'être en colère, c'est ça ?

— Je ne l'étais pas contre toi.

— À d'autres. *Bella, tu as juré ma mort ou quoi ?*

— Simple constatation.

J'essayai de lui échapper, en vain.

— Tu étais furieux, insistai-je.

— Oui.

— Pourtant tu viens de dire...

— Que je ne l'étais pas après toi. Oh, Bella, tu ne comprends donc pas ?

— Comprendre quoi ?

— Je ne t'en veux jamais. C'est une chose que je n'arrive même pas à envisager. Tu es si courageuse, confiante... aimante.

— Alors pourquoi...

Je ne me rappelais que trop bien les humeurs sombres qui l'éloignaient régulièrement de moi. Je les avais toujours interprétées comme de la frustration, légitime, devant ma faiblesse, ma lenteur, mes turbulentes réactions d'humaine.

— C'est après moi que j'en ai, confessa-t-il en soulevant doucement mon menton. Cette façon que j'ai de toujours te mettre en péril. Ma seule existence représente un danger pour toi. Des fois, je me hais. Je devrais être plus fort, capable de mieux...

Je plaçai un doigt sur sa bouche.

— Chut !

Il ôta ma main de ses lèvres pour la coller contre sa joue.

— Je t'aime, murmura-t-il. C'est une bien piètre excuse à mon comportement, mais c'est vrai. (C'était la première fois qu'il le disait. Si lui n'en était pas conscient, moi si.) Et maintenant, poursuivit-il, moqueur, tâche de te tenir correctement.

Sur ce, il se pencha et effleura ma bouche d'un baiser. Je ne bronchai pas.

— Tu as promis au Chef Swan de me ramener tôt, tu te souviens ? soupirai-je. On ferait mieux d'y aller.

— À vos ordres.

Avec un sourire de regret, il s'écarta. Il m'entraîna à travers les hautes fougères humides et les rideaux de mousse, contourna une énorme ciguë, et m'amena à la lisière d'un gigantesque champ qui grimpait à l'assaut des cimes du massif de l'Olympus. La prairie était grande comme deux stades de base-ball.

Les autres étaient déjà là, Esmé, Emmett et Rosalie assis sur une saillie rocheuse nue assez près de nous ; beaucoup plus loin, Jasper et Alice, séparés par environ quatre cents mètres, se lançaient quelque chose, une balle sans doute, bien qu'ils fussent si lestes que je ne la distinguais pas. Carlisle semblait affairé à délimiter les bases. *Semblait*, car il était impossible qu'elles fussent aussi loin les unes des autres, non ? Lorsque nous émergeâmes des arbres, les trois premiers se levèrent. Esmé se dirigea vers nous, et Emmett lui emboîta le pas après avoir observé d'un air songeur Rosalie qui s'éloignait gracieusement à l'opposé sans avoir daigné nous accorder un coup d'œil. Mon estomac se tordit.

— Est-ce toi que nous avons entendu tout à l'heure, Edward ? s'enquit Esmé.

— On aurait dit un ours qui s'étrangle, ricana Emmett.

— C'était bien lui, confirmai-je avec un sourire timide.

— Malgré elle, Bella a été d'une drôlerie impayable, se vengea aussitôt Edward.

Alice avait quitté son poste et se précipitait – dansait – dans notre direction.

— Il est l'heure, annonça-t-elle.

Ses paroles furent saluées par un grondement de tonnerre qui secoua la forêt alentour puis éclata à l'ouest, du côté de la ville.

— Sinistre, hein ? rigola Emmett en m'adressant un clin d'œil.

— Allons-y.

Alice s'empara de la main d'Emmett, et ils se ruèrent sur la prairie disproportionnée. Elle galopait comme une gazelle ; il était presque aussi beau et tout aussi rapide – et pourtant, on n'aurait jamais songé à le comparer à une gazelle.

— Prêts pour une petite partie ? s'écria Edward, le regard brillant d'excitation.

Je feignis l'enthousiasme de rigueur dans ces occasions-là.

— Hip hip hip ! Hourra ! braillai-je en agitant les bras comme une pom-pom girl.

Il pouffa puis, après avoir ébouriffé mes cheveux, bondit à la suite des deux autres. Sa façon de courir était plus agressive, guépard plus que gazelle, et il eut tôt fait de les rattraper. Sa puissance et son élégance me coupèrent le souffle.

— On descend un peu ? me proposa Esmé de sa voix douce et mélodieuse.

Je m'aperçus que je béais d'étonnement. Me ressaisissant, j'acquiesçai. Esmé prenait garde à maintenir une certaine distance entre nous, et je me demandai si elle veillait encore à ne pas m'effrayer. Elle accorda son allure à la mienne sans montrer d'impatience.

— Vous ne jouez pas avec eux ?

— Non, je préfère arbitrer. Je tiens à ce qu'ils soient honnêtes.

— Est-ce à dire qu'ils ont tendance à tricher ?

— Et comment ! Tu les entendrais se disputer, une vraie meute de loups ! Espérons que ça ne se produira pas ce soir.

— Vous me rappelez ma mère, plaisantai-je, étonnée. Elle rit.

— C'est que, la plupart du temps, je les traite comme mes propres enfants. Mes instincts maternels n'ont jamais été assouvis. Edward t'a-t-il dit que j'avais perdu un bébé ?

— Non, murmurai-je, abasourdie, en tâchant de deviner à quelle période de sa vie elle faisait référence.

— Mon seul et unique enfant. Il est mort quelques jours après sa naissance. Ça m'a brisé le cœur. Voilà pourquoi je me suis jetée d'une falaise, précisa-t-elle, l'air de rien.

— Edward a juste mentionné que vous étiez... tombée.

— Ce garçon est d'une nature tellement délicate. Le premier de mes nouveaux fils. Je l'ai toujours considéré comme tel, bien qu'il soit plus âgé que moi. Dans un certain sens du moins. C'est pourquoi, ajouta-t-elle en me souriant avec chaleur, je suis si heureuse qu'il t'ait trouvée, ma chérie. (Dans sa bouche, le terme affectif sonnait naturel.) Il a trop longtemps été à part. Sa solitude faisait peine à voir.

— Ça ne vous ennuie pas, alors ? Que je ne sois... pas celle qu'il lui faut.

— Non... (Elle réfléchit.) Tu es ce qu'il veut. Tout finira par s'arranger.

L'inquiétude lui plissait le front cependant.

Un deuxième coup de tonnerre ébranla le ciel. Esmé s'arrêta. Visiblement, nous étions parvenues au bout de leur terrain de jeu. Les autres paraissaient avoir formé leurs équipes. Edward était positionné très loin, sur le champ gauche, Carlisle se trouvait entre la première et la deuxième base, et Alice s'était approprié la balle, à un endroit qui devait tenir lieu de monticule du lanceur.

Emmett brandissait une batte en aluminium qui sifflait presque imperceptiblement dans l'air. J'attendais qu'il eût rejoint le marbre quand je réalisai qu'il y était déjà, bien plus loin du lanceur que les règles traditionnelles ne le stipulent. Jasper se tenait à plusieurs mètres derrière lui, jouant le receveur pour l'équipe adverse. Bien sûr, nul n'avait de gants.

— Très bien, lança Esmé d'une voix claire que même Edward devait percevoir. En jeu !

Alice se redressa, immobile. Tenant la balle à deux mains, à hauteur de sa taille, elle semblait préférer la ruse au rentre-dedans intimidant. Soudain, tel un cobra qui frappe, son bras droit jaillit, et la balle alla frapper la main de Jasper.

— C'est un strike, ça ? chuchotai-je à Esmé.

— Quand le batteur n'arrive pas à frapper, oui.

Jasper renvoya la balle à Alice, qui s'autorisa un bref sourire. Puis, tout aussi brusquement, sa main s'envola de nouveau. Cette fois, la batte parvint à intercepter la balle. Le craquement de l'impact fut assourdissant. Tel un coup de tonnerre, il se répercuta contre les montagnes, et je compris immédiatement pourquoi ils ne jouaient que pendant les orages. La balle partit comme un météore au-dessus de la prairie et alla se perdre dans la forêt environnante.

— *Home run*, murmurai-je.

— Attendons un peu, objecta Esmé, prudente et attentive, une main levée.

Emmett galopait de base en base, quasiment invisible, Carlisle à ses trousses. Je me rendis compte qu'Edward avait disparu.

— *Out !* cria Esmé.

Éberluée, je vis Edward sauter à la lisière des arbres en brandissant la balle. Malgré la distance, même moi je pus distinguer son sourire béat.

— Emmett frappe peut-être le plus fort, mais c'est Edward qui court le plus vite, m'expliqua Esmé.

Le tour de batte se poursuivit sous mes yeux éberlués. Il m'était presque impossible de suivre la partie, vu la vitesse à laquelle la balle volait et le rythme auquel leurs corps se déplaçaient autour du champ. Je découvris une autre raison à la nécessité d'une tempête, lorsque Jasper, tentant d'éviter la défense imprenable d'Edward frappa une balle rasante en direction de Carlisle. Ce dernier l'attrapa puis se rua vers la première base tandis que Jasper faisait de même. Quand ils se tamponnèrent, le vacarme m'évoqua celui de deux gigantesques rochers qui se seraient écroulés. Je sursautai, soucieuse. Par miracle, ils étaient indemnes.

— Point accordé ! annonça Esmé calmement.

L'équipe d'Emmett gagnait d'une courte tête – Rosalie avait réussi à se glisser autour des bases après avoir touché une des longues balles d'Emmett – lorsque Edward intercepta la troisième. Il me rejoignit au petit trot, étincelant de joie.

— Alors, me cria-t-il, qu'est-ce que tu en penses ?

— Une chose est sûre, je ne pourrai plus jamais me contenter des matchs à la papa des championnats nationaux.

— À croire que tu as passé ta vie à ça ! s'esclaffa-t-il.

— Je suis un peu déçue quand même, le narguai-je.

— Pourquoi ?

— J'aimerais vraiment découvrir un domaine dans lequel vous n'excellez pas.

Il me gratifia de son sourire en coin.

— C'est mon tour de frapper, dit-il ensuite en se dirigeant vers le marbre.

Il jouait intelligemment, relançant des balles rases, hors de portée de Rosalie, dont la main, sur le champ extérieur, paraissait cependant toujours prête à les intercepter, et réussissant à rejoindre deux bases avant qu'Emmett ait eu le loisir de remettre en jeu. À un autre moment, Carlisle en expédia une si loin – dans une explosion qui me perça les tympans – que lui et Edward parvinrent tous deux à faire le tour de la surface de jeu. Alice leur claqua délicatement dans la main en guise de félicitations. Le match se poursuivit, les scores oscillant constamment, et ils se taquinaient comme n'importe quels gamins des rues dès que la balance penchait en faveur d'une équipe au détriment de l'autre. Parfois, Esmé en rappelait un à l'ordre. Le tonnerre grondait, mais il ne pleuvait pas, comme l'avait prédit Alice.

Carlisle était à la batte et Edward jouait le receveur quand, tout à coup, Alice eut un hoquet de frayeur. Mes yeux étaient, comme d'habitude, rivés sur Edward, et je le vis tourner la tête vers sa sœur. Leurs regards se croisèrent, et un message passa aussitôt entre eux. Il fut près de moi avant même que les autres aient eu le temps de réagir.

— Alice ? lança Esmé, tendue.

— Je n'ai pas vu... murmura-t-elle. Je ne savais pas.

Le reste de la famille s'était rassemblé autour de nous.

— Que se passe-t-il ? demanda Carlisle à sa fille avec le calme que confère l'autorité.

— Ils ont voyagé beaucoup plus vite que je ne m'y attendais. Je me suis trompée sur leur trajectoire.

— Elle a changé ? l'interrogea Jasper en se penchant vers elle, protecteur.

— Ils nous ont entendus jouer et ils ont bifurqué, avoua-t-elle, contrite.

Sept paires d'yeux se posèrent brièvement sur moi avant de se détourner, embarrassés.

— Quand seront-ils là ? marmotta Carlisle à l'adresse d'Edward.

Ce dernier se concentra.

— Moins de cinq minutes. Ils courent. Ils veulent jouer avec nous.

Il fronça les sourcils.

— Tu crois y arriver ? s'enquit son père avec un hochement de menton dans ma direction.

— Non. Pas si je la porte... Et puis, la dernière chose souhaitable, c'est qu'ils flairent son odeur et se mettent en chasse.

— Combien sont-ils ? demanda Emmett à Alice.

— Trois, répondit-elle abruptement.

— Trois ! fanfaronna-t-il en bandant les muscles de ses bras massifs. Qu'ils viennent donc !

Pendant une seconde qui me parut s'éterniser, Carlisle délibéra. Seul Emmett semblait imperturbable. Les autres contemplaient le chef de famille avec anxiété.

— Continuons à jouer, finit-il par décider d'une voix calme et égale. D'après Alice, ils sont juste curieux.

Tout cet échange avait été mené tambour battant et n'avait guère duré plus d'une minute. J'en avais saisi l'essentiel, mais je n'entendis pas la question qu'Esmé posait à Edward, car seules ses lèvres vibrèrent. Il réagit par une légère dénégation, et le soulagement submergea les traits de sa mère.

— Prends ma place, lui ordonna-t-il. J'ai eu mon compte.

Sur ce, il se planta devant moi. Les autres avaient regagné le champ, inspectant avec inquiétude les bois ombreux. Alice et Esmé se positionnèrent dans la zone près de laquelle je me tenais.

— Rabats tes cheveux, me lança Edward doucement.

Docilement, je retirai mon élastique et secouai ma tignasse.

— Ils arrivent, hein ? balbutiai-je, bien inutilement.

— Oui. Ne bouge surtout pas et ne t'éloigne pas de moi, je t'en prie.

Il avait beau dissimuler sa tension, elle ne m'échappa pas. Il ramena mes longues mèches en avant, de façon à ce qu'elles cachent en partie mon visage.

— Ça ne servira à rien, chuchota Alice. Je la flairerais à l'autre bout de la prairie.

— Je sais, s'énerva-t-il.

Carlisle se tenait sur le marbre, et une nouvelle partie commença, sans beaucoup d'entrain.

— Que t'a demandé Esmé ? murmurai-je.

— S'ils avaient soif, admit-il de mauvaise grâce après un instant d'hésitation.

Les secondes s'écoulèrent. Le match était apathique. Personne n'osait frapper trop fort, et Emmett, Rosalie et Jasper ne s'écartaient pas du champ intérieur. En dépit de la terreur qui engourdissait mon cerveau, j'avais conscience que Rosalie me regardait de temps en temps. Ses yeux étaient dénués d'expression, mais le pli de sa bouche m'incitait à penser qu'elle était furieuse. Edward ne prêtait aucune attention à la partie, entièrement concentré sur les arbres alentour.

— Excuse-moi, Bella, marmonna-t-il, soudain véhément. C'était stupide et irresponsable de t'exposer ainsi. Je suis vraiment désolé.

Tout à coup, il cessa de respirer, et ses prunelles se posèrent en plein sur le champ droit. Il avança imperceptiblement pour s'interposer entre moi et ce qui approchait. Carlisle, Emmett et les autres se tournèrent dans la même direction, prêtant l'oreille à des bruits de pas que mes faibles oreilles n'entendaient pas.

18

LA TRAQUE

Ils surgirent un à un de la lisière, éloignés d'une dizaine de mètres chacun. Le premier mâle qui déboucha dans le champ recula immédiatement, laissant le second prendre la tête. Il se plaça en retrait du grand brun d'une façon qui ne permettait aucun doute sur l'identité du chef de meute. La troisième était une femme ; à cette distance, je ne distinguais d'elle que ses cheveux, d'une teinte rouge saisissante.

Prudents, ils resserrèrent les rangs avant de poursuivre leur route en direction de la famille d'Edward, affichant tous les signes de respect qu'un clan de prédateurs montre naturellement quand il croise le chemin d'une horde de son espèce supérieure en nombre.

Au fur et à mesure qu'ils approchaient, je notai à quel point ils différaient des Cullen. Ils avaient la démarche féline, se déplaçaient comme s'ils avaient constamment été à deux doigts de se tapir pour bondir. Ils étaient habillés en randonneurs – jeans et grosses chemises pratiques en lourd tissu imperméable. Leurs vêtements sentaient l'usure cependant, certains étaient même déchirés, et ils étaient nu-pieds. Les deux hommes avaient les cheveux coupés ras, ceux de la femme étaient parsemés de feuilles et de débris récoltés dans les bois.

Leurs yeux perçants ne manquèrent pas de remarquer l'allure plus policée et urbaine de Carlisle qui, sur ses gardes, avança à leur rencontre, flanqué d'Emmett et de Jasper. Sans concertation apparente, les intrus se redressèrent, adoptant une position plus décontractée.

Le leader était de loin le plus beau, avec sa peau couleur olive sous l'habituelle pâleur de sa race, et ses cheveux d'un noir de jais. De taille moyenne et, bien sûr, très musclé, il ne pesait cependant rien comparé à l'impressionnant Emmett. Il nous décocha un sourire amical, dévoilant deux rangées de dents luisantes. La femme paraissait plus sauvage, et, tandis que sa tignasse s'agitait sous la brise, ses pupilles ne cessaient d'aller et venir, passant des hommes qui lui faisaient face au groupe relâché qui m'entourait. Indubitablement, sa posture était celle d'une lionne. L'autre mâle, plus menu que le chef, cheveux châtains et traits réguliers anodins, piétinait derrière eux. Ses prunelles, bien que totalement immobiles, semblaient paradoxalement les plus vigilantes.

Leurs yeux étaient différents, d'ailleurs. Ni dorés ni noirs comme je m'y étais attendue, mais d'un bordeaux sombre, à la fois dérangeant et sinistre.

Le brun fit un pas en direction de Carlisle.

— Nous avons cru percevoir un match en cours,

dit-il d'une voix détendue aux accents vaguement français. Je m'appelle Laurent. Je vous présente Victoria et James, ajouta-t-il en désignant ses compagnons.

— Carlisle. Voici ma famille, Emmett et Jasper, Rosalie, Esmé et Alice, Edward et Bella.

Son vaste geste engloba notre groupe, évitant volontairement de s'arrêter sur chacun. J'eus un choc en l'entendant prononcer mon nom.

— Vous accepteriez d'autres joueurs ? demanda Laurent avec affabilité.

— Nous venons juste de terminer la partie, répondit Carlisle en modulant son ton sur celui de l'autre, mais ce sera avec plaisir. Une autre fois. Vous comptez rester longtemps dans la région ?

— En fait, nous allons dans le Nord, mais nous étions curieux de voir qui habitait les environs. Nous n'avons rencontré personne depuis si longtemps.

— Je n'en doute pas. Le coin est d'ordinaire désert, mis à part nous et les visiteurs occasionnels tels que vous.

L'atmosphère tendue s'était peu à peu transformée en conversation mondaine. J'imagine que Jasper avait mis en branle son talent particulier pour contrôler la situation.

— Où se situe votre terrain de chasse ? s'enquit poliment Laurent.

Carlisle ignora la supposition que sous-entendait la question.

— Du massif de l'Olympus à la chaîne côtière. Nous gardons une résidence permanente alentour. Il existe une autre colonie semblable à la nôtre près de Denali.

— Permanente ? répéta Laurent en se balançant légèrement sur ses talons. Comment y arrivez-vous ?

Sa curiosité était réelle.

— Pourquoi ne pas nous accompagner à la maison pour en discuter confortablement ? proposa Carlisle. C'est une longue histoire.

James et Victoria échangèrent un regard surpris à la mention du mot « maison ». Laurent, lui, se contrôla mieux.

— Voilà qui est très alléchant et aimable, lança-t-il avec un sourire bienveillant. Nous sommes en chasse depuis l'Ontario et nous n'avons guère eu le temps de faire un brin de toilette.

Il balaya Carlisle des yeux, appréciant son raffinement.

— Ne le prenez pas mal, s'il vous plaît, mais nous apprécierons que vous vous reteniez d'opérer dans les parages immédiats. Nous devons éviter d'attirer les soupçons, vous comprenez.

— Naturellement. Il n'est pas question d'empiéter sur votre territoire. Nous avons mangé juste après Seattle, de toute façon.

Il éclata de rire, et un frisson descendit le long de ma colonne vertébrale.

— Nous allons vous montrer le chemin. Si vous voulez bien courir derrière nous... Emmett et Alice, accompagnez Edward et Bella pour récupérer la Jeep, ajouta-t-il, l'air de rien.

C'est alors que trois choses se produisirent simultanément. Le vent léger ébouriffa mes cheveux, Edward se tendit, et le deuxième mâle, James, tourna brutalement la tête pour me détailler, narines à l'affût.

Une raideur s'empara de tous quand James se précipita vers moi, prêt à bondir. Edward montra les dents, un grondement animal montant de sa gorge. Ça ne ressemblait en rien aux sons joueurs qu'il avait émis le matin même ; c'était la chose la plus menaçante que j'avais jamais entendue, et je fus secouée par des tremblements de la tête aux pieds.

— Que se passe-t-il ? s'exclama Laurent, réellement surpris.

Aucun des deux protagonistes n'abandonna sa posture agressive, et lorsque James feinta sur le côté, il fut immédiatement contré par Edward.

— Elle est avec nous, déclara Carlisle d'un ton ferme à l'intention de James.

Laurent parut flairer mon odeur avec moins de puissance que son compagnon, mais on put lire sur son visage qu'il venait de comprendre.

— Vous avez apporté un casse-croûte ? s'étonna-t-il avec un pas involontaire dans ma direction.

Edward gronda encore plus férocement, feulant presque, ses lèvres se retroussant sur ses dents luisantes. Laurent recula.

— J'ai dit qu'elle était avec nous, répéta Carlisle d'une voix dure.

— Mais c'est une *humaine* ! protesta Laurent sans aucune vindicte, plutôt abasourdi.

— Oui, confirma Emmett.

Il se rapprocha de son père sans perdre de vue James. Ce dernier se releva lentement, continuant toutefois de me fixer, les narines dilatées. Devant moi, Edward resta tendu comme un lion. Laurent reprit calmement la parole pour tenter de désamorcer l'hostilité ambiante.

— J'ai l'impression que nous avons beaucoup à apprendre les uns des autres.

— En effet, admit Carlisle, toujours aussi sec.

— C'est avec plaisir que nous accepterions votre invitation. Il va de soit que nous ne toucherons pas à la fille. Comme j'ai dit, pas question d'empiéter sur votre territoire.

James le contempla un court instant, à la fois incrédule et agacé, avant d'échanger un nouveau regard avec Victoria qui n'avait pas cessé de nous épier tour à tour. Carlisle parut soupeser la franchise de Laurent pendant un moment.

— Venez, finit-il par dire. Jasper, Rosalie, Esmé ?

Les trois Cullen se rassemblèrent en s'arrangeant pour me cacher aux intrus. Alice se posta aussitôt près de moi, et Emmett recula lentement vers nous en surveillant James.

— Allons-y, Bella, m'ordonna Edward d'une voix faible.

Tout ce temps, j'étais restée pétrifiée de terreur. Edward fut obligé de me tirer sèchement par le coude pour me sortir de ma tétanie. Alice et Emmett se tenaient juste derrière nous, me dissimulant. Je suivis Edward en titubant, morte de peur. Sa fébrilité était presque tangible, cependant que nous progressions à une allure humaine vers l'orée des bois. Une fois dans les arbres, il me jeta sur son dos sans même s'arrêter. Je m'agrippai à lui comme une désespérée, et il décolla, les deux autres sur ses talons. Je baissais la tête, mais mes yeux écarquillés par la frayeur refusaient de se fermer. Mes escortes plongèrent dans la forêt désormais sombre et fantomatique. La joie qui présidait d'habitude aux courses d'Edward avait disparu, remplacée par une fureur qui le consumait et le rendait encore plus rapide. Même alourdi par moi, il distançait son frère et sa sœur. Nous atteignîmes la Jeep en un temps record, et il ralentit à peine pour me jeter sur le siège arrière.

— Attache-la ! ordonna-t-il à Emmett qui venait de se glisser à mon côté.

Alice s'installait sur le siège passager quand Edward démarra. Le moteur rugit, nous reculâmes et, dans un tête-à-queue, nous nous retrouvâmes face à la route sinueuse.

Edward grommelait des paroles trop rapides pour que je les comprenne, mais il me sembla bien qu'il s'agissait d'un chapelet d'insanités. Le voyage chaotique fut bien pire cette fois, et l'obscurité le rendit encore plus affolant. Emmett et Alice regardaient par les fenêtres d'un air lugubre. Quand nous fûmes sur la route principale, je m'aperçus que nous nous éloignions de Forks, en direction du sud.

— Où m'emmenez-vous ?

Personne ne répondit, ne daigna même tourner la tête.

— Nom de Dieu, Edward ! jurai-je. Où m'emmènes-tu ?

— Loin. Il le faut.

Il était concentré sur sa conduite. Le compteur de vitesse indiquait cent soixante-dix kilomètres heure.

— Fais demi-tour tout de suite, je veux rentrer chez moi ! hurlai-je en me débattant avec les sangles de cet imbécile de harnais.

— Emmett ? lança Edward d'un ton sans réplique.

Le géant emprisonna mes mains dans l'étau de sa poigne.

— Non ! Edward ! Tu n'as pas le droit de faire ça !

— Si, Bella, et maintenant, tiens-toi tranquille, s'il te plaît.

— Non ! Tu dois me ramener. Charlie va appeler le FBI qui tombera sur le dos de ta famille ! Vous serez forcés de fuir, de vous cacher pour toujours !

— Calme-toi. Ce ne serait pas la première fois.

— Ce n'est pas une raison ! Vous n'allez pas tout gâcher à cause de moi !

Je me débattis comme une folle... ce qui était d'une totale futilité.

— Range-toi, Edward, dit soudain Alice.

Lui jetant un coup d'œil froid, il accéléra.

— Essayons d'en discuter, insista-t-elle.

— Tu ne comprends rien ! s'emporta-t-il.

Jamais je ne l'avais entendu hurler ainsi. C'était assourdissant, dans l'habitacle confiné de la Jeep. Nous roulions à plus de cent quatre-vingts.

— C'est un traqueur, Alice, poursuivait-il. Un traqueur ! Tu es aveugle ou quoi ?

À côté de moi, Emmett se raidit. Sa réaction me surprit. Apparemment, le mot signifiait plus pour eux que pour moi. J'aurais bien aimé comprendre, mais je comptais pour du beurre, apparemment.

— Gare-toi, Edward, répéta Alice d'un ton raisonnable empreint d'une touche d'autorité que je décelais pour la première fois.

L'aiguille dépassa les cent quatre-vingt-dix.

— Edward.

— Écoute-moi, Alice, j'ai lu dans ses pensées.

Chasser est sa passion, son obsession, et il la veut, Alice, *elle* spécifiquement. Il s'y mettra dès ce soir.

— Il ne sait pas où...

— Combien de temps crois-tu qu'il lui faudra pour croiser sa trace en ville ? Son plan était prêt avant même que Laurent ait parlé.

Devinant où mon odeur allait le conduire, j'eus un hoquet de terreur.

— Charlie ! criai-je en tirant violemment sur les sangles du harnais. Vous ne pouvez pas le laisser là-bas. Vous n'avez pas le droit !

— Elle a raison, me soutint Alice. (La voiture ralentit légèrement.) Prenons le temps d'envisager les options qui s'offrent à nous.

La Jeep perdit encore de la vitesse, plus notablement. Soudain, dans un crissement de pneus, elle stoppa sur le bas-côté. Sous le choc, je fus projetée en avant puis plaquée contre le dossier.

— Nous n'avons pas d'autre solution, gronda Edward.

— Je n'abandonnerai pas Charlie ! bramai-je.

Il m'ignora complètement.

— Nous devons la ramener, finit par déclarer Emmett.

— Non, s'entêta Edward, catégorique.

— Il ne fait pas le poids, face à nous. Il ne la touchera pas.

— Il attendra.

— Je sais être patient aussi.

— Tu n'as pas vu... tu ne saisis pas. Quand il est en chasse, rien ne l'arrête. Nous allons devoir le tuer.

— C'est une possibilité à envisager, admit Emmett, guère ébranlé.

— La femelle aussi. Elle est de son côté. Si ça tourne à la bataille rangée, leur chef se joindra à eux.

— Nous sommes assez nombreux.

— Il doit y avoir une autre solution, murmura Alice.

— Il n'y en a pas ! gronda méchamment Edward en se tournant vers elle, fou de rage.

Tant Emmett que moi le dévisageâmes avec stupeur. Alice, elle, ne parut pas démontée. Le silence dura une longue minute tandis qu'elle et son frère s'observaient. C'est moi qui le rompis.

— J'ai un plan. Personne n'a envie de l'entendre ?

— Non, râla Edward.

Perdant enfin patience, Alice lui jeta un regard réfrigérant.

— Je t'en prie, suppliai-je. Tu me ramènes...

— Non, m'interrompit-il.

— Tu me ramènes, repris-je d'une voix sèche, je dis à mon père que je veux retourner à Phoenix, je boucle mes valises. Nous attendons que le traqueur m'épie et nous nous sauvons. Il nous suivra et fichera la paix à Charlie. Quant à lui, il ne lancera pas le FBI aux trousses de ta famille. Ensuite, tu pourras m'emmener où diable tu voudras.

Ils me dévisagèrent, abasourdis.

— Ce n'est pas une si mauvaise idée, marmonna Emmett dont l'ébahissement m'offensa.

— Ça pourrait marcher, admit Alice. De toute façon, il n'est pas question de laisser son père sans protection, tu le sais.

Tout le monde se tourna vers Edward.

— Trop dangereux, ronchonna-t-il. Je ne veux pas le voir à moins de cent kilomètres d'elle.

— Nous sommes les plus forts, assura Emmett avec une confiance absolue.

— Je ne pense pas qu'il attaquera, ajouta Alice après avoir réfléchi. Il attendra plutôt que nous relâchions notre vigilance.

— Il ne lui faudra pas longtemps pour s'apercevoir que ça n'arrivera pas.

— J'exige que tu me ramènes à la maison ! tonnai-je.

Edward appuya ses doigts contre ses tempes et ferma les paupières.

— S'il te plaît, le suppliai-je ensuite.

Il ne releva pas la tête. Quand il parla, il paraissait épuisé.

— Tu pars ce soir, que le traqueur te voie ou non. Tu racontes à Charlie que tu ne supportes pas de rester une minute de plus à Forks. Ou n'importe quoi de convaincant. Prends les premières affaires qui te tombent sous la main puis grimpe dans ta camionnette. Je me fiche de ce qu'il essaiera de te dire. Je te donne quinze minutes à partir du moment où tu auras franchi le seuil. Compris ? Pas plus.

La Jeep gronda et fit demi-tour dans un hurlement de pneus. L'aiguille du compteur de vitesse se mit à grimper rapidement.

— Emmett ? demandai-je en lui montrant mes mains emprisonnées.

— Oh, désolé, s'excusa-t-il en me relâchant.

Quelques minutes passèrent, puis Edward reprit la parole.

— Voilà comment nous allons procéder. Une fois chez Charlie, si le traqueur n'est pas là, j'accompagnerai Bella à la porte. Emmett, tu surveilleras l'arrière de la maison, et toi, Alice, la Chevrolet. Moi, je serai à l'intérieur avec elle. Dès qu'elle ressortira, vous irez expliquer la situation à Carlisle.

— Des clous ! protesta Emmett. Je ne te quitte pas d'une semelle.

— Réfléchis un peu, que diable ! J'ignore combien de temps je serai parti.

— Tant que nous ne saurons pas jusqu'où cette histoire va nous entraîner, je te colle au train.

Edward poussa un gros soupir mais n'insista pas.

— Si le traqueur est déjà là, continua-t-il, nous ne nous arrêtons pas.

— Nous serons là-bas avant lui, intervint Alice sans hésiter.

Edward parut accepter ce pronostic. En dépit de sa dispute avec sa sœur, il ne doutait plus d'elle.

— Que ferons-nous de la Jeep ? enchaîna-t-elle.

— Tu retourneras à la maison avec.

— Il n'en est pas question, assena-t-elle tranquillement.

Ce qui nous valut une nouvelle litanie de jurons inintelligibles.

— Nous ne tiendrons pas tous dans ma camionnette, chuchotai-je.

Edward sembla ne pas m'avoir entendue.

— Je crois que je devrais partir seule, ajoutai-je encore plus doucement.

Cela, en revanche, ne lui échappa pas.

— Je t'en prie, Bella, obéis-moi sans discuter pour une fois, grommela-t-il entre ses dents.

— Charlie n'est pas idiot, objectai-je. Si tu n'es pas en ville demain, il va avoir des soupçons.

— Argument irrecevable. Nous nous assurerons de sa sécurité, et il n'y a que ça qui compte.

— Et James ? Il a bien compris, tout à l'heure. Il devinera que tu es avec moi, où que tu ailles.

Une fois encore, Emmett me dévisagea avec une stupeur des plus insultantes.

— Là, elle n'a pas tort, à mon avis.

— C'est vrai, renchérit Alice.

— Je reste avec elle, décréta Edward, glacial.

— Emmett ne devrait pas venir non plus, continuai-je. Il en a mis plein les yeux à ce type.

— Quoi ? s'étonna l'intéressé.

— Tu le liquideras plus facilement en étant ici, confirma Alice.

— Tu veux vraiment que j'abandonne Bella à elle-même ? s'écria Edward, incrédule.

— Bien sûr que non. Jasper et moi l'accompagnerons.

— Je reste avec elle, répéta-t-il.

Mais avec des accents moins désespérés. La logique de mon raisonnement commençait à lui apparaître.

— Une semaine, tentai-je de le persuader. Quelques jours, tempérai-je après avoir vu la grimace peu amène qu'il m'adressait dans le rétro. Histoire de permettre à Charlie de se rendre compte que tu ne m'as pas enlevée et d'entraîner James sur une fausse piste. Assure-toi qu'il a complètement perdu ma trace, puis viens me rejoindre. Par un chemin détourné, bien sûr. Après, Jasper et Alice pourront rentrer chez vous.

— Et où nous retrouverions-nous ?

— À Phoenix, bien sûr.

— Non. Il devinera que c'est là que tu vas.

— Tu n'auras qu'à t'arranger pour qu'il pense que c'est une ruse. Il saura que nous savons qu'il nous écoute. Il ne croira jamais que je compte aller là où je le prétends.

— Elle est diabolique, s'esclaffa Emmett.

— Et si ça ne marche pas ?

— Il y a des millions d'habitants, à Phoenix.

— Il n'est pas très difficile de mettre la main sur un annuaire.

— Je n'irai pas chez ma mère.

— Et où ça, alors ? cria-t-il.

— Je suis assez âgée pour me trouver un endroit où vivre.

— Nous serons avec elle, Edward, lui rappela Alice.

— Et que ferez-vous à Phoenix, hein ? protesta-t-il, acerbe.

— Nous ne bougerons pas.

— J'aime bien ce plan, affirma Emmett, visiblement ravi à la perspective de coincer James.

— La ferme, toi !

— Écoute, si nous essayons d'abattre le traqueur quand elle est encore dans les parages, il y a toutes les chances que quelqu'un soit blessé. Elle, ou toi en voulant la protéger. Par contre, si nous parvenons à l'isoler...

Il s'interrompit avec un sourire qui me confirma que je ne m'étais pas trompée.

La Jeep se traînait, maintenant que nous étions en

ville. En dépit de mes fanfaronnades, je sentis les poils de mes bras se hérisser. Je pensai à Charlie, seul à la maison et m'exhortai au courage.

— Bella, me dit Edward d'une voix très douce (Alice et Emmett regardèrent par la fenêtre), si jamais il t'arrive quoi que ce soit, je te tiendrai pour personnellement responsable. Compris ?

— Oui, hoquetai-je.

— Jasper saura se tenir ? demanda-t-il ensuite à Alice.

— Fais-lui un peu confiance. Il a plutôt bien réagi jusqu'à présent.

— Et toi ? persista-t-il.

Ce à quoi la charmante petite Alice répondit en retroussant ses lèvres avec un rictus horrible tout en émettant un grognement guttural qui m'amena à me tapir sur mon siège.

— Garde tes opinions pour toi, marmonna Edward en souriant à sa sœur.

19

ADIEUX

Charlie m'attendait – toutes les lumières étaient allumées. J'avais beau me creuser la cervelle pour trouver un argument susceptible de le convaincre de m'autoriser à partir, mon esprit était aux abonnés absents. Ça n'allait pas être une conversation très agréable.

Edward se gara en douceur, en prenant soin de rester loin derrière ma camionnette. Mes trois compagnons étaient sur leurs gardes, raides comme des piquets, l'oreille aux aguets du moindre bruit émanant des bois, les yeux scrutant chaque ombre, les narines flairant les odeurs, à l'affût de tout signe suspect. Le moteur se tut. Je ne bougeai pas, attendant qu'ils aient terminé leur inspection.

— Il n'est pas là, finit par dire Edward d'une voix tendue. Allons-y.

Emmett m'aida à me débarrasser du harnais.

— Ne t'inquiète pas, Bella, me chuchota-t-il joyeusement, nous allons régler ça en un rien de temps.

Mon cœur se serra. Je le connaissais à peine et, pourtant, ignorer quand je le reverrais me semblait intolérable. J'étais consciente que cela n'était qu'un faible avant-goût des adieux que j'allais devoir faire dans l'heure à venir, et cette perspective ouvrit les vannes de mes larmes.

— Alice, Emmett !

C'était un ordre. Tous deux se glissèrent sans bruit dans l'obscurité et disparurent aussitôt. Edward me tint la portière et attrapa ma main. M'attirant dans le cercle protecteur de ses bras, il m'entraîna rapidement vers la maison en balayant la nuit des yeux.

— Quinze minutes, me rappela-t-il dans un souffle.

— J'y arriverai, reniflai-je.

Mes pleurs venaient de me donner une idée. Je m'arrêtai sur le perron et pris son visage entre mes paumes. Je plongeai férocement mon regard dans le sien.

— Je t'aime, murmurai-je avec ardeur. Quoi qu'il arrive, je t'aimerai toujours.

— Tout se passera bien, Bella, répondit-il sur un ton aussi intense.

— Respecte le plan, d'accord ? Veille à la sécurité de Charlie pour moi. Il ne va pas m'aimer beaucoup, d'ici cinq minutes, et je tiens à garder une chance de m'excuser plus tard.

— Vas-y, Bella. Nous n'avons pas beaucoup de temps.

— Une dernière chose. N'écoute plus un seul des mots que je vais prononcer ce soir.

Il était penché vers moi, et je n'eus qu'à me dresser sur la pointe des pieds pour embrasser ses lèvres glacées et surprises avec toute la force dont j'étais capable. Puis je me détournai et ouvris la porte d'une violente bourrade.

— Fous-moi la paix ! hurlai-je à un Edward interloqué.

Je me précipitai à l'intérieur en claquant le battant sous son nez.

— Bella ?

Charlie, qui tournait en rond dans le salon, se rua vers moi.

— Toi, laisse-moi ! piaillai-je à travers mes larmes qui dégoulinaient à grands flots maintenant.

Je courus dans ma chambre, où je m'enfermai à clé. Rapidement, je tirai mon havresac de sous le lit et la vieille chaussette contenant mon trésor de guerre secret de sous le matelas. Charlie frappait à coups redoublés.

— Tu n'as rien, Bella ? Que se passe-t-il ? criait-il, complètement affolé.

— Je rentre à la maison ! braillai-je, et ma voix se cassa juste au bon endroit.

— Il t'a fait du mal ? gronda-t-il, en colère, cette fois.

— Non ! rétorquai-je, quelques octaves plus haut.

Je me tournai vers la commode. Edward y était déjà. Il arracha des brassées de vêtements au hasard et me les lança.

— Il a rompu avec toi ? demanda Charlie, intrigué, à présent.

— Non !

J'étais un peu essoufflée, à force de me démener.

Edward me jeta le contenu d'un nouveau tiroir. Mon sac était presque plein, maintenant.

— Que se passe-t-il ? répétait mon père en martelant furieusement la porte.

— C'est moi qui ai rompu avec lui ! hurlai-je en me débattant avec la fermeture Éclair de mon bagage.

Plus habile que moi, Edward s'en chargea avant de passer soigneusement la sangle du sac par-dessus mon épaule.

— Je t'attends dans ta voiture, souffla-t-il. Fonce !

Et il sauta par la fenêtre. Je déverrouillai la serrure, repoussai brutalement Charlie et dévalai les marches, gênée par mon fardeau.

— Mais qu'y a-t-il ? s'énerva mon père, sur mes talons. Je croyais que tu l'aimais bien...

Dans la cuisine, il m'attrapa par le coude. Sa surprise n'amoindrissait en rien la fermeté de sa poigne. Il m'obligea à lui faire face, et je vis qu'il n'avait pas l'intention de me laisser partir comme ça. Je n'avais qu'un moyen de le persuader, mais cela allait tellement le blesser que je me haïs de seulement y songer. Malheureusement, j'étais pressée et je devais m'assurer qu'il ne risquerait rien. Je le fusillai du regard, mes larmes repartant de plus belle à l'idée de ce que je m'apprêtais à dire.

— Je l'aime bien, c'est tout le problème. Mais j'en ai marre de vivre ici. Je ne tiens pas à être enfermée comme maman dans cette stupide bourgade qui suinte l'ennui ! Je ne commettrai pas la même erreur qu'elle. Je déteste cet endroit. Je n'y resterai pas une seconde de plus !

Sa main retomba comme si je l'avais électrocuté. Me détournant de son visage choqué et peiné, je filai vers le porche.

— Bella ! Tu ne vas pas t'en aller maintenant, croassa-t-il, il fait nuit.

— Je dormirai dans la voiture si je me sens fatiguée, ripostai-je sans le regarder.

— Patiente encore une petite semaine, me supplia-t-il, encore sous le coup. Renée sera bientôt ici.

— Quoi ? m'écriai-je, complètement prise au dépourvu.

Devant mon hésitation, il continua sur sa lancée, soulagé, presque anxieux de vider son sac.

— Elle a téléphoné pendant ton absence. Ça ne marche pas fort, en Floride. Si Phil ne trouve pas de contrat d'ici la fin de la semaine, ils rentreront en Arizona. L'entraîneur des Serpents à Sonnette dit qu'ils auraient peut-être besoin d'un deuxième arrêt court.

Je secouai la tête, tentant de rassembler mes idées. Chaque seconde perdue mettait Charlie en danger.

— J'ai une clé, marmonnai-je, la main sur la poignée de la porte.

Il était trop près de moi, le bras tendu, l'air hébété. Je ne pouvais me permettre de perdre encore du temps à discuter. Tant pis, je lui ferai un peu plus de mal.

— Laisse-moi partir, Charlie.

C'étaient les derniers mots que ma mère lui avait lancés avant de franchir le même seuil tant d'années auparavant. Je les prononçai aussi méchamment que je pus avant d'ouvrir le battant.

— Ça n'a pas marché, point. Je déteste vraiment, *vraiment*, Forks !

Ma cruauté eut le résultat escompté. Interdit, Charlie se figea sur le perron, et je m'enfuis dans la nuit. La cour vide me flanqua une peur bleue. Je courus à toutes jambes jusqu'à la Chevrolet, imaginant déjà une ombre à mes trousses. Je balançai mon sac sur le plateau et ouvris vivement la portière. La clé était sur le contact.

— Je t'appelle demain ! criai-je à Charlie.

Je regrettais plus que jamais de ne pas pouvoir m'expliquer tout en sachant que ce serait à jamais impossible. Je démarrai et filai. Edward effleura mes doigts.

— Arrête-toi, me dit-il une fois que la maison eut disparu derrière nous.

— Je suis capable de conduire, rétorquai-je, les yeux noyés de larmes.

Soudain, ses longues mains s'enroulèrent habilement autour de ma taille tandis que son pied poussait le mien loin de l'accélérateur. Il me tira sur ses genoux, m'arracha du volant, et je me retrouvai assise côté passager et lui à la place du chauffeur. La Chevrolet n'avait même pas tangué.

— Tu ne retrouverais pas le chemin, expliqua-t-il.

Tout à coup, des phares inondèrent la lunette arrière. Je me retournai, horrifiée.

— Rien qu'Alice, me rassura-t-il.

L'image de mon père pétrifié sur le seuil hantait mon esprit.

— Le traqueur ? demandai-je.

— Il a entendu la fin de ton numéro, reconnut Edward, sinistre.

— Mais Charlie ? m'inquiétai-je aussitôt.

— James nous a suivis. Il est en train de courir derrière nous, en ce moment.

Je me statufiai.

— On peut le semer ?

— Non.

Pourtant, il accéléra, et la voiture poussa un gémissement de protestation. Mon plan ne me semblait plus aussi génial, brusquement. J'étais en train d'observer les phares d'Alice quand la camionnette vacilla tandis qu'une silhouette noire s'accrochait d'un bond à la fenêtre. Mon hurlement de terreur ne dura qu'une fraction de seconde – Edward avait plaqué sa main sur ma bouche.

— C'est Emmett !

Il me libéra avant de me prendre par la taille.

— Tout ira bien, enchaîna-t-il. Nous allons veiller sur toi.

Nous foncions vers la nationale.

— Je ne m'étais pas rendu compte que la vie de province t'ennuyait tant, poursuivit-il sur le ton de la conversation, pour me distraire évidemment. J'avais plutôt l'impression que tu t'adaptais très bien, surtout ces derniers temps. Je me suis peut-être flatté de t'avoir rendu l'existence plus passionnante.

— J'ai été dure, avouai-je sans me dérider, la tête basse. Ma mère lui a dit la même chose quand elle l'a quitté. C'était un coup bas, en quelque sorte.

— Ne t'en fais pas, il te pardonnera, souffla-t-il avec un faible sourire.

Je levai les yeux, et il vit quelle terreur pure s'était emparée de moi.

— Tout ira bien, Bella, répéta-t-il.

—– Pas quand je serai loin de toi.

— Nous serons réunis d'ici quelques jours. C'était ton idée, ne l'oublie pas.

— Tu parles d'une idée ! Et bien sûr, c'est moi qui l'ai eue.

Son vague sourire se fana.

— Pourquoi a-t-il fallu que ça arrive ? continuai-je d'une voix étranglée. Pourquoi moi ?

— C'est ma faute, s'accusa-t-il en fixant sombrement la route. J'ai été idiot de t'exposer ainsi.

La rage qui le secouait lui était tout entière destinée.

— Ce n'est pas ça, persistai-je. J'étais là, d'accord. ça n'a pas eu l'air de gêner les deux autres. Pourquoi James a-t-il décidé de me tuer, moi ? Il y a des gens partout, pourquoi moi ?

Il réfléchit un instant avant de répondre.

— J'ai attentivement scruté son esprit, ce soir. Je ne crois pas que j'aurais pu l'éviter, à partir du moment où il t'avait vue. Tu es *en partie* responsable. Si ton odeur n'était pas aussi succulente, il aurait laissé tomber. Quand je me suis interposé... ça a aggravé les choses. Il n'a pas l'habitude d'être contrarié ; pour quoi que ce soit, d'ailleurs. Il ne s'envisage que comme prédateur, rien d'autre. Sa vie est entièrement dévouée à la traque, il n'en attend que des défis. Nous lui en avons brusquement lancé un très beau – un vaste clan de combattants aguerris tous voués à protéger un élément vulnérable. Tu n'imagines pas à quel point il est euphorique, en ce moment. C'est son jeu préféré, et nous venons de le rendre encore plus affriolant. (Il se tut, dégoûté.) D'un autre côté, reprit-il d'un ton morne, si je n'avais pas réagi, il t'aurait attaquée tout de suite.

— Je croyais que... qu'il n'y avait qu'à toi que mon odeur faisait un tel effet ?

— C'est juste. Ça ne signifie pas pour autant que tu ne les tentes pas. Si tu avais *vraiment* tourné les sens du traqueur, de n'importe lequel d'entre eux d'ailleurs, comme tu m'as enivré, la bagarre aurait éclaté là-bas. (Je frissonnai.) Il ne me reste pas d'autre solution que de le tuer, ajouta-t-il. Carlisle ne va pas beaucoup aimer ça.

Au bruit des pneus, je devinai que nous traversions le pont, bien que je ne pusse voir la rivière dans l'obscurité. Nous arrivions. Je devais lui poser la question.

— Comment tue-t-on un vampire ?

Il me dévisagea de ses yeux insondables avant de me répondre d'une voix dure.

— Le seul moyen efficace est de le réduire en pièces puis de le brûler.

— Ses compagnons se rallieront-ils à lui ?

— La femme oui. Laurent, je ne sais pas. Ils ne sont pas très liés. Il ne voyage avec eux que pour des raisons pratiques. Le comportement de James l'a embarrassé, dans le champ.

— James et la femme... ils vont essayer de te liquider, croassai-je.

— Bella, je t'interdis de perdre ton temps à t'inquiéter pour moi. Ton unique préoccupation doit être de rester en vie et, je t'en supplie, de rester prudente.

— Il nous suit toujours ?

— Oui. Mais il n'attaquera pas la maison. Pas ce soir.

Il tourna dans le chemin invisible, Alice derrière nous. Nous roulâmes jusqu'à la maison. Bien que la vaste demeure fût illuminée, les ténèbres de la forêt environnante restaient denses. Emmett ouvrit ma portière avant même que nous ne nous soyons garés. Il me souleva du siège et, me calant contre sa poitrine comme un ballon de rugby, fonça à l'intérieur. Nous déboulâmes dans la grande pièce blanche, Edward et Alice à nos côtés. Ils étaient tous là, déjà debout après avoir perçu nos pas.

Au milieu d'eux, Laurent. Un grondement sourd roula dans la gorge d'Emmett lorsqu'il me posa près d'Edward.

— Il nous traque, annonça celui-ci en gratifiant l'étranger d'un regard sinistre.

— C'est ce que je craignais, avoua ce dernier, l'air malheureux.

En quelques entrechats, Alice rejoignit Jasper. Elle chuchota quelque chose à son oreille, et ils grimpèrent ensemble l'escalier. Rosalie les observa avant de se rapprocher vivement d'Emmett. Ses yeux magnifiques étaient incandescents et, quand ils se posèrent sur moi, je tressaillis.

— Que va-t-il faire ? demanda Carlisle à Laurent d'un ton glacial.

— Je suis désolé. J'ai tout de suite compris en voyant votre fils la défendre qu'il ne s'arrêterait pas.

— Pouvez-vous l'en empêcher ?

— Non. Rien ne l'arrête lorsqu'il a commencé.

— Alors, nous serons les premiers, jura Emmett.

— Vous n'y arriverez pas. En trois cents ans d'existence, je n'ai jamais rien vu de tel. C'est un tueur. C'est pourquoi j'ai intégré sa bande.

Sa bande ? Je sursautai. Évidemment. La hiérarchie affichée dans la prairie n'avait été qu'un manège. Secouant la tête, Laurent me détailla, perplexe.

— Vous êtes certain que le jeu en vaut la chandelle ? s'enquit-il.

Le rugissement outragé d'Edward secoua la pièce, et Laurent se tassa sur lui-même.

— Vous allez devoir choisir, lui lança Carlisle avec gravité.

L'autre comprit aussitôt. Il réfléchit un instant, nous observant tour à tour avant d'examiner la pièce dans son ensemble.

— La vie que vous menez m'intrigue, finit-il par avouer. Mais je refuse de me retrouver au milieu de toute cette affaire. Si je n'éprouve nulle animosité à votre encontre, je ne m'opposerai pas non plus à James. Je crois que je vais gagner le Nord, ce clan de Denali. Ne le sous-estimez pas, ajouta-t-il après une brève hésitation. C'est un esprit brillant, et ses sens sont aiguisés. Il est tout aussi à l'aise que vous parmi les humains, et il n'attaquera pas de front... Je suis navré de ce qui vient de se produire, vraiment désolé.

Il baissa la tête, ce qui ne m'empêcha pas d'intercepter un nouveau coup d'œil décontenancé à mon adresse.

— Allez en paix, répondit Carlisle avec solennité.

Après un ultime tour d'horizon, Laurent s'empressa de sortir. Le silence dura moins d'une seconde.

— Où est-il ? demanda Carlisle à Edward.

Esmé bougeait déjà. Elle effleura un clavier fixé au mur et, dans un gémissement, d'énormes volets métalliques se mirent à monter le long de la paroi vitrée. J'en restai coite.

— À environ cinq kilomètres de la rivière. Il opère un contournement afin de retrouver la femelle.

— Qu'avez-vous décidé ?

— Nous l'attirons ailleurs pendant que Jasper et Alice emmènent Bella vers le sud.

— Et ensuite ?

— Nous le chassons.

La voix d'Edward résonnait d'accents meurtriers.

— J'imagine que nous n'avons pas d'autre choix, admit son père avec morosité.

— Monte avec elle et échangez vos vêtements, ordonna Edward à Rosalie.

Elle le toisa, livide et ahurie.

— Pourquoi ferais-je ça ? riposta-t-elle. Qu'est-elle pour moi ? Mis à part une menace... un danger que tu as décidé de faire peser sur nous tous.

Un tel venin suintait de ces paroles que j'en tremblai.

— Rose... chuchota Edward en posant une main sur son épaule.

Elle se dégagea. Je surveillais Edward de près. Connaissant son tempérament colérique, je craignais le pire. Il m'étonna cependant en se détournant de sa sœur sans insister.

— Esmé ? lança-t-il calmement.

— Bien sûr, murmura cette dernière.

Elle fut à côté de moi en un éclair. Me prenant sans effort dans ses bras, elle se rua dans l'escalier avant que j'aie eu le temps de réagir.

— Que se passe-t-il ? demandai-je, essoufflée, quand elle m'eut reposée dans une pièce obscure du second étage.

— Nous allons essayer de mélanger nos odeurs, m'expliqua-t-elle. Un pis-aller qui ne durera pas longtemps, mais t'aidera peut-être à filer.

J'entendis ses vêtements tomber par terre.

— Je ne crois pas que nous ayons la même taille.

Sans m'écouter, elle s'activait à passer ma chemise par-dessus ma tête. Renonçant à discuter, je me débarrassai de mon jean. Elle me tendit quelque chose, un chemisier (si mes doigts ne me trompaient pas) que je tâchai d'enfiler rapidement. Elle me passa ensuite son pantalon, il était trop long. Elle en roula aussitôt l'ourlet. De son côté, elle arborait déjà mes habits. Elle me ramena en haut des marches, où Alice m'attendait, un petit sac de cuir à la main. Toutes deux m'attrapèrent par le coude et me portèrent jusqu'en bas.

En notre absence, tout avait été apparemment organisé. Edward et Emmett étaient prêts à partir, le second chargé d'un sac à dos qui semblait lourd. Carlisle remit un objet à Esmé puis, se tournant vers Alice, fit de même avec celle-ci. C'était un téléphone portable couleur argent.

— Esmé et Rosalie prendront ta voiture, Bella, me dit-il en passant.

Je hochai la tête en jetant un coup d'œil inquiet à la blonde sculpturale. Son regard n'était que reproches.

— Alice et Jasper, utilisez la Mercedes. Les vitres teintées vous seront utiles, dans le Sud.

Ils acquiescèrent.

— Nous trois serons dans la Jeep.

Je fus surprise d'apprendre que Carlisle avait l'intention d'accompagner Edward. Dans un élan de frayeur, je me rendis compte qu'ils avaient soigneusement planifié leur action.

— Mordra-t-il à l'hameçon ? demanda Carlisle à Alice.

Tout le monde se tourna vers elle tandis qu'elle fermait les yeux et se figeait de façon stupéfiante.

— Il vous suivra, finit-elle par annoncer en rouvrant les paupières. La femme se chargera de la camionnette. Nous devrions pouvoir partir après.

Elle paraissait sûre d'elle.

— Alors, allons-y, déclara Carlisle en se dirigeant vers la cuisine.

Au lieu de le suivre, Edward se précipita sur moi. Il me serra contre lui à m'en écraser, comme inconscient de la présence de sa famille autour de nous. Il hissa mon visage vers le sien, soulevant mes pieds de terre. Pendant la seconde la plus courte qui fût, ses lèvres glacées se posèrent durement sur les miennes. Puis ce fut fini. Gardant mon visage entre ses paumes, il plongea ses prunelles splendides et brûlantes dans les miennes et me reposa sur le plancher.

Lorsqu'il pivota pour s'en aller, ses pupilles étaient devenues étrangement mortes et vides.

La première équipe partie, nous patientâmes. Les autres m'évitaient, respectant mon chagrin – les larmes roulaient sans bruit sur mes joues. Le silence s'éternisa, soudain interrompu par les vibrations du mobile d'Esmé qui s'en empara aussitôt et écouta le bref message que Carlisle devait lui donner.

— À nous, annonça-t-elle en raccrochant.

Rosalie sortit à grands pas par la grande porte sans un salut pour moi. Esmé, elle, effleura ma joue en passant.

— Prends garde à toi, souffla-t-elle.

J'entendis ma camionnette rugir puis s'éloigner. Jasper et Alice attendirent. Le portable de cette dernière parut être collé à son oreille avant même d'avoir bourdonné.

— D'après Edward, la femme est sur les traces d'Esmé. Je vais chercher la voiture.

Elle s'évanouit dans la pénombre par le même chemin que celui qu'avait emprunté Edward. Jasper et moi nous dévisageâmes. Il se tenait de l'autre côté du vestibule, prudemment loin de moi.

— Tu te trompes, tu sais, dit-il calmement.

— Pardon ?

— Je sens ce que tu ressens... Tu en vaux la peine.

— Non. S'il leur arrive quoi que ce soit, tout cela aura été inutile.

— Tu te trompes, répéta-t-il en me souriant gentiment.

Il n'y eut aucun bruit mais, tout à coup, Alice poussa la porte principale et s'approcha de moi, bras ouverts.

— Si je puis me permettre ?

— Tu es la première à demander l'autorisation, répondis-je avec un sourire forcé.

Elle me souleva aussi aisément qu'Emmett, tendre et protectrice, puis nous nous ruâmes dehors sans éteindre derrière nous.

20

◆

IMPATIENCE

Je me réveillai en pleine confusion, l'esprit embrumé et encore perdu entre rêves et cauchemars. Il me fallut plus longtemps que d'ordinaire pour me souvenir de l'endroit où je me trouvais.

La chambre était trop insipide pour appartenir à une maison particulière – un hôtel. Les lampes de chevet vissées sur les tables de nuit n'auraient trompé personne, non plus que les tentures coupées dans le même tissu que le couvre-lit ou les banales aquarelles accrochées aux murs.

Je tentai de me rappeler comment j'étais parvenue ici, en vain d'abord.

Il y avait eu la longue voiture noire aux vitres plus sombres que celles d'une limousine, son moteur presque silencieux tandis que nous foncions sur la nationale à plus de deux fois la vitesse autorisée. Il y avait Alice aussi, assise à côté de moi sur la banquette arrière de cuir noir. Par hasard, au cours de la nuit, ma tête avait fini appuyée contre son cou de granit. Ma proximité n'avait pas semblé la perturber le moins du monde, et sa peau dure et fraîche m'avait étrangement réconfortée. Sa chemise en coton était froide, trempée par mes larmes intarissables.

Le sommeil m'avait fuie ; bien qu'irrités, mes yeux rouges et bouffis avaient refusé de se fermer, y compris quand la nuit s'était achevée pour laisser place à l'aurore, quelque part au-dessus d'un sommet peu élevé de Californie. La lumière grise qui s'étalait dans un ciel sans nuages m'avait blessée, et pourtant je n'avais pas réussi à clore les paupières, car alors des images réalistes et intolérables défilaient : le chagrin de Charlie, le grondement brutal d'Edward et ses dents acérées, le regard furieux de Rosalie, les pupilles inquisitrices du traqueur, la mort dans les iris d'Edward après qu'il m'avait embrassé la veille... Incapable de les supporter, j'avais lutté contre l'épuisement tandis que l'astre du jour grimpait peu à peu à son zénith.

Je ne dormais toujours pas quand, passé un col, la boule de feu maintenant derrière nous avait illuminé les toits de tuiles de la vallée du Soleil. J'étais trop vidée de mes émotions pour m'étonner que nous eussions accompli un périple de trois jours en un seul. J'avais contemplé sans la voir la vaste étendue plate qui s'étalait devant nous. Phoenix, les palmiers, les créosotes aux allures de chiendent, les brisures erratiques des routes qui se croisaient, les taches vertes des parcours de golf et celles turquoise des piscines, le tout noyé dans une brume légère et encadré par une ligne de crêtes courtes et rocailleuses qui n'étaient pas assez hautes pour mériter qu'on les appelât montagnes.

Le long de la quatre-voies, les palmiers étendaient leurs ombres penchées, nettes et mieux définies que dans mon souvenir, plus pâles aussi. Rien ne pouvait s'y dissimuler. La route ouverte et claire paraissait plutôt inoffensive. Pourtant, je n'éprouvais aucun soulagement, aucun plaisir à rentrer à la maison.

— Dans quelle direction se trouve l'aéroport, Bella ? m'avait demandé Jasper.

J'avais tressailli, bien que sa voix douce ne fût en rien menaçante. C'était le premier son, le ronronnement du moteur excepté, qui venait troubler cette interminable nuit de silence.

— Reste sur la I-10, avais-je répondu automatiquement. Elle passe juste devant.

Mon cerveau avait peu à peu réussi à transpercer l'engourdissement dû au manque de sommeil.

— On prend l'avion ? m'étais-je enquise auprès d'Alice.

— Non, mais mieux vaut ne pas être trop loin, au cas où.

Nous avions emprunté le rond-point menant à Sky Harbor International... pas jusqu'au bout. J'imagine que c'est à cet instant que j'avais sombré.

Quoique... maintenant que j'avais évacué mes souvenirs, il me semblait garder la vague impression d'être sortie de la voiture – le soleil se couchait à l'horizon –, mon bras passé par-dessus l'épaule d'Alice, le sien ceignant ma taille et me traînant, titubante dans la pénombre chaude et sèche.

De la chambre, j'avais tout oublié.

Je jetai un coup d'œil sur le réveil de la table de nuit. Trois heures, indiquaient les chiffres digitaux rouges. Du matin ou de l'après-midi ? Aucun rai de lumière ne filtrait à travers les rideaux épais, mais la pièce était éclairée par les lampes de chevet.

Je me levai avec raideur et chancelai jusqu'à la fenêtre, dont je tirai les tentures.

Dehors, c'était la nuit. Trois heures du matin, donc. Ma chambre donnait sur une portion déserte de la route et sur le nouveau parking longue durée de l'aéroport. Savoir où et quand nous étions était vaguement réconfortant.

Je découvris que je portais encore les vêtements d'Esmé, qui ne m'allaient pas franchement. Examinant la pièce, j'eus le plaisir de découvrir mon havresac posé sur une commode basse. J'étais sur le point de me sortir des habits propres quand un léger coup à la porte me fit sursauter.

— Je peux entrer ? lança Alice.

— Naturellement, répondis-je après avoir repris mon souffle.

Elle entra et m'observa longuement.

— J'ai l'impression que tu mériterais de dormir quelques heures de plus, décréta-t-elle.

Je secouai la tête. Se dirigeant sans bruit vers les rideaux, elle les referma avant de se tourner vers moi.

— Nous allons devoir rester enfermés, dit-elle.

— Pas de problème.

Ma voix était rauque, cassée.

— Tu as soif ?

— Ça va. Et vous ?

— Rien d'intenable, me rassura-t-elle en souriant. Je t'ai commandé de la nourriture. Elle t'attend dans le salon. Edward a pris la peine de me rappeler que tu avais besoin de manger plus souvent que nous.

— Il a appelé ? m'écriai-je, soudain bien plus alerte.

— Non. C'était avant notre départ.

Je sentis que mes traits s'affaissaient. Prenant ma main d'un geste précautionneux, elle m'entraîna dans la deuxième pièce de la suite. La télévision fonctionnait, le son au minimum. Jasper était assis, immobile, sur le bureau situé dans un coin du salon. Il regardait les informations sans montrer une once d'intérêt. Je m'installai par terre, au pied du divan, près de la table basse sur laquelle était posé un plateau et entrepris de grappiller, indifférente à ce que j'avalais. Alice se percha sur le bras du canapé et, comme Jasper, contempla l'écran avec un visage vide.

Je mangeai sans me presser, jetant parfois un coup d'œil à mes compagnons. Il m'apparut peu à peu qu'ils étaient trop figés. Ils ne se détournaient jamais du poste, y compris pendant les publicités. L'appétit soudain coupé, je repoussai le plateau. Alice baissa la tête vers moi.

— Qu'y a-t-il ? lui demandai-je.

— Rien du tout.

Elle affichait une mine si sincère que je ne la crus pas.

— Que faisons-nous, maintenant ?

— Nous attendons le coup de fil de Carlisle.

— N'aurait-il pas dû déjà appeler ?

Je me rendis compte que j'avais marqué un point. Les yeux d'Alice papillonnèrent vers le mobile posé sur son sac avant de revenir à moi.

— Qu'est-ce que ça signifie ? m'inquiétai-je aussitôt, des vibratos dans la gorge. Pourquoi n'a-t-il pas encore téléphoné ?

— Parce qu'il n'a rien de nouveau à nous apprendre.

Ses intonations étaient trop lisses. L'air fut soudain plus difficile à respirer. Tout à coup, Jasper rejoignit Alice, se rapprochant de moi comme jamais encore.

— Bella, me dit-il avec une douceur suspecte, tu n'as rien à craindre. Tu es en parfaite sécurité, ici.

— Je sais.

— Alors, de quoi as-tu peur ?

Je notai que s'il était capable de deviner mes émotions il en ignorait les raisons.

— Tu as entendu Laurent, chuchotai-je. James est un tueur. Si jamais il se produisait quelque chose, s'ils étaient séparés ? S'il leur arrivait quoi que ce soit, Carlisle, Emmett... Edward... (Je déglutis.) Si cette sauvage blesse Esmé... (Je déraillai dans les aigus, au bord de l'hystérie.) Comment pourrais-je vivre, alors que je suis responsable ? Aucun de vous ne devrait risquer sa vie pour moi...

— Bella ! Bella ! Stop ! m'interrompit-il. Tu t'angoisses inutilement. Aucun de nous n'est en danger, crois-moi sur ce point-là au moins. Tu es déjà assez tendue, n'en rajoute pas avec de vains soucis. (Je détournai la tête.) Écoute ! Notre famille est forte. Nous n'avons qu'une crainte, celle de te perdre.

— Pourquoi faudrait-il que vous...

Cette fois, ce fut Alice qui me coupa la parole. Elle effleura ma joue de ses doigts glacés.

— Edward est resté seul pendant presque un siècle. Maintenant, il t'a. Tu n'es pas consciente des changements que tu as provoqués en lui, nous si. Penses-tu que l'un de nous tiendrait à croiser ses yeux pendant les cent prochaines années s'il devait te perdre ?

Quelque peu réconfortée, je sentis la culpabilité se dissiper peu à peu. J'avais néanmoins conscience qu'il valait mieux me méfier de mes émotions quand Jasper était dans les parages.

Ce fut une journée très, très longue.

Nous la passâmes dans le salon. Alice avertit la réception pour leur demander d'annuler le service en chambre. Les fenêtres restèrent closes, la télé allumée, bien qu'aucun de nous ne la regardât. De la nourriture m'était livrée à intervalles réguliers. Le portable argent posé sur le sac d'Alice paraissait grossir d'heure en heure.

Mes anges gardiens avaient l'air de supporter le suspense mieux que moi. Tandis que je m'agitais et tournais en rond, cédant à l'impatience, eux se figeaient de plus en plus, telles deux statues dont les yeux auraient imperceptiblement suivi chacun de mes mouvements. Je m'occupai en mémorisant la pièce – les rayures des canapés alternant le beige, le pêche, le crème, l'or terne puis de nouveau le beige ; je m'attardai sur les peintures abstraites, décelant au hasard des images dans leurs dessins – de la même façon qu'enfant je m'étais amusée à donner des formes aux nuages. J'imaginai ainsi une main bleue, une femme à sa coiffure, un chat qui s'étirait. Lorsque le cercle rouge pâle se transforma en prunelle, je regardai ailleurs.

L'après-midi s'étirant sans fin, je retournai me coucher. J'espérais que, seule dans le noir, je parviendrais à céder aux peurs affolantes qui rôdaient à la lisière de ma conscience et que le contrôle vigilant exercé par Jasper empêchait de s'exprimer.

Malheureusement, Alice m'emboîta le pas avec décontraction, comme si, par quelque heureuse coïncidence, elle en avait elle aussi eu assez du salon. Je commençais à m'interroger sur les instructions qu'Edward avait bien pu lui donner. Je m'allongeai en travers du lit, elle s'y assit en tailleur, près de moi. Au début, je l'ignorai, prise d'un coup de barre. Mais, au bout de quelques minutes, la panique qui, en présence de Jasper, s'était tenue tranquille, resurgit. J'abandonnai l'idée de dormir et me roulai en boule, bras autour des jambes.

— Alice ?

— Oui ?

— Que penses-tu qu'ils fassent en ce moment ?

— Carlisle voulait entraîner le traqueur le plus au nord possible, attendre qu'il se rapproche puis faire demi-tour et lui tendre une embuscade. Esmé et Rosalie étaient censées rouler vers l'ouest tant que la femelle les suivait. Si elle abandonnait, elles devaient retourner à Forks et garder un œil sur ton père. S'ils ne téléphonent pas, c'est que ça se passe bien, j'imagine. C'est que James est tout près et qu'ils préfèrent éviter d'être espionnés.

— Et Esmé ?

— Elle est sûrement à Forks. Elle n'appellera pas non plus s'il y a un risque que la femelle la surprenne. Je suppose qu'ils se montrent seulement très prudents.

— Tu crois vraiment qu'ils ne risquent rien ?

— Bella, combien de fois vais-je devoir te répéter que nous ne courons aucun danger ?

— Tu ne me mentirais pas ?

— Non. Je te dirai toujours la vérité.

Elle paraissait sincère. Après quelques minutes de réflexion, je décidai de la tester.

— Alors explique-moi... comment devient-on vampire ?

Ma question la décontenança. Elle ne répondit pas. Roulant sur le côté, je la dévisageai. Elle me parut partagée.

— Edward m'a interdit de te le révéler.

Visiblement, elle n'était pas d'accord.

— Ce n'est pas juste. Il me semble que j'ai le droit de savoir.

— En effet.

Je continuai de la fixer, têtue.

— Il va être *vraiment* furieux, soupira-t-elle.

— Ça ne le regarde pas. C'est entre toi et moi. Alice, je te le demande comme à une amie.

Car c'est ce que nous étions désormais, en quelque sorte, comme elle en avait sûrement eu la vision dès le début. Elle me contempla de ses magnifiques yeux sages, tout en délibérant.

— Bon, d'accord, finit-elle par céder, mais je te préviens, je n'ai aucun souvenir de mon propre cas, et je ne l'ai jamais fait ni vu faire. Donc, n'oublie pas que c'est de la pure théorie.

J'attendis.

— En tant que prédateurs, reprit-elle, nous possédons quantité d'armes dans notre arsenal physique... beaucoup, beaucoup plus que nécessaire. La force, la vitesse, les sens aiguisés, sans parler de ceux qui, comme Edward, Jasper et moi sont dotés de talents supplémentaires. Comme des plantes carnivores, nous sommes également très attirants pour nos victimes.

Je me rappelais en effet la façon dont Edward me l'avait prouvé dans la clairière.

— Nous avons aussi une arme totalement superflue, poursuivit-elle avec un sourire menaçant qui dévoila ses dents luisantes. Nous sommes venimeux. Le venin ne tue pas, il sert juste à paralyser en se répandant lentement à travers le système sanguin. Une fois mordue, notre proie souffre tellement qu'elle est incapable de s'enfuir, ce dont nous n'avons pas besoin puisque, lorsque nous sommes aussi près d'elle, elle ne peut nous échapper. Certes, il y a des exceptions, Carlisle, par exemple, qui a réussi à se traîner dans sa cachette.

— Alors, le venin agit et...

— Il faut quelques jours pour que la transformation s'accomplisse, selon la dose injectée et la proximité du cœur. Tant que celui-ci bat, le poison se diffuse, soignant et changeant le corps qu'il contamine. Finalement, il s'arrête, et la conversion est achevée. Mais, durant tout ce temps, à chaque minute passée, la victime aura subi de telles tortures qu'elle aura souhaité mourir. (Je frissonnai.) Tu vois, ce n'est guère plaisant.

— Edward m'a dit que c'était très difficile à accomplir... Pourquoi ?

— Nous sommes des requins, dans notre genre. Une fois que nous avons goûté au sang ou que nous l'avons juste senti, même, il nous est extrêmement ardu de résister à l'envie de le boire. Au point que c'est parfois impossible. Mordre quelqu'un, s'abreuver à son sang, déclenche une véritable frénésie en nous. Une transformation est dure des deux côtés – la soif de l'un, la douleur de l'autre.

— Pourquoi ne te rappelles-tu pas la tienne, à ton avis ?

— Je l'ignore. Pour les autres, ce passage éprouvant est le souvenir le plus fort de leur vie d'avant. Moi, je n'ai aucune mémoire d'avoir été humaine.

Sa voix avait pris des accents nostalgiques.

Le silence s'installa, chacune de nous perdue dans ses propres réflexions. Les secondes s'écoulèrent, et j'avais presque oublié sa présence quand, tout à coup, elle sauta du lit et atterrit gracieusement sur ses pieds. Étonnée, je la regardai.

— Quelque chose a changé ! lança-t-elle avec une urgence qui ne s'adressait pas à moi.

Elle atteignit la porte à l'instant où Jasper l'ouvrait. Visiblement, il avait entendu notre conversation et la soudaine exclamation d'Alice. Posant ses mains sur les épaules de celle-ci, il la ramena vers moi.

— Que vois-tu ? lui demanda-t-il gravement en scrutant son visage.

Les yeux d'Alice étaient focalisés sur quelque chose de très lointain. Je me penchai pour entendre son murmure saccadé.

— Une salle. Longue. Avec des miroirs partout. Au sol, un plancher. Il est là, il attend. Il y a de l'or... un ruban doré qui traverse les glaces.

— Où se trouve cette pièce ?

— Je ne sais pas. Il manque quelque chose... une décision reste à prendre.

— Dans combien de temps ?

— Bientôt. Il sera là aujourd'hui, encore demain

peut-être. Tout dépend. Il a besoin de quelque chose. Il est dans le noir, maintenant.

— Que fait-il ?

Jasper était calme, méthodique, apparemment rompu à ces interrogatoires.

— Il regarde la télévision... Non, c'est une cassette. Dans l'obscurité. Une autre pièce.

— Où ?

— Je ne vois pas. Il fait trop sombre.

— Et la première salle, qu'y a-t-il d'autre dedans ?

— Rien que des miroirs et de l'or qui forme une bande le long des murs. Une table noire avec une grande chaîne stéréo et un poste de télé. C'est là qu'il touche la cassette, mais il la visionne dans la deuxième pièce, la noire. C'est là qu'il patiente.

Reprenant vie, les yeux d'Alice se tournèrent vers Jasper.

— Rien d'autre ? insista ce dernier.

Elle secoua la tête, et ils se dévisagèrent sans bouger.

— Qu'est-ce que ça signifie ? m'enquis-je.

— Que ses plans ont changé, annonça Jasper. Il a pris une décision qui l'a amené dans ces pièces.

— Et nous ignorons où elles se trouvent ?

— Oui.

— En revanche, il est certain qu'il a quitté les montagnes du nord de l'État de Washington, précisa Alice, lugubre. Il leur a échappé.

— Faut-il les prévenir ?

Ils se consultèrent du regard, indécis. À cet instant, le téléphone sonna. Alice fila dans le salon avant que j'aie eu le temps de réagir. Nous nous précipitâmes derrière elle. Le mobile à l'oreille, elle écoutait.

— Carlisle, souffla-t-elle, sans montrer ni étonnement ni joie, contrairement à moi.

— Oui, marmonna-t-elle avec un coup d'œil dans ma direction.

Elle garda le silence un long moment.

— Je viens de le voir, poursuivit-elle ensuite en décrivant sa vision. Quelle que soit la raison pour laquelle il a pris cet avion, elle l'a conduit à ces deux endroits, conclut-elle avant de se taire de nouveau. D'accord.

Sur ce, elle me tendit l'appareil. Je me ruai dessus.

— Allô ?

— Bella, dit la voix d'Edward.

— Oh, Edward, j'étais tellement inquiète.

— Bella, soupira-t-il, je t'ai interdit de te soucier d'autre chose que de toi-même.

C'était tellement bon de l'entendre. La nuée de désespoir qui planait au-dessus de moi s'éloigna.

— Où es-tu ?

— Près de Vancouver. Désolé, nous l'avons perdu. Il se méfiait de nous, il est resté juste assez loin pour que je ne lise pas dans ses pensées. Il a filé. En avion. D'après nous, il a regagné Forks pour y reprendre ta traque.

Derrière moi, Alice mettait Jasper au courant.

— Je sais. Alice l'a vu ailleurs.

— Tu n'as aucune raison de t'en faire. Rien ne le mènera à toi. Contente-toi de rester là-bas et d'attendre que nous lui ayons mis la main dessus.

— Tout ira bien. Esmé est avec Charlie ?

— Oui. La femelle était en ville. Elle est allée chez vous pendant que Charlie travaillait. Mais elle ne l'a pas approché, donc inutile d'avoir peur. Esmé et Rosalie montent la garde, il ne risque rien.

— Qu'est-ce qu'elle fabrique, cette Victoria ?

— Elle espère sans doute flairer une trace. Elle a écumé Forks toute la nuit. Rosalie l'a suivie dans toutes les rues, au lycée... Elle te traque, Bella, mais il n'y a rien à trouver.

— Tu es sûr que Charlie est en sécurité ?

— Oui. Esmé ne le perdra pas de vue. Et nous serons bientôt là-bas nous aussi. Si le chasseur s'approche de Forks, nous l'attraperons.

— Tu me manques, chuchotai-je.

— Je sais, Bella. Toi aussi. C'est comme si tu avais emporté la moitié de moi-même avec toi.

— Alors, viens la rechercher.

— Dès que ce sera possible. D'abord, je vais m'assurer que tu ne cours aucun danger.

— Je t'aime.

— Ça paraît absurde mais, en dépit de tout ce que tu traverses à cause de moi, je t'aime aussi.

— Je te crois.

— Je serai là très vite.

— Je t'attendrai.

Dès que la ligne fut coupée, les nuages revinrent, insidieux. Je me tournai pour rendre son portable à Alice et découvris qu'elle et Jasper étaient courbés sur la table basse. Alice dessinait sur un morceau de papier à en-tête de l'hôtel. Me penchant, je regardai au-dessus de son épaule. Une longue salle rectangulaire dotée, au fond, d'une section plus étroite et carrée ; des lattes de plancher qui couvrait tout le sol ; aux murs, des lignes marquant les séparations entre les miroirs ; filant le long des parois, à hauteur de taille, un ruban. Celui dont Alice avait précisé qu'il était doré.

— C'est un studio de danse, déclarai-je.

Ils levèrent la tête, surpris.

— Tu connais cette pièce ? demanda Jasper avec une sérénité qui n'était qu'apparente.

Alice se remit au travail, traçant rapidement une sortie de secours au fond de la salle, puis la stéréo et la télévision posées sur une table dans le coin droit avant.

— Ça ressemble à un endroit où j'ai pris des cours de danse quand j'avais huit ou neuf ans. Là étaient les toilettes, poursuivis-je en posant le doigt sur la section la plus étroite. La chaîne se trouvait à gauche, pas à droite, et elle était plus vieille. Il n'y avait pas de télé, à l'époque. La salle d'attente était percée d'une fenêtre. C'est à partir de cette perspective que tu as représenté le studio, Alice.

Mes compagnons étaient bouche bée.

— Es-tu certaine qu'il s'agit du même lieu ? insista Jasper.

— Non, pas du tout. J'imagine que toutes ces salles se ressemblent... les miroirs, la barre... (Mon doigt suivit la courbe du « ruban doré » dessiné par Alice.) Disons juste que c'est très familier.

J'effleurai les contours de la porte, sise exactement à la même place que dans mon souvenir.

— Aurais-tu une raison de retourner là-bas ? voulut savoir Alice.

— Non, je n'y ai pas mis les pieds depuis presque dix ans. J'étais si nulle qu'ils me collaient toujours au fond, pendant les récitals.

— Aucun lien actuel entre toi et cet endroit, alors ? continua-t-elle, anxieuse.

— Il est situé pas très loin de chez ma mère. J'y allais à pied après l'école...

Leur coup d'œil ne m'échappa pas.

— Ici, à Phoenix ? s'enquit Jasper sans se départir de son calme.

— Oui, chuchotai-je, mal à l'aise. À l'angle de la Cinquante-huitième rue et de Cactus boulevard.

Le silence s'installa tandis que nous examinions le croquis.

— Alice, la ligne de téléphone est-elle sûre ? finis-je par demander.

— Oui. On ne peut la remonter que jusqu'à l'État de Washington.

— Ça ne pose pas de problème si j'appelle ma mère ?

— Je croyais qu'elle était en Floride.

— Elle doit bientôt revenir. Je ne veux pas qu'elle rentre si...

Ma voix se cassa. Je repensai à ce qu'avait dit Edward de la femme aux cheveux rouges qui avait fureté chez Charlie, au lycée où se trouvait mon dossier.

— Elle est joignable ?

— Seulement sur le fixe de la maison. Elle est censée consulter ses messages régulièrement.

— Jasper ?

— Ça devrait aller, répondit-il après avoir réfléchi. Fais juste attention de ne pas préciser où tu es.

Je m'emparai prestement de l'appareil et composai le numéro. Au bout de quatre tonalités, la voix aérienne de ma mère me pria de laisser un message.

— Maman, c'est moi. Écoute, c'est important. Dès que tu auras eu mon message, appelle-moi à ce numéro. (Alice était déjà à côté de moi, l'écrivant en bas de son dessin. Je le lus lentement, deux fois.) Je t'en supplie, ne bouge pas avant de m'avoir contactée. Ne t'inquiète pas, je vais bien, mais je dois te parler très vite. N'importe quelle heure conviendra. D'accord ? Je t'aime, maman. Salut.

Je fermai les paupières, priant de toutes mes forces pour qu'aucun plan de dernière minute ne la ramène à l'impromptu à Phoenix. Puis je m'installai sur le canapé et mordillai des fruits, m'apprêtant à endurer une soirée interminable. Je faillis téléphoner à Charlie, mais j'écartai cette perspective trop pénible. Je me concentrai sur les informations, l'oreille aux aguets, des fois qu'on mentionne la Floride, des grèves, des typhons, des attentats, n'importe quoi risquant d'avancer le retour de Renée.

L'immortalité doit s'accompagner d'une patience infinie, car ni Jasper ni Alice ne semblaient éprouver le besoin de s'occuper. Un moment, Alice dessina les contours de la pièce sombre qu'elle avait également vue, croquis vague, la faible lueur de l'écran allumé ne lui ayant pas permis de distinguer grand-chose. Cela accompli, elle se contenta de rester assise, le regard rivé sur les murs blancs, aussi dénuée d'expression que Jasper. Pas comme moi, qui marchais de long en large, soulevais les rideaux, fonçais dans l'autre pièce pour hurler mon angoisse.

Je finis par m'endormir sur le divan. Les mains froides d'Alice me réveillèrent brièvement quand elle me porta au lit, mais j'avais sombré à nouveau avant que ma tête eût touché l'oreiller.

21

◆

COUP DE FIL

Au réveil, j'eus l'intuition qu'il était, une fois de plus, trop tôt et que j'avais tendance à inverser les jours et les nuits. Allongée, j'écoutai Alice et Jasper converser dans la pièce attenante. Il me parut étrange de les entendre, eux si discrets d'habitude. Roulant sur le côté, je me mis debout et allai les retrouver d'un pas chancelant.

L'horloge de la télévision indiquait deux heures du matin. Alice et Jasper étaient assis sur le canapé – il observait par-dessus son épaule ce qu'elle était en train de dessiner. Ils ne levèrent pas les yeux quand j'entrai, absorbés par le travail d'Alice. Je m'approchai pour regarder.

— Elle a vu quelque chose de neuf ? demandai-je à Jasper en chuchotant.

— Oui. Pour une raison quelconque, il est revenu dans la salle à la vidéo, mais il fait jour, maintenant.

J'étudiai le croquis. Une pièce carrée avec un plafond bas aux poutres apparentes. Les murs étaient lambrissés, dans un bois un peu trop sombre à mon goût, démodés. Le sol était recouvert d'une moquette sombre à motifs. Un des murs était percé d'une baie vitrée ; adjacente, une salle à manger ; une vaste cheminée en pierre reliait les deux pièces. La télévision et le magnétoscope posés en équilibre sur une table trop petite étaient situés dans le coin sud-ouest du salon. Un canapé d'angle usé leur faisait face, séparé d'eux par une table basse.

— Le téléphone se trouve là, murmurai-je en indiquant l'endroit du doigt.

Quatre yeux immortels me dévisagèrent.

— C'est la maison de ma mère.

Aussitôt, Alice bondit sur ses pieds ; son portable en main, elle composait déjà un numéro. Je contemplai la reproduction précise du salon de Renée. Exceptionnellement, Jasper se rapprocha de moi. Ses doigts effleurèrent mon épaule, et ce contact physique sembla renforcer son charisme apaisant. La panique resta confinée, sous-jacente.

Les lèvres d'Alice bourdonnaient à toute vitesse. Je ne compris pas un traître mot de ce qu'elle disait, j'étais incapable de me concentrer.

— Bella ? me lança-t-elle, et je la regardai avec hébétude. Edward va venir. Lui, Emmett et Carlisle t'emmèneront dans un endroit sûr. Tu t'y cacheras pendant quelque temps.

Ces paroles me réconfortèrent immédiatement.

— Edward ?

— Oui. Par le premier avion. Nous le retrouverons à l'aéroport, et tu partiras avec lui.

— Mais, ma mère... Ce type est venu la chercher !

En dépit de Jasper, l'hystérie n'était pas loin.

— Nous deux resterons ici jusqu'à ce qu'elle ne craigne plus rien.

— Le partie est perdue, Alice. On ne peut pas protéger quelqu'un indéfiniment. Vous ne comprenez donc pas ce qu'il trafique ? Il n'a pas besoin de me traquer. Il veut s'attaquer à une personne que j'aime...

— Nous l'aurons, Bella.

— Et s'il vous arrive quoi que ce soit ? Tu crois que je m'en remettrai ? Que je ne tiens qu'à mes parents ?

Elle jeta un coup d'œil significatif à Jasper. Brusquement, un épais brouillard léthargique me submergea, et mes paupières se fermèrent malgré moi. Devinant ce qui se passait, je résistai. Je m'obligeai à ouvrir les yeux et m'éloignai de Jasper.

— Je ne veux pas dormir ! protestai-je.

Je repartis dans la chambre afin de craquer en toute tranquillité. Cette fois, Alice ne me suivit pas. Trois heures et demie durant, j'examinai le mur, roulée en boule, en me balançant. Mon cerveau tournait en rond, cherchant en vain une solution. Il n'y en avait pas, non plus que de sursis. Je n'envisageais qu'un dénouement possible, fatal. La seule question était le nombre de personnes qui risquaient de souffrir avant que je ne l'atteigne.

Mon unique consolation, mon unique espoir était Edward. Si j'avais le temps de revoir son visage, je parviendrais peut-être à la solution qui m'échappait pour l'instant.

Lorsque le téléphone sonna, je retournai dans le salon, un peu honteuse. J'espérais n'avoir offensé aucun de mes deux gardes du corps ; j'espérais surtout qu'ils savaient à quel point je leur étais reconnaissante des sacrifices qu'ils faisaient pour moi.

Alice avait pris la communication, aussi volubile que d'habitude. Jasper avait disparu. L'horloge m'apprit qu'il était cinq heures et demie du matin.

— Ils embarquent à l'instant, m'annonça Alice. Ils atterriront à dix heures moins le quart.

Ouf ! Plus beaucoup de temps à tenir avant qu'il ne soit là.

— Où est Jasper ?

— Il est descendu payer la note.

— Vous ne restez pas ici ?

— Non. Nous préférons nous rapprocher de chez ta mère.

Ces mots me tordirent le ventre, mais je fus distraite par un nouvel appel. Alice parut surprise. Je m'étais déjà approchée, main tendue, priant pour ce que fût ma mère.

— Allô ? Elle est juste là. Je vous la passe.

— Allô, maman ?

— Bella ? Bella ?

Ses accents d'angoisse familiers me rappelèrent ceux que j'avais entendus un millier de fois dans mon enfance, dès que j'avais eu le malheur de marcher un peu trop près de la rue ou de m'éloigner dans la foule. Malgré mon message pas trop alarmiste, je m'étais préparée à cette réaction.

— Du calme, maman, soupirai-je en m'éloignant d'Alice parce que je n'étais pas certaine de réussir à mentir calmement sous le feu de son regard. Tout va bien. Laisse-moi juste une minute pour que je t'explique.

Je me tus, soudain étonnée qu'elle ne m'eût pas encore interrompue.

— Maman ?

— N'ajoute rien tant que je ne t'en aurais pas donné la permission.

Cette voix-là était aussi étrangère qu'inattendue. Un ténor très plaisant, formaté, de ceux qui résonnent à l'arrière-plan d'une publicité pour les voitures de luxe. Il parlait très vite.

— Bon, je n'ai pas envie de faire du mal à ta mère, alors obéis-moi au doigt et à l'œil, et il ne lui arrivera rien. (Une pause de quelques secondes, tandis que je me pétrifiais d'horreur.) Très bien, me félicita-t-il. Maintenant, dis : « Non, maman, reste où tu es. »

— Non, maman, reste où tu es, répétai-je dans un murmure à peine audible.

— J'ai l'impression que ça va être difficile, reprit-il sur un ton amusé, léger et amical. Et si tu t'isolais, histoire que l'expression de ton visage ne gâche pas tout ? Il n'y a aucune raison que ta mère souffre. Pendant que tu changes de pièce, dis : « Maman, s'il te plaît, écoute-moi ». Vas-y.

— Maman, s'il te plaît, écoute-moi, suppliai-je en me dirigeant lentement vers la chambre, consciente des yeux inquiets d'Alice dans mon dos.

Je fermai la porte en luttant contre la terreur qui bloquait mon esprit.

— Très bien, tu es seule ? Réponds par oui ou non.

— Oui.

— Mais ils t'entendent sûrement.

— Oui.

— Dans ce cas, dis : « Fais-moi confiance, maman. »

— Fais-moi confiance, maman.

— Tout a fonctionné bien mieux que ce à quoi je m'attendais. Je pensais devoir attendre, mais ta mère est arrivée un peu plus tôt que prévu. C'est tellement plus facile, tu ne trouves pas ? Moins de suspense, moins d'anxiété pour toi.

Je ne réagis pas.

— Maintenant, écoute-moi très attentivement. Tu vas fausser compagnie à tes amis. Tu crois en être capable ? Réponds par oui ou non.

— Non.

— Comme c'est fâcheux ! J'espérais que tu te montrerais un peu plus inventive. Penses-tu que tu parviendrais à te débarrasser d'eux si la vie de ta mère en dépendait ? Réponds par oui ou non.

Il devait bien y avoir un moyen. Je me souvins que nous comptions aller à l'aéroport. Sky Harbor International : encombré, plein de couloirs et de recoins...

— Oui.

— C'est déjà mieux. Je devine que ce ne sera pas facile, mais si j'ai le moindre soupçon d'une présence à ton côté, ta mère risque fortement d'en pâtir. Tu en sais probablement assez sur nous pour te douter de la vitesse avec laquelle je serais au courant si tu tentais de me doubler. Et de celle qu'il me faudrait pour m'occuper de ta mère. C'est clair ? Réponds par oui ou non.

— Oui, chuchotai-je d'une voix brisée.

— Bravo, Bella ! Alors, voici tes instructions. Tu vas venir chez ta mère. Près du téléphone, tu trouveras un numéro. Appelle-le, et je t'indiquerai où te rendre ensuite.

J'avais déjà deviné où et comment tout cela se terminerait. Néanmoins, je suivrais ses instructions au pied de la lettre.

— Compris ? continuait-il. Réponds par oui ou non.

— Oui.

— Avant midi, s'il te plaît. Je n'ai pas toute la journée devant moi.

— Où est Phil ?

— Attention, Bella ! Tu n'as pas le droit de parler avant que je ne t'en donne la permission.

J'attendis.

— Il est extrêmement important que tes amis n'apprennent rien de notre petite conversation. Dis-leur que ta mère a appelé, et que tu l'as convaincue de ne pas rentrer chez elle pour l'instant. Répète après moi : « Merci, maman. » Je t'écoute.

— Merci, maman.

Je tâchai de lutter contre les larmes qui commençaient à couler.

— Dis : « Je t'aime, maman. À bientôt. ». Vas-y, maintenant !

— Je t'aime, maman. À bientôt.

— Au revoir, Bella. Il me tarde de te retrouver.

Il raccrocha. Je gardai l'appareil collé à mon oreille, tétanisée par la peur, incapable de dénouer mes doigts. Il fallait que réfléchisse, j'en étais consciente, mais ma tête était pleine de la panique de ma mère. Je mis plusieurs secondes à reprendre le contrôle de moi-même.

Lentement, très lentement, mes idées commencèrent à briser l'épais mur de douleur. À former un plan. Je n'avais plus le choix, désormais, sinon celui de me rendre dans la salle aux miroirs pour y mourir. Je n'avais aucune garantie que Renée survivrait, seulement le faible espoir que James se satisferait d'avoir gagné la partie, d'avoir vaincu Edward. La détresse me serrait le cœur. Je n'étais pas en mesure de marchander, je n'avais rien à offrir ni à refuser qui puisse l'influencer. J'étais coincée.

Je refoulai ma terreur du mieux que possible. Ma décision était prise. Inutile de perdre du temps à se lamenter sur ce qui en ressortirait. Il était indispensable que je sois maîtresse de moi devant Alice et Jasper. Leur échapper était absolument essentiel et me paraissait... totalement impossible. J'étais soulagée que Jasper fût sorti. Dans le cas contraire, il aurait aussitôt perçu mon angoisse, et je n'aurais pu l'empêcher de nourrir des soupçons. Je ravalai mon épouvante et mon affolement. Ce n'était pas le moment. À la place, je me concentrai sur mon évasion. Espérant que ma connaissance de l'aéroport fît tourner les événements en ma faveur.

Alice patientait dans le salon, sûrement curieuse. J'avais cependant un dernier deuil à faire avant de la rejoindre. J'étais en effet obligée d'admettre que je ne reverrais plus jamais Edward. Même pas un bref aperçu de son visage à emporter avec moi dans la salle aux miroirs. J'allais le blesser, je ne lui dirais pas au revoir. Je m'autorisai à fondre en larmes. Un peu plus tard, je me ressaisis et sortis affronter Alice.

Mon expression parut l'inquiéter, et je m'empressai de parler avant qu'elle ne me pose des questions. Je n'étais pas en état d'improviser.

— Ma mère est soucieuse, elle souhaitait rentrer à la maison. Mais tout va bien, je l'en ai dissuadée.

— Nous veillerons à ce qu'elle soit saine et sauve, Bella, tranquillise-toi.

Je me détournai. Impossible de lui montrer mon visage. Je découvris alors un calepin aux armes de l'hôtel sur le bureau. Je m'en approchai, concoctant déjà un plan. Il y avait également des enveloppes, ce qui serait pratique.

— Alice, lançai-je en m'évertuant à garder une voix égale, si j'écris une lettre à ma mère, tu voudras bien la lui remettre ? Tu n'auras qu'à la laisser chez elle.

— Bien sûr, Bella.

Son ton était prudent. Elle pressentait que j'étais à deux doigts de craquer. Il fallait que je me ressaisisse.

Je repartis vers la chambre et m'agenouillai près de la table de nuit.

Edward, écrivis-je, la main tremblante, mes mots à peine lisibles. *Je t'aime. Je suis vraiment désolée. Il tient ma mère, et je dois tenter quelque chose. Je suis consciente des risques. Je suis tellement, tellement désolée.*

N'en veux pas à Alice et Jasper. Si j'arrive à les semer, ça sera un miracle. Remercie-les de ma part. Surtout Alice, s'il te plaît.

Et, je t'en prie, je t'en supplie, ne le cherche pas. C'est ce qu'il veut, je crois. Je ne supporterais pas que quelqu'un coure à sa perte à cause de moi, surtout toi. Comprends bien : c'est la seule chose que je peux te demander à présent. Fais-le pour moi.

Je t'aime. Pardonne-moi.
Bella.

Je pliai soigneusement ma missive et fermai l'enveloppe. Il finirait par la trouver. J'espérais qu'il se rangerait à mes raisons, ne serait-ce que cette fois.

Ensuite, je fermai soigneusement mon cœur.

22

CACHE-CACHE

La terreur, le désespoir, mon cœur brisé en mille morceaux, tout cela avait pris moins de temps que ce que j'avais prévu pour me sauter à la figure. Désormais, les minutes s'écoulaient plus lentement que d'ordinaire. Lorsque je rejoignis Alice, Jasper était toujours absent. J'avais peur de me trouver dans la même pièce qu'elle, peur qu'elle ne devine... et j'avais peur de la fuir, pour les mêmes raisons.

J'avais cru avoir épuisé mes capacités d'étonnement tant j'étais torturée et déstabilisée, mais je fus vraiment déconcertée en voyant Alice agrippée au bureau, comme prostrée.

— Alice ?

Elle m'ignora. Elle se balançait de gauche à droite, et son allure m'effraya – ses yeux étaient vides, hallucinés.

Je pensais aussitôt à ma mère. Était-il déjà trop tard ? Réflexe bien humain, je me précipitai vers elle pour la réconforter.

— Alice ! claqua la voix de Jasper.

Immédiatement, il fut derrière elle, l'arrachant à la table. À l'autre bout de la pièce, la porte se referma avec un petit clic.

— Que se passe-t-il ? demanda-t-il.

Alice enfouit son visage dans le torse de Jasper.

— Bella ? murmura-t-elle.

— Je suis ici.

Elle tourna la tête, et ses pupilles se fixèrent sur moi, toujours aussi étrangement inexpressives. Je compris aussitôt que ce n'était pas à moi qu'elle s'était adressée, mais qu'elle avait répondu à la question de Jasper.

— Qu'as-tu vu ? lançai-je platement.

Jasper me contempla avec acuité, et je m'appliquai à ne rien laisser deviner. Dérouté, son regard fit l'aller-retour entre Alice et moi, flairant une catastrophe. Je pressentais quelle vision Alice avait pu avoir. Soudain, une atmosphère sédative m'enveloppa, et je l'accueillis avec plaisir, l'utilisant pour contrôler mes émotions. Alice, elle aussi, se calma.

— Rien d'important, finit-elle par déclarer d'une voix remarquablement paisible et convaincante. La même pièce qu'avant, c'est tout. Veux-tu un petit-déjeuner ? ajouta-t-elle en osant enfin affronter mon regard, stoïque, imperturbable.

— Non merci, je mangerai à l'aéroport.

Moi aussi, j'étais parfaitement calme. Je sortis me doucher. Comme si j'avais emprunté à Jasper son drôle de don sensoriel, j'avais perçu l'envie frénétique qu'avait

Alice, quoiqu'elle la dissimulât à merveille, de me voir quitter les lieux afin d'être seule avec Jasper. Afin de lui confier sans doute qu'ils étaient sur le point de commettre une erreur et d'échouer...

Je me préparai avec méthode en me concentrant sur chaque détail. Je n'attachai pas mes cheveux pour qu'ils couvrent mon visage. L'humeur détendue créée par Jasper m'aidait à réfléchir de façon claire. Et efficace. Je fouillai mon sac à la recherche de la chaussette contenant mes économies et vidai ces dernières dans ma poche.

J'avais hâte d'arriver à l'aéroport et accueillis avec joie notre départ, vers sept heures. Cette fois, j'étais assise seule sur la banquette arrière de la voiture. Alice était appuyée contre la portière, tournée vers Jasper, ce qui ne l'empêchait pas de me lancer des coups d'œil constants derrière ses lunettes de soleil.

— Alice ? lançai-je d'une voix neutre.

— Oui ?

Prudente.

— Comment ça fonctionne, tes visions ? Edward m'a dit que ce n'était pas fiable... que les choses changeaient.

Affichant l'indifférence, voire l'ennui, je regardais par la fenêtre. Pourtant, il me fut désagréablement difficile de prononcer son prénom. Edward. Cela dut alerter Jasper, car une nouvelle onde relaxante emplit l'habitacle.

— Oui... elles changent, murmura-t-elle comme si elle espérait que ce serait aussi le cas cette fois. Certaines sont plus sûres que d'autres. La météo, par exemple. Avec les gens, c'est moins aisé. Je ne discerne leurs actes que tant qu'ils s'y consacrent. Dès qu'ils passent à autre chose, qu'ils prennent une nouvelle décision, aussi insignifiante soit-elle, le futur se transforme.

— C'est ainsi que tu n'as pas prévu que James viendrait à Phoenix avant qu'il ait résolu de s'y rendre.

— Oui, admit-elle avec circonspection.

À l'identique, elle ne m'avait pas repérée dans la pièce aux miroirs tant que je ne m'étais pas déterminée à y rejoindre James. Je m'interdis de penser à ce qu'elle avait pu voir. Inutile que mon angoisse les rende encore plus soupçonneux. De toute façon, ils allaient me surveiller d'encore plus près, maintenant. Ça allait être vraiment difficile de leur échapper.

Nous arrivâmes à l'aéroport. Soit chance, soit fruit du hasard, l'avion d'Edward atterrirait au terminal 4, le plus vaste, celui qui accueillait le plus de vols. Rien de très étonnant donc, mais c'était exactement celui dont j'avais besoin, car il était immense et en général bondé. Par ailleurs, il existait au troisième niveau une porte qui risquait de m'offrir ma seule opportunité de fuir.

Nous nous garâmes au quatrième étage du gigantesque parking. Je pris la direction des opérations puisque, une fois n'est pas coutume, j'en savais plus sur l'endroit que mes compagnons. Nous empruntâmes l'ascenseur jusqu'au troisième niveau, celui des arrivées. Alice et Jasper s'absorbèrent dans la contemplation du tableau d'affichage des départs, discutant les mérites et les inconvénients de New York, Atlanta, Chicago. Des villes que je ne connaissais pas. Et ne connaîtrais jamais.

Je guettais le bon moment, impatiente, incapable de me retenir de taper du pied. Nous étions assis dans les longues rangées de sièges installées près des détecteurs de métaux. Mes compagnons faisaient semblant d'observer les passants – en réalité, c'est moi qu'ils surveillaient. Le moindre de mes mouvements était enregistré. J'étais coincée. Me sauver à toutes jambes ? Oseraient-ils m'en empêcher en recourant à des moyens physiques dans un endroit aussi fréquenté ? Ou se contenteraient-ils de me suivre ?

Tirant l'enveloppe blanche de ma poche, je la posai sur les genoux d'Alice. Elle me regarda.

— Ma lettre, précisai-je.

Elle acquiesça et la glissa dans son sac en cuir noir. Edward l'aurait bien assez tôt.

Les minutes s'écoulèrent, nous rapprochant de l'heure fatidique. Chaque cellule de mon corps paraissait sentir – espérer – la prochaine arrivée d'Edward. C'était une émotion assez stupéfiante. Et difficile à supporter. Je me surpris à me chercher des excuses pour rester, pour l'apercevoir une dernière fois avant de me sauver. En même temps, j'avais conscience que c'était irréaliste si je voulais vraiment les semer.

Alice proposa à plusieurs reprises de m'accompagner prendre un petit-déjeuner. Je déclinai toutes ses invitations, prétendant ne pas avoir faim. Focalisée sur le tableau d'affichage, je vis les avions se poser à l'heure les uns après les autres. Celui en provenance de Seattle grimpait peu à peu vers le haut de l'écran. Tout à coup, alors qu'il ne me restait que trente minutes pour prendre la poudre d'escampette, les horaires furent bouleversés – il avait dix minutes d'avance. C'était maintenant ou jamais.

— J'ai faim, annonçai-je aussitôt.

— Je t'accompagne, dit précipitamment Alice en sautant sur ses pieds.

— Je préférerais que ce soit Jasper, ça ne t'ennuie pas ? Je me sens un peu...

Je ne terminai pas ma phrase, estimant que mes yeux devaient être assez égarés pour transmettre le message.

Jasper se leva donc. Alice parut hésiter mais, à mon grand soulagement, elle ne sembla rien soupçonner. Elle attribuait sans doute l'évolution de sa vision à une manœuvre quelconque du traqueur plutôt qu'à une trahison de ma part. Jasper m'escorta en silence, sa main frôlant mon dos comme s'il me guidait. Je feignis de me désintéresser des premiers cafés de l'aéroport tandis que je cherchais du regard l'endroit que je visais. Il se trouvait à deux pas de là, au détour d'un couloir, hors de vue de la perspicace Alice : les toilettes pour femmes du troisième niveau.

— Tu permets ? lançai-je au moment où nous passions devant. J'en ai pour une minute.

— Je ne bouge pas d'ici.

Dès que la porte se fut refermée sur moi, je détalai. Je n'avais pas oublié le jour où je m'étais perdue parce que ces toilettes avaient deux sorties. Seuls quelques mètres séparaient celle du fond des ascenseurs et, si Jasper tenait sa promesse de m'attendre de l'autre côté, il ne me repérerait pas. Je filai sans me retourner. C'était ma seule chance, et je devais la saisir, qu'il m'aperçoive ou non, d'ailleurs. Les badauds me dévisagèrent avec étonnement, je n'y prêtai pas attention. J'atteignis les ascenseurs et glissai une main entre les portes de celui qui se refermait. Il était plein. Par bonheur, il descendait. Je me faufilai entre des voyageurs agacés après avoir vérifié que le bouton du niveau 1 était bien allumé.

Aussitôt que les portes se rouvrirent, je me ruai

dehors, poursuivie par des murmures irrités. Je ralentis devant les agents de sécurité postés près des tapis où l'on récupérait les bagages, puis repartis de plus belle en me rapprochant de la sortie. Je n'avais aucun moyen de savoir si Jasper était déjà sur mes traces. S'il décidait de flairer ma piste, je n'avais que quelques secondes devant moi. Je déboulai dehors, manquant de heurter les portes en verre automatiques dans ma précipitation.

Il n'y avait pas un taxi en vue le long du trottoir bondé.

Vite ! Soit Alice et Jasper étaient en train de se rendre compte que j'avais filé, soit c'était déjà fait, et ils n'allaient pas tarder à me retrouver.

Une navette à destination de l'hôtel Hyatt fermait déjà ses portes, à quelques mètres de moi.

— Attendez ! criai-je au chauffeur en agitant le bras.

— Je vais au Hyatt, me dit-il, surpris.

— Je sais, haletai-je en me ruant dans le bus, moi aussi.

Méfiant, il ne manqua pas de remarquer mon absence de bagages mais finit par hausser les épaules. Après tout, ce n'était pas ses affaires. La plupart des sièges étaient vides. Je m'installai aussi loin que possible des autres passagers et me perdis dans la contemplation du paysage tandis que nous nous éloignions de l'aéroport. Je ne pus m'empêcher d'imaginer Edward debout au bord du trottoir lorsqu'il aurait repéré ma trace. Je m'interdis de pleurer – j'avais encore du pain sur la planche.

La fortune semblait ne pas me quitter. Devant le Hyatt, un couple à l'air hagard sortait sa dernière valise du coffre d'un taxi. Bondissant de la navette, je me précipitai dans l'auto, sous les regards réprobateurs de tous. Au chauffeur ébahi, je lançai l'adresse de ma mère.

— Je suis extrêmement pressée, ajoutai-je.

— Mais c'est dans le quartier de Scottsdale ! maugréa-t-il.

Je jetai un billet de vingt dollars sur le siège avant.

— Ça suffira ?

— Pas de problème, jeune fille !

Je m'adossai contre la banquette arrière, bras croisés sur les genoux. La ville familière défilait derrière la vitre, mais je n'y prêtais aucune attention, trop occupée à garder le contrôle de mes nerfs. J'étais bien décidée à ne pas craquer, maintenant que mon plan avait fonctionné. Il ne servait à rien d'ouvrir les vannes à la terreur ou à l'angoisse. Ma route était tracée, ne me restait plus qu'à la suivre. Bref, au lieu de paniquer, je fermai les yeux et passai les vingt minutes que dura le trajet en compagnie d'Edward.

Je rêvai que j'étais restée à l'aéroport pour l'accueillir. Je me serais dressée sur la pointe des pieds pour apercevoir au plus vite son visage. Il aurait fendu la foule nous séparant avec grâce et aisance puis, toujours aussi téméraire, j'aurais couru me jeter dans ses bras de marbre avec un immense sentiment de sécurité. Je me demandai où nous serions allés. Quelque part dans le Nord, pour qu'il puisse sortir au grand jour. Ou dans un endroit très reculé où nous aurions lézardé ensemble au soleil. Je l'imaginai sur la plage, sa peau étincelant comme la mer. Nous serions restés cachés autant de temps que nécessaire – ça n'aurait pas eu d'importance. Être coincée dans un hôtel avec lui aurait été une sorte de paradis sur terre. J'avais encore tellement de questions à lui poser. J'aurais pu lui parler à l'infini, sans jamais dormir, sans jamais le quitter. Son visage m'apparaissait de façon si claire, à présent... j'entendais presque sa voix. Et, malgré l'horreur et le désespoir, je fus heureuse, l'espace d'un instant. Plongée dans la rêverie qui me permettait d'oublier la réalité, j'avais perdu la notion du temps.

— Hé ! C'est quel numéro ?

L'intervention du chauffeur de taxi me tira de mes pensées fantaisistes, effaçant les si jolies couleurs de mon délire. L'épouvante, triste et implacable, se rua aussitôt dans la place vacante.

— 5821.

Mes accents étaient tellement étouffés que le type me jeta un coup d'œil inquiet, histoire de s'assurer que je n'étais pas en pleine crise d'asthme.

— Nous y voilà, s'empressa-t-il d'annoncer, sûrement désireux de me voir quitter sa voiture au plus vite et espérant que je ne réclamerais pas ma monnaie.

— Merci, murmurai-je.

Inutile d'avoir peur, me rappelai-je. La maison était vide. Il fallait que je me dépêche ; ma mère attendait, terrorisée ; sa survie dépendait de moi. Je me ruai vers l'entrée et tendis automatiquement la main vers l'avant-toit pour m'emparer de la clé de secours. Je déverrouillai la porte. À l'intérieur, tout était sombre, vide et normal. Je courus vers le téléphone, allumant les lampes de la cuisine au passage. Sur le tableau blanc des courses, tracé d'une petite écriture nette, un numéro de dix chiffres que je composai. Mes doigts tremblaient tant que je dus m'y reprendre à plusieurs fois avant d'y arriver. C'est une main vacillante que je portai à mon oreille. Il n'y eut qu'une seule tonalité.

— Allô, Bella ? lança la voix détendue du traqueur. Tu as fait vite. Je suis très impressionné.

— Ma mère va bien ?

— Très bien. Ne t'inquiète pas, elle ne présente aucun intérêt pour moi. Sauf si tu n'es pas seule, bien sûr.

— Je le suis.

Je ne l'avais jamais été autant de toute mon existence.

— Parfait. Tu connais le studio de danse qui se trouve dans ton quartier ?

— Oui. Je sais où il est.

— À tout de suite, alors.

Je raccrochai.

Je filai aussitôt et me propulsai dans la chaleur infernale. Je ne m'attardai pas devant la maison. À quoi bon ? Elle était vide, elle incarnait l'épouvante et non plus le sanctuaire qu'elle avait pu représenter autrefois. La dernière personne à avoir arpenté les pièces familières était mon ennemi.

Je voyais presque ma mère, debout à l'ombre du grand eucalyptus où j'avais joué, enfant. Ou agenouillée près du petit coin de terre situé au pied de la boîte aux lettres, cimetière de toutes les fleurs qu'elle avait tenté de faire pousser. Les souvenirs valaient mieux que la réalité qui m'attendait aujourd'hui. Pourtant, je les fuis, galopant à fond de train, abandonnant tout derrière moi.

J'avais l'impression de me traîner, comme si j'avais couru dans le sable mouillé, comme incapable de trouver une prise sur le trottoir en béton. Je trébuchai à plusieurs reprises, tombai une fois, même, m'écorchant les mains en voulant amortir ma chute, titubant pour mieux retomber ensuite. Mais je réussis à atteindre le premier carrefour. Plus qu'une rue ! Je fonçais, je haletais, j'étais en sueur. Le soleil me brûlait la peau. Violent, il m'éblouissait en se réfléchissant sur le sol blanc. Je me sentais dangereusement exposée. Je regrettai les forêts vertes et protectrices de Forks avec plus de vigueur que je ne m'en serais crue capable. Forks... la maison.

Quand je débouchai à l'angle de Cactus boulevard, j'aperçus le studio, tel que je me le rappelais. Le parking était vide, les stores tirés. J'étais hors d'haleine. L'épuisement et l'effroi m'avaient vidée. Seule la pensée de ma mère me permit de poursuivre mon chemin. M'approchant, je découvris l'affichette scotchée de l'autre côté de la porte vitrée. Manuscrite sur papier rose, elle stipulait que l'école était fermée pour les vacances de Pâques. Je tournais prudemment la poignée, le verrou n'était pas tiré. Le souffle court, j'ouvris le battant.

Le hall était sombre et désert, frais aussi, car l'air conditionné fonctionnait. Les chaises en plastique moulé étaient empilées le long des murs, et la moquette exhalait des senteurs de nettoyant industriel. À travers la fenêtre de la salle d'attente, je distinguai la petite pièce plongée dans la pénombre. L'autre studio, le plus grand, était allumé, lui. Mais ses volets étaient clos.

La frayeur qui s'empara de moi était si puissante qu'elle me piégea littéralement. Je me pétrifiai sur place. À cet instant, la voix de ma mère résonna.

— Bella ? Bella ?

Les mêmes accents de panique hystérique que lors du

coup de fil passé à cinq heures et demie du matin. Je me ruai dans cette direction.

— Bella, tu m'as fait tellement peur ! Ne recommence plus jamais ! continuait-elle.

Une fois dans la grande salle de danse, je regardai autour de moi, essayant de détecter l'endroit où elle se tenait. Elle rit, et je me retournai brusquement.

Elle était là : sur l'écran de télévision, ébouriffant mes cheveux avec soulagement. C'était Thanksgiving[1], et j'avais douze ans. Nous avions rendu visite à ma grand-mère, en Californie, l'année précédant sa mort. Un jour, nous étions allées à la plage, et je m'étais trop approchée du bord de la jetée. Ma mère m'avait vue juste à temps, au moment où j'essayais de reprendre mon équilibre, un pied en l'air. « Bella ? Bella ? » avait-elle crié, affolée.

L'écran devint bleu.

Je pivotai lentement sur mes talons. Il se tenait, immobile, près de la sortie de secours, si figé que je ne l'avais même pas remarqué. Sa main était fermée sur la télécommande. Nous nous dévisageâmes longtemps, puis il sourit. Il me frôla presque en allant reposer l'objet près de la télé. Je l'observai minutieusement.

— Désolé, Bella, mais il valait mieux que ta mère ne soit pas impliquée, tu ne penses pas ?

Il était courtois, presque gentil. Alors, je compris. Ma mère ne risquait rien. Elle se trouvait toujours en Floride, n'avait jamais eu mon message. N'avait jamais été

---

1. Journée d'action de grâces, chaque quatrième jeudi de novembre. En 1621, un an après leur arrivée au Massachusetts, les premiers colons (des puritains ayant fui l'Angleterre pour pratiquer librement leur religion) organisèrent une fête destinée à marquer une année de sacrifices récompensée par des récoltes abondantes. Aujourd'hui, symbole de liberté et de prospérité. On y sert toujours les plats traditionnels (dinde, sauce aux airelles et tarte au potiron). Pour les Américains, fête la plus importante avec le 4 Juillet (Indépendance).

terrifiée par ces yeux rouge sombre enfoncés dans la peau anormalement blême de la créature qui se tenait devant moi. Elle était saine et sauve.

— Si, répondis-je, immensément soulagée.

— Tu ne sembles pas furieuse du petit tour que je t'ai joué.

— Je ne le suis pas.

Ma soudaine euphorie me donnait du courage. Quelle importance, de toute façon ? Ce serait bientôt fini. Charlie et maman ne seraient pas atteints, ils n'auraient pas à avoir peur. J'en étais presque étourdie. Au fond de moi, une petite voix m'avertit pourtant que j'étais à deux doigts de craquer.

— Comme c'est étrange. Tu es sincère.

Ses prunelles foncées me jaugeaient avec intérêt. Les iris en étaient quasiment noirs, bordés d'une trace rubis. Il était assoiffé.

— Je dois reconnaître ça à ta race, reprit-il. Vous autres humains vous révélez parfois passionnants. Tes motivations me désarçonnent. On dirait qu'une part de toi n'a aucun instinct de survie... c'est fascinant.

Bras croisés, il m'étudiait avec curiosité. Ni son attitude ni ses traits n'étaient menaçants. Il était tellement banal. Seuls le teint blafard et les yeux creusés auxquels j'avais fini par m'habituer le trahissaient. Il portait une chemise bleue à manches longues et un jean délavé.

— J'imagine que tu vas me jurer tes grands dieux que ton petit ami te vengera ? lança-t-il avec ce qui me parut des accents bravaches.

— Non. En tout cas, je lui ai demandé de ne pas le faire.

— Et comment a-t-il réagi ?

— Je ne sais pas, je lui ai seulement laissé une lettre.

Quelle drôle de situation c'était de converser avec ce prédateur mondain !

— Une lettre, comme c'est romantique ! Respectera-t-il tes dernières volontés ?

Ses intonations s'étaient durcies, et le sarcasme sous-jacent démentait son affabilité.

— Je l'espère.

— Hum... Dans ce cas, nos espérances diffèrent. Tu vois, tout cela a été un peu trop facile et rapide. Pour être franc, je suis déçu. J'attendais un défi plus relevé. Après tout, il ne m'a fallu qu'un brin de chance.

Je ne répondis rien.

— Quand Victoria n'a pas réussi à approcher ton père, je lui ai ordonné d'enquêter sur toi. Il ne servait à rien d'arpenter la planète à te traquer en vain alors qu'il me suffisait de t'attendre confortablement dans un lieu de mon choix. Bref, après avoir parlé à Victoria, je suis venu ici, à Phoenix, histoire de rendre une petite visite à ta mère. Je t'avais entendue dire que tu voulais rentrer chez elle. Tout d'abord, j'ai eu du mal à croire que tu étais sérieuse. Puis j'ai réfléchi. Les humains peuvent se montrer très prévisibles, ils aiment les places familières et sûres. Et quelle machination admirable – te rendre, alors que tu étais censée te cacher, dans le plus évident des endroits, celui-là même où tu avais affirmé aller. Naturellement, ce n'était qu'une intuition. D'ordinaire, j'ai toujours un pressentiment, concernant la proie que je chasse, un sixième sens, si tu veux. J'ai eu ton message en arrivant ici. Bien sûr, j'ignorais d'où tu avais appelé. Avoir ton numéro était très utile, mais tu aurais pu aussi bien être en Antarctique, à ce stade. Or le jeu ne fonctionnerait qu'à condition que tu te trouves tout près.

Je l'écoutais dévider sa petite histoire, imperturbable.

— Puis ton cher et tendre a pris un avion pour Phoenix. Victoria les surveillait pour mon compte, évidemment. Dans une partie impliquant autant de joueurs, il m'était impossible de faire cavalier seul. Bref, ils m'ont appris ce que je voulais savoir : tu étais ici. Je m'étais préparé. J'avais déjà visionné tous vos délicieux petits films de famille. Ensuite, ça n'a plus été qu'une question de bluff. Vraiment très simple, comme tu le constates, très loin de mes standards habituels. C'est pourquoi je souhaite sincèrement que tu te trompes pour ce qui est de ton jeune amoureux, comprends-tu ? Edward, si je ne m'abuse.

Je ne prononçai pas un mot. Mon courage commençait à flancher. Je devinai qu'il arrivait au terme de ses fanfaronnades. Ce discours ne m'était sûrement pas destiné, d'ailleurs. Quelle gloire avait-il à me vaincre, moi la misérable humaine ?

— Cela t'ennuierait-il beaucoup si je laissais à mon tour une lettre de mon cru au cher Edward ?

Reculant, il s'empara d'une petite caméra digitale posée en équilibre au sommet de la stéréo. Un voyant rouge indiquait qu'elle tournait déjà. Il régla minutieusement la prise de vue, élargissant le champ. Je le contemplai, épouvantée.

— Excuse-moi, mais je ne crois pas qu'il résistera à l'envie de me chasser une fois qu'il aura regardé ça. Je ne voudrais pas qu'il rate quelque chose. Tout ça n'était que pour lui, tu sais. Tu n'es qu'une humaine qui, malheureusement, s'est retrouvée au mauvais endroit au mauvais moment. Et qui fréquente indubitablement les mauvaises personnes, si je puis me permettre.

Il avança vers moi, souriant.

— Avant de commencer...

Une vague de nausée me tordit l'estomac. Je n'avais pas prévu ce film amateur.

— ... juste une petite précision. Tu aurais pu m'échapper dès le début. Si tu savais combien j'ai craint que ton soupirant y songe et me gâche mon plaisir. Car c'est arrivé, figure-toi. Oh, il y a des siècles ! La seule et unique fois où ma proie m'a échappé. Mon rival était si bêtement entiché de la jeune fille qu'il s'est résolu à accomplir ce que ton Edward a été trop faible pour entreprendre. Quand il a deviné que j'en avais après elle, il l'a enlevée de l'asile où il travaillait – je ne comprendrais décidément *jamais* l'obsession de certains d'entre nous pour les humains – et l'a sauvée aussitôt que libérée. Elle n'a même pas paru ressentir la douleur, cette pauvre chérie. Elle avait été confinée dans ce trou de basse-fosse pendant si longtemps. Cent ans plus tôt, on l'aurait brûlée vive pour avoir eu ces visions. Dans les années 1820, c'était la maison de fous et les électrochocs. Lorsqu'elle a ouvert les yeux, toute pleine des forces de sa nouvelle jeunesse, c'était à croire qu'elle n'avait encore jamais vu le soleil. Le vieux vampire l'avait transformée en l'une des nôtres. Je n'avais plus de raisons de la toucher. Par vengeance, j'ai détruit son créateur, précisa-t-il en soupirant.

— Alice, soufflai-je, ahurie.

— Oui, ton amie. J'ai été vraiment surpris de la retrouver. Son clan devrait arriver à en tirer un peu de réconfort. Après tout, c'est donnant-donnant : toi

474

contre elle, l'unique victime qui m'ait échappé. Quel honneur ! Et elle sentait tellement bon. Encore aujourd'hui, je regrette de ne pas l'avoir goûtée... Son odeur était plus enivrante que la tienne, même. Désolé, je ne voulais pas te vexer. Ton parfum est délicieux, un peu floral.

Il avança jusqu'à se trouver à seulement quelques centimètres de moi. Soulevant une mèche de mes cheveux, il la huma délicatement avant de la remettre en place avec soin, et je sentis le bout glacé de ses doigts contre ma gorge. Il m'effleura rapidement la joue de son pouce, le visage curieux. J'aurais voulu m'enfuir à toutes jambes, j'étais pétrifiée. Je ne tressaillis même pas.

— Non, murmura-t-il en laissant retomber la main, je ne saisis pas. Bon, soupira-t-il, il faudrait que nous nous mettions au travail. Ensuite, j'appellerai tes amis pour leur signaler où tu es ainsi que mon petit message.

J'étais vraiment nauséeuse, maintenant. J'allais souffrir – je le lisais dans ses pupilles. Il ne lui suffirait pas de gagner, de se nourrir et de partir. La fin rapide que j'avais escomptée me serait refusée. Mes genoux se mirent à flageoler, et j'eus peur de tomber.

Il s'éloigna de quelques pas et me contourna avec décontraction, comme s'il essayait de trouver un meilleur angle de vue en admirant une statue dans un musée. Son visage ne se départit pas de son expression avenante tandis qu'il s'interrogeait sur la manière dont il allait s'y prendre. Soudain, il bondit, adoptant cette position accroupie qui commençait à m'être familière, et son sourire aimable s'élargit lentement, s'agrandissant jusqu'à n'être plus un sourire mais un rictus fait de dents découvertes et luisantes.

Alors, ce fut plus fort que moi – je tentai de fuir. Bien que j'eusse conscience de la futilité de mon geste et de mes jambes flageolantes, la panique l'emporta et je fonçai vers la sortie de secours. Il se dressa devant moi en un éclair. J'ignore s'il se servit de sa main ou de son pied, il fut trop rapide. Un coup violent frappa ma poitrine, et je partis à reculons. J'entendis le fracas des miroirs lorsque ma tête tapa dedans. Les glaces explosèrent dans une averse de débris. La surprise m'empêcha d'avoir mal. J'avais le souffle coupé.

Il se rapprocha lentement.

— Très joli effet, commenta-t-il, de nouveau amical, en examinant le verre brisé. Je me suis dit que cette pièce donnerait de l'ampleur dramatique à mon petit film. C'est pourquoi je l'ai choisie. Elle est parfaite, non ?

L'ignorant, je rampai à quatre pattes en direction de l'autre porte. Une fois encore, il fut sur moi en un clin d'œil, et son pied s'écrasa sur mon tibia. Je perçus le craquement écœurant avant même d'en éprouver la souffrance. Mais lorsque celle-ci me submergea, je ne pus retenir un hurlement de martyre à l'agonie. Je me dévissai le cou pour voir ma jambe. Il me dominait, hilare.

— Souhaites-tu réviser ta dernière requête ? me demanda-t-il plaisamment.

Ses orteils frôlèrent mon membre cassé, et un nouveau hurlement retentit. Choquée, je m'aperçus avec un moment de retard qu'il s'agissait du mien.

— Tu ne préférerais pas qu'Edward se lance à mes trousses ? insista-t-il.

— Non, croassai-je. Non. Edward, je t'en sup...

Quelque chose percuta mon visage, me renvoyant dans les glaces brisées. Par-dessus la douleur qui

émanait de mon tibia, je sentis un éclat de miroir entamer mon cuir chevelu, puis un liquide chaud se répan-
dit dans mes boucles à une vitesse affolante, imbibant
mon col et mes épaules, gouttant sur le plancher.
L'odeur me tourna le cœur.

Au-delà de ma nausée et du vertige, j'eus une brusque
bouffée d'espoir. Ses prunelles, si froides auparavant,
brûlaient désormais d'un feu incontrôlé. Le sang qui
teintait de pourpre ma chemise blanche et tachait le sol
rendait sa soif irrésistible. Quelles qu'aient été ses intentions premières, il n'allait pas réussir à se retenir très
longtemps.

Qu'il en termine. Telle fut ma dernière pensée avant
que l'hémorragie n'avale le peu de conscience qui me
restait. Mes paupières se fermèrent peu à peu, lourdes
de fatigue.

J'entendis, de façon sourde comme si j'avais été sous
l'eau, le grognement du prédateur. Je devinai à travers
les longs tunnels étroits qu'étaient devenus mes yeux sa
silhouette sombre qui s'approchait. Dans un ultime
effort, ma main se porta instinctivement devant mon
visage pour le protéger. Je perdis connaissance.

23

◆

L'ANGE

Je rêvai.

Je flottais entre deux eaux. Brisant la surface sombre sous laquelle je me trouvais, me parvint le plus joyeux des sons que mon esprit fut à même d'évoquer, aussi beau et envoûtant qu'il était fantomatique ; un autre grognement, un rugissement plus grave qui tremblait de fureur.

Une vive douleur qui mordait ma main levée me ramena soudain vers la conscience, presque à la surface, mais je m'égarai en route et ne réussis pas à ouvrir les yeux.

Alors, je compris que j'étais morte.

Parce que, au-delà des eaux profondes, un ange m'appelait, m'invitant vers le seul paradis dont j'eusse envie.

— Oh non, Bella ! s'écriait-il, horrifié.

Derrière cette musique si ardemment désirée retentissait un tumulte affreux que mon esprit tentait de fuir. Une basse rageuse qui grommelait, un craquement repoussant, une mélopée aiguë qui s'interrompait brusquement. Je me concentrai sur la voix angélique.

— Bella, je t'en supplie, réveille-toi ! Je t'en prie, Bella, je t'en prie ! Bella !

« Je suis là », voulais-je lui répondre. Rien. Je ne retrouvais pas mes lèvres.

— Carlisle ! hurlait l'ange qui paraissait souffrir mille morts. Bella, Bella, non, oh par pitié, non, non !

Il sanglotait, de ces sanglots heurtés et sans larmes. Il n'aurait pas dû pleurer, c'était mal. J'avais envie de lui dire que tout allait bien, mais l'eau lourde m'oppressait, et je n'arrivais pas à respirer.

On appuya sur ma tête. Aïe ! La souffrance transperça l'obscurité pour m'atteindre et, soudain, d'autres douleurs, plus vives, suivirent. Je poussai un cri d'agonie qui rompit les eaux noires.

— Bella ! s'exclama l'ange.

— Elle a perdu beaucoup de sang, mais la blessure n'est pas profonde, intervint une autre voix, calme. Attention à sa jambe, elle est cassée.

Un ululement de rage mourut sur les lèvres de l'ange. Un brusque élancement me déchira le flanc. Tout cela ne pouvait être le paradis. J'avais trop mal.

— Quelques côtes aussi, je pense, poursuivait Carlisle avec méthode.

Puis mes diverses souffrances s'estompèrent, balayées par une concurrente, une incandescence abominable dans ma main qui éclipsait tout le reste. On me brûlait.

— Edward...

Malheureusement, ma prononciation était si lente et sourde que je ne me compris pas moi-même.

— Tout va s'arranger, Bella. Tu m'entends ? Je t'aime.

— Edward...

— Je suis près de toi.

— J'ai... mal...

— Je sais, Bella, je sais... chuchotait l'ange, rassurant, tout proche. Tu ne peux rien faire ? ajoutait-il, plus éloigné, avec des accents angoissés.

— Passe-moi ma sacoche, s'il te plaît... Retiens ton souffle, Alice, ça sera plus facile.

— Alice...

— Elle est là aussi, c'est elle qui t'a trouvée.

— Ma main... elle brûle.

— Carlisle va te donner de quoi calmer la douleur.

— Ma main brûle ! m'époumonai-je en jaillissant enfin du néant ténébreux.

J'ouvris les yeux. Je ne distinguai pas son visage. Quelque chose de sombre et de chaud voilait ma vue. Pourquoi n'éteignaient-ils pas l'incendie qui me ravageait ?

— Bella ?

Il semblait effrayé.

— Le feu ! Arrêtez le feu ! hurlai-je, torturée par d'atroces souffrances.

— Carlisle ! Sa main !

— Il l'a mordue.

La sérénité de Carlisle avait cédé la place à la consternation. Edward hoqueta d'horreur.

— Tu dois le faire, Edward.

Alice. Tout près de ma tête. Ses doigts frais essuyaient le liquide obturant mes yeux.

— Non !

— Alice...

— Il y a peut-être une autre solution, dit Carlisle.

— Laquelle ?

— Essaie de sucer le venin. La plaie est propre.

Tout en parlant, il tripotait mon crâne, enfonçant et tirant sur la peau, provoquant une souffrance qui se diluait dans celle du brasier.

— Ça va marcher ? demanda Alice, tendue comme un arc.

— Aucune idée. En tout cas, il faut faire vite.

— Carlisle, je... je ne suis pas sûr d'y arriver, murmurait Edward, sa belle voix au supplice.

— Il le faut, pourtant. Je ne peux pas t'aider, je dois m'occuper de stopper cette hémorragie, surtout si tu lui tires du sang par la main.

Je me débattis, ce qui réveilla la douleur de ma jambe.

— Edward !

Je m'aperçus que j'avais fermé les yeux, et je les rouvris, espérant l'apercevoir. Oui ! Son visage parfait était penché sur moi, partagé entre chagrin et incertitude.

— Alice, trouve-moi de quoi caler sa jambe. Décide-toi, Edward, ou il sera trop tard.

Soudain, une détermination féroce remplaça le doute dans les prunelles d'Edward. Sa mâchoire se crispa, et ses doigts frais et forts emprisonnèrent ma main incandescente. Puis il courba la tête, et ses lèvres froides se posèrent sur ma peau.

D'abord, la souffrance fut encore plus vive. Je hurlai et luttai contre les bras qui me ceinturaient. Alice prononçait des paroles apaisantes. Quelque chose de lourd maintenait ma jambe au sol, et Carlisle avait coincé mon crâne dans l'étau de son coude. Mais je finis par me calmer, lentement, au fur et à mesure que ma main s'engourdissait et que la douleur s'atténuait. Le feu faiblit, lueur rouge de plus en plus lointaine. Je me sentis de nouveau glisser dans l'inconscience et j'eus peur de retomber dans les eaux noires et de perdre Edward dans les ténèbres. Je tentai de l'appeler. Je ne m'entendis pas. Eux, si.

— Il est juste à côté, Bella, me rassura Alice.

— Reste, Edward, reste avec moi...

— Je ne te quitte pas, ne t'inquiète pas, me dit-il, épuisé mais également triomphant.

Je poussai un soupir de contentement. Le feu s'était éteint, les autres souffrances étaient contenues par la léthargie qui s'emparait de mon corps.

— Tout est sorti ? s'enquit Carlisle quelque part très loin.

— Son sang est propre, murmura Edward, j'ai perçu le goût de la morphine.

— Bella ? m'appela Carlisle.

— Mmm ?

— Le feu a disparu ?

— Oui, soufflai-je. Merci, Edward.

— Je t'aime.

— Je sais.

J'étais éreintée. Tout à coup retentit ma mélodie préférée, le rire tranquille et soulagé d'Edward.

— Bella ? répéta Carlisle.

— Quoi ?

J'étais fatiguée, je voulais dormir.

— Où est ta mère ?

— En Floride. Il m'a eue. Il a regardé nos films de vacances.

Mes accents outragés étaient ridiculement faibles. Brusquement, je me souvins d'un détail et j'essayai d'ouvrir les yeux.

— Alice... la vidéo... il te connaissait, Alice, il savait d'où tu venais. (Malgré mes efforts, ma voix n'était qu'un chuchotis.) Ça sent l'essence, ajoutai-je, surprise en dépit de mon hébétude.

— Il est temps de filer, annonça Carlisle.

— Non, je veux dormir.

— Dors, chérie, je vais te porter, murmura Edward.

Je me retrouvai alors dans ses bras, bercée contre son torse, flottant, toute peine envolée.

— Dors, Bella !

Tels furent les derniers mots qui me parvinrent.

24

◆

IMPASSE

J'ouvris les yeux sur une lumière éclatante. Je me trouvais dans une pièce inconnue et blanche. Le mur le plus proche de moi était couvert de longs stores verticaux ; au-dessus de ma tête, des lampes éblouissantes m'aveuglaient. J'étais couchée sur un lit dur et bosselé doté de barreaux. Les oreillers étaient plats et mous. Quelque part, un bip résonnait de manière agaçante. Pourvu que cela signifiât que j'étais toujours en vie. La mort ne pouvait décemment être aussi inconfortable.

Mes mains étaient enchevêtrées dans un réseau de tubes transparents, et quelque chose était collé sous mon nez. Je tentai de l'arracher.

— Oh non, pas question !

Des doigts froids retinrent mon geste.

— Edward !

Je tournai légèrement la tête, et son délicieux visage m'apparut, à quelques centimètres du mien, le menton sur mon oreiller. J'étais bien vivante et j'en fus heureuse.

— Oh, Edward ! Je suis tellement désolée !

— Chut ! Tout va bien, maintenant.

— Que s'est-il passé ?

Mes souvenirs étaient flous, et mon cerveau paraissait se rebeller contre tout effort.

— J'ai failli arriver trop tard, chuchota-t-il d'une voix tourmentée.

— J'ai été idiote, je n'ai pensé qu'à ma mère.

— Il nous a tous roulés.

— Il faut que j'appelle Charlie et Renée.

— Alice s'en est chargée. Renée est ici, à l'hôpital. Elle est allée manger un morceau.

— Quoi ?

Je voulus m'asseoir mais fus prise de vertige, et il me repoussa doucement.

— Elle va bientôt revenir. Quant à toi, tu dois rester tranquille.

— Mais que lui as-tu raconté ?

Je me fichais comme d'une guigne d'être choyée. Ma mère était là, et j'étais en train de me remettre de l'attaque d'un vampire, ce qui m'inquiétait beaucoup plus.

— Comment lui as-tu expliqué mon séjour ici ? insistai-je.

— Après avoir dégringolé deux volées d'escalier, tu es passée par une fenêtre. Avoue que ce n'est pas si irréaliste, te connaissant, osa-t-il préciser après une courte pause.

Je poussai un soupir qui me fit mal. J'examinai mon corps sous le drap, l'énorme bosse de mon plâtre.

— Je suis très amochée ?

— Une jambe et quatre côtes brisées, quelques entailles sur le crâne, des bleus un peu partout, et tu as perdu beaucoup de sang. Ils t'ont fait des transfusions. Ça ne m'a guère plu. Pendant un moment, tu as senti bizarre.

— Ça a dû être un changement agréable pour toi.

— Non, j'aime ton odeur.

— Comment as-tu réussi ?

Il comprit tout de suite de quoi je parlais.

— Je ne sais pas trop.

Détournant la tête, il souleva doucement ma main bandée en prenant soin de ne pas déranger les fils qui me reliaient à l'un des moniteurs. J'attendis patiemment la suite. Il soupira.

— Ça paraissait impossible, murmura-t-il, et pourtant je l'ai fait. Je dois vraiment t'aimer, ajouta-t-il avec un faible sourire.

— Mon goût s'est-il révélé décevant au regard de mon odeur ? plaisantai-je.

Je lui retournai son sourire, ce qui déclencha un spasme de souffrance dans tout mon visage.

— Tu parles ! Tu es bien meilleure. Encore plus que ce que j'imaginais.

— Navrée !

— Comparé au reste, c'est vraiment un détail ! s'écria-t-il en levant les yeux au ciel.

— Quelles sont donc les bêtises pour lesquelles je devrais présenter des excuses ?

— Tu as failli me quitter à jamais.

— Désolée.

— Tu avais de bonnes raisons. N'empêche, ça a été irrationnel. Tu aurais dû m'attendre, m'avertir.

— Tu m'aurais interdit d'y aller.

— Non.

Des souvenirs très déplaisants commençaient à me revenir. Mes frissons provoquèrent un nouvel élan douloureux, et je grimaçai.

— Ça va ? s'inquiéta aussitôt Edward.

— Qu'est-il arrivé à James ?

— Emmett et Jasper se sont occupés de lui.

Il avait l'air de regretter de ne pas avoir participé au carnage.

— Je ne me rappelle pas les avoir vus.

— Ils ont été obligés de sortir... il y avait beaucoup de sang.

— Mais toi, tu es resté.

— Oui.

— Alice et Carlisle aussi...

— Ils t'aiment, tu sais.

Je me souvins brusquement des derniers mots que j'avais adressés à Alice.

— A-t-elle visionné la vidéo ?

— Oui, admit-il, avec des intonations de haine absolue cette fois.

— Elle a toujours été enfermée dans le noir, quand elle était humaine. Voilà pourquoi elle a tout oublié.

— Elle l'a compris, à présent.

Si sa voix s'était apaisée, ses traits étaient assombris par la rage. Je voulus toucher sa joue de ma main libre, quelque chose m'en empêcha – une perfusion, apparemment.

— Beurk, maugréai-je.

— Quoi ? demanda-t-il, vaguement distrait de ses idées noires.

— Les aiguilles, expliquai-je en évitant de regarder ma main.

Malgré les élancements dans mes côtes, je m'efforçai de respirer profondément.

— Elle a peur des piqûres, marmonna-t-il en secouant la tête. Un vampire sadique prêt à la torturer à mort ne lui pose aucun problème, elle se jette même dans ses bras ! Une simple perfusion en revanche...

Je décidai de changer de sujet.

— Explique-moi un peu ce que tu fabriques ici.

Il me dévisagea, d'abord surpris puis peiné.

— Souhaites-tu que je m'en aille ?

— Bien sûr que non ! Je veux seulement savoir comment tu as expliqué ta présence ici à ma mère. Histoire de lui servir le même conte.

— Je suis venu à Phoenix pour essayer de te persuader de rentrer à Forks. (Ses grands yeux semblaient tellement sincères que je manquais de le croire moi aussi.) Tu as accepté de me rencontrer, et je t'ai conduite à l'hôtel où je résidais avec Carlisle et Alice. Car, naturellement, j'étais sous contrôle parental, précisa-t-il, icône de la vertu. Mais tu as glissé dans l'escalier en montant dans ma chambre et... tu connais la suite. Inutile que tu te rappelles tous les détails. Après ce par quoi tu es passé, il est normal que tu aies oublié l'essentiel.

— Il y a des trous dans ta fable, répondis-je au bout de quelques instants de réflexion. Qu'en est-il de la fenêtre cassée ?

— Ne t'inquiète pas. Alice a eu beaucoup de plaisir à fabriquer des preuves. Nous avons veillé à tout très soigneusement. Tu pourrais même attaquer l'hôtel en justice si tu le voulais. Calme-toi, ajouta-t-il en me caressant la joue, tu n'as plus qu'à guérir, maintenant.

Mon corps endolori et les calmants ne me plongeaient pas dans une hébétude suffisante pour que je ne réagisse pas à son contact. Le moniteur se mit à biper de manière erratique – Edward n'était plus le seul à pouvoir entendre que mon cœur se tenait mal.

— Voilà qui est sacrément embarrassant, bougonnai-je.

Il rigola, et ses yeux s'allumèrent d'une lueur spéculative.

— Hum, je me demande...

Il se pencha lentement, et la machine s'emballa avant même que ses lèvres ne touchent les miennes. Quand elles le firent, légères comme un papillon, les bips s'arrêtèrent aussitôt. Il recula brusquement, anxieux, puis sembla soulagé lorsque l'appareil recommença à mesurer les battements de mon pouls.

— Je vais devoir me montrer encore plus prudent que d'habitude, sourcilla-t-il.

— Hé ! Je n'ai pas fini de t'embrasser. Je crois que je vais avoir un malaise.

Hilare, il déposa un nouveau baiser sur ma bouche – le moniteur perdit toute mesure. Soudain, Edward se raidit et se redressa.

— Ta mère arrive, annonça-t-il.

— Ne t'en va pas !

— Je serai là, promit-il avec solennité. Je crois que je mérite une petite sieste, rigola-t-il.

Quittant la chaise de plastique dur installée près de mon lit, il alla s'allonger dans le relax en faux cuir turquoise et ferma les yeux. Une seconde plus tard, il était parfaitement immobile.

— N'oublie pas de respirer, persiflai-je.

Il prit une profonde inspiration.

J'entendais ma mère discuter dans le couloir avec quelqu'un, une infirmière peut-être. Elle semblait fatiguée et bouleversée. J'aurais voulu sauter du lit et me précipiter vers elle pour la rassurer, mais je n'étais pas du tout en état de bondir où que ce fût. Je me contentai de l'attendre impatiemment.

La porte s'entrebâilla, et elle jeta un coup d'œil dans la chambre.

— Maman ! chuchotai-je.

Apercevant la silhouette d'Edward dans la chaise longue, elle s'approcha de moi sur la pointe des pieds.

— Il a décidé de camper ici ou quoi ? grommela-t-elle dans sa barbe.

— Je suis tellement contente de te voir, maman.

Elle me serra tout doucement contre elle, et je sentis ses larmes tomber sur mes joues.

— J'ai eu si peur, Bella !

— Pardonne-moi. Tout va bien, maintenant.

— Je suis vraiment soulagée que tu aies enfin repris conscience, dit-elle en s'asseyant au bord du lit.

Je me rendis compte que j'avais perdu toute notion du temps.

— J'ai dormi longtemps ? m'enquis-je.

— Plutôt oui, chérie. Nous sommes vendredi.

— Vendredi ?

Ce fut un choc. Je tentai de me rappeler quel jour s'étaient déroulés... les événements, puis décidai que je n'avais pas envie d'y penser pour l'instant.

— Ils ont dû te garder sous sédatifs pendant un moment. À cause de tes blessures.

— J'ai cru comprendre.

En tout cas, je les *sentais*.

— Tu as eu de la chance que le docteur Cullen soit là. C'est un homme charmant... très jeune aussi. Et il ressemble plus à un mannequin qu'à un médecin...

— Tu as rencontré Carlisle ?

— Et la sœur d'Edward, Alice. Une très jolie jeune fille.

— C'est vrai.

— Tu ne m'avais pas dit que tu avais d'aussi bons amis à Forks, continua-t-elle après avoir regardé par-dessus son épaule en direction d'Edward, toujours « endormi » sur son fauteuil.

Je sursautai, ce qui déclencha mes gémissements.

— Où as-tu mal ? s'inquiéta-t-elle aussitôt, oubliant Edward.

Ce dernier ouvrit instantanément les yeux, anxieux lui aussi.

— Ça va, la rassurai-je. Il faut juste que je me rappelle de ne pas bouger le petit doigt.

Edward retourna à son assoupissement feint, et je profitai de la distraction momentanée de ma mère pour l'éloigner du sujet de mes mensonges par omission.

— Où est Phil ?

— En Floride. Oh, Bella, tu ne devineras jamais ! Juste au moment où nous nous apprêtions à partir, nous avons eu des nouvelles épatantes.

— Phil a été engagé ?

— Oui ! Comment as-tu deviné ? L'équipe de Jacksonville, tu te rends compte ?

— Génial, maman.

— Tu vas adorer la Floride ! continua-t-elle à babiller sous mon regard ahuri. J'étais un peu inquiète quand Phil s'est mis à parler d'Akron. Il neige tellement, au Colorado, et tu sais combien je déteste le froid. Mais Jacksonville ! Il y fait toujours beau, et l'humidité n'est pas si difficile à supporter. Nous avons déniché une maison délicieuse, jaune à parements blancs, avec un porche comme dans les vieux films, et un énorme chêne, à quelques minutes à peine de l'océan. Tu auras ta salle de bains personnelle, et...

— Une minute ! l'interrompis-je en remarquant qu'Edward paraissait bien trop tendu pour un dormeur, même s'il n'avait toujours pas ouvert les yeux. De quoi parles-tu ? Il n'est pas question que j'aille en Floride. J'habite à Forks, désormais.

— Mais ce n'est plus la peine, petite sotte, s'esclaffa-t-elle. Phil devrait se déplacer beaucoup moins dorénavant. Nous en avons discuté, et je suis arrivée à un compromis : la moitié du temps avec toi, l'autre avec lui.

— Maman, objectai-je en m'extirpant des trésors de diplomatie. Je *veux* rester à Forks. Je me suis bien faite au lycée, et j'ai deux amies... (Elle tiqua à ce mot et ne put s'empêcher de se retourner vers Edward. Aussi, je changeai de sujet.) Et puis, Charlie a besoin de moi. Il est vraiment très seul, et il est nul en cuisine.

— Tu veux rester à Forks ? Mais pourquoi ?

Elle était dépassée tant l'idée lui semblait saugrenue.

— Je viens de te le dire, le lycée, Charlie...

Je haussai les épaules, ce qui m'arracha un petit cri de douleur. Aussitôt, elle fut sur moi, ses mains papillonnant, inutiles, cherchant un endroit où me caresser sans danger. Elle dut se contenter de mon front.

— Bella, ma chérie, tu détestes Forks.

— Ce n'est pas si terrible.

Ses yeux firent la navette entre Edward et moi, délibérément cette fois. Elle plissa le front.

— C'est à cause de ce garçon ? chuchota-t-elle.

J'ouvris la bouche pour lui mentir, mais elle me scrutait avec tant d'intensité que je compris qu'elle ne s'y laisserait pas prendre.

— En partie, avouai-je. (Inutile de lui préciser l'ampleur de cette partie.) As-tu eu au moins l'occasion de parler avec lui ?

— Oui. (Elle hésita, observant la silhouette immobile.) Et j'aimerais avoir une petite conversation avec toi.

Houps !

— À propos de quoi ?

— Je crois que ce garçon est amoureux de toi, lança-t-elle d'un ton accusateur.

— C'est également mon avis, confessai-je.

— Et toi ? Qu'éprouves-tu pour lui ?

Elle avait du mal à cacher la curiosité qui la dévorait. Je me détournai. J'avais beau adorer ma mère, ce n'est pas un sujet que j'avais très envie d'aborder avec elle.

— Je suis dingue de lui.

Là ! On aurait dit une pré-ado évoquant son premier petit copain.

— Eh bien, il me *paraît* très gentil et, mon Dieu, il est incroyablement beau, mais tu es si jeune, Bella...

Elle manquait d'entraînement. Aussi loin que je me souvienne, c'était la première fois depuis mes huit ans qu'elle essayait de faire preuve d'un peu d'autorité parentale. Je reconnaissais ses intonations raisonnables-mais-fermes de nos premières discussions sur les hommes.

— Je sais, maman. Ne t'en fais pas. Ce n'est qu'une amourette.

— Exactement ! renchérit-elle en se laissant convaincre un peu trop facilement.

Avec un petit soupir, elle jeta un coup d'œil sur la grosse pendule ronde accrochée au mur.

— Tu dois partir ?

— Phil est censé m'appeler, reconnut-elle, piteuse, en se mordant les lèvres. J'ignorais quand tu allais te réveiller...

— Aucun problème. Je ne suis pas seule.

Je tâchai de dissimuler mon soulagement. À quoi bon la blesser ?

— Je n'en ai pas pour longtemps. J'ai dormi ici, tu sais, annonça-t-elle, très fière d'elle.

— Oh, maman ! Ce n'était pas la peine ! Je ne m'en suis même pas aperçue.

— Je n'étais pas tranquille, à la maison, confessa-t-elle à regret. Un crime a été commis dans le voisinage, et je n'aime pas être là-bas toute seule.

— Quoi ?

— Quelqu'un est entré par effraction dans ce studio de danse pas très loin de chez nous et l'a incendié. Il ne reste plus rien ! Ils ont aussi laissé une voiture volée devant. Tu te rappelles que tu y avais pris des cours, chérie ?

— Oui, admis-je en frissonnant.

Aïe !

— Si tu veux, je peux rester.

— Non, ça ira. Il y a Edward.

Ce qui parut lui donner une bonne raison de ne pas s'en aller.

— Je reviendrai ce soir, décida-t-elle.

Un avertissement aussi bien qu'une promesse.

— Je t'aime, maman.

— Je t'aime aussi, Bella. Essaie d'être un peu plus prudente quand tu marches, chérie, je n'ai pas envie de te perdre.

Edward n'ouvrit pas les yeux, mais un immense sourire traversa son visage. À cet instant, une infirmière débarqua pour vérifier mes tubes et mes fils. Ma mère m'embrassa sur le front, tapota ma main bandée et partit. L'infirmière consulta le compte-rendu du moniteur.

— Tu te sens anxieuse, petite ? me demanda-t-elle. Ton pouls a eu quelques sautes de tension.

— Non, ce n'est rien.

— Je vais prévenir la responsable que tu es réveillée. Elle viendra te voir dans une minute.

Dès que la porte fut refermée, Edward bondit près de moi.

— Vous avez volé une voiture ? lançai-je en sourcillant.

— Une très bonne voiture, admit-il avec une grimace joyeuse qui n'avait rien de repentant. Rapide.

— Bien dormi ?

— J'ai fait des rêves extrêmement intéressants.

— Pardon ?

— Je suis étonné. Je pensais que la Floride... ta mère... bref, j'avais cru que c'était ce que tu voudrais.

— Mais tu serais cantonné à l'intérieur toute la sainte

journée, en Floride ! Tu ne pourrais sortir que la nuit, comme un vrai vampire.

Un bref sourire étira ses lèvres, puis il devint grave.

— Je comptais rester à Forks, Bella. Ou ailleurs, dans un endroit où je ne pourrai plus te faire de mal.

D'abord, je ne compris pas et je le contemplai avec stupéfaction. Puis les mots prirent leur sens, tel un puzzle abominable. J'eus à peine conscience du bruit de mon pouls qui s'affolait bien que je me sois mise à haleter. Par contre, je sentis très bien la douleur aiguë qui déchirait mes côtes. Il m'observa avec inquiétude, bien que cette nouvelle souffrance n'eût rien à voir avec mes blessures. Elle était si violente que je crus qu'elle allait m'anéantir.

Tout à coup, une nouvelle infirmière entra dans la chambre d'un pas résolu. Avec l'aisance de l'expérience, elle eut tôt fait de décrypter mon expression.

— Je crois qu'il est l'heure de te donner d'autres analgésiques, ma belle, annonça-t-elle gentiment en tapotant la perfusion.

— Non, non, protestai-je en tâchant de composer mes traits. Je n'ai besoin de rien.

— Pas la peine de jouer les héroïnes, tu sais. Le stress ne te vaut rien, dans ton état.

Elle attendit, mais je secouai la tête.

— Très bien, soupira-t-elle. Appuie sur ce bouton quand tu auras changé d'avis.

Elle lança un ultime coup d'œil soucieux au moniteur, puis ressortit, non sans avoir toisé Edward avec sévérité. Immédiatement, celui-ci posa ses mains fraîches sur mon visage. Je le fixai, hébétée.

— Calme-toi, Bella.

— Ne me quitte pas, le suppliai-je.

— D'accord. Et maintenant, détends-toi, sinon je rappelle cette fille pour qu'elle t'assomme de drogues.

Malheureusement, mon cœur refusait de s'apaiser.

— Bella, reprit-il en caressant mes joues, je serai là tant que tu en éprouveras le besoin.

— Jure de ne pas me quitter !

— J'en fais le serment.

L'odeur de son haleine était reposante, et j'eus l'impression de respirer plus librement. Il soutint mon regard tandis que mon corps se relaxait peu à peu, et que les bips reprenaient un rythme normal. Ses pupilles étaient très sombres, plus proches du noir que de l'or.

— Ça va mieux ?

— Oui.

Secouant la tête, il marmonna des paroles inintelligibles, même si je crus saisir les mots « trop émotive ».

— As-tu envie que nous nous séparions, Edward ? En as-tu assez de me sauver la vie tout le temps ?

— Non, bien sûr que non, Bella. Et veiller sur toi ne me pose aucun problème. Mais c'est moi qui te mets en danger... c'est à cause de moi que tu es ici.

— Tu ne crois pas si bien dire. C'est *grâce* à toi que je suis vivante.

— Tu parles d'une vivante ! Bandée et plâtrée des pieds à la tête comme une momie.

— Je ne faisais pas forcément allusion à ma dernière expérience avec la mort, tu sais. Je pensais aux autres – et multiples – fois. Sans toi, je serais en train de pourrir dans le cimetière de Forks.

— Il y a pire, reprit-il comme s'il ne m'avait pas entendue. Ce n'est pas de t'avoir vue gisant sur le plancher, prostrée, blessée. Ni d'avoir été en retard. Ni même d'avoir entendu tes hurlements de douleur. Aucun de ces souvenirs insupportables qui m'accompagneront dans l'éternité n'est le pire... Le plus horrible, ça a été de sentir... que je n'arrivais pas à m'arrêter. De savoir avec certitude que j'aurais pu te tuer.

— Ça ne s'est pas produit.

— Ça aurait pu. Si aisément.

J'avais conscience qu'il me fallait rester calme. Sauf qu'il était en train de se convaincre sous mes yeux qu'il devait me quitter, et la panique bloqua mes poumons, incapable d'en sortir.

— Promets-moi quelque chose.

— Quoi ?

— Comme si tu ne le savais pas !

Son entêtement à ne voir que le négatif commençait à m'irriter prodigieusement. Il perçut mon changement d'humeur. Son front se plissa.

— Visiblement, lança-t-il avec brutalité, je n'ai pas la force de m'éloigner de toi. J'imagine que tu arriveras à tes fins, que ça te tue ou non.

— Bien.

Je notai cependant qu'il ne m'avait rien promis.

— Tu m'as dit que tu étais parvenu à t'arrêter... Je *veux* savoir pourquoi.

— Comment ça, pourquoi ?

— Pourquoi n'as-tu pas laissé le venin me contaminer ? Je serais comme toi, maintenant.

Il se renfrogna, et je me rappelai – trop tard – que je n'étais pas censée être au courant. Alice avait dû être trop préoccupée ou bien elle avait surveillé de très près ses pensées en sa compagnie, car il était évident qu'il ignorait qu'elle m'avait tout révélé des mécanismes de création d'un vampire. Il était décontenancé et furibond. Ses narines palpitèrent, et sa bouche se durcit.

— J'admets volontiers ne pas être une spécialiste des relations amoureuses, enchaînai-je quand je compris qu'il n'avait pas l'intention de me répondre. Mais il me paraît logique qu'un homme et une femme soient... à égalité. L'un d'eux ne peut passer son temps à se porter au secours de l'autre. D'une façon ou d'une autre, chacun est là pour sauver l'autre.

Il croisa les bras. Ses traits ne trahissaient plus rien, il dominait sa rage. Il avait visiblement décidé que *je* n'en étais pas l'objet. Je priai pour avoir l'occasion d'avertir Alice avant qu'il ne s'en prenne à elle.

— Tu m'as sauvé, murmura-t-il.

— Je refuse de me cantonner au rôle de Lois Lane[1], insistai-je. Je veux aussi être Superman.

— Tu ne sais pas de quoi tu parles, répliqua-t-il tendrement.

— Je crois que si.

— Non, Bella. J'ai eu presque un siècle pour y réfléchir, et je n'ai toujours pas d'opinion arrêtée.

— Regrettes-tu l'intervention de Carlisle ?

— Non. Mais la vie m'abandonnait, je n'avais rien à perdre.

— C'est toi, ma vie. Tu es la seule chose que je ne supporterais pas de perdre.

Il m'était de plus en plus facile d'avouer à quel point j'avais besoin de lui.

— Je ne peux pas le faire, Bella, décréta-t-il très calmement, déterminé. Je ne te ferai pas ça.

---

1. Lois Lane : éternelle fiancée de Superman.

— Pourquoi pas ? m'entêtai-je, la voix plus rauque que je l'eusse voulu. Ne me dis pas que c'est trop difficile. Pas après ce qui s'est passé aujourd'hui... il y a quelques jours, plutôt. Enfin, peu importe, ce devrait n'être rien du tout.

— Et la douleur ? rétorqua-t-il en me fusillant du regard.

À ce stade, je blêmis. Ce fut plus fort que moi. Malgré tout, je m'appliquai à dissimuler l'horreur qu'éveillait en moi le souvenir du feu dans mes veines.

— Ça, c'est mon affaire, plastronnai-je. Je suis capable de l'affronter.

— Il est des fois où le courage confine à la folie.

— Ce n'est pas un problème. Trois jours. Fastoche !

Edward grimaça une nouvelle fois en découvrant que j'en savais autant mais il ravala sa colère et devint songeur.

— Et Charlie ? lança-t-il. Et Renée ?

Le silence tomba. J'ouvris la bouche, aucun son n'en sortit. Je la refermai. Il patientait, de plus en plus triomphant au fur et à mesure qu'il constatait qu'il m'avait coincée.

— Écoute, finis-je par marmotter, pas très convaincante, comme toujours lorsque je mentais. Ce n'est pas un problème non plus. Renée s'est toujours rangée aux choix qui lui convenaient, elle voudrait que j'en fasse autant. Quant à Charlie, il est résistant et il a l'habitude d'être tout seul. Je ne peux pas prendre soin d'eux toute ma vie. J'ai la mienne aussi.

— Exactement ! aboya-t-il. Et ne compte pas sur moi pour t'en priver.

— Si tu attends que je meure de ma belle mort, je te

rappelle que ça a failli arriver et que c'est ta faute si je suis encore vivante !

— Je ne veux pas que tu meures.

Histoire de me calmer, j'inspirai profondément, ignorant le retour de la douleur provoqué par ce mouvement. Je le toisai, il me rendit la politesse. Il n'était prêt à aucun compromis.

— Pourtant, je vais mourir, finis-je par lâcher.

Il parut étonné.

— Bien sûr que non ! Tu n'auras qu'une ou deux cicatrices...

— Je vais mourir, répétai-je.

— Franchement Bella, protesta-t-il, anxieux à présent, tu sortiras d'ici dans quelques jours, une semaine tout au plus.

— Peut-être pas maintenant, mais ça finira par arriver. Je m'en rapproche à chaque seconde qui passe. Et je vais devenir *vieille*.

Il se renfrogna, appuya ses doigts contre ses tempes et ferma les yeux.

— C'est ce qui est censé se produire. Ce qui devrait se produire. Ce qui se serait produit si je n'avais pas existé – et je ne devrais pas exister.

— Ah ! N'importe quoi ! C'est comme si tu allais trouver un type qui vient de gagner au loto, que tu lui prenais tout son argent en lui disant : « Hé, mon pote, faisons comme si rien ne s'était passé, c'est mieux ainsi. » Je réfute cet argument.

— Je ne suis pas le gros lot.

— En effet. Tu vaux beaucoup plus.

— Bella ! s'exclama-t-il, exaspéré. Je refuse de discuter de cela plus longtemps avec toi. Pas question que je te condamne à une nuit éternelle. Un point c'est tout !

— Si tu crois que je renoncerai, c'est que tu me connais bien mal. Tu n'es pas le seul vampire du coin.

— Alice n'oserait pas !

L'espace d'un instant, il eut l'air si effrayant que je ne pus m'empêcher de penser qu'il avait raison – personne ne serait jamais assez brave pour le défier ainsi.

— Elle sait, hein ? C'est pourquoi tu lui en veux tellement. Elle a vu que je serais comme toi... un jour.

— Elle se trompe. Elle t'a aussi vue morte, et ce n'est pas arrivé.

— Je ne parierais pas contre elle.

Nous nous dévisageâmes avec colère pendant quelques minutes dans un silence que rompait seulement le bourdonnement des appareils, le bruit du goutte-à-goutte et le tic-tac de la pendule. Il céda le premier et une vague de tendresse inonda ses prunelles.

— Bon, repris-je, où tout cela nous mène-t-il ?

— À rien, rigola-t-il. J'ai bien peur qu'on appelle ça une impasse.

Je serrai les poings et poussai aussitôt un petit cri de douleur.

— Ça va ? demanda-t-il en regardant le bouton d'appel de l'infirmière.

— Oui, mentis-je.

— Je ne te crois pas.

— Je n'ai pas envie de dormir.

— Il faut que tu te reposes. Ces disputes ne te valent rien.

— Tu n'as qu'à céder, dans ce cas.

— Bien essayé.

Il tendit la main vers le bouton.

— Non !

Il m'ignora.

— Oui ? couina l'interphone.

— Nous sommes prêts pour les antalgiques, annonça-t-il sereinement en négligeant mes coups d'œil furibonds.

— Je vous envoie quelqu'un, répondit l'interlocuteur anonyme, l'air de s'ennuyer à mourir.

— Je ne prendrai rien, persistai-je.

— Je ne pense pas qu'il s'agira d'un produit à avaler, riposta-t-il avec un coup d'œil à la perfusion suspendue à côté de mon lit.

Mon cœur s'emballa, Edward lut la peur dans mes yeux et soupira.

— Bella, tu as mal. Pourquoi fais-tu tant de difficultés ? Ils ne vont pas te piquer.

— Je n'ai pas peur des piqûres, marmonnai-je, juste de fermer les yeux.

Il me décocha son sourire en coin et prit mon visage entre ses paumes.

— Je t'ai juré de ne pas m'éloigner. Alors, arrête de paniquer. Tant que ça te rendra heureuse, je serai près de toi.

— Tu es en train de t'engager pour toujours, je te signale.

— Oh, tu te lasseras vite. Ce n'est qu'une amourette, après tout.

— J'ai été ahurie que Renée avale celle-là. Toi, je te croyais plus futé.

— C'est ce qui est formidable avec les humains. Ils changent d'avis tout le temps.

— Rêve !

Il riait quand l'infirmière entra en brandissant une seringue.

— Excuse-moi, lui dit-elle brusquement.

Il se leva et traversa la pièce pour s'adosser contre le mur du fond. Je ne le quittai pas des yeux.

— Eh voilà, ma belle, annonça la femme après avoir injecté les médicaments dans le tube, tu vas te sentir bien mieux.

Je marmonnai un merci à peine poli. L'effet fut rapide. Une torpeur m'envahit presque immédiatement.

— Ça devrait suffire, murmura-t-elle tandis que mes paupières se fermaient.

Elle était sans doute sortie, car quelque chose de frais et de lisse effleura ma joue peu après.

— Reste, bredouillai-je d'une voix pâteuse.

— Promis, chantonna sa belle voix, pareille à une berceuse. Tant que ça te rendra heureuse... tant que c'est ce qu'il y aura de mieux pour toi.

Je voulus secouer la tête, mais elle était trop lourde.

— Pas... la... même... chose... marmottai-je.

— Ne t'inquiète pas de cela maintenant, Bella. Nous nous disputerons quand tu seras réveillée.

— D'ac...cord.

Ses lèvres frôlèrent mon oreille.

— Je t'aime.

— Moi... aussi.

— Je sais.

Je tournai un peu le menton dans sa direction. Il comprit et m'embrassa légèrement.

— Merci.

— Tout le plaisir est pour moi.

Je me sentais partir, mais luttai néanmoins contre l'engourdissement, car je comptais bien avoir le dernier mot.

— Edward ?

— Oui ?

— Je parie sur Alice.

Puis la nuit se referma sur moi.

Épilogue

———◆———

UNE CÉLÉBRATION

Edward m'aida à monter dans sa voiture en veillant à ne froisser ni les nuages de soie et de mousseline de ma robe, ni les fleurs que je venais juste de ficher dans mes boucles savamment empilées, ni mon énorme plâtre. Ma bouche furibonde parut ne pas le déranger. Ensuite, il s'assit derrière le volant et recula dans la longue allée étroite.

— Quand vas-tu te décider à me révéler ce qui se passe ? demandai-je, maussade.

J'avais horreur des surprises, et il le savait très bien.

— Je m'étonne que tu ne l'aies pas encore deviné, riposta-t-il avec un sourire moqueur qui me coupa le souffle.

M'habituerais-je un jour à sa perfection ?

— T'ai-je dit à quel point tu étais beau, comme ça ?

— Oui, s'esclaffa-t-il.

Je ne l'avais encore jamais vu vêtu de noir, et cette couleur, par contraste avec sa peau pâle, rendait encore plus irréelle sa splendeur. C'était indéniable, même si le fait qu'il arbore un smoking me rendait drôlement nerveuse. Pas autant que ma robe, cependant. Ou ma chaussure. Rien qu'une, puisque mon autre pied était encore invalide. Le talon aiguille retenu par de simples rubans de satin n'allait sûrement pas m'aider à sautiller alentour.

— Je ne reviendrai plus si Alice s'entête à me traiter comme un cochon d'Inde Barbie, grognai-je.

J'avais, victime impuissante, passé l'essentiel de ma journée dans la salle de bains aux proportions renversantes de sa sœur qui s'était amusée à jouer à la coiffeuse et à l'esthéticienne. Lorsque j'avais eu le malheur de m'agiter ou de me plaindre, elle m'avait rappelé que, n'ayant pas de souvenirs de sa vie humaine, elle me priait de ne pas gâcher son plaisir par procuration. Ensuite, elle m'avait habillée de la robe la plus ridicule qui fût – bleu sombre, à fanfreluches, dégageant les épaules, avec des étiquettes en français que j'avais été incapable de déchiffrer –, une tenue plus adaptée à un défilé de mannequins qu'à Forks. Que nous soyons tous deux sur notre trente et un ne me disait rien qui vaille. À moins que... j'avais trop peur d'exprimer mes soupçons, même intérieurement.

La sonnerie d'un téléphone me tira de mes réflexions. Edward sortit son mobile de la poche de sa veste et vérifia l'identité de son correspondant avant de répondre.

— Allô, Charlie ? lança-t-il avec précaution.

— Charlie ? répétai-je, abasourdie.

Mon père s'était montré... difficile, depuis mon retour à Forks. Il avait adopté deux attitudes bien distinctes depuis ma mésaventure. Envers Carlisle, il était d'une gratitude confinant à l'idolâtrie. En revanche, cette tête de mule était convaincue qu'Edward était responsable de mes ennuis – ne serait-ce que parce que j'étais partie par sa faute, avis qu'Edward partageait d'ailleurs. J'avais eu droit à des règles nouvelles : couvre-feu, heures de visite.

Une des phrases de Charlie fit ouvrir de grands yeux ahuris à Edward, suivi aussitôt après d'un non moins grand sourire.

— Vous plaisantez ! rigola-t-il.

— Qu'est-ce qu'il y a ? demandai-je.

Il m'ignora.

— Passez-le-moi donc, répondit-il en jubilant. Salut, Tyler, reprit-il au bout de quelques secondes, c'est moi, Edward Cullen.

Sous des dehors affables, je perçus la menace dans sa voix. Qu'est-ce que Tyler fichait chez moi ? La vérité, affreuse, commença à m'apparaître. Je jetai un nouveau coup d'œil à la robe absurde qu'Alice m'avait forcée à enfiler.

— Je suis navré qu'il y ait eu un malentendu, mais Bella n'est pas libre ce soir.

Le ton avait changé, et la menace se fit soudain beaucoup plus évidente quand il poursuivit.

— Pour être franc, elle ne sera libre aucun des soirs à venir, du moins tant qu'il s'agira de sortir avec un autre garçon que moi. Sans rancune ? Et encore désolé d'avoir gâché ce grand jour.

Il n'avait pas l'air désolé du tout quand il raccrocha.

Au contraire, il semblait très satisfait de lui. Je sentis la colère empourprer mon visage et mon cou, et des larmes de rage noyèrent mes yeux. Il me regarda, surpris.

— Tu m'emmènes au bal de fin d'année ? hurlai-je.

C'était tellement évident, que j'étais gênée de ne pas avoir saisi. Si j'y avais prêté attention, j'aurais remarqué la date mentionnée sur les affiches qui décoraient les bâtiments du lycée. Mais je n'aurais jamais osé imaginer qu'il aurait le culot de me soumettre à ce genre de torture. Il me connaissait donc si mal ? La violence de ma réaction le déstabilisait. Il pinça les lèvres et plissa le front.

— Ne sois pas pénible, Bella.

Mes yeux lancèrent des éclairs à travers la vitre. Nous étions déjà à mi-chemin du lycée.

— Pourquoi me fais-tu un truc pareil ?

— Honnêtement, répliqua-t-il en montrant son smoking, tu pensais aller où ?

J'étais mortifiée. D'abord parce que je n'avais pas compris l'évident. Ensuite, parce que les vagues supputations – des souhaits, en vérité – auxquelles je m'étais livrée pendant qu'Alice tentait de me transformer en reine de beauté avaient été si loin du compte. Mes timides espoirs m'apparaissaient vraiment idiots, à présent. J'avais bien deviné qu'une espèce de cérémonie était au menu. Mais *le bal de fin d'année* ! Cette idée ne m'avait pas effleurée.

Des larmes furieuses roulèrent sur mes joues. Je me rappelai avec consternation que j'avais du mascara, et je m'essuyai rapidement pour éviter les bavures. Ma main était vierge de taches noires lorsque je la retirai. Alice

510

s'était peut-être doutée que j'aurais besoin d'un maquillage résistant à l'eau.

— C'est complètement ridicule ! s'exclama-t-il, ennuyé. Pourquoi pleures-tu ?

— Parce que je suis folle de rage !

— Bella, reprit-il plus doucement en tournant vers moi toute la puissance de ses prunelles dorées au pouvoir destructeur.

— Quoi ? marmonnai-je, éblouie.

— Fais-moi plaisir.

Le feu de ma fureur se noya dans ses iris. Impossible de me battre avec lui quand il trichait de cette façon. De mauvaise grâce, je rendis les armes.

— Très bien, boudai-je, déçue de ne pas réussir à le fusiller du regard, je me tiendrai tranquille, mais tu ne perds rien pour attendre. J'ai toujours la poisse, je te signale. Je vais sûrement me casser l'autre jambe. Non mais vise un peu cette godasse ! C'est la mort assurée ou je ne m'y connais pas !

Pour faire bonne mesure, je tendis ma jambe valide au-dessus des sièges avant. Il la contempla plus longtemps que nécessaire.

— Hmm, rappelle-moi de remercier Alice, tout à l'heure.

— Elle sera là ? m'écriai-je, quelque peu réconfortée.

— Ainsi que Jasper, Emmett et... Rosalie.

Mon soulagement s'évapora aussitôt. Mes relations ne s'étaient en rien améliorées avec cette dernière, bien que je fusse en excellents termes avec son époux occasionnel. Emmett me trouvait très amusante, et mes réactions humaines avaient tendance à déclencher son hilarité... à moins que ce ne fussent mes innombrables chutes.

Rosalie, elle, faisait comme si je n'existais pas. Je secouai la tête pour chasser ces pensées désagréables. Soudain, une idée me traversa l'esprit.

— Charlie est dans la combine ? demandai-je, suspicieuse.

— Bien sûr, rigola Edward. Mais pas Tyler, visiblement.

Je grinçai des dents. Les fantasmes de Tyler me dépassaient. Au lycée, où Charlie ne pouvait se mêler de nos affaires, Edward et moi étions inséparables. Sauf les rares jours de soleil.

Nous étions arrivés. La décapotable de Rosalie était garée bien en évidence sur le parking. La couverture nuageuse était fine et, à l'ouest, quelques rayons parvenaient à la traverser. Edward sortit, fit le tour de la voiture, ouvrit ma portière et me tendit la main. Têtue, je ne bronchai pas. L'endroit était bondé de gens apprêtés – de témoins. Il ne pourrait décemment me tirer de force de la Volvo, ce qui ne l'aurait sans doute pas dérangé le moins du monde si nous avions été seuls.

— Quand on essaie de te tuer, tu es courageuse comme une lionne. Mais dès qu'il s'agit de danser...

Danser. J'avalai ma salive.

— Bella, je ne laisserai personne te faire du mal. Même pas toi. Je ne te lâcherai pas d'une semelle, juré !

Je réfléchis à cette promesse et me sentis tout à coup beaucoup mieux. Il le lut sur mon visage.

— Allez, insista-t-il gentiment, ça ne va pas être si terrible.

Se penchant, il passa un bras autour de ma taille. Je pris la main qu'il m'offrait et me laissai extraire de la voi-

512

ture. Il continua à me soutenir tandis que je boitillai jusqu'à la porte.

À Phoenix, les bals étaient organisés dans des hôtels. Ici, ça se passait évidemment dans le gymnase, sûrement la seule salle assez grande pour accueillir ce genre de manifestation. Je ne pus m'empêcher de ricaner. Des portiques de ballons avaient été installés, et des guirlandes de papier crépon aux couleurs pastel ornaient les murs.

— On dirait le décor d'un film d'horreur, me moquai-je.

— Mais c'est que nous avons notre lot de vampires, murmura-t-il, complice.

Nous approchâmes de la table où l'on vendait les billets. Je contemplai la piste. Un grand vide s'était formé en son milieu, où deux couples évoluaient avec élégance. Les autres danseurs se pressaient sur les bords pour leur laisser la place, personne ne tenant à se frotter à autant d'éclat. Emmett et Jasper étaient intimidants et parfaits dans leurs smokings de facture classique. Alice était époustouflante dans une robe de satin noir dont les découpes géométriques dévoilaient de grands triangles de peau blanche comme neige. Quant à Rosalie... elle était indescriptible. Son fourreau d'un écarlate aveuglant s'évasait à hauteur de ses mollets en une traîne mousseuse. Son dos était entièrement dénudé, et son décolleté plongeait jusqu'à son nombril. J'eus pitié pour toutes les filles de l'assistance, moi comprise.

— Veux-tu que je verrouille les portes afin que tu puisses massacrer les innocents ? chuchotai-je avec des accents de conspiratrice.

— Dans quel groupe te places-tu ?

— Moi ? Avec les vampires, bien sûr !

— Prête à tout pour ne pas danser, hein ?

— Absolument tout.

Il acheta nos entrées, puis me conduisit sur la piste en me traînant presque.

— J'ai toute la nuit devant moi, menaça-t-il face à mes réticences.

Il finit par m'amener près de ses frères et sœurs qui continuaient à tournoyer avec grâce dans un style qui n'avait rien à voir avec la musique et les mouvements contemporains. J'étais horrifiée.

— Edward, couinai-je, la gorge sèche, toute proche de la panique, je te jure que je ne sais pas danser.

— Ne t'inquiète pas, bêtasse, moi je sais.

Mettant mes bras autour de sa nuque, il me souleva et glissa ses pieds sous les miens. Puis il m'emporta dans un tourbillon.

— J'ai l'impression d'avoir cinq ans, ris-je au bout de quelques minutes à valser sans effort.

— Rassure-toi, tu n'as pas l'air d'avoir cinq ans, murmura-t-il en me serrant un peu plus contre lui.

Le regard d'Alice croisa le mien, et elle me lança un sourire encourageant. Je me surpris à sourire aussi, étonnée de constater que je m'amusais... un peu.

— D'accord, reconnus-je, ça n'est pas si mal.

Edward cependant fixait les portes avec colère. Intriguée, je me dévissai le cou et finis par apercevoir ce qui l'ennuyait. Jacob Black, pas en habit de soirée mais en chemise blanche à manches longues et cravate, ses cheveux tirés en queue-de-cheval, venait vers nous. Revenue de ma stupeur, je ne pus m'empêcher d'éprouver de la peine pour lui. Il était visiblement très mal à l'aise.

Quand ses yeux rencontrèrent les miens, j'y décelai une lueur d'excuse. Edward poussa un grondement étouffé.

— Tiens-toi correctement ! le morigénai-je.

— Il veut te parler, lâcha-t-il, glacial.

Jacob nous avait rejoints, maintenant, plus embarrassé et désolé que jamais.

— Salut, Bella. J'espérais te trouver ici.

Son ton laissait supposer le contraire, même si son sourire était aussi craquant que d'habitude.

— Salut, Jacob. Que se passe-t-il ?

— Puis-je ? demanda-t-il prudemment à mon cavalier.

Je remarquai qu'il n'avait pas besoin de lever la tête. Il avait dû encore grandir depuis notre dernière rencontre. Le visage d'Edward ne trahissait rien. Il se contenta de me poser prudemment sur mes pieds et de reculer d'un pas.

— Merci, dit Jacob.

Edward acquiesça et tourna les talons, non sans m'avoir auparavant intensément dévisagée. Jacob posa la main sur ma taille, et je tendis les bras pour m'accrocher à ses épaules.

— Bon sang, Jacob, tu mesures combien ?

— Un mètre quatre-vingt-huit, annonça-t-il fièrement.

Nous ne dansions pas vraiment, à cause de ma jambe, nous nous balancions plutôt maladroitement de gauche à droite sans bouger les pieds. Ce qui était aussi bien. Sa récente montée en graine l'avait rendu dégingandé et maladroit. Sans compter qu'il ne devait pas être meilleur danseur que moi.

— Comment se fait-il que tu sois venu ? m'enquis-je.

Vu la réaction d'Edward, je me doutais de la réponse.

— Mon père a craché vingt dollars pour que j'assiste au bal, tu le crois ? avoua-t-il, un peu honteux.

— Hélas oui. Eh bien, j'espère que tu t'amuseras. Tu as repéré quelqu'un qui te plaisait ? me gaussai-je en désignant du menton un groupe de filles alignées le long d'un mur comme des bonbons pastel.

— Oui, soupira-t-il, mais elle est prise.

Il baissa brièvement les yeux vers moi, et nous nous détournâmes, gênés.

— Au fait, tu es très jolie, ajouta-t-il timidement.

— Euh, merci. Alors, pourquoi Billy a-t-il payé ton billet ?

Jacob rougit, hésitant.

— Il a dit que c'était un endroit « sûr » pour discuter avec toi, finit-il par chuchoter. Il perd la boule, si tu veux mon avis. (Il rit, et je l'imitai faiblement.) Passons. Il a promis de m'acheter ce maître-cylindre dont j'ai besoin si j'acceptais de te parler.

— Vas-y. J'ai envie que tu termines ta voiture.

En tout cas, il ne croyait pas à ces histoires, ce qui rendait la situation un peu plus facile. Adossé à un mur, Edward m'observait, les traits dénués d'expression. Je remarquai qu'une fille de seconde le contemplait, pleine d'espoir, mais il ne lui prêtait aucune attention.

— Ne te fâche pas, reprit Jacob, encore une fois penaud.

— Je n'ai aucune raison de t'en vouloir. Je n'en voudrai même pas à Billy. Dis-moi juste ce que tu as à me dire.

— C'est... c'est vraiment idiot. Je suis désolé, Bella...

il souhaite que tu rompes avec ton petit copain. S'il te plaît, a-t-il précisé.

Dégoûté, il secoua la tête.

— Toujours aussi superstitieux, hein ?

— Oui. Il... il a très mal réagi quand il a appris que tu avais été blessée à Phoenix. Il n'a pas cru...

Embarrassé, il s'interrompit.

— Je suis tombée, affirmai-je sèchement.

— Je sais.

— Il pense qu'Edward est pour quelque chose dans cet accident, hein ?

Ce n'était pas une question et, malgré ma promesse, j'étais furieuse. Jacob n'osait pas me regarder. Nous ne prenions même plus la peine de bouger au rythme de la musique.

— Écoute, tant pis si Billy n'y croit pas, mais je tiens à ce que toi, tu sois au courant. Edward m'a sauvé la vie. Sans lui et son père, je serais morte.

— Je sais, répéta-t-il.

J'eus l'impression que mes paroles sincères l'avaient touché. Il arriverait peut-être à persuader Billy de ça, sinon du reste.

— Navrée que tu aies écopé de cette mission. Enfin, tu auras au moins gagné tes pièces détachées.

— Oui, marmotta-t-il en regardant ailleurs, très ennuyé.

— Autre chose ?

— Laisse tomber. Je me dégoterai un boulot, j'économiserai.

Je le fixai jusqu'à ce qu'il accepte de rencontrer mes yeux.

— Crache le morceau, Jacob.

— C'est nul.

— Je m'en fiche.

— Très bien... Tu vas mal le prendre. Il m'a demandé de te dire, de te prévenir, que nous – et le pluriel est de lui, je n'y suis pour rien – ne relâcherions pas notre garde.

Il m'examina d'un air inquiet, guettant ma réaction. J'éclatai de rire : tout ça faisait tellement mafia.

— Quelle sale mission il t'a confiée ! persiflai-je.

— Il y a pire, assura-t-il avec un sourire soulagé tout en jaugeant ma tenue d'un air appréciateur. Bon, dois-je lui faire savoir qu'il se mêle de ses oignons ?

— Non, soupirai-je, remercie-le de ma part. Il n'a que de bonnes intentions, après tout.

Sur ce, la chanson s'acheva. Les paumes de Jacob hésitèrent autour de mes hanches, et il envisagea furtivement ma jambe plâtrée.

— Tu veux continuer à danser ou préfères-tu que je t'accompagne à une chaise ?

Edward répondit à ma place.

— T'inquiète, Jacob, je prends le relais.

Le jeune Indien tressaillit et examina avec des yeux ronds Edward qui se tenait juste à côté de nous.

— Oh, je ne t'avais pas vu, balbutia-t-il. À un de ces jours, Bella.

Il recula et m'adressa un petit geste de la main.

— C'est ça, à plus, lançai-je avec un sourire.

— Désolé, s'excusa-t-il de nouveau avant de gagner la sortie.

Les bras d'Edward s'emparèrent de ma taille pour la danse suivante. L'air était un peu trop entraînant pour un slow, mais ça lui semblait égal. J'appuyai ma tête contre son torse, heureuse.

— Soulagé ? raillai-je.

— Pas vraiment.

— Ne sois pas en colère après Billy. Il s'inquiète pour moi au nom de son amitié avec Charlie. N'y vois rien de personnel.

— Je ne suis pas en colère après Billy, assena-t-il d'une voix cinglante. C'est son fils qui m'irrite.

— Pourquoi ? m'exclamai-je en me détachant de lui. Il paraissait sérieux.

— Pour commencer, il m'a obligé à trahir ma parole.

— Pardon ?

— J'avais promis de ne pas te quitter d'une semelle.

— Oh. Je te pardonne.

— Merci. Mais ce n'est pas tout.

J'attendis patiemment.

— Il a dit que tu étais *jolie*, finit-il par lâcher en sourcillant. C'est presque insultant. Tu es beaucoup plus que ça.

— Tu es de parti pris, m'esclaffai-je.

— Je ne suis pas d'accord. Et puis, je te rappelle que j'ai une excellente vue.

Nous tournoyions, mes pieds sur les siens, étroitement enlacés.

— Vas-tu m'expliquer la raison de notre présence ici ? demandai-je au bout d'un moment.

Surpris, il me dévisagea tandis que je faisais exprès d'admirer les guirlandes de papier crépon. Il médita quelques instants puis, changeant de direction, m'entraîna en valsant à travers la foule jusqu'à la porte arrière du gymnase. J'eus le temps d'apercevoir Jessica et Mike qui dansaient en nous contemplant d'un air étonné. Jessica me salua de la main, et je lui adressai un bref sourire. Angela était là elle aussi, rayonnante dans les bras de Ben Cheney ; elle ne leva pas les yeux, plongés dans ceux de son partenaire, plus petit qu'elle de quinze bons centimètres. Lee et Samantha, Conner et Lauren, laquelle nous jeta un regard mauvais ; je pouvais nommer tous les visages qui virevoltaient autour de moi. Puis nous fûmes dehors, dans la lumière fraîche et trouble du soir.

Dès que nous fûmes seuls, Edward me prit dans ses bras et m'emporta de l'autre côté des terrains de sport, jusqu'au banc qu'abritait un arbousier. Il s'y assit sans me lâcher, serrée contre lui. La lune s'était déjà levée, visible derrière les nuages arachnéens, et sa blancheur rendait la peau d'Edward encore plus pâle que d'ordinaire.

— Alors ?

— C'est le crépuscule, murmura-t-il. Encore une fois. Une autre fin. Aussi parfait qu'ait été le jour, il faut qu'il meure.

— Certaines choses sont éternelles, marmonnai-je entre mes dents, brusquement tendue.

Il soupira.

— Je t'ai emmenée au bal, dit-t-il d'une voix lente, parce que je ne veux pas que tu rates quoi que ce soit. Je refuse que mon existence te prive de quelque chose, si je peux l'éviter. Je désire que tu sois humaine. Que ta vie se déroule comme elle l'aurait fait si j'étais mort en 1918 comme prévu.

Ces mots me firent frissonner, et je me débattis, furieuse.

— Dans quelle étrange dimension parallèle serais-je jamais allée au bal de moi-même ? Si tu n'étais pas mille fois plus fort que moi, je ne t'aurais jamais laissé agir.

Un sourire étira ses lèvres, sans toucher ses yeux.

— Ce n'était pas si mal, tu l'as reconnu.

— Parce que j'étais avec toi.

Le silence tomba. Il se concentrait sur la lune, moi sur lui. J'aurais tant voulu réussir à lui expliquer combien une vie humaine normale m'indifférait.

— J'ai une question, reprit-il un peu plus tard. Y répondras-tu ?

— N'est-ce pas ce que je fais toujours ?

— Promets juste de ne pas te dérober.

— D'accord.

Je devinai aussitôt que j'allais le regretter.

— Tu as paru sincèrement étonnée quand tu as compris que je t'amenais ici...

— Je l'étais, l'interrompis-je.

— Certes, mais tu devais bien avoir envisagé autre chose... Je serais curieux d'apprendre ce à quoi tu as pensé quand je t'ai demandé de t'habiller.

Je ne m'étais pas trompée ! J'hésitai.

— Je ne veux pas te le dire.

— Tu as promis.

— Je sais.

— Alors ?

— J'ai peur que ça t'énerve... ou que ça te rende triste.

— Aucune importance. S'il te plaît ?

Il n'avait pas l'intention de renoncer.

— Eh bien... j'ai cru qu'il s'agissait... d'une espèce de célébration. Pas un minable bal humain !

— Humain ? releva-t-il platement.

Le seul mot vraiment important de ma phrase. Je baissai les yeux, tripotant un pan de mousseline. Il attendit sans rien dire.

— Très bien, confessai-je, j'espérais que tu avais changé d'avis et que... tu allais finalement procéder à ma transformation.

Diverses émotions traversèrent son visage. Colère, peur... Puis il parut se ressaisir, et l'amusement prit le dessus.

— Tu as cru que je porterais une cravate noire pour l'occasion ? se moqua-t-il.

Je me renfrognai pour cacher mon embarras.

— Je n'ai aucune idée sur la façon dont ces choses-là se font. En tout cas, ça me semble plus rationnel que pour un bal de fin d'année. Ce n'est pas drôle, ajoutai-je parce qu'il riait aux éclats.

— Tu as raison, ça ne l'est pas, admit-il en reprenant son sérieux. Mais j'ai préféré croire que tu plaisantais.

— Ce n'est pas le cas.

— J'en suis conscient, hélas. Tu le désires à ce point-là ?

La douleur était revenue dans ses prunelles. Je me mordis la lèvre et acquiesçai.

— Si prête à mourir, murmura-t-il comme pour lui-même. À connaître le crépuscule de ta vie, alors qu'elle a à peine commencé. À tout abandonner.

— Ce n'est pas une mort, c'est une renaissance, chuchotai-je.

— Je ne le mérite pas, souffla-t-il, chagrin.

— Te rappelles-tu le jour où tu m'as dit que je ne me

voyais pas de façon très claire ? Visiblement, tu es atteint de la même cécité.

— Je sais ce que je suis.

Soudain, son humeur changea de nouveau. Plissant les lèvres, il me scruta un très long moment.

— Tu es prête, là, maintenant ? demanda-t-il.

— Euh... oui ?

Souriant, il inclina lentement sa tête jusqu'à ce que ses lèvres froides frôlent la peau de mon cou.

— Tout de suite ? chuchota-t-il, son haleine glaçant ma gorge.

Je ne pus retenir un frisson.

— Oui, répondis-je, tout bas pour que ma voix ne se brise pas.

S'il pensait que je bluffais, il allait être déçu. J'avais choisi, j'étais sûre de moi. Tant pis si mon corps était rigide comme une planche, mes poings serrés et ma respiration heurtée... Avec un rire sombre, il se recula. Il paraissait déçu.

— Tu ne crois quand même pas que je cèderais si facilement, railla-t-il.

— On a le droit de rêver.

— C'est donc ce à quoi tu rêves ? Devenir un monstre ?

— Pas tout à fait, répliquai-je, piquée par l'emploi du mot. (Un monstre, non mais je vous jure !) Mon rêve, c'est surtout d'être avec toi pour l'éternité.

Son visage prit une expression à la fois tendre et mélancolique quand il perçut ma peine.

— Bella. Je resterai toujours avec toi, n'est-ce pas suffisant ?

Ses doigts dessinaient légèrement les contours de mes lèvres, et je souris.

— Ça ne l'est que pour l'instant.

Ma ténacité lui déplaisait. Aucun de nous deux ne comptait s'avouer vaincu, ce soir. Il poussa un soupir, presque un grognement. Je caressai son visage.

— Écoute, continuai-je, je t'aime plus que tout au monde. N'est-ce pas suffisant ?

— Si, ça l'est, admit-il en se détendant. Pour l'éternité.

Sur ce, il se pencha et posa une nouvelle fois ses lèvres glacées contre mon cou.

Table des matières

Prologue 11
1 Première rencontre 13
2 À livre ouvert 41
3 Phénomène 65
4 Invitations 81
5 Groupe sanguin 99
6 Histoires effrayantes 125
7 Cauchemar 145
8 Port Angeles 169
9 Théorie 197
10 Interrogations 215
11 Complications 239
12 Équilibrisme 257
13 Confessions 283
14 La raison et la chair 309
15 Les Cullen 335

16 Carlisle 357
17 Le match 371
18 La traque 399
19 Adieux 415
20 Impatience 431
21 Coup de fil 449
22 Cache-cache 459
23 L'ange 479
24 Impasse 485
Épilogue : Une célébration 507

Composition JOUVE - 45770 Saran
N° 314774J
Impression réalisée par
TRANSCONTINENTAL GAGNÉ
En mai 2009

Imprimé au Canada
20.16.1067.6 /36- ISBN : 978-2-01-201067-3

Loi n° 49-956 du 16 juillet 1949 sur les publications destinées à la jeunesse.
Dépôt légal: Mai 2009.